U0928677

泣き虫弱虫諸葛孔明

孔明，你又乱来了

[日] 酒见贤一 著
彭俊淮 译

上海译文出版社

图书在版编目(CIP)数据

孔明,你又乱来了/(日)酒见贤一著;彭俊淮译.
—上海:上海译文出版社,2014.2
ISBN 978-7-5327-6350-4

Ⅰ.孔… Ⅱ.①酒… ②彭… Ⅲ.长篇小说-日本-现代 Ⅳ.I313.45

中国版本图书馆CIP数据核字(2013)第249954号

图字:09-2010-595号

孔明,你又乱来了
[日]酒见贤一/著 彭俊淮/译
责任编辑/李 洁 装帧设计/未氓设计工作室

上海世纪出版股份有限公司
译文出版社出版
网址:www.yiwen.com.cn
上海世纪出版股份有限公司发行中心发行
200001 上海福建中路193号 www.ewen.cc
上海锦康印刷厂印刷

开本890×1240 1/32 印张13 插页2 字数250,000
2014年2月第1版 2014年2月第1次印刷
印数:0,001—6,000册

ISBN 978-7-5327-6350-4/I·3791
定价:45.00元

目录

CONTENTS

序　言

直到最近，我才终于了解到诸葛亮的伟大。这绝不是讽刺的说法。也许日本全国两百万诸葛亮迷会说：“怎么到现在才说这种话？”但实在是因为在下笨拙，所以迟迟未能察觉。

我早在十几年前就已读过《三国志》后半部孔明南征的章节，觉得非常有趣。尽管其中涉及了种族歧视的写法，描写居住在洞穴里的南蛮酋长们屡屡袭击孔明所率领的蜀汉军之场面。蛮族洞主屡次使出一些怪招，连赵云这些正经的将领们，突然被卷入和这些如狼似虎的野蛮士兵的非常规战斗中，也会不由得陷入困境吧。

然而孔明却一点也不慌张地说：“吾未出茅庐之时，先知南蛮有驱虎豹之法。吾在蜀中已办下破此阵之物。”之后便出动了不知何时造好，且已运送到的巨大野兽模型兵器（就是人可以入内操纵，类似特洛伊木马的东西），这些巨兽口吐火焰和硫磺的毒烟，吓得蛮族的野蛮之师四散奔逃。再加上事先已埋藏好的地雷，使得这些蛮族们如虫豸般被烧杀殆尽。

先不谈孔明那孩子气的所作所为，关于为何他不把这些机械兵器用在之后对魏的北伐，例如斜谷、街亭以及五丈原等战役中，以攻击魏军这一点，我可真是百思不得其解。相信读者们也很希望看到司马仲达的大军被喷火的怪兽兵器部队修理，以及被地雷炸得四处乱窜的景象吧。若果真如此，孔明大军必定能凯旋而归了。为此感到扼腕不已的应该不只我一个吧？

说起来，我第一次读《三国志》是在成为作家之后的事。因为我的出道作品被评为具有“灰姑娘＋三国志＋金瓶梅＋末代皇帝”的品味，所以我才想看看它到底是怎么样的一本书；如果不是因为这样，我可能这辈子都不会碰它吧。由于《三国志》的汉字太过难懂，即使是《三国志通俗演义》还是很难，我于是选择细读译得还可以的日文版《三国志》。（顺带一提，我至今仍未读过《金瓶梅》。还有，前几年蔚为话题的原版格林童话、听说很可怕的《灰姑娘》我也没看过。）而以《三国志》为基础改编的吉川英治的国民小说《三国志》，以及横山光辉写给小朋友看的《三国志》我也都没看过。

虽然我对于中国原版的《三国志》不甚了解，但“诸葛亮”的威名我可是时有所闻。“千年才出一人的神机妙算的军师”、“智谋秘策如涌泉”、“出其不意的纵横之士”、“作战之神”之类的评价不绝于耳。就像评论当代的武道家时会用“今之武藏”或“现代的姿三四郎”来形容一样，日本史上若出现了少有的将帅或充满智谋的战术家，人们也会引用诸葛亮的事迹，称赞他们为“当今之孔明”或“我国的孔明”。就连战国美浓①的武士——竹中半兵卫②也是如此。

到底为什么他会被人如此尊崇呢？因为诸葛孔明不仅是战争的天才，而且可以说是跨越国界的史上最强人。也许西方人并不知道

---

① 美浓位于日本中部，日本战国时期（15 世纪末～16 世纪末）曾发生织田信长征服美浓地区大名的战斗。——译者

② 指竹中重治（1544～1579），丰臣秀吉的军师，以谋略著称。——译者

他，但是在东方，提到军师参谋，孔明肯定是首先想到的名字，甚至让人有“绝无人可出其右”的错觉。后面为了方便起见，我把正史的《三国志》仍称为“三国志”，而《三国志通俗演义》（即《三国志演义》）和翻成日语的《三国志》，以及一些旁门左道的三国作品，都称为《演义》以示区别。

话说回来，《演义》是描述后汉末期，从 184 年黄巾贼之乱开始，到 265 年司马氏的晋朝成立为止的八十年间所发生的事，所以只要是长寿一点的人，应该都可听闻其间的治乱兴亡。但是，“这些家伙为什么老是在打仗呢？”我不由得有这样的疑问。明明可以不打，人们却对这种几乎要灭掉一半人口的互相争斗乐此不疲。（不过，因为历史上老是重复这类悲惨故事，所以这并不是特别在三国时代才有的异常现象。）

在耽于和平的现代日本人眼里，那应该是个令人浑身颤抖的可怕时代——举例来说，有个满脸胡须的大汉缓缓下马走入了餐厅，他身上的衣服又破又脏，服务生都提心吊胆地看着他。对此，那大汉正色地说：“只不过是沾到一点打仗的尘土罢了，有什么好大惊小怪的。”又或者，有一天你的儿子回家来，高兴地喊着：“我回来了！”一手提了个还在滴血的人头，对你有点不好意思地笑着说：“您应该到现场去看看啊！好了，让它腐烂发臭的话就不好了，快把它放到冰箱里去吧。”说完就把它交给妈妈，然后狼吞虎咽地吃起晚饭来——这些都是家常便饭。

虽然这些人家里常收藏或装饰着人头或人的四肢，但这些绝不是一个以连续杀人为乐的人所做的勾当。虽然那个时代有着悠久历史的浪漫情愫，而且似乎还有着男人的英雄情结，但在这些英雄豪杰们永无止境的征战背后，却不断重复着不分男女老幼的大屠杀。而在这极为残暴的《演义》里，必定压抑、隐藏着被糟蹋蹂躏的人们的嗟怨之声。这不禁让我怀疑起大家对《演义》如此感兴趣是否是件好事。

枭雄们率领的二三十万大军常被火烧，被水淹，还会掉进奇怪的陷阱之中，然后像虫豸般被屠杀。这样的事还被人称赞说："这真是乾坤一掷的大智谋，好一个妙计啊！"有人欣喜、称赞，当然也少不了一些咒骂之声。人类的才智在《演义》里老是被用在杀人上，然而我认为，在解决纷争时所产生出的智慧才是所谓的才智。难道《演义》是特意要告诉我们人类是种难以教化的生物吗？

我常常想："这些人，根本就是一群头脑不好的家伙嘛。"但遗憾的是，我们这些没上过战场的人，在这里高谈阔论战争的心理和意义，实在有些失礼，所以还是别说了吧。就故事本身而言，由于主角们一个接一个死了，所以移情作用也跟着断绝了，而且也不太可能只选一个人物作为整篇故事的主角。那么，此后的《演义》该怎么写下去？尤其是身为一个作家，该用什么样的手法让故事延续下去，就成了大家质疑的焦点。

至少就我本人来说，让这个故事通顺地发展下去，几乎就是一个不可能完成的任务。好在在这样纷乱如麻的、凶险惨烈的地狱里，上天为了倡导和平而派遣了一个冷静而忠厚仁义的人——诸葛孔明，但是把孔明的逸事对照史书一看，着实让人满腹疑问。因为孔明只是为战争火上浇油，而非实现和平。而且我始终不明白为什么一个在战场上打胜仗的次数屈指可数的人，会被推崇为稀世的战略家。难道这就是所谓的孔明神话吗？

特别是在孔明晚年的时候，我不知道他到底有什么不满的。当时天下大势已被魏国的曹操一伙掌控，眼看就要恢复和平了，但他却几乎可说是意气用事地北伐了四次。不但让蜀国人民疲惫不堪，而且一块魏国的土地都没抢到，可说是屡战屡败。他到底在干什么啊？怎么看，这都不像是一个名丞相、军事天才的所作所为。

组织一支军队得花多少时间、金钱及人力，相信不用我说大家都知道。那些费用全是来自税收，所以就算孔明再怎么精于政治，一旦战败，别说是税金付诸东流，可能还得负债呢。以“后汉、魏、晋”为正统的史书中，写道：“这一年，孔明又入侵了。”把孔明写成盗贼，认为他是“妨碍王道和平的麻烦家伙”，大加鞭挞。那么，诸葛孔明到底是个怎么样的人物呢？总之，首先可以确定的一点就是，在我看来，孔明是个孩子气的人。这便是他给我的印象。

第一回　孔明于襄阳吟唱《梁父吟》

想借由《演义》了解诸葛孔明，就必须对前汉及后汉的历史有个大概的了解。不过我对汉朝刘氏的四百年历史实在不甚了解，只好把它跳过去。“诸葛亮，字孔明，琅邪郡阳都人士。”史书列传的开头一定有这么一段关于出生地的记载。关于这部分，一定要先有一番解说。大概是因为出生地的力量以及当地的神祇是非常重要的，当地的神祇不仅会影响当地人的一生，同时也给予他们力量并守护着他们。

“在下是关东武州某某郡某某村出身的人。”日本的混混在行见面礼时，一定会像这样在报名字之前先说自己的出生地，我想应该也是出于同样的理由吧。由此可见这是件很重要的事。关于“诸葛”这个在中国非常罕见的复姓，有不少注释曾对此加以说明。听说本来应该是姓葛的，但不知从何时开始，就变成了诸葛这两个字。

NHK 的特别节目曾报导，前几年在中国发现有一个村镇，该村的村民全都姓诸葛，都是诸葛孔明的子孙。此事引发了不小的话题。在信息发达的现代，竟然用“发现”两个字来形容一个村镇，而且更令人吃惊的是，这个村镇并不是在深山里的穷乡僻壤，而是在地方城市附近。

看着电视上播放的奇特景象——小学老师问：“是诸葛亮子孙

的，请举手。”结果整个教室里的孩子竟然都举了手。看着那些眼神中闪耀着光芒的小孩，实在让人忍不住想问他们：“真的吗？”另外，与此类似的，曲阜有个地方，听说有很多比孔明早数百年的、孔子学生颜回（因为赤贫而早死，连娶妻与否都成谜的人物）的子孙。可见中国一直到现在，祖先崇拜的血统主义色彩仍很浓厚。

要是在日本也有这样的村子，当人们问：“是坂上田村麻吕[①]后裔的请举手”时，说不定全部的人都会把手举起来。但就算真是这样，相信也有爱挑毛病的学者会追根究底加以调查而提出反对论吧。

孔明出生于公元 181 年。听说孔明出生时，出现了许多祥瑞及神秘现象，虽不知是真是假，但如果我在这里一一加以否定，那就太不知趣了，所以姑且相信吧。罗马斯多葛学派的哲学皇帝大秦王安敦[②]，就是在孔明出生前一年死的，他死了之后，罗马的和平时期也宣告结束。那是个日本发生了什么事都还无法考证的时代。

孔明孩提时遭逢乱世，所以和亲兄弟分开过日子。而在故乡琅邪生活，也只有一段短短的时间。他在十四五岁的时候，就因前往投靠叔父诸葛玄，而移居至荆州的襄阳。在距襄阳十公里的近郊、名为隆中的偏僻地方定居后，就一心过着耕读的生活。但是就在同一时期，有人言之凿凿地说他曾目击孔明在长安牵羊路过。在此之后，全国各地纷纷传来许多可靠性并不高的目击情报。目击者们都看到孔明明眸英姿，遂称他为“卧龙”。

孔明十四五岁时，徐州遭逢了一场大屠杀。曹操军队大举入侵徐州，屠杀了数十万百姓，并将尸体丢到泗水中。这件事完全起于

---

① 日本古代名将，曾被任命为征夷大将军征讨虾夷族。——译者

② 《后汉书》中的称谓，即古罗马皇帝马可·奥勒留（121—180）。——译者

私人动机，因为曹操的父亲曹嵩被徐州太守陶谦暗杀，曹操闻讯便大怒道：“该死的徐州陶谦，我非报这个仇不可，我要报仇雪恨！”

其实以正当的理由来说，曹操并没有收到平定叛乱的敕诏，而陶谦也已老迈，根本不可能谋反；其次，在战略上来说，当时曹操也没有必要把徐州占为己有。这不过是支以杀尽城中百姓为目的的军队罢了。“坑杀男女数十万于泗水，水为不流。”在各个乡镇中到处可见烧杀掳掠，尸横遍野，一只鸡狗都没有留下。假如那个时代有核子武器、毒瓦斯或细菌生物武器的话，曹操大概也会毫不犹豫将它撒向徐州吧。曹操的震怒可见一斑。

在魏武帝曹操的征战经历当中，就属徐州之战最没有意义了，这只是针对与陶谦没有直接关系的一般百姓，进行恶劣的组织性犯罪行为。而且后来也证实，曹操的父亲之所以被暗杀，是因为陶谦所托非人的一场误会，但曹操并没有对此道歉。或许应该这么说，身为统治天下的霸主曹操，也许曾想过要道歉，只不过他想道歉的对象都死光了。

在这场混乱中，刘备主仆虽悄悄溜进徐州，取陶谦而代之，但不久后却被吕布赶出来，最后只好依附曹操而遁逃。蜀国先主刘备的大半辈子，就是不断重复这样的过程。少年时期的孔明应该每天都接收到这类消息，想必他对徐州之战的大规模杀人事件也为之鼻酸，并相当反感吧，但这并没有改变他那爽朗的表情。“在荆北，也有衣着褴褛像幽灵般的难民蜂拥而至呀！”我想他应该不至于这么说。

不过，当时的荆北的确有背着已死去的腐烂婴儿、两眼迷茫的妇人；只剩下一只眼睛、一只手或是一只脚的可怜人；连衣服都没得穿，却不得不羞赧地走着的小女孩，以及年幼的战争孤儿。我想，一定也有乞丐曾前去孔明的陋屋乞讨吧。我不知道看见这些景象的孔明作何感想。也许在独自抚养兄弟姐妹、为填饱肚子而每日耕种的孔明看来，这种多余的同情反而是一种残忍吧。

堪称《演义》中最强的男人吕布吕奉先，因为中了曹操与刘备盟军的卑劣计策而落败死亡，是在公元198年。当时孔明十七岁。吕布骑着赤兔马驰骋在战场上，只要稍一挥舞他的方天画戟，便能令战场尸横遍野，使五六个敌军的头颅如西瓜般滚落于地。他还保有在不到一刻钟的战斗中斩杀两百人的纪录。虽然有人会说：这怎么可能？不过在之前的抗日战争中，日本兵竞相斩杀百人这种事都有，所以我看我还是相信好了。

吕布是在《演义》中数一数二的猛将，虽然关羽和张飞也都是一夫当关、万夫莫开的将军，但吕布却是他们两人联手才能与之抗衡的猛将。人类当中最强人非他莫属。在我的想法里，吕布应该是强过奥运金牌选手亚历山大·卡列林①三倍的人。嗯，大概吧。在这位与其说是豪杰，不如说是怪物的吕布败北的背后，有个未经确认的消息，说这是因为孔明的诡计。

向他寻求策略的陈登就曾在事后回忆说："他真是帮了大忙。"从后世的《演义》的热切爱好者身上，可以隐约看出他们有一种期待以及欲望，就是想把所有大快人心的事或精彩的桥段，都归功于刘备或孔明。于是元末明初的罗贯中就把原本只是街头巷尾的说书桥段，或地方传说的长篇故事辛苦地整理成小说，即《三国志通俗演义》。

---

① 亚历山大·卡列林（Aleksandr Karelin），俄罗斯摔跤运动员，是现代奥运会历史上唯一一名连续三次夺得男子130公斤古典摔跤比赛的奥运冠军。——译者

由于经过了好几代说书先生的润饰，再加上人们加入各式各样的故事插曲，以及说书先生根据自己喜好的更改，所以故事本身的夸张及捏造在所难免吧。在罗贯中的《三国志通俗演义》完成之前，我相信故事本身一定已几经修改，并且有人补上不足之处。几近完成的罗贯中《演义》版木出现后，在每次的誊写印刷之时，也可能有热心的书迷在其中添上几笔吧。总之，孔明即使过着贫穷的日子，也似乎只专注于读书这件事。

在那样的时代里，想要出人头地、赚取稳定的收入，就只有在被抓去当壮丁之前，谋个公务员之职。而想步入仕途，则是通过有识者“举孝廉”的察举制（基本上是由郡国太守主持），做法似乎是与有识者建立关系，给予巨额贿赂，日后持续送礼。但是，在后汉末年的朝廷因为处于破产边缘，非常不安定，官职最多只能做到地方官、有力的太守、刺史、州牧，以及豪族军阀的首领。如果没有关系，就只能凭借卓越的学问或是一身的武艺来谋取做官的机会了。

孔明长大成人后，虽然是个身高超过一八〇厘米的山东大汉，但他全无武艺。他在少年时虽然身高就高人一等，但骨瘦如柴，再加上是个怪异的外地人，所以他在刚移居襄阳时，常有附近的坏孩子找麻烦。但孔明可不是就这样乖乖就范的人，他明明还是个孩子，却能利用惊人的史学学识编成一套言论来驳倒那些坏孩子。

“喂，那边那个大个子，如果你想和我们一起玩，就先从我们的奴仆做起吧！要是你能拿一些点心或是银子来，我们倒可以考虑让你加入我们哦！”

当那些孩子们把新来的孔明团团围住，不怀好意地这样威胁他时，孔明突然以他那尚未变声的声音滔滔不绝地说：“昔日，汉高祖只以泗上一亭长的身份提起三尺之剑而发迹，虽然他在楚汉之战中节节败退，但丝毫没有动摇志向，屡战屡败却不轻言放弃，终于在最后一战中战胜了楚项，得以完成统一天下的大业。你们这些人尽管把我看扁好了，今天我让你们赢，可是将来得到最后胜利并取得天下的人是谁还不知道呢……”明明就是小孩吵架，孔明却能扯到争霸天下，实在是令人不得不佩服他那令人惊异的头脑，或说真令人毛骨悚然。

不过话说回来，那楚汉相争的最后一胜，是在双方缔结了休战协议之后，刘邦趁项羽军队松懈下来、准备退兵之际，从后偷袭而得来的，这其实是个古今罕见的卑劣暗算手段。稀世的军师张良向刘邦进言说：“汉王如果不用此计，绝对无法战胜项羽。”这时，刘邦还怕留下臭名而举棋不定，他对张良说：“做这样违反道义的事情好吗？”但最后他还是做了。虽然大多数人都认为项羽非常可怜，但身在汉朝的人如果这么说，肯定会惹来杀身之祸，所以他们不得不把嘴闭上。

少年孔明虽觉得奇怪，但也认识到“这世上有好计策也有坏计策”这个道理。孔明是个嘴巴绝不饶人、令人讨厌的小孩，但是其他孩子们也并非全都够聪明到能了解其语言个中之意。要是遇到那种坏孩子恼羞成怒地说：“别说那些歪理。”孔明自知诉诸武力他绝对赢不了，便会一边装哭一边逃离现场，接下来再寻求奇计好好报复一番。

不久，那些坏孩子就会因误踩陷阱而掉入洞穴里，或被天花板上掉下来的大石头砸中，更甚者还会因大人中了孔明的“虚报之计”（写起来很有派头，说穿了只是撒谎骗人，称不上什么仁义之事）而被痛打一顿，或被吊在树上，再不然就是被原来一起玩的同伴们孤立。

要是在家里，孔明就会趁天还没亮时使出他的得意之计——火攻（写起来很有派头，其实就是放火而已）引起一场小火灾。只要欺负过孔明的人一定会遇到这种事，所以大家渐渐因害怕而不再敢对孔明找茬。从这里我们即可窥见日后的天才谋士之一鳞半爪。

孔明的姐姐因为看不下去他的阴险和诡计多端，曾骂他说："只不过是小孩子拌嘴，你为什么要做出这种事？你虽只是个孩子，但还真让人不寒而栗。"

孔明听了，眼角泛着泪光，说出下面这段莫名其妙的借口："我听说昔日的名将淮阴侯韩信，也曾被地痞流氓欺凌，因不敢与之争锋，而从他们的胯下钻过。和他比起来，我所做的事是有点过分。小弟我不才，无法如韩信一样承受胯下之辱……当然其实我也根本不能和他相提并论。"

撇开这些不谈，孔明不想终其一生都当农夫，因此致力向学。所幸琅邪的诸葛家能给孩子们提供适当的教养，所以孔明才得以读书识字。他在襄阳曾寻良师就学，常去号为水镜先生的司马德操的私塾。正因为他的勤读博学，不久之后便在襄阳小有名气。而他能在务农及读书的空当、在没有人拜托的情况下，策划出打倒吕布的秘策，也真让人佩服。

他当然希望出仕。但在这个极其变化无常的年代里，就算是有权有势的太守，也有可能在隔天就被斩首示众，所以选择职业不得不慎重。公元 199 年，北平太守公孙瓒自杀。同年，原南阳太守袁术也死了。公元 200 年，江东小霸王孙策斩杀了于吉仙人，受报应而死。随着天下霸主的候选人渐渐减少，谋职的去处也跟着减少了。继承孙策的碧眼儿孙权，为了弥补自己年轻、经验不足的弱点，非常热衷于招揽人才，任用贤能。幸运的是，孔明的哥哥诸葛瑾得以仕于孙权处，这使诸葛家的贫穷状况得以改善。

顺道一提，之后的吴王孙权孙仲谋这时十八岁，与孔明相差无几。这一位年纪轻轻就当上一国之君，而孔明却还穷困潦倒，蛰伏在家（也就是还在谋职）。孔明并没有趁乱世一举成为一国之君的妄想，所以丝毫没有嫉妒之心。只不过孔明是否想过“要是我也能像哥哥一样找个好工作就好了”，就不得而知了。

孔明的姐姐嫁给当地的名门庞家，生活过得非常富裕。这时的孔明以特立独行闻名。他闲暇时会一面走路一面吟唱《梁父吟》。

这《梁父吟》类似一种民谣，我实在很想听听看他到底是用什么样的抑扬顿挫来唱这首调子。《梁父吟》的原文是：

步出齐门城，遥望荡阴里，
里中有三坟，累累正相似，
问是谁家冢，田疆古冶子。
力能排南山，文能绝地理，
一朝被谗言，二桃杀三士，
谁能为此谋？相国齐晏子。

晏婴是连孔子也相当敬仰的春秋时期齐国名相，但我不知道这首歌到底是在称赞晏婴还是在讥讽他？

“二桃杀三士”这句话是有典故的。三士指的是田开疆、古冶子和公孙接三人。这三人文武全才，是非常优秀的剑客。但是晏婴却担心他们三人如果联合起来，会对齐国造成威胁，所以便设下了一个计谋。

晏婴把他们三人叫来，并拿出两颗桃子说：“这是主上（齐景公）赏赐给你们的，认为自己功劳最大的人就拿去吃吧。”由于三个人都认为自己的功劳不比其他两人小，因此便激烈地陈述自己的功勋，进而争吵了起来，然而到最后，三人都因感到惭愧而自杀了。

这就是“晏婴以两个桃子让三个勇士自杀”的故事，但这对那三个无辜的人来说，未免太残酷了。如果到齐城郊外仔细找，会在乡间发现三座倾圮而无法辨识的坟墓，问问人就知道那是被晏婴设计害死的三勇士之墓，到时你便会想起自己曾听过这个故事。传说《梁父吟》的作者是孔子的得意门生曾参，说是曾参为思念自己的父母而作。

若果真如此，还真是文不对题啊。因为孔明常吟唱这首歌，所以后世的人一提到《梁父吟》就想到孔明。之后，孔明向刘备提出“三分天下之计”，并付诸实施。然而细细想来，当魏、蜀、吴三国鼎立之势形成之时，孔明或许是想借着某两样贵重东西，让三国自行灭亡，来为这个时代画下句点。

如果他在这么年轻时就有如此的深谋远虑，那他还真是个令人敬畏的人啊。在三国相互攻伐、羞愧得自行灭亡后，中国会留下些什么呢？如果说孔明从《梁父吟》得到暗示，意欲通过三国相斗相吞并，给天下带来和平，为了一试才会直到最后还坚持继续讨伐魏国，那么这虽是痴心妄想，于理也还说得通。孔明究竟为什么要坚持讨伐魏国？这事实在令人费解，他的真正动机恐怕只有他本人才知道了。

事实上，孔明眼前就有个肥缺，也就是在荆州的刺史刘表刘景升那里。襄阳是刘表的根据地，刘表年轻时以“江夏八俊”之一而闻名，身为汉朝刘氏后裔的他，拥有相当大的权势。荆州奇迹似的并没有卷入大战乱中，而在北方、东方及中原，董卓、袁绍、袁术、吕布、孙策、公孙瓒、马腾，还有曹操、刘备等人秉持着“敌人的敌人就是朋友，昨天的敌人就是今日的战友”这个原则，一刻也不得闲地合纵连横，互相攻伐，不过战火却没有南下烧到荆州来。

刘表袖手旁观他人挟持皇帝，或许在觊觎“等到野兽们互相争战而露出疲态时，我们再出马去挟持皇帝”。虽然他还存有这一点野心，但由于荆州实在是离战端太远了，所以他只是沉溺于和平，并满足于自己这个“武装中立的一大势力”之头衔。

这时的刘表已年近六十，精力也一天天地衰退。“现在曹操虽然挟皇帝自重，但他一定还是惧怕我们荆州之师。袁绍虽然以代代名门为荣，并借此横行霸道，但我十分清楚他只是个没有毅力的家伙罢了。”刘表似乎也只能像这样装装英雄吧。

不过，荆州之所以没有成为战场只不过是运气好而已。河北的两大巨头曹操和袁绍各自的征战稍微平息后，曹袁双方的军师谋士都一致认为“应该先把对方做掉”，因此荆州才碰巧没被战火波及。

不，其实有一次荆州是危险的，那时还在袁术麾下的猛将孙坚，就曾经攻占襄阳。但就在千钧一发之际，孙坚因为一时大意而被守兵射杀，荆州才得以侥幸地逃过一劫。要是孙坚晚死半个月或是一星期，也许刘表已不在这世上了吧。而这时，襄阳的人们也都看清了自己的这位窝囊州牧，在面临紧要关头的战争时，根本就不是个统帅三军之材。

百姓们都知道孙坚是孙策及孙权的父亲，所以江东的强兵和刘表有着杀父之仇，因此他们都怀抱着“总有一天他们会再来侵犯”的恐惧。总之，只要能多维持几天和平就好了。这块土地上聚集着许多人，在经济上及文化上也都相当繁荣。或许襄阳真的只是运气好，但十几年来荆州都没有发生战乱却是不争的事实，因此从一般百姓到落魄的贵族、学识丰富的学者，都聚集到襄阳来。孔明如果想到刘表那里当官，渠道应该不少，照理说不成问题。但是孔明还是宁愿与弟弟诸葛均过着晴耕雨读的生活。然而诸葛均不想追问他原因，并非他已经洞悉孔明在想什么，而是他若一问，肯定会被迫听两小时以上如下训诫：“吾观刘景升的相貌是属于堂中异轻之相。昔日战国有个仕秦之人，名为圭贯，他啊……”

孔明除了史书、兵书、经书、黄老之书及诗赋外，骨相学、天文学、医书、气学算命之书、怪力乱神的神仙书籍，也如饥似渴地读了不少。我不知道他学这些到底要干什么，但是他迫不及待想展示学习成果的心情是毋庸置疑的，而眼下能当听众的人，也只有自家人的诸葛均一人而已。“虽然我不知道理由，但总之哥哥不喜欢我们这个州牧就是了。”诸葛均也只好这么想了。

在我们这些后世的人看来，能在拥有稳固地盘的刘表底下做事，辅佐平庸的君主登上九五之尊，不是也挺好的吗？但是从孔明自身的美学角度来看，刘表这个人似乎不符合他的标准。说到这个，最近孔明似乎变得爱漂亮了。而且他的品味也十分古怪。以前因为没钱，所以孔明总是头也不梳地只把头发绑起来，然后穿着满是尘土的务农衣，从容地出入于水镜先生的私塾，而且他也毫不觉羞耻地以这身打扮到襄阳城中去办事。

孔明的姐姐出嫁前，也常对他说：“你是我们诸葛家的栋梁啊，可不可以至少在出门的时候，把这身衣服弄得干净整齐一点呢？”不过这时孔明就会动情含泪说道：“所谓的大丈夫，只要能锻炼心智，立定志向，就算身穿敝衣，也不会感到羞耻，而且这么一来，更加能反映出此人的志气。我听说孔子的弟子仲由子路，即使身穿破烂的棉袍，与身穿毛皮的显贵之人并排站在一起，也丝毫不引以为耻，所以我也不觉得我有什么好羞耻的。”

但我想他一定还是希望能打扮得光鲜亮丽，好引起城中女孩们的骚动吧。不过，当孔明手头比较宽裕的时候，就会突然讲究起穿着。而且他所穿的也不是普通男子的服装，而是头戴纶巾，身披鹤氅，是特别定做的。所谓的纶巾是只用青色的线绳织成的头巾，而鹤氅指的就是道袍，是修习神仙之道的道士所穿的衣服。而他的怀里还藏着一把扇子，有时他会拿出那把扇子，扇也不扇地凝视着它。诸葛均完全不了解他哥哥在想什么。就算问了，孔明一定又会鼓起如簧之舌，天南地北聊起历史及宇宙，结果还是什么也没弄懂。

我想孔明应该不是单纯爱漂亮吧！诸葛均也相当担心，于是去找姐姐商量。这么一来，孔明也以他那身打扮到了姐姐那里。姐姐顿时也吓了一跳。你这家伙，难道想成为修习仙道的道士吗？还是因为找不到工作，所以自暴自弃，失去理智，想要离开俗世到泰山去隐居呢？

“姐姐，我这身打扮好看吗？”

“算了，反正你瘦得跟仙鹤一样，这身打扮也不是不适合你。”姐姐忧心忡忡地夸他。

“那就好！”孔明一边爽朗地说着，一边突然抽出扇子遮住嘴。

我弟弟虽然以前就怪怪的，但这次好像太夸张了点。

这时，察觉到姐姐的神色有异的孔明莞尔一笑说：

“别担心，我没有发疯。”

要是在现代，姐姐发现弟弟开始爱打扮，一定会认为弟弟是情窦初开了，于是问他“是不是有了喜欢的女孩呀”。

如果看弟弟品味太差，或许还会建议：“你这样是不会受欢迎的喔。”

当孔明发了狂似的猛读书、钻研学问之时，姐姐也曾因他过于专注，而想阻止他，不过都无功而返。“你偶尔也该像一般的孩子那样到外头去玩啊！”身兼母职的姐姐不得不这么说。

不知道是不是因为孔明不喜欢与人打交道，总喜欢闷在家中，所以朋友也没几个。但是他这次却一反常态地附庸风雅了起来。于是姐姐便对诸葛均说：“我想应该没什么大碍，但是如果情况太离谱的话，就赶紧来通知我。”（得想个办法改改孔明的言行。）

姐姐在一阵苦思之后，拍了下手说：“那就让他娶个老婆吧。男人要是娶了妻子，一定会稳定下来。”于是，她当下便开始着手寻找城里的好姑娘。到底这个疼爱弟弟的姐姐所想出来的方法是吉是凶呢？请听下回分解。

第二回　孔明在狭小的世间号称“卧龙”

其实孔明也不是一个朋友都没有。虽然他认识的人大多年纪比他大，但他在水镜先生那里读书的时候，也结交到了一些同窗好友。其中的第一人就是徐庶徐元直。

徐庶出生于颍川，比孔明年长一岁。曾因杀人而被官差追捕，于是变装藏匿了起来。在那个时代，杀二三个人是家常便饭，丝毫不足为奇。徐庶不知何时成了水镜先生的门下，也算是个优秀的人才。徐庶虽然对自己的才学颇有自信，但自从遇见孔明之后就动摇了不少。这并不是因为孔明在阐述道理这方面比徐庶强，而应该说是思维维度上的不同。

对话时，孔明的境界就和徐庶不同，所以别说是和孔明争论了，大部分时间徐庶根本听不懂孔明在说什么。对此，我也只能称赞孔明：“这种人要么就是天才，要么就是个疯子。”

徐庶也是个有就业意愿的青年。他最近在刘表的客人——屯居于新野的刘备那里做事，但不知为何，他以单福这个假名自称。要是被知道真名大概会很麻烦吧！

“唔，你认为刘玄德这个人怎么样？”孔明问。

徐庶说：“人还不错。在他那儿做事不会太累。”也就是说，身为一个文官谋臣，想控制刘备刘玄德并不是件难事。

“只不过，那家伙运气不好。如果他拥有一块地或一个州就好了……”意思是，刘备一行人，只不过是一群连栖身之处都没有的乌合之众。

“而且在他左右的关云长和张翼德也是个问题。关云长若能沉得住气，那就可说是足以摆在壁龛膜拜的将士典范，要是稍微沉不住气，问题就来了。而张翼德那个混账家伙，根本就是个酒鬼！”

说到这，徐庶突然生起气来。据说是在一次酒宴上，徐庶曾经受到张飞恐吓：“你敢不喝我的酒？”接着就被强灌整壶酒。就在喝得醉醺醺、呕吐不止的徐庶面前，张飞也不知道是因为不高兴还是觉得好玩，竟把两三个部下当成沙包猛打，把他们打得浑身是血还哈哈大笑，其中哪个部下都被他打死了也说不定。

更糟糕的是，张飞还把徐庶拖到庭院中，高举他那支听说在战场上已沾过数万人鲜血的丈八蛇矛对徐庶说：“让我来教你用矛吧！”之后就在头上挥舞着蛇矛说：“单福，来吧！来吧！”

还好这时刘备出面制止说：“贤弟，你该适可而止了！”徐庶才得以平安无事。要是刘备没有阻止他，说不定斩杀徐庶早已被当成酒宴的助兴节目了。

“大哥，我的精力太过旺盛，请快点让我上战场好吗？”

张飞因为最近没杀人，所以正觉得不满。这时刘备颇有感触地说：“我们也只有等了。我也有髀肉之叹[①]啊。”那个痛切的表情还真生动。

“即使如此，你还要不死心地跟在刘备身边吗？”孔明问。

---

① 语出《三国志》及《三国志通俗演义》，刘表见刘备有泪容，怪问之。刘备长叹：“备往常身不离鞍，髀肉皆散；今久不骑，髀里肉生。日月蹉跎，老将至矣，而功业不建，是以悲耳！”——译者

“嗯，刘玄德的人品深深吸引了我，我会等张飞那家伙不在时见机行事的。”徐庶说。

“对了，那你又如何呢？你也不希望把你的学识和才能带到坟墓里去吧？”

这时孔明冗长地说了段孔子的故事之后，以“沽之哉，沽之哉，我待贾者也”这句出自《论语》的话作结。

“但是，光是等待，是不会有买家上门的哦，得主动向人推销才行！”

这时候，孔明拿出紫色的扇子（今天是紫色的）遮住嘴巴。孔明会根据每天的心情更换不同颜色的扇子，因为最近他正在研究色彩的风水学。

“我孔明胸中已有策略了。”他对徐庶这么说。

（这人虽令人难以捉摸，但他心中总藏有一两个策略。）

孔明总是暗藏玄机。你可以把他看成有智谋的人，也可以把他当成阴险的家伙。但是从敌人的角度来看，他的确是个难以对付的人，因为他是个不管被怎么逼得陷入困境，都一定还暗藏着反制玄机的难缠对手。

“现在最好的仕宦之处应该就是曹操阵营了。他一定能灭掉袁氏，不出两三年就能称霸华北及中原，要是加入他的阵营便能安稳度日吧。元直，你与其在刘玄德那种永无出头之日的人手下做事，还不如找个门路加入曹操阵营吧。你一定也想安定下来，好让老母放心吧？以你的才能，说不定曹操会对你另眼相看喔。”孔明以一种轻松的口吻说。

袁绍和曹操的大决战，也就是所谓的官渡之战，曹操的精锐部队是以袭击粮仓的奇计，才得以惊险地击破兵力比自己多出十几倍的袁绍军队。我想曹操与袁绍的胜负关键就是在这一战了。虽然这已经是两年前的事了，但当时名门袁家长年累积下来的冀州势力依然健在，而战争的胜负也只是一胜一败而已，也许接下来会展开反击也说不一定，一般人都还难预测哪一方会获胜。但是这时的孔明却已断言袁绍及袁氏一族没有胜算，且官渡之战后，与袁氏势力之间的战役对曹操来说，只不过是像割麦一般简单的扫荡战。

“你怎么知道？”徐庶问。

“我经过占卜及夜观星象知道，结果必然如此。”孔明爽快地回答。

如果这时孔明若无其事地说，“打胜仗靠的不是兵力多寡”，并详细分析袁绍在病中及病殁时袁家的骚动情形，以及曹操军队的作战模式，大概会令徐庶佩服得五体投地吧。但他竟然说“是占卜而来的”，使得徐庶也无法以他那精辟的分析与孔明舌战了。至于孔明如此说，是真的占卜推算出来的，还是根据其他情报分析出来的，徐庶就不得而知了。

所谓的占卜，是一种占星术体系的命运学，在当时似乎已成为一门确立的学问。往后的《渊海子平》[①]及四柱推命等都是以此为基础。西方，起源于巴比伦尼亚的占星术较为发达；中国，则是天文历法的算命学较盛行。由于两者同样是以天文观察的占星为基础，所以相似点非常多。孔明学会了算命并常常加以应用，这件事虽然还没有人知道，但是他的技巧却已经属于专家级的了。之后，孔明甚至以八门遁甲及奇门遁甲等实战占卜术的创始者而留名。

不过严格说来，在当时，算命占星算是军师的必修科目，不擅长的话，充其量只能算是个二流军师，而习得这个技术则被视为理所当然。“身为一个军师竟然连算命都不会？”要是被这么一说，评

① 我国宋代成书的八字命理学著作。——译者

价便会立刻一落千丈。

说起来，刘备现在之所以会在新野，是因为当初他加入袁绍阵营后，原本想在汝南摆好阵势袭击曹操，没想到袁绍却吃了败仗。所以一如往常，计划落空的刘备遭到夏侯惇、许褚等人的军队袭击，好不容易逃往荆州依附刘表。这是公元 202 年的事。刘表不假思索地想迎接刘备一行人，但他的谋臣蔡瑁却劝谏他说：

“刘玄德是个比豺狼还不如的不仁不义之人。他原本出生于涿郡的农村，靠着编草鞋糊口，长大后开始从事私贩马匹的低贱工作，之后聚集一群贪图金钱名望的无赖，以讨伐黄巾贼。卑贱如小混混的他，竟然靠着在各大势力间左右逢源而建立了名声。他与吕布结盟，却灭了吕布成为曹操的食客，而后又背叛曹操与袁绍结盟，对曹操恩将仇报。今日因袁绍败落，竟又恬不知耻像乞讨般地来到荆州。真是毫无方针可言。像这样没有节操的人，在这世上真是绝无仅有，绝不可相信。那家伙是只无法分辨谁是主人的狂犬，要是把他留在身边，总有一天会被他的利牙伤害！”

蔡瑁就这样毫不留情把刘备辛苦的半生贬得一文不值，真够严苛的。但这时他要是再加一句“看是要把他赶出去，还是杀了他，把他的首级献给曹操”就更好了。事实上，日后刘备也的确夺取了荆州，可见蔡瑁的见解是对的。明明就是说出真话，但蔡瑁却因此在《演义》里被当成大坏蛋。说起来还真有点可怜。刘表说：“别这么说嘛。刘备可是中山靖王刘胜的后裔、汉景帝的玄孙，是汉室的宗亲啊。”但这时蔡瑁不改其严厉本性说：“这都是他自己说的，说不定他是冒充的！”

景帝的公子中山靖王刘胜的子孙超过一百二十人，所以在这当中，刘备偶然是其中之一也不足为奇，所以可以打出和刘备相同名号的人应该相当多。刘表又说：“刘备不是被当今皇上尊称为皇叔吗？而且听说他还得到了皇上的密诏。”

当今皇上，也就是后汉最后的皇帝汉献帝，不知道他是不是被关久了有点自暴自弃，要不然他怎么会信赖一个没什么力量的刘备，还给他密诏呢？因为是密诏，所以其他人应该不知道，顶多也只是有类似的传言而已。因此，这个密诏的真伪其实很难说。就算密诏的事是真的，那么会把这个消息流传出来的也只有两个人，那就是献帝和刘备。

从这个传言对谁有利，以及能提高谁的地位来看，传出这消息的肯定是刘备。当时，献帝处在曹操的保护及监督下，日子过得还算不错，要是献帝下密诏给刘备的事被曹操发现（实际上，还真的是马上就败露了），他肯定会立刻失去现今舒适的生活而沦为阶下囚，因为曹操对于献帝的背叛防范甚严。我想假如献帝聪明一点的话，应该会从董卓奉诏以来的密诏事件里得到教训，不会再轻率行事。

看来主公是打算接纳刘备了——蔡瑁不得不这么想。刘表虽是个本性仁慈的人，但如此处理刘备这件事却是出自政治上的考虑。他或许认为，在今后可能展开的与曹操的荆州攻防战中，还是让出入战场数十次、比荆州士兵更习惯于作战的刘备一行人充当荆州的守卫较为合适吧。蔡瑁于是向刘表进言道：“既然如此，请主公听我一言。不妨将他们安置于离襄阳很远的新野，因为要是北方的敌人攻来，新野可说是荆州的前线啊。”刘表于是照着他的话做了。

“曹操那儿是最好的去处，那么你为什么不去呢？”徐庶问道。

“就如我刚才所说的，我不想主动推销自己，而是等对方不得不亲自来找我。”

又是一个让徐庶难以理解的回答。

孔明不想主动投身曹营的理由其实很明显，因为曹操的帐下可说是人才济济。曹操虽然恶名远播，但在礼遇人才这方面却不落人后，不仅有猛将，也有不少优秀的参士。在此列举几个成员：被曹操誉为“此吾之子房也”的一等王佐之才——荀彧；献上恶魔般作战策略“十面埋伏之计”，将袁绍军杀得片甲不留的老谋深算军师——程昱；天才作战家、能预言孙策之死的策略家——郭嘉；经常随曹操出征、屡屡献出妙计的智囊——荀攸；曾企图谋杀曹操，并让他掉入致命陷阱的死神军师——贾诩。

在曹操阵营里，以这些人为首的、非比寻常的诡诈之辈多如牛毛，而埋没于其中不见天日的一般良才也有许多。例如徐庶就是一个相当不错的谋士，但在他们那群人当中，想崭露头角可说是相当困难。

孔明一点都不觉得自己比荀彧、郭嘉等人差——尽管这毫无根据。明明没有经验却对自己相当自信，向来是年轻人常有的毛病，然而孔明的自负实在是有点过了头，其自信就像黄河水滔滔不绝般理所当然。他为什么会有这样的性格呢？这也是不久之后连孔明的姐姐也想知道的。

我相信孔明也发觉，曹操本身就是一个史上罕见的军事战略家。而且我想曹操身为军师的能力，恐怕也远远超过荀彧、程昱等人吧。既然如此，曹操为何还要聚集如此多谋士在自己手下呢？我想可能是为了让这些人阻止他本人太过有才情及热情所导致的鲁莽行为吧。

曹操打胜仗时大部分都是大胜而归，但打败仗时也大多是独自一人狼狈地从战场上逃走。但这些都是曹操刚兴起时常犯的毛病，最近已不复见。说起来所谓的计，指的是在士兵数量少或是士卒的能力较对方弱时，不得已而用的计策，因此在正规作战时根本不应该用。用计等于是在战场上打赌。

曹操在初期，虽然对于自己精心训练的青州兵颇有自信，但无奈在数量上略嫌不足，所以在强调多面作战的前提下，自然被迫采取所谓的计谋。本来正规作战的部队不需要采用计谋，如果擅自使用还可能对部队造成相当的危害。但是曹操自知这样的作战方式很符合自己的个性，所以喜欢在没有必要的时候也采用奇兵之策，他是属于那种偏好高风险、高回报的战术类型的人。而且他的这个作战方式在官渡之战还真的奏效了。这正是赌博的魔力啊。曹操客观察觉出自己这样的性格，为了引以为戒，只好找来一群比自己略逊一筹的人来当谋士，倾听他们的意见。曹操在政治和作战方面的策略，都从这些人当中取得了折中的意见，因而稳妥了不少。

孔明应该不会想在那种人手下做事才对。不，应该说绝不可能。孔明直觉地（或是用占卜算出来的）认为，在这个时代里能与自己势均力敌、能力和自己不相上下的人，大概就是曹操了。荀彧他们也许没有注意到，自己的君主的智谋其实远比他们自己高超，就算他们认为自己提供了非常好的建言，对曹操来说，也只不过是早已心里有数的谋略罢了。如果他们完全没发觉，那还真是愚蠢；如果注意到了，却仍旧守着自己的本分，便是有损自己的自尊。

自己绝不可能甘于那种状态。孔明十分了解自己。虽然这是以后的事了。当将死的刘备对孔明说“君才十倍曹丕”的时候，孔明心里一定在想：“怎么拿我跟这种小人物相比？”他自认能与他相匹敌的人只有曹操而已。魏武帝曹操在后世的人看来，确实是个天才，而且相当多才多艺。军事及政治上的才能就不用多说了，他在学问及艺术方面也相当优秀。

曹操为《孙子》所做的注释，也就是号称魏武注的《孙子兵法》就是流传后世的一部好作品。而曹操所流传下来的诗文当中，也有不少是毫不逊于历代诗人的佳作。多才多艺的天才是很难得的，就我所知，能拥有政治、艺术等多项领域的才能，并留下功绩的人，就只有歌德一人了。

当然歌德没让我们看到他在战斗指挥上（他曾稍有涉猎）以及身为君主方面的能力，但他身为一个科学家的能力却是一流的。说到诸葛孔明是类似于歌德那样的人，或许言之过早。所以，就此停笔。

孔明是个奇怪的人，应该说，一眼看到他就会觉得他非常奇怪。他曾对他姐姐和诸葛均说：“我好不容易出生在这个时代，真希望有个不共戴天的敌人啊。”

“不共戴天的敌人，意指无法共同生存在同一个时空里的人。”如果根据《礼记》，这句话原指的是杀父之仇，不过之后多指宿命之敌。将现在一半的中国握于自己手中的豪杰曹操，大概完全不知道自己正被一个素不相识的小鬼视为对手，就算知道了，可能也只会一笑置之吧。

孔明对于与徐庶会面的刘备颇感兴趣，他从之前蔡瑁所说的话当中得知了刘备的经历。虽然蔡瑁的本意是为了明哲保身，才将刘备视为危险人物，但对此孔明反而觉得非常有趣。虽然刘备老是这么不忠不义且毫无节操，打仗也常常输，但顽强的刘备却还是能维持自己的实力，到处流浪。要是一般的杂牌军领导人，恐怕早就被敌人或是部下杀了。而且以现在的眼光来看，刘备军的团结力可说是牢固得令人难以相信。

关羽被曹操抓住时，虽然欣赏其勇武的曹操给予他最优渥的待遇，以结其心，但最终关羽还是逃离了曹操，迅速回到刘备那破烂不堪的住所。而那难以驾驭的残暴莽汉张飞，竟甘心称刘备为大哥，而刘备也是唯一能驯服他的人。还有像赵云赵子龙那样武艺高强、头脑精明的人，竟然也忠贞不贰地跟随刘备一辈子。越想越令人觉得不可思议（不知是命运使然，还是刘备真的太有仁德威望。我等一下也来算算看好了）。总之，孔明决定对刘备多加留意。

接下来要说到孔明的“胸中已有策略”这句话。在这里，我们让徐庶的其他友人也登场吧。每到司马徽（水镜先生）开堂讲课之日，崔州平、孟健、石韬等人几乎必到场，虽然日后他们大多仕于曹操，但此时他们还是群血气方刚、以述说自己志向为傲的年轻人。

“至少要到县令，最好能当上太守或刺史。”从下课后的闲聊便可以知道他们是群啰嗦的家伙。他们的家境应该都算小康，所以才能到处谈论学问及政治，并游一游热闹的街道再回家。他们也曾到过那以营造出奇迹般平和气氛闻名的大堤等花街柳巷寻欢。

南国多佳人，莫若大堤女。

看来那是个非常纸醉金迷的场所。他们通常会在那里游玩一番再回家。要是没有一点钱是玩不起女人的，所以在这一点上，他们与一边耕田一边读书的孔明便大不相同。

崔州平把脸转向孔明。“对了孔明，你穿鹤氅，戴纶巾，还拿个扇子什么的，是想改变自己吗？”

崔州平好像旧话重提似的再次问他的同窗好友。

“你的抱负到底是什么？不会是想成为仙人吧？”

孔明说：“随随便便就把抱负说出来可是件不礼貌的事呢！”

“有什么关系嘛。我听说你的叔父诸葛玄以前当过太守，所以诸葛家不也算是个名门吗？你总有些想做的事吧！”

于是孔明一点也不害臊地说：“虽说这只是个目标，但我想成为像管仲、乐毅那样的人。我的目标就是成为像他们那样了不起的大臣。”

果然孔明又说出了这种超脱世俗的话，一时之间笑声四起。徐庶这时像是打圆场般插话说：“你说的是你尊敬的人物吧？这还真像是孔明你的风格呢。管仲、乐毅啊，要是他们还活着，一定会为这个乱世做些什么！”

管仲是春秋时代齐国的宰相，他以其才学让齐国变得强盛，同时也让齐桓公成为霸主。乐毅是战国时期的武将，他曾以燕国将军的身份大败当时的超强国齐国。春秋战国时期的事已经相当久远了，所以以那个时代的伟人来作比喻，就有点刻意引用伟人逸事的味道。例如，问一个现代的日本年轻人他的抱负是什么，如果他认真地回答说：“我想成为像织田信长一样的人。我想以武力取得天下。”我们大概也会对他说：“等等，你还是先以坂本龙马①为榜样吧。”当孔明举出管仲和乐毅的名字时，当下的气氛就如同上述的例子一样。

“孔明果然是个怪家伙。”

怪人孔明的传言就这样流传出去了。

“你们这么笑真是太失礼了，我可是认真的呀。”孔明以扇子遮住嘴，略带生气的眼神说。

不过他内心正暗自窃喜，这也是他所说的那个策略的伏笔。

众人回去之后，孔明独自留下来与水镜先生叙话。就连司马徽也不太了解诸葛亮这个有点古怪的学生。这可不是一句“超脱世俗”可以解释的，而且孔明经常收集各地最新的社会动向及战况，所以也不算超脱世俗。

---

① 坂本龙马（1836～1867），日本明治维新时期的维新志士、思想家。——译者

只不过听了孔明侃侃而谈其见解之后，水镜先生也不由得想：“我是不是上了年纪，所以跟不上时代了？最近的年轻人还真难懂啊。”

其实水镜先生并非老派的人，只是因为对方是孔明，他才会不由得这么想。与其他年轻人交谈时，他应该不会有这种心情。“咦？这是怎么回事？难道你们年轻人现在开始流行神仙之道了吗？”水镜先生问。

当然这是因为从刚才开始，他就注意到了孔明所穿的道袍。关于神仙的世界，其相关学问已经渐渐为人知晓。在当时，像是被孙策所杀的于吉，还有让曹操手忙脚乱的左慈等人，其实都受到民众相当的信仰。所谓的仙人到底是魔术师还是骗子呢？关于这些从隐居世界来到俗世的怪人们的正确记载，也在增加。总之，由于这些会仙术的术士们总是穿着奇装异服，所以就算成为当时的时尚流行也不足为奇。

“不，这只是我个人的喜好罢了。”孔明说。（我可不是那种随波逐流的轻浮之辈哦！）他盯着扇子想。

“对了，先生，许劭过世已经有好几年了吧……这样一来，天下人物的鉴定者也只剩下先生你一人了。”

“许子将吗？他在汝南时可是大受欢迎呢，我想那是他最幸福的时光吧。为什么他要离开汝南呢？”司马徽略带悼念般地说。

许劭的名气相当响亮，曾经开过一个名为“月旦评”的人物鉴定公开评论会。他会看骨相，所以也就是占卜师的一种，同时也是重要的情报操作者。许劭曾一度为官，但他老是抱怨“这里的小人太过猖狂，我实在做不下去”，所以最后便辞官还乡回汝南去了。因此得名的他，在之后的“月旦评”深受关注后，就有许多当时的势力人物纷纷前来请他看相，于是他便成了当时的名士之一。

我觉得他那毫不留情品评有名人物的语调，还真是大快人心。不过这当中也是有内幕的。许多大官和地方上的势力人物会贿赂许劭，以获得正面评价、避免恶评，而希望自己的名声能够远播的人也会去拜访许劭。虽然这使得许劭在经济上不虞匮乏，但由于他的鉴定已不复如以往犀利，所以人气也跟着渐渐下滑。因为他连那种一般人一眼就可看出的无能、恶质之人都开始称赞，无怪乎人们会觉得无趣了。

自此之后，许劭不得不勾结政界及财界人士，渐渐堕落为“向钱看”的情报操作者。虽然他在庶民中的人气已下滑，但对某些人来说，“月旦评”还是个非常有利的宣传渠道，所以一直在举办。结果，大众媒体和广告代理商与权力一挂钩，信用便立刻荡然无存。

有一段有名的故事，是说年轻时的曹操曾去拜访许劭，并略带强迫性地要求他给予鉴定。当然曹操并没有贿赂许劭，而许劭也缺乏曹操的相关资料。对于当时还年轻、才刚当上北都尉的曹操，我想许劭顶多给他一个“总之，就是个坏小孩”的评价就结了。在曹操的少年时期，调戏村里的姑娘是他每天必做的事，那时他还和朋友袁绍一起抢过别人的新娘。所以“贵族中的不良子弟”这种恶评，对他来说根本不算什么。

然而许劭看了一眼曹操后，给了他一句：“子治世之能臣，乱世之奸雄也”的评语。听到这个评语的曹操不但没有生气，反而很高兴地回去了。

这句评论以现代白话来讲就是：“在和平的时代里，你会是一个很有能力的金领一族，而在战争或混乱的时代里，你会是个白手起家而发横财的生意人。”这等于是说曹操无论在治世或乱世都能生存下去，一点也不算是坏话，因此他会这么高兴也不无道理。在这之后，我想曹操一定曾冷笑着说：“这才是货真价实的‘月旦评’啊。”之后，许劭跟随刘繇，在江南踏上了他悲惨的末路。

孔明在少年时代就曾听他叔父讲过许劭的“月旦评”之事，有着计谋癖（我想应该没有这种词汇吧）的孔明立刻看穿了许劭的手法。事实上这也是件简单的事，可以说是人世间的一种魔法吧。另一个雄霸一方的人物鉴定家就是司马徽了。司马徽并没有铺张地开过人品评论会，他是以不时发出一句犀利的鉴定之言而闻名的。不过他不会像许劭一样详细对人道长论短，而且在这个不知何时会有横祸飞来的乱世里，看过许劭的例子之后，我想他总有一天会封住他的鉴定之口吧。

孔明心里想：“非打开他这个尘封已久的金口不可。”他打算积极利用让许劭也陷入其中的人物鉴定业的黑暗面。察觉到孔明意图的水镜先生最初还说“我不会做这种事”，迟迟不肯松口。但孔明从人类历史扯到宇宙哲学，在他这超强的游说之下，水镜先生终于说：“嗯，听起来蛮有意思的。”

姑且不论孔明是用什么理由说服司马徽的，他那强得诡异的说服能力，正是其得意招数之一。他并非把对方卷入雾中，而是引对方自己进入雾中，就在对方还搞不清楚状况时，就使他同意了自己的看法。

孔明在赤壁之战前夕，曾身负刘备给他的重要使命，一人只身前往对己方并无好感的东吴，成功说服了以孙权为首的东吴大臣，凭的便是他那过人的说服力。这真的是身为军师该做的工作吗？连那个顽固至极的周瑜都曾被他蒙骗一时。

还有，之后他南征时，也对蛮王孟获使出过这种能力，感化了那些连语言都不怎么通的蛮人。关于这部分稍后再谈。总之，要说服老实的有德之人司马徽，让他掉入自己的陷阱并不难。水镜先生在听了孔明的大话之后，便心想："啊，我的畏惧真是显得太小儿科了。也许照诸葛亮所说的做，对这个乱世来说才是正确的！"诚实的他就这样被打动了。水镜先生笑容满面地说："好吧，好吧。就让老朽我助你一臂之力吧。"

此时孔明倏地拿出扇子扇了扇，然后捂住嘴巴说："那么就有劳您了，从明天起，我在隆中的住所就叫作卧龙冈。"

"好，好。"水镜先生这时也只能这么说了。

这孔明还真叫人害怕啊。从这天起，孔明便化身为襄阳的"卧龙"。不管是卧龙还是伏龙，自己称自己的话，难免让人觉得滑稽，所以还是要让别人来叫，而且最好是一个受人敬重的人才有意义，想为自己封号的话，也是在那之后比较好。

另一方面，孔明的姐姐正在帮孔明物色媳妇，却一直遍寻不着。照理说，在襄阳还算知名的庞家媳妇，为他弟弟找对象应该不是件难事，然而实际上却进行得不顺利。当时因自由恋爱而结婚的例子大概不到百分之一，而一开始由家里出面说亲，直到结婚典礼当天才第一次见到对方，是常有的事。花街柳巷之所以存在，也许可归因于这种结婚习俗，因此单方面指责男人买春的行为，实在太严苛了点。

因为女人多半被关在家里，男人所娶的对象也不是自己喜欢的女孩，而是家里决定的对象，更何况那是在几乎什么都不懂的十七八岁。提到恋爱，他们的对象大多都是花街柳巷的妓女，我想日本应该也是如此吧。

此外，这应该也是当时的男人要娶第二个夫人的原因之一，这不光只是因为男人好色而已。孔明的姐姐当然也是以家为单位来寻找。这些家中有待嫁女儿的双亲们，起初还颇感兴趣地说："这可真是喜事一桩啊。”但是一听说对象是孔明之后，音量便降低了不少。不久之后，就传来拒绝的消息。

这样的事重复了几次之后，连孔明的姐姐也为之光火。这全都是因为孔明他那奇言异行的缘故。原本为了要改变孔明的奇特言行才替他找老婆的，没想到现在反因此而遭拒绝。这样的失败循环不停地重复着。姐姐的丈夫庞山民虽然也帮忙到处打听，但最后他还是无奈地说：“我看这是行不通的。你弟弟的评价为什么这么差呢？”

说到这个庞山民，之后他会仕于魏国，官至黄门吏部郎。但是才疏学浅的在下实在不知道所谓的黄门吏部郎是做什么的，也不太清楚这个职务到底有多伟大。

话说回来，穿着奇怪道服，沿路高唱《梁父吟》，时不时地停下脚步，直盯着从怀中取出的扇子若有所思的男人，为人父母的实在很难放心把自己的女儿交给他。

看看孔明的朋友吧。徐庶是一个杀过人的通缉犯，虽然这不是什么值得大惊小怪的事，但他也是个身旁只有老母一人的独行侠。而崔州平他们，虽然平时喜欢做学问并热烈讨论政治议题，但却是群不喜欢认真工作的家伙。而这个孔明，则比上述这些人更激进。所以不放心把自己的女儿嫁给这种人也情有可原吧。

再说，与现在还是非常贫穷的诸葛家结为亲家，一点好处也没有。这的确是诸葛家最大的痛处。虽然孔明的姐姐说服他们说：“请赌赌我弟弟的将来吧。”但是以现在的孔明来看，实在看不到什么将来。

“你弟弟是个无能的人。我看他这辈子都娶不到老婆。”

听到庞山民这么说，姐姐立刻生气地回嘴：“你别小看我们家亮弟。他可是当今第一的奇男子哟！无法看清这个事实的人才是笨蛋呢！”

夫妻俩就这样吵了起来。

“等着瞧吧。等到孔明，也就是我们家的亮弟成为一个了不起的人物时，我要你们这些拒绝婚事的家伙全都后悔莫及！”

虽然姐姐向她丈夫这样咆哮也无济于事，但她也只能这么说了。（啊啊，真不甘心！）但这也只能说是孔明自作自受。而他姐姐更是咽不下这口气。孔明的姐姐心想，这下不得不和孔明本人谈谈看了，于是便前往隆中。看来她替孔明娶媳妇这事，已经变得有点意气用事了。

孔明的家是她出嫁前一直住着的娘家，但曾几何时，这家已经被改名为卧龙冈，门前还放了块木头，上头写着“卧龙冈”三个大字。（看来他又想做些什么怪事了。）姐姐有种不好的预感。

“亮弟！”她一边叫着一边进入屋内。

在鸡舍前劈柴的诸葛均说：“唉呀，是姐姐啊。好久不见了。今天怎么有空来啊？”

“我是来见亮弟的，亮弟在哪里啊？”她一边说一边就要往房间里走。

这时诸葛均慌忙拉住姐姐的袖子阻止她说：“姐姐，等一下。”

“怎么啦？”

“哥哥说他现在正在特训中，所以吩咐我别让人进去。”

“什么特训啊？”

“这个……其实我也不是很清楚。哥哥说要是有客人来，就说他在看书或在午睡，要不然就说正专注于某个训练。总之就是要我说他有事在忙，让客人别进去就是了。”

因为对方是姐姐，所以诸葛均就全盘托出了。在这个家变成

“卧龙冈”之后，孔明立刻定了几条规则。首先就是他不能马上与客人见面，非要拖延一阵子，让客人等到十分焦躁不安后才出来见客。

然而若只是单纯在里面泡个茶拖延时间，实在很没意思，所以他正构思一本有趣的待客手册，也就是怎么拖时间让客人等候。当然，觉得这种做法有趣的只有孔明本人，而非来访的客人。

“真是愚蠢至极，这种地方平常应该很少有人会来才对。为什么那孩子老是做这种蠢事！”

“不，哥哥说，今后来访的客人应该会渐渐增多。”

不过，就连诸葛均也对孔明这种突如其来的主意感到困惑。不知是否真的会有客人来，也不知来的会是什么样的人。对诸葛均来说，如果真有很多客人来到他那空空荡荡、有点奇怪的家，他也会觉得很丢脸。更何况他家周围还有一片满是人粪施肥、臭气冲天的菜园。

“总之，自己的家人不算客人。”姐姐说着便进屋里去了。

孔明的家还蛮大的。他们刚搬来隆中定居时，只建了个简陋的小屋，但孔明嫌它太小，于是请工人改建。最初他们只利用附近落下的石头和木材作为建材，另建了一个别栋书房之类的房间，之后，少年孔明自己绘制设计图，并在诸葛均的帮助下，一点一点扩建。

可能孔明对这方面也颇有兴趣吧，他所设计的房子还算不错，他的手也蛮巧的，于是，好几栋有点另类的农家房舍就这么完成了。现在他们的房子也还在改建中，连诸葛均的房间也都还在翻修。他们附近没有邻居，所以在土地取得这方面毫无问题，而且他们兄弟俩的生活也还算悠闲，空闲时间不少。

孔明将自己的房间称为草堂，房门朝南，其他三边则设计得像个舞台。孔明所谓的特训，在姐姐看来只是在那儿休息晒太阳而已。

“亮弟！”

看到姐姐，诸葛亮一派轻松地说：“啊，是姐姐啊，欢迎回来。找我有什么事吗？”

姐姐的表情看起来相当生气。

“亮弟，你给我过来。”姐姐不客气地说。

一向拿这个身兼母职的姐姐没辙的孔明，只好乖乖正襟危坐在姐姐面前。（又要被训了吗？）虽然不是恨意，但这时孔明又回想起孩提时老是被姐姐教训的情景。不知道为什么，从以前开始，孔明他那巧言令色的舌灿莲花就是对姐姐起不了作用，自己还常常被姐姐骂哭。孔明最近的确为了搞好“卧龙”的名声而策划了不少事。姐姐要是听到什么风声而来这里开骂，一点也不奇怪。

“都已经这把年纪了，还要来这里训话吗？彼此也都已经不是小孩了呀。这姐姐还真是令人伤脑筋。”孔明想。然而，姐姐要说的事，却与孔明所预想的不同。

“你被人们称为谋士（就不好的意义来说），所以我来请你帮我想想办法。”

这个时候的孔明，离日后那个纵横天下的大军师还遥远得很，充其量只是个帮人出出主意的三流谋士罢了，所以当襄阳人谈论到孔明时，总是带点嘲笑的意味。孔明偶尔也会使出他那得意的占卜之术，兼任算命先生赚点零用钱。他的占卜不仅常常灵验，而且给人的建议也都恰如其分（就不好的意义来说），因此还算小有名气。姐姐虽然很少对孔明的狡猾及他那奇特且跳跃式的思维方式表示意见，但是她心里却比其他人都清楚。

“要我替姐姐你想办法吗？到底是什么事呢？”

“我是说假如，假如有个还算有名望的人，他家里有个完全不受欢迎的男孩，这家人想向人说亲，却接连被拒绝了七次，这时你会怎么办？我想替那男孩找一门亲事，正不知如何是好。”

“唔，向人提亲是吗？可是既然被人拒绝了七次之多，我想那个男的也不是什么好东西吧？要不是他长得非常丑，就是他的素行不良，再不然就是他的脑袋有问题。这可真是难啊。”

“是啊，这真是个难题啊。”孔明取出他的扇子，想也不想就斩钉截铁地说，“我是不知道那是谁家的男孩啦，不过我想他是没救了，还是别管他吧，而且当他新娘的女孩也很可怜吧。”

“推翻不利的情势不正是谋士的本事吗？如果这时能想出一两个有用的计策，顺利解决问题，才能让人看得出你这位奇策纵横的谋士价值所在不是吗？你说怎么样啊？”

“尽孝道别无快捷方式。虽然这是个非常普通的办法，但我想只要那个男的改变他的性格和行为，并脚踏实地努力，让人们认同他是个认真负责的人，相信总有一天他可以顺利娶亲的。总之，就是要对那个男的循循善诱吧，就算只有一点也好，只要能建立起他的好名声，相信就算是再笨、再丑的男人也可以拥有一段好姻缘。”

“如果是这样，我就不必特地到这里借重你的智慧了呀。我是来问你如何在问题还存在的状态下，让那个男的娶到媳妇呀。”

“这可真是件麻烦事啊！”孔明在姐姐面前叹了一口气。

真不敢相信，像孔明那样聪明的人，竟然没有察觉自己都快成为俎上肉了。看来他果真是拿姐姐没辙呢。

“就是因为麻烦，才请你为我想办法呀！”

“姐姐你可真爱帮别人的忙呀，太过热心会被讨厌哟。”

“反正我已经被人家讨厌了，无所谓啦！那，怎么样呢？如果你真的连个方法都想不出来，那也没办法了。”

要是有人来商量事情，却连一个办法都想不出来的话，可会使诸葛孔明颜面扫地呀。

“既然你都这么说了，我就为你献上一计吧。”孔明说，“这是在万不得已时才能用的计策。这计策就像是驱虎吞狼之计，不，是二虎竞食之计一般，搞不好会导致严重的后果，所以并不建议使用。最简单的方法，就是绑架看中的姑娘，暂时把她藏起来。虽然这违反人道，而且对那女孩来说也很过分，但现在是乱世啊！所以她的双亲应该也会想开吧。这是最直截了当的方法了。”

“你在说什么呀，这样跟山贼有什么差别？要是这么做的话，会一辈子见不得人的！这桩婚姻至少要守住家庙，不让祖先蒙羞，而且要得到世人的祝福才行。”

“你不是在跟我开玩笑吧？”孔明用扇子遮住嘴巴说。但是看到姐姐认真地点点头，不得不相信她是说真的。

“还有别的方法吗？”姐姐问。

孔明于是又提出了“冲弱强婚之计”。

“那是什么计策？”

“想射下敌方大将，首先得射下对方的马。而想要娶媳妇的话，首先就必须对付对方的父母以及家庭。我们只要抓住对方人家的把柄，以此胁迫对方就范，便能强要到这桩婚姻了。这就是我的计策。”

简单来说，就是攻击对方的弱点，强迫对方嫁女儿的强娶策略。“要是对方的人家没有什么可利用的把柄，就捏造一个出来，夸大其词地向官府密告，然后再加以包庇。如果对方是个穷困人家，就先借钱给他，之后再要求他们于数日内还清，让他们走投无路。其他还有很多方法，总之，目的就是让对方的双亲欠我们恩情，在不得已之下把女儿嫁过来就是了。虽然我不认为他们成了夫妻会幸福，但在外人眼中，应该是一桩美满的婚姻。”

面对若无其事地说出这番话的孔明，姐姐不由得呆住了。

“怎么会有这么残忍的方法啊！你觉得做出这种流氓般的行为很有趣吗？我怎么会带出像你这样的孩子啊？”

“姐姐大人啊，我怎么会做出那种事情呢？我只是受了姐姐你的委托，为了那个无能的男孩才提出这个计策的啊！”

“嗯，亮弟啊，你没有其他更好的办法了吗？有没有那种两家都能蒙受其利，对双方来说都光明磊落，不会让人在背后指指点点的计策呢？”

“姐姐啊，你真是太天真了。在这种混乱的时局当中，不能不把婚姻大事也当成兵法来思考。结婚就是一场战争，而婚姻也是让一个家族能够存活下去的权术；所谓的幸福就是利益，婚礼通常是为了隐藏不为人知的黑暗面才风风光光地举行的。撇开一般的百姓不提，士人们的婚姻都是考虑到将来而缔结的，我想就算是一般襄阳人士的婚姻，也大多是别有用心。所谓的好女婿、好媳妇，其实也只不过是守住家业、让人丁旺盛的工具罢了。虽然这么说有一点冷酷无情，但这也是无可奈何的呀。”

在乱世里，一个氏族的生存延续，是比出人头地、成为英雄夺下城池等更重要的大事。例如诸葛氏族就分成在江东诸葛瑾的诸葛家，以及在荆北孔明的诸葛家。如此分成两个支系的好处是，即使遭受战火波及，只要其中一边的诸葛家能存活下去，就能大大提高延续诸葛家香火的可能性。而要提高存活的几率，靠的就是一桩好婚姻，特别是男子，不得不慎重行事。在中国，只要叛乱或在政治斗争里斗输，就会理所当然被灭族，而且不只是个人一族而已，连有婚姻关系的一族也都会被斩草除根。在中国，这种恶魔般的处分比起其他国家频繁多了。

如此一来，不只是族人，连同该宗族的历史也整个被抹掉了。这是个连孝道都予以断绝的刑罚，真可说是一种极刑啊。因此，完全不参与政治及权力斗争的隐士般的生活，也开始获得人们的称许。然而这还是被主流认为是一种不孝，因为再怎么说，从政为官还是家族的期望。

“总之姐姐呀，在我的想法里，婚姻并不是件简单的事，娶了良家妇女或嫁了权贵之家的公子也未必就能安稳度日。要结婚就得详细调查、周全策划、万全准备才行。更何况这个被拒绝七次的男孩，其实就如同被灭了七次族一样，反正都已经死了七次，所以现在不是讲求手段好坏的时候。你听好了，向人提亲被拒绝就如同战败一样，因此若没有必胜的作战方法，就不应该向人提亲。”

“你对自己也太严苛了吧。”

“总之，婚姻绝非一般人所想的那般，是风花雪月之事。请你让我和那男的见上一面，我来帮他想个稳当的办法。”

“不用了，别提那个人的事了。”

孔明的姐姐此时已心力交瘁了。如果按照孔明的说法，他姐姐已经让他吃了七次败仗了，而且还是在他不知情的情况下。（这件事最好一辈子别让他知道。）而姐姐对于孔明脑中丝毫没有任何男女间幸福之事，感到相当吃惊与恐怖。曾几何时，他的思想竟变得如此现实，如此不通人情呢？也许是我的教育方法有错吧。

姐姐先前一直因没注意而放任他，这倒另当别论。不过，连孔明这么直觉敏锐的人，直到最后仍浑然不觉自己就是话题中“那个男的”，真是太蠢了。也许是因为孔明压根儿都没有想过，自己会是那种完全不受女子喜爱的人吧。他还以为自己去求婚一定会连战连胜，而且还会受到对方热情款待，大受欢迎呢！

孔明就是这么有点令人伤脑筋的人。过度自信是危险的事，应该引以为戒，相信这一点孔明应该也了解。能客观审视自己是身为一流的谋士不可或缺的要素。在《演义》里就出现过好几个因为没有做到这一点而自取灭亡的人。

一方面，孔明能精密神妙并客观地看待事物，但另一方面，他对于自己毫无批判的那种主观性却到了不可思议的地步。这真是个奇妙的缺点。孔明的姐姐开始认为，与其拐弯抹角地跟他说，还不如实话实说。

“看来是我错了，我不该和单身的你商量别人的婚姻大事。”

“不，姐姐，我很乐意为你出谋划策，别客气，任何事都可以和我商量。”

“不，首先，我们应该先想想你的婚姻大事。身为襄阳诸葛家的栋梁，你早该娶媳妇了。”

以孔明现在的年龄二十四岁来说，算是晚婚了。这个时代的男孩子一般都在十七八岁就结婚成家了。

“那又怎么样呢？”孔明严肃地说，“我孔明还在修行中，忙得不得了，要做的事多得很，现在根本没有空考虑娶亲的事。”

“你不会感到寂寞吗？”

“不，完全不会。”

（明明就寂寞得很，还在那里逞强。）姐姐凝视孔明的双眸，自顾自地想像着，不觉为自己这个弟弟感到悲哀起来。

“你是说你一点都不想娶老婆吗？”

“对啊。”

“但是亮弟啊，我们家不能没有后嗣呀。正因为现在是个乱世，所以才更要尽孝道啊！”

这算是常识性的意见。但是对孔明来说，实现他那今后要施展的宇宙规模的志向更重要，因为他已经把自己的全部赌在这上面了。“女人的事以后再说吧，况且家里也还有均弟在。”孔明这么想。

其实年轻的孔明也不是完全没想过娶妻的事，不过那并非现阶段必须做的，而且说不定反而会造成妨碍。目前在精神上没有太多余裕去想这些，况且很多书上都写说女子会使男人丧志，所以应该尊重古人所言。

“对于我们家的后嗣问题，我已经有对策了。”

“对后嗣问题有对策了？”

“别担心，我已经认养养子了。”

“你认养养子？谁家的？”

“哥哥的啊。”

孔明的哥哥诸葛瑾现在正仕于东吴的孙权，且日渐被重用，他与孔明常有书信往来。东吴的诸葛家可说是相当安泰。长兄诸葛瑾比孔明大七岁，和一般人一样，在十几岁时就已经娶了媳妇。诸葛瑾和他姐姐一样，对于这个尚未娶妻生子、看起来整日无所事事的孔明相当担心。

“你知道哥哥的二儿子乔儿吧？听说他已经断奶了。哥哥写信来说，他可以把乔儿过继到襄阳给我。”

诸葛瑾生了长子诸葛恪之后，又生了诸葛乔，孔明打算把诸葛乔带回家当养子。这件事是在诸葛乔出生时决定的，也就是比现在稍早一点而已。换言之，把它看成是孔明坚定己志、决意从事不知何时会送命的事之证据，一点也不为过。

由于现在还年幼的诸葛乔并没有在《演义》里出现，所以我们对他的认识有限。而在《三国志》里，诸葛乔一直被当成襄阳诸葛家的继承人。不过那时他人并不在隆中，而孔明后来也生了长子诸葛瞻。看来这中间应该还有一段曲折。

“人的生死决定在于天。别看我这样，我也为我们诸葛家想了很多呀！”孔明仰头看着往上高举的扇子说。

“是为了不让眼泪夺眶而出吗？看来亮弟虽然有点特立独行，但他胸怀大志，有着非实现不可的事呀。”姐姐这时只能这么想了。

从士人到庶民都认为他是个怪人，看不起他，还数度被人拒绝婚事；虽然他本人并不知情，而且没人知道他到底想做什么，但姐姐突然觉得弟弟真是太可怜了。孔明应该多少听闻有关自己的风言风语，但这些对他来说不过是鸡毛蒜皮之事，他还有宇宙规模大事等着他去做。（对了，孔明的爱用词汇“宇宙”一词是出自《淮南子》，意指上下四方以及时间。所以它并不是科学用语，只是一个用来壮大声势的词汇罢了。）

“我这个弟弟，故意让人以为他无法过平凡人的生活，他期望将来能毫不畏惧地有一番疯狂的作为，就算倒在路旁而死也心甘情愿。他就是这样一个怀抱着这般不知是幸还是不幸的疯狂意志的人，这就是我的弟弟孔明。”姐姐向自己这么解释。

“我懂了，亮弟，我再也不会要求你改掉那些怪异的行为了。你就自己开创一条属于自己的道路，自由地展翅高飞吧。”身为孔明第一理解者的姐姐，有点自我陶醉地在心中说了这么一段有点难为情的鼓励话语。

以为得到了姐姐精神上的支持，这“卧龙”（孔明）终于要开始大展身手了。然而孔明不愧是孔明，这时他又与大家的期望背道而驰，使事态陷入胶着状态，让姐姐伤透了脑筋。这故事下回再说吧。

第三回　孔明中了怪人隐士庞德公的圈套

在这里我们来考证一下历史吧。《三国志》这部史书虽然是正史，但书中却充满了因果报应之说。这部史书是晋朝的陈寿（公元233～297年）所撰写，他出生的233年正是孔明于五丈原的最后之战前一年。陈寿出生于蜀国，也就是说，他是看着孔明死后的蜀汉长大的。在长大成人之后，他先仕于孔明的儿子诸葛瞻，蜀汉灭亡后则仕于晋朝，在经历一番波折后，成为编撰《三国志》主要成员。

我不知道晋国政府打的是什么主意，在这个时候写这部史书未免也太早了。因为蜀汉灭亡是在263年，而被废的后主刘禅则死于六年后的271年。顺带一提，魏的灭亡与晋的成立是在265年，而吴国也在稍后的280年灭亡。所以对陈寿而言，《三国志》不是历史，而是近乎“现代”了。

总之，陈寿此时对后汉末期的动乱还历历在目，能把三国和晋朝的兴亡看得一清二楚。而且身为那个时代活生生的证人的他，也许能取得相当丰富的文书史料，但这对于执笔写史书来说，未必是件好事。

例如现在，不管是在日本或其他各国，如果要你写一部最近这八十年的历史，你一定会因为时代太过接近，无法客观看待史事而难以下笔吧。况且，在“只要我还活着，我就不准你……”、“这是机密文件，禁止公开”，以及“你是在扭曲历史”等种种外在压力之下，史学家也无法充分而完整地写出整个历史真相。史书应该隔一段相当长的时间后再写，完成度才会比较高。所以陈寿一定是在相当困扰的情况下不得不写的。

晋的历史观是：后汉刘氏衰微之后，将帝位让给曹氏而继正统，司马氏的晋则又接受魏的禅让。要是他不这么写就自身难保了。关于晋朝急着撰写《三国志》的理由，有很多种推测。总之，草草了事的部分一定不少，而其中被扭曲的部分搞不好也很多，因而使得陈寿所写的《三国志》的可信度稍微降低了。

虽然这只是我个人的想象，但我想陈寿一定是在背负着很多压力的情况下，不得已才写这部《三国志》的。任何偏向个人喜好的写法都非常危险，也许正因如此，他的记述才显得过于简洁（这大概是不得不如此吧），也使得这部作品变得平淡无趣了。之后刘宋的裴松之（公元372～451年），不知道是否就是觉得它的内容太过空洞无趣，才收集史料作注，以弥补其中的不足。从此以后，裴松之的注就成了《三国志》的一部分。我不知道陈寿在九泉之下会怎么想，但《三国志》的确因此变得稍微有趣了一点。陈寿本身曾经编纂过《蜀相诸葛亮集》，是孔明的拥护者，也是拥护在晋朝长年遭受歧视的旧蜀汉派的代表性学者。

但是，在后世一片蜀汉正统论的风潮之中，陈寿却被视为“袒护曹操方的偏向历史家”，而且还有人找碴说：“《诸葛亮传》的写法太过冷淡了。”所以就另一层面的意义来说，陈寿似乎也受到了歧视，这历史中的历史还真是不可思议啊。

陈寿的父亲是马谡的部下，他在街亭战败后只受到了剃光头这样类似现代人给予高中生的处罚，这比被挥泪斩杀实在是好得太多了。批判者认为，陈寿就是因为这样才怀恨于孔明。陈寿竟然因这样幼稚的理由被人指责他扭曲事实，事到如今，我也懒得追究这些人到底有没有体谅陈寿他那受伤的心灵了。其实历史往往就是这样。历史观是随着当时政治情况而定的，所以它可能会变质，甚至被讥为无耻。

史实和它的意义或价值则是完全不同的东西；有固定的史观才令人觉得奇怪呢。但根本的问题是“到底三国时代存不存在”这件事。因为一直到后汉最后一个皇帝——献帝被废为止的这一段期间，都算是后汉吧，这应该是一向讲求正统的中国史学家一定会提出的疑问。也就是这个三国时代，让我开始思考：像五胡十六国、六朝这些我已无法加以整理和理解的大陆分裂割据的时代中，“正统”到底为何物。

曹操虽是“魏王”，但他在还未登上帝位时就已经死了。从秦始皇以后，与春秋战国时期不同的是，“王”并不是“天子”；王只是和皇帝的关系比较深的诸侯。曹操的儿子曹丕当上魏国皇帝是在公元220年，这时后汉已经灭亡了，继之而起的是蜀汉以及吴开始称帝的时期。假设这一年起才算是真正的三国时期的开始，那么三国时期也不过才短短四十六年而已。

孔明死后的《演义》，就变成在这个阴暗而毫不精彩的四十六年间，头号权臣司马仲达及其一族，怎样趁着曹家和孙家家变夺取大权的故事了。(因此这段时期常被《演义》小说家忽视)。而四十六年对史书的撰写来说，只不过是一瞬间而已。再者，由于蜀汉被称为后汉的正统，所以一直到蜀汉灭亡为止的那一段期间都应该算是后汉。

至少是蜀汉的人这样想，一点也不奇怪。越是这样想，《演义》的范围越小。顺带一提，汉献帝刘协与诸葛亮同年，也同在

234年殁。这当中有什么特殊的意义吗？如果我们延续《三国志》时代等于后汉这个论点，那么理论上，这个特殊的三国时代便几乎消失了，而后汉正史《后汉书》（由范晔编撰，唐初章怀太子作注）就应该涵盖了大部分《三国志》里的精彩章节。

此外更让人感到混乱的是，《后汉书》的编纂是在南朝宋，在时间上比《三国志》的完成还要晚，这真是件奇怪的事。为什么晋朝政府不先编撰《后汉书》而先编撰《三国志》呢？如果硬要挑毛病的话，我们还可以发现，《三国志》里并没有司马懿的列传。我觉得这是个巨大的缺陷。但也许它的意思是说：司马懿是晋的始祖，他的列传请看《晋书》本纪。虽然能理解它的用意，但总令人无法完全认同。

我以前曾天真地想过要以正史为基础来写一部《演义》，但不过也只是一瞬间的想法而已，因为在了解到先前所说的这些事情后，我便觉得写不下去了。因为我看清了一个事实，那就是要以《后汉书》和《晋书》为基础，来写一部比《三国志》更加有趣的《演义》，几乎不太可能。

正史的《三国志》就像先前我所说的，它的记述太过简洁，就算努力把它读完，也无法掌握其全貌，而其中的人物记述给人的感觉也好像只是由文字所堆砌出来的方块。虽然裴松之为它加入了一些有趣的逸事及传说，使整部书变得好看了一些，但一直要到罗贯中的《三国志通俗演义》出现后，整个《三国志》的整体面貌、人物描写、事件顺序及人物的相关关系等，才得以大致理解，更因此使那个时代在中国历史中凸显出来，甚至在作为外国的日本也都家喻户晓，这可是一件伟大的功绩。

这无疑给了大家“娱乐其实是个伟大的东西”的非凡启示。某清朝学者对于《演义》给了“七分事实，三分虚构”这样的评论。

但依我看，这部著作别说是论文或评论了，就连历史小说都称不上。所以我认为“七分虚构，三分参照史料”才是最好的说法。

话说回来，有个男人从庞山民那里得知他内弟的亲事进行得不顺利，因而起了恶作剧之心，想要有所行动。这个男人名叫庞德公，是荆州襄阳名门的族长。庞德公是庞山民的父亲，听说是个难以亲近的老头子。他不但是个顽固且乖僻的学者，还效仿隐士隐居起来，一般人看到他都退避三舍。像大家所熟知的，刘表到荆州赴任时，就曾被这个男人弄得七荤八素，怎么都无法与他攀上交情。刘表出身于山阳郡的高平县，被当时的大将军何进提拔，公元 190 年被任命为荆州刺史，之后再被任命为荆州州牧。

说到 190 年，那是个反董卓联盟成形、首都也从洛阳强迁到长安的大混乱的一年。刘表虽然表面上依附袁绍，却对北方的乱局坐视不管，只在意稳固己方的地盘。由于刘表是个外来人，所以他必须与荆州的豪族和权势人物缔结友好关系，并稳固自己的支配力。他结交蒯越和蔡瑁等当地豪族并平定敌对的势力，借此安定自己的政权。

其中最为人所知的是，他娶了蔡瑁的妹妹为妻，借以支配以其姻亲为中心的派系。其次，刘表想劝诱传闻中的名门——庞家的族长庞德公加入自己的幕下。但是庞德公是个奇特的人物，在襄阳城的东方一个名叫鱼梁洲的地方过着隐居的生活，刘表请了好几次，他都不愿出仕。

明明是襄阳人，却从来不进襄阳城门。不得已的刘表只好亲自登门拜访，恳请庞德公出仕，但庞德公总是编造一些似是而非的理由加以回绝，至此，刘表也只好放弃了。《后汉书》里的庞德公传写道：“后遂携其妻子登鹿门山，因采药不反。”意思是说庞德公最后带着全家人上山采草药，此后便行踪不明。

不过，我想他只是仿效仙人的传说而已吧，因为如果只是在山上遇难，会成为别人笑柄的，所以才如此故弄玄虚。总之，庞德公就是这样一号人物。虽然庞德公过着隐居般的生活，但他的交际范围可不小，他与司马水镜先生是好朋友，也曾罕见地亲自向年轻人讲学。他与孔明已故的叔父诸葛玄也是好朋友，所以孔明的姐姐才会嫁给庞山民。

因为庞德公是自己姐姐的公公，所以孔明把庞德公当成岳父一样崇拜。反正他们两个都是怪人。庞德公虽然很少出门，但他总是能马上联络到附近大大小小的本地家族。虽然我不是很清楚，但他大概就像荆北的幕后黑手类人物。就是因为这样，刘表才执意要庞德公加入自己的阵营。然而他总是连话都没说上几句就被赶出来，想必他一定也很惋惜吧。

不过，刘表也没因此把他抓起来凌虐以为报复，这是因为以蔡瑁为首的襄阳幕僚都反对的缘故。孔明初次见到庞德公并与之交谈，是在姐姐的婚礼上，那时孔明才十六七岁。庞德公身上有一种旁人难以接近的气质，乍看之下，他只是个像农夫般的肥胖老头，但是从他结巴的讲话中，却让人感觉到他的惊人才干，就连他讲述婚礼的意义时，也能窥见其丰富的学识。

虽然那时孔明对他的印象仅止于此，但之后孔明向水镜先生询问“庞德公大人是个什么样的人物”时，水镜先生却如同鉴定般地说了一段这样奇怪的话：

“他虽是个很难相处的人，但其实他是故意这样的。不过他对喜欢的人却非常热情，主动去拜访他未尝不可，你不妨前去看看吧！”

因此，孔明数度去拜访庞德公，有时帮他做做农事，有时陪他整天钓鱼或喝茶聊天。孔明常常在与他的轻松谈话中被他的惊人见识所震慑。但和庞德公相处的确让人感到浑身不自在，甚至忍不住想回家。（以其人之道还治其人之身，我也要让庞德公感到不快。）

于是孔明每到庞德公家拜访时，就会故意大动作地在庞德公床下磕头膜拜，但是庞德公却一点也不介意，也没有阻止他。孔明虽具有丰富的观察力，但要完全摸透庞德公这个人可不是件简单的事。（原来如此。原来这老爷子不是好惹的，难怪他能轻易躲开刘景升密集的拜访。）

孔明这么想着，当下就决定效法他那令人难以捉摸的言行。孔明也在庞德公家里结识了之后会成为他同僚的庞统庞士元以及马良马季常。庞统也是庞氏家族的一员，马良则是被评为当地名士马家五兄弟中最出色的年轻人；他就是那位有名的“白眉”先生。因为不属于任何一个学派，所以经常出入水镜先生和庞德公门下的人颇多，年少的孔明就是其中之一。

有一天，水镜先生问孔明：“你去见过德公了吗？”

孔明答道：“我虽然经常去拜访他，但庞大人只有偶尔才和我交谈。”

“这样啊，看来德公很喜欢你喔！”

“怎么说呢？”

“因为他要是讨厌那个人，就不会让他第二次进家门。”水镜先生高兴地点着头说。

我前面之所以说孔明若想在刘表那儿做官一定可以如愿，就是因为他有庞德公这条人脉。虽然庞德公本人与荆州官府毫不相干，但他却能轻易地向荆州官府荐举人才，而且他推荐的人也一定会被录用。孔明虽然经常打听庞德公他那谜一样的调停者身份的背景，但至今仍毫无所获。

现在庞德公要出面干涉孔明的亲事了，这下事情可没那么简单了。孔明危险了！是吗？那天早上，庞德公把他儿子的媳妇，也就是孔明的姐姐叫过来。

“请问公公您找我有什么事？”

孔明的姐姐显然也还没习惯这个公公，只要站在庞德公面前就会不自主地全身僵硬。

“上次说要替孔明娶媳妇的事，后来怎么样啦？”庞德公问。

“啊，您是说这个呀？这件事我因为太麻烦所以放弃了，而且亮弟本人也没有意愿，我们还是等到他有这个意思再说好了。”

“这样是不行的，婚姻这事怎么能依他本人的意见呢？应该是我们这些做父母、亲戚的人替他决定才行啊。特别是那种情操坚定或热衷于学业的人，还有个性怪怪的家伙，要是不替他想办法，他很快就会过了不惑之年。”

“您说的是。”

“而且啊，如果不趁年轻时享受和女子一起生活的乐趣，那家伙不是太可怜了吗？”庞德公有点不怀好意地笑着说。

“那么你是以什么样的标准来替他找对象的？”孔明的姐姐便举了几个人家的名字。

“这真是大错特错了呀！这可是替孔明找的亲事呀！原来你去找的是这几户人家，难怪都谈得不顺利。”

“是吗？可是这些人家的家世都不错，也都在城里工作，家里的姑娘评价也都还不坏呀。”

“你以这样的标准来判断就错了，你真是太肤浅了。举个极端的例子来说，你可以冲进刘景升的家里，对他大叫说：

‘送个女人给我弟弟吧！’你应该要这么做才对呀，呵呵呵！”

“我怎能做这种事呢？”

“搞不好这么做反而会奏效喔！你光是找那些居住在荆北的姑娘家，孔明是不会满意的。”

“是……”

她这个公公庞德公，衡量事物的标准似乎与常人不同。“总觉得他跟亮弟好像……”孔明的姐姐闪过一丝这样的念头。

“不过，我也只是举刘景升作例子罢了，假如他真的带着女儿来拜托我，我还会拒绝呢。总之，你选错对象了，你应该毫不客气地向那些名门望族提亲才是啊！”

“您说的是。可是我的娘家诸葛家只是个从琅邪过来的外地人家，并不熟识这些当地的名门望族。请问公公您心中有适当的人选吗？”

“有啊。”庞德公郑重地说，“这就是我叫你来的原因。要是你一开始不去找那些凡夫俗子而来找我谈就好了。如果你早一点来找我，就不会搞得每战皆败了。”

庞德公说了和孔明一样的话。原来孔明的婚姻战争论是向庞德公学的。

“请问是哪家名门望族呢？”

“黄家，黄承彦。”

“什么！”

孔明姐姐的惊吓不是没有道理的。黄家是位于沔南的名门家族，与堪称荆州官府里第二号人物的蔡瑁颇有交情。

“承彦那儿有个至今迟迟未嫁的女儿，那家伙也是着急得不得了啊！”

“我是听说过。”姐姐虽然这么说，但她心里其实并不希望这门亲事谈成。黄承彦有个年近二十的女儿，迟迟嫁不出去。在那个时代，女性十三四岁就出嫁是很平常的事，而如果到了十八岁还未出嫁就有点危险了。这可不是因为他们都有恋童癖的关系。那时的女性到了二十岁就算中年妇女，二十五岁就算是欧巴桑[1]级了，这

① 日语音译，意为“中年妇女”或“中老年妇女”。——译者

时多半都已经找不到对象了吧。

在孔明的姐姐还没搞清楚状况之际，庞德公就说：“好了，之后的事情就交给我来处理好了。呵呵呵，孔明啊，我们来一决胜负吧！”一边倏地站起来，抓起锄头往田里去了。

孔明并不知道这项“阳谋”正进行着，还在那边处心积虑策划着他那些谋略——通过水镜先生的帮助而得到的“卧龙”这个名号，非把它打得更响亮不可。可以的话，最好让这样的传言传到曹操的据点许昌或东吴去。

“听说在襄阳有个很厉害的男子，他号称‘卧龙’，不知是人是妖。反正他好像非常了不起就是了！”——这类被神化的传闻越被广为散播越好。徐庶和崔州平好不容易终于了解了孔明的策略。

“我是很认同你的才能啦，但是用‘卧龙’这个称号会不会太夸张了点？别说是买主不会来，我看连人都要被你吓跑了！”崔州平说。

“我这只是在撒饵罢了，要是有人因为这点小事就吓跑，那我才不稀罕这种人当我的买主呢！”孔明轻松地说。

“你们似乎只要能谈论天下事就满足了，我可不会安于此的。如今天下有着大大小小的漩涡，而且水流非常湍急，也不断在变化，也许今后会产生新的漩涡也说不定。只在一旁看着、谈论它不会太无趣吗？何不投身于大漩涡，随着它载浮载沉呢？”

“这样可是会溺死的喔！”崔州平说。

“我也这么想。”徐庶也附和。

“而且，你不也就是一介书生而已吗？应该在时机到来之前好好增广见闻、磨炼自己才对。一个未成熟的小鬼贸然靠近漩涡，搞不好会被卷进去的喔！”

对此孔明则回说：“不行。要是抱着这种心态，时机永远不会到来。万一一个不留神，天下被一个最大的漩涡覆盖然后冲走，那时连选择的机会都没有，可就后悔莫及了。我要选择一个漩涡的强力支流，与它合流。”

“所谓最大的漩涡指的就是曹公吧？曹孟德的势力的确非同小可，但天下大势也有可能如雪崩般在一瞬之间就决定了，所以你在这里为了你的登场亮相而慢慢策划这段期间，曹孟德可能已经称霸天下了呀！”

“到那时再制造一个新的漩涡不就好了？我孔明会自称‘卧龙’可不是闹着玩的。龙潜入水中，拨动水流制造出一两个漩涡可说是易如反掌。”

孔明面对崔州平那带点揶揄的嘴脸，一如往常一派轻松地说出这般惊人的大话。对了，他们现在畅谈的地方是孔明家，也就是隆中的新名胜——卧龙冈。

不过并不是孔明叫他们来的。青年虽然喜欢在酒家热烈讨论时事，但孔明和徐庶都是穷光蛋，而崔州平也不是一个能请众人到酒家的慷慨人物，所以能让这些有志向却贫穷的家伙们窝着的地方，也就只有朋友家了。

特别是孔明家里除了他弟弟诸葛均之外，没有其他的家人，所以他们也就更没有什么好顾虑的了。他们有时会不吃不喝彻夜谈论（孔明要是中途倦了，就会早早入睡），颇有竹林七贤般清谈之士的感觉，不过他们大多有酒相伴（有时还会嗑药）就是了。

像这样清醒着指点天下事，互相高谈阔论着自己如梦呓般的志向，应该就是这些年轻人的特权吧。

“说到现今的漩涡，”崔州平数着，“第一是曹操，第二是袁家三兄弟，第三是我们荆州的刘表，第四是东吴的孙权，第五是益州的刘璋，再远一点就是西凉的马腾、辽东的公孙康、汉中五斗米道的张鲁……这十年当中，能问鼎中原的人物真是少了许多呀！孔明你说你能在这些人之外另外制造出漩涡吗？不太可能吧？”

孔明没有答话。崔州平所举出的只是几个引人注目的大角色，其他还有许多中小规模的势力。在崔州平的所知范围里，太平道黄巾贼的余党、刘备及黑山贼的张燕就属于这个群体。不过就现实面来说，就算这些人发愤图强，顶多也只是引起零星的动乱罢了。

若是在黄巾之乱发生的当下，这些人也许还能趁当时的社会情势有所作为，但是现在这些如暴动农民和山贼同盟般的乌合之众，实在难以撼动现在的局势。

“这当中的特例就是迎奉天子的曹孟德。”

这一点三个人倒是看法一致。当今恐怕找不到像曹操这样，毫不隐藏自己的邪恶、明白显露出逐鹿中原志向而积极行动的人了。

和曹操比起来，其他各方的势力只不过像风信鸡[①]，哪边强就往哪边去。现在曹操正持续削弱袁氏的势力，谁都不敢介入其间担任和平工作，或加以阻止，即使这么做一定会成为名留青史的英雄好汉也不行。

“说到那个刘景升，我不知道该替他惋惜还是该骂他愚钝。在这个曹孟德和袁本初僵持不下的时候，只要他稍微使个眼色、做个动作就能改变情势，甚至让整个局势变得对他有利。不，就算是现在下决定也还来得及。”徐庶说。

令人叹息的是，这个意见襄阳的鹰派人士早就不知道说过几次了，就连那个受到徐庶偏爱、寄居在新野的刘备也为此事叹息不已。

刘表在荆州的兵力几乎毫无损伤，而且荆州的经济繁荣，在地

① 测定风向的仪器，形如鸡。——译者

理上也处于介入中原抗争的有利位置。曹操和袁绍是没有能力一边和对方对峙一边与刘表作战的，而且在某种程度上，他们还得看刘表的脸色行事，争相与他结盟。我们可以说，刘表在某段时期，手上确实握有称霸天下的筹码。

刘表要是有胆识的话，他可以支持曹操或袁绍任何一方，也可以玩两面手法，对双方都予以相当的支持，如此一来，他便可以控制双方的势力，进而使之衰败。而且不管曹操还是袁绍，得胜的一方毫无疑问会进攻荆州。

但刘表却被袁绍拖住，只能按兵不动，就算刘备从新野赶来劝刘表出兵，他也充耳不闻。到底是为什么呢？相信认识刘表的人一定都想这么问。不管刘表是个恶人还是善人，是笨蛋还是聪明人，总之他就是个被大家认为“无法干出那样天大的事情”的人物。与其说他无能，不如说是个性上和意愿的问题，就算给刘表荀彧、郭嘉那样的谋士，极力劝说他出兵，他都不见得会采取行动。

“如果他真的这么做，那可就不得了了！”不管是敌人、盟友或是一般民众，都认为他像是被去势的男人。在这个乱世里，他这种行为等于在央求对手“请看不起我吧”，实在不是一个荆州的总负责人该有的气魄。

“事实上他正暗地里一步步出卖荆州。”虽然这种说法颇令人不悦，但反而还蛮实在的。不过刘表的迟钝可不是装出来的，他是表里如一、不折不扣的愚昧，甚至更糟，这个大家都看得清清楚楚。刘表只是一面祈祷着“多一事不如少一事”，一面继续扮演着其实与他并不相称的仁人君子的角色。

如果他确信无视周围的状况、以武装中立的政策守住荆州才是上上之策，而尽全力贯彻此政策的话，那也许还值得称许。但在我看来，他只是缺乏危机管理意识，或说连危机都不愿去思考，在逃避现实罢了。

不过曹操可不像袁绍那样会向刘表赔笑脸，他对刘表的态度比较强硬。在与袁军打得正激烈的时候，他还不忘突如其来地派兵到汝南及南阳附近恫吓牵制刘表。他这是在恐吓刘表：别多管闲事，你要是不听话，我马上就来攻打你。

虽然如此，但由于曹操的主力部队不得不配置在袁绍那里，所以其实安排在刘表处的兵力并不多。刘备屡次派遣使者请刘表攻打曹操，但显然曹操的恫吓十分奏效，刘表对此非常恐惧。如此一来，在东北转战各地的曹操真正要防备的，只剩下江南的东吴了。孔明之所以不想到刘表那儿去做官，大概也是因为他深知刘表那毫无霸气的个性吧。就算谋士为他策划出各种计谋，刘表要是没那个心，一切都是枉然。不只是孔明，在水镜先生门下的学生们也都对刘表心灰意冷，几乎没有人积极想在其下为官。

“元直难道对刘景升还有所期待吗？”

听到崔州平这么说，徐庶回答：“他的个性我都知道，但总不免觉得可惜。曹孟德正离开许都北上冀州，这不是抢夺天子的绝佳机会吗？现在行动还来得及。但即使我想让刘景升采用我的秘策，恐怕还是做不到吧，因为这得先彻底改变刘景升的性格才行啊。”

“嗯，这可真是个难题啊。要彻底改变刘景升的性情实在不可能吧。”崔州平对着孔明说，“不过，这不正是你‘卧龙’出场表现的时机吗？孔明，你能解决这个难题吗？嘻嘻嘻，不，我知道你是解决不了的，而且你也不想在刘州牧那儿做官嘛！”

崔州平对一向显得自信满满、自称没有问题解决不了的孔明如此不怀好意地问道：“怎么啦，卧龙？如果你真的能随心所欲让漩涡出现、消失，像刘景升这种小问题你应该能够解决吧？”

虽然崔州平不得不承认孔明有才能，但对于孔明常在他面前说大话，心里实在颇不是滋味。他内心其实常不服气地想着：“‘卧龙’这个名号只不过是水镜先生胡诌出来的，根本名不符实。”

我不知道孔明是否了解崔州平的心情，但他只是以一副“啊，是喔”的表情说：“要改变刘景升这个人的确很困难，但要他采用元直的策略倒也不是不可能。”

“难道孔明你已经想到什么策略了？”

“要让他听从元直的秘策也是要用计的。”孔明冷冷地说。

“刘景升不可能自己单独决定事情，也就是说，他必定会被他人的意见所左右。举例来说，我听说刘景升特别不敢忤逆他太太蔡夫人的话，要是蔡夫人能说服他，那至少在短期内他都会听从蔡夫人的意见行事。而蔡夫人是个凶暴、贪婪、自私而肤浅的人，只要能顺利说服夫人，就不难使他听从我们的计策了。身为一个军师，主子的闺房之事也应该在掌握之中才行呢。”

崔州平这时面露茅塞顿开的表情。

“你们该不会连说服蔡夫人的手段都要问我吧？这点区区小事得靠你们自己呀！不管是以忧心襄阳人士的身份向她据实以告，还是把自己化为魔鬼使出下流招数，都考验到你们身为谋士的热情。”

简单地说，就是看要以无比的诚意以理说之，还是要当她的情夫色诱她，让她听你的意见。

“孔明，你这个家伙真是……”徐庶虽然一副不屑的表情，但崔州平却说道：“嗯，这个方法的确可行呀！”并啧啧赞叹了起来。

此时的孔明一副提不起劲的表情说：“元直啊，既然你认为现在还不迟，那试试看也没什么损失啊。只不过，就算如此，我看刘景升也是难有作为的。”

“为什么？只要能掳走天子的话，相信就算是刘景升也骑虎难下了吧？”

“两位嘴硬的仁兄，请听我一言，”孔明以扇子遮住嘴巴小声地说，“刘景升大概在后年就会死。”

“你说刘州牧会死！别说这种吓人的话了好不好！”

“人的寿命将终可是天命啊。刘景升就算现在勉强有所作为，但他会在关键的时候死去，这样一来反而会招来更悲惨的事态。那时如果没有守护襄阳的策略，荆州将全面陷入战乱。我不知道是曹孟德还是孙仲谋会先攻来，但无论如何，荆北的人民都将惨遭蹂躏。别看刘景升那样，因为他的防守意识很强，所以只要他还活着，至少会想办法不让荆州陷入战火。这可真是两难啊。”

孔明若无其事地说着这个吓人的预言。如果连襄阳也被战火波及，那么连孔明也得到处逃亡了。

“不过正因为刘景升后年就会死去，所以我逆转情势的秘策将得以施展，这不见得是件坏事。可惜我现在还不能说那个秘策是什么。”

“你可别妄下定论啊，你有确切的证据说州牧会死吗？你听到了任何关于刘景升的宿疾的传说吗？还是他会被暗杀呢？”面对崔州平的追问，孔明摇摇头说：“我不知道他会怎么死，但我是有根据的，我是靠观察天文及占卜算出来的。因为我的秘学——算命之术还未臻完美，所以我想还会有一两年的误差。”

“占卜哪能算出人的寿命啊？”

“你不相信也无妨。但自古以来，占卜易学就被禁止用来算人的寿命，要是占卜师擅自算人的寿命，便会被视为是邪门歪道，所以故意算不准是一种不成文的常规。不过我孔明并非占卜师，所以我没有必要遵守这个禁忌。”孔明神态自若地说。

（从州牧的妻女下手这策略，虽然让人感到不快，但只要不把人伦当回事的话，倒也不是不能用。不过就算是他瞎猜的好了，能毫不犹豫地预告别人的死，还利用人家的死来谋划计策，这我可做不到呀！）崔州平冷不防打了个冷颤。（这一点就是孔明和我们截然不同的地方吧！）

我不知道孔明的算命到底是真是假，不过我可以肯定的是，孔明一向把所有事物一视同仁地当成他预测的材料来使用。要是看了孔明的表情，就会不自觉地相信他所说的算命是若有其事。不，因为对方是孔明，所以也有可能他只是故意装出一副值得信任的样子也说不定。在那种情况下，他的算命就如同他的称号“卧龙”一样，令人觉得高深莫测。（他说刘景升的死是在后年。如果真被他说中倒好，但就算没说中，他也可以用误差或卦象改变等推托之辞敷衍过去。总之，不到那个时候，事实是不会明朗的。）

话虽如此，在这个能不必负任何责任、高谈阔论的场合，如此断言荆州之主的死期，还真让人猜不出这家伙的脑袋里在想什么。况且还是占卜出来的。“这家伙真的是个奇才吗？”崔州平不禁这么想。

“那么孔明，你知道自己会死于哪一年吗？你既学会算命之术，在算他人的命运之前得先算算自己的命运吧。”

这时孔明毫不犹豫地说：“我当然知道啊。我能活到足以做完想做的事之时，所以我自己也松了一口气。”

“你知道自己何时会死还能那么心平气和？”

“人总免不了一死吧。重要的是能否死而无憾。”

崔州平很识相，并没有问他到底几岁会死。孔明所说的“想做的事”，也许二十年就可以完成，也许只要五年就够了。不管孔明的预测灵不灵验，都让人觉得怪怪的，而且很不吉利，所以崔州平也不太想问他。

“我不想因战乱而失去我的第二个故乡，所以非得趁这两三年实现我的计划不可。为了这个计划，我必须提高自己的名声以方便行事，所以只好匆忙耍了点花招。不过，这也许会让你们觉得不太舒服就是了。”

“我懂了，孔明。我真服了你。总之你还有更大的计划就是了，那是我所想像不到的呀！而这个策略只不过是你那伟大计划里的一小部分而已吧？”

孔明拿着扇子遮住半边脸，既不承认也不否认。

“那以后我也称你为‘卧龙’好了，就当作是我对你小小的声援吧，卧龙。”听到崔州平这么说，孔明有点不好意思地说：“听你这么叫，怪不好意思的。在我面前就不必这么称呼了吧。”

“对了，孔明，那你知道曹孟德哪一年会死吗？”

“不知道。”

“为什么呢？”

“因为我不知道曹孟德的出生年月日。”

看来孔明的算命果然怪怪的。

就在建安九年（公元 204 年）的这个时候，曹操继续进行着他那令人眼花缭乱的一连串华丽攻势。曹操，时年五十岁，是个不需要休息的人。

首先是在袁绍死后，为了争夺继承人之位而严重失和的袁谭、袁熙、袁尚三兄弟被曹操玩弄于股掌之间，曹操趁机攻陷了他们的根据地——邺。要是袁氏兄弟团结一致、互相支持，他们在冀州的势力应该可以维持下去，并成为曹操的一大威胁。但是他们兄弟之间一方面进行着丑恶的内斗，一方面又各自与曹操交战，如此一来，原本有胜算的战争都无法取胜了。

在攻陷邺城之后，曹操因美女甄氏被自己的儿子曹丕抢走而生气，那也只是短短一瞬间的事。

之后他就着手计划并实行对新领土的新政策，然后马不停蹄地往北方前进，企图追击袁氏兄弟。甚至到了一边进军一边召开政策会议和作战会议的地步。在这么忙碌的行程当中，他还能积极创作诗词。似乎越是身处于战事之中，越能激发出他的诗歌文才，并以此引领建安文学的潮流。

在政、战、色、文的领域中，他都行有余力。另外，他也命令驻守在许昌的荀彧彻底调查将在数年之内纳入自己版图的荆州和东吴。特别是“襄阳在近十几年间涌入了相当多人才。放着不用真是太可惜了”。

于是他命令荀彧在占领或并吞襄阳之后，列出一本将来必收为己用的人才推荐名单。无论是文人或武将，他都求贤若渴，想纳入自己的麾下。即使是宿敌——已故的袁绍的人，只要有才能，他都尽可能劝降以为己用。曹操的亲信们都认为，其实在曹操心里早已规划好统一天下后的王朝设想，所以战争的事他早已不放在眼里。他的亲信都这么叹服着。不过，像荀彧或荀攸这种亲信中的亲信，可就不见得这么想了，因为他的主公曹操是个酷爱人才的人。

然而曹操爱才似乎有些过了头，他收集人才毫无限度；总之，只要听到人才的名字，他的眼睛就会为之一亮。其实现在曹操阵营里，人才已经多到不知道该派什么事给他们做了，但他还是不停地募集人才。他有着强烈的欲望，想将天下间堪称人才的人物都招至自己帐下，真称得上是人才收集者，甚至已经到了收集狂的地步。

曹操把才能当成收藏品一样，每当他把那些收藏品陈列出来观赏时，他就感到无比的欣慰。说到日本史上与曹操最为相近的人物，非织田信长莫属。信长也是在政治策略上一面拥护天皇，一面打破所有的旧权威、旧势力和旧常识，并且在战争中节节胜利，一步步实现他新政权的设想。

为了达到他的目的，他做了许多残忍无道的事。身为一个凶恶独裁者的他，同时也是个天才。在这个狭小的岛国里，能毫不手软做出如此穷凶极恶之事的枭雄，除了他之外再也找不到别人了。而且只要有能力，不论身份为何，他都加以拔擢任用，即使是来路不明的人也一样。

不过，信长只是喜爱人才的能力，他并没有那种人才癖，倒是有收集珍奇的马匹、武器、茶具的癖好。相信信长应该也听闻过曹操的故事，所以我认为他多少受到了曹操的影响吧。荀彧大概也多少认为自己是曹操那人才收集癖的受害者。有很多人虽然有一技之长，却不见得适合作别人的臣子。他们因为自己被招揽而得意忘形，甚至忘了自己的身份，最后激怒了曹操而被放逐，更严重的还会被处刑。这样的例子已经出现过好几个了。

以现在曹操的政权来说，豢养着过多的人才已经形成了一种浪费。不过，既然这是主公的命令，那也无话可说，荀彧只好尽力收集襄阳人士的信息。身为一个还是籍籍无名的青年，诸葛孔明的名字是否出现在这张人才名单中的前十名，应该关系着他这两三年会不会崭露头角。虽然孔明一点都不想在曹操那里做事，但如果自己没有名列其中，他的自尊心一定会大受打击。

到底孔明的名字有没有在推荐人才名单当中呢？他如果被提名会感到高兴吗？

就在孔明他们在卧龙冈说得口沫横飞之际，庞德公正赶赴沔南拜访黄承彦。黄承彦不愧是襄阳当地最为有名的乡绅，宅院华丽而宽敞，有着豪族的风范。在黄家豪宅的周围，有一群代替卫兵的小混混负责巡视守备。

庞德公就在门前被挡下盘查，但是庞德公连看都不看他们一眼，便想强行通过。那些小混混并不认识庞德公，穿着农民工作服的庞德公看起来就和一般百姓没什么两样。被视若无睹的小混混抓住庞德公的肩膀说：

“你这家伙是谁呀？这里可不是你这种一般老头可以来的地方啊！”小混混歪着头恐吓他，还吐了口口水。

“你这家伙难道想见我们家主人吗？我们主人可不是你这种老头可以见的呀。喂！有引荐信就拿出来吧。如果要我帮你通报也可以，钱拿来！”

小混混们就这么明目张胆地索取贿赂。来探访黄家的人几乎都是贵宾，他们通常是坐漂亮的马车来的。除此之外的人都会被视为草芥，这些小混混认为根本没必要把他当一回事。

“没钱的话就快点滚回去吧！咦？你那是什么眼神啊？嘿嘿嘿嘿！我们这些人可不会敬老尊贤哟。告诉你，我们就算不小心错杀了两三个人也不在乎！因为我们黄家的主子会替我们压下来。”

“喔？是吗？这么说我也不需要客气啰！”说时迟那时快，庞德公的脚已经踢爆了小混混的下体，同时毫不客气地用手掌朝他的脸打去。小混混倒在地上抽搐着。这时庞德公还毫不留情地用脚踩着另一个小混混的脸和侧腹。

“发生了什么事？”混混卫兵们闻讯都围了过来，但庞德公毫无惧色。

“这个家伙……”那两个小混混还满身是血地躺在地上。

“这个老头会拳法，你们要小心点啊！”混混们把庞德公团团围住，还有个笨蛋连刀子都亮了出来。难不成这里是黑道的大本营吗？这时庞德公大喝一声：

“你们这些小喽啰！”

把那些混混吓得肝胆俱裂，只能面面相觑。

就在这时，有个认得庞德公的小伙子大声叫道：“慢着慢着，这位是岘山的庞德公大人，千万不要出手啊！”

于是混混们全都向后退去。虽然不知缘由，但“岘山庞德公”是个连附近的混混都会闻之丧胆的名字。庞德公现在虽然在鱼梁洲过着隐居的生活，但是他的老家在岘山的南麓，所以才有这个称号。似乎他在年轻时，也曾做过在墙上写下“拳侠德公到此一游”之类的荒唐事。

“哼！”庞德公自顾自地进了门。

“阿承！阿承你在吗？”庞德公喊着。

阿承是他对黄承彦亲密的称呼，大概就类似“小承”之类的吧。不久，黄承彦出来了。

“唉呀呀，这不是德公吗？好久不见啦！”

“阿承，我才一段时间没来，怎么你们家的蠢蛋好像变多了呀？你要选看门的也得选好一点的混混呀！看来我得降低对你的评价啰！”庞德公擦了擦拳头上沾到的血。

“看来我的人好像对你做出失礼的事了。最近强盗横行，这附近变得有点危险，不雇那些人是不行的呀！”

“待会儿你再去问外面那些家伙吧！我可是不在乎那点小事。让我进去坐坐吧！”说着庞德公便毫不客气地走进他熟识的黄家。

“给我来点最好的香茗和茶点。”他向婢女吩咐道。黄承彦外表看起来很温和，人也不坏，但拥有庞大家产的他可不单单只是个善人而已。虽然他并没有摆出那种富家老爷的架子，但周围的人总是能感觉到他的威严。不过和庞德公比起来，他还是可爱多了。

“你的境况真是越来越好了呀！”环视房内四周，尽是些高级的壶器、漆器和画轴。

“这些都是他们随意放置的。我对于这些美术品的价值可是一窍不通。”

“每一样都是稀世的珍品呢，可惜你没那个眼光欣赏。对了，今天我是为了你那个迟迟嫁不出去的丑女之事来的。丑女还好吧？”

“别在双亲面前丑女、丑女说个不停好不好？今天若不是你，换作是别人，我肯定饶不了他！”

“看样子她是别来无恙呢。阿承，赶快找个人家把她嫁了吧！”

“要是可以的话我早就办了。”

“有人找我说亲，你想听听看吗？”

“什么，真的吗？”

“他虽不是襄阳本地出身，但家世不坏，而且以我的眼光来看，他是个相当有前途的人。”

以我眼光来看——这句话是庞德公的口头禅。看来他十分清楚自己的价值观和一般世人通用的价值观有所不同。

“我是百分之百相信你鉴定的眼光啦，但这样的对象对我女儿来说会不会太完美了呀？”黄承彦面有难色地说。

原本黄家的女儿找不到亲家这件事就有点古怪，因为想和黄家结为亲家的人家其实多得数不清。

除了黄家是个名门豪族，他们和襄阳政府的关系深厚也是一大原因。刘表的妻子蔡夫人是权臣蔡瑁的妹妹，她生了一个儿子名叫刘琮。而黄承彦的妻子是蔡瑁的姐姐，因此那个问题丑女就成了蔡瑁的侄女，和在刘表死后将会暂代荆州之主的刘琮是表兄妹关系。

蔡瑁的蔡家在荆州也算是数一数二的豪族，拥有数百名仆从，更是坐拥五十处地产的大地主。因此入主荆州的刘表率先与蔡家交好，也是理所当然的。而在地方上，蔡、黄两家的交情也是非比寻常的。

想与这样的黄家结亲的人家，就算以最严格的标准来挑选，也是多到数不清。但是他们家的女儿至今却仍是单身，让黄承彦夫妇频频叹气。

前往黄家拜访的人家及男士虽多，但在亲事正式谈妥之前必定会不了了之，而且都是男方打退堂鼓。这女的要不是有很严重的问题，就是丑得令人毛骨悚然，否则照理来说应该不会这样。

于是，这流言就被添油加醋地传了开来，搞到全襄阳的人都知道“黄家丑女怪谈”。也许是因为男士们都退避三舍，令人不得不怀疑她的相貌不是普通的丑，甚至比被渲染过的传闻还要惊人。

这应该是远比被拒绝七次的孔明还厉害的人物吧？黄承彦不是不疼爱自己的女儿，只不过他实在对此非常悲观。当然，庞德公在这个黄家丑女小的时候便已经见过她了。

“没替你这个女儿找到能欣赏她的对象，就是你的不对啰。”

“德公啊，话这么说是没错，但你不了解身为一个丑女的双亲的悲哀呀。我想你帮我介绍的那个男子看到我女儿后，一定也会马上逃到千里之外吧！”

“呵呵呵，你可别看不起我相中的人喔。他这个人常常以宇宙为目标，可不能跟一般的男人相提并论。”

“在我们襄阳真的有那样荒诞的……不不，是那样有器量、有胆量的男人吗？什么名字？说来听听。”庞德公缓缓说出那个名字：

“诸葛亮！我的朋友司马德操称他为‘卧龙’（这不是在做傻事吗？），是个后生可畏之辈。”

“什么？诸葛孔明！是你儿媳妇的弟弟，那个怪人孔明吗？”

“正是他。”

“等一下。就算我女儿再怎么找不到对象，找他当我女婿也未免太过分了吧！”

“是吗？”

“我听城里的人说过他的事。他向你还有水镜先生求学，所以他的学识我勉强能认同，但他的品行却是个大问题呀。”

“什么嘛，你听到的传闻根本不及那男人的怪诞和趣味的百分之一呀！”

“这么说，难道他还更怪异吗？不行不行，我决不能把我的爱女许配给那个比流氓混混还不如的人。我女儿再怎么嫁不出去，也不能送给那男人当牺牲品。”黄承彦就这样一口回绝了。

庞德公听他这么说，倒也没有特别强求。“是吗，那就没办法了。”他只这么说。

“既然我都来了，把你那个丑女叫出来让我看看吧，我也好久没看到她了。再怎么说，我也希望那孩子能过得幸福啊。”

“嗯。”黄承彦向屋里叫了叫。

不久，黄家的丑女出现了。她的行为举止虽然非常文静优雅，但却是个身高超过一八〇厘米的高大女子。光是这一点，就让一般男子敬谢不敏了。她坐下后，先向庞德公行了个礼，然后用她那还蛮好听的声音说：“庞叔叔，好久不见了。”然后抬起头。

“喔喔，越来越丑了嘛。看来你的精神还不错哪，但你还是丑得不得了呀。哇哈哈哈！”

这位黄家的丑女因为姓名不详，我们姑且称她为黄氏。黄承彦的脸色这时已经涨红得快要转成青色了。

“讨厌啦！叔叔，人家会不好意思的啦！”黄氏羞红了脸说。

关于黄氏的丑，《三国志》里只具体记载了“黄头黑色”四个字而已。这大概是“黄头发、黑皮肤”的意思，但光是这样还是很难想像。荀子曾经形容孔子的容貌为“仲尼之状，面如蒙倛”，而

《三国志》就不像这样有具体的描述。

要是《三国志》中也写着“黄氏之状，面如某某”，那我就能想像她究竟奇丑无比到什么程度了。我想作者大概也不敢描写得如此详细吧。不过，如果身材高大而且黄发、黑皮肤就被当成丑女，那么当时对于女性美丑的标准还真令人觉得可怜啊，因为这么一来就太无趣了。

话说回来，要不是她丑到男士们都敬而远之地直呼“太惊人了”，史书也没有必要特别写那么一句吧。假如她虽高大而发黄、皮肤黑，但身材苗条、比例匀称的话（因为当时很多肥胖的女性被视为美女，所以相对的，一定有许多纤细的女性被视为丑女），以现代的标准来看，搞不好是个超级名模级的尤物呢。

就算她的脸蛋丑得难以言喻，但只要稍加整形，说不定也能拥有一个现代风范的漂亮脸蛋。美丑的定义是会随着时代变迁而改变的。没留有黄氏的肖像画还真可惜。

庞德公之后还丑女、丑女说了好几次，最后还语意不明地称赞她：“你的丑可是跟王昭君不相上下啊！”

黄氏这时扭着身子，忍住笑说：“讨厌啦，叔叔你真是的！”

黄氏如果是个普通女子，她那颗少女的心也许早就在淌血了，就算她诅咒庞德公、希望他祖宗十八代都遭天谴也不足为奇。

庞德公这时满意地看着黄氏。他不停以丑女这个词汇来嘲笑她，虽然不知道她内心到底怎么想，但至少表面上她丝毫不为所动。庞德公对她的气度感到相当敬佩。

“我的眼光果然没错。能和孔明相配的除了这个女子再没别人了。”庞德公高声笑着，随即以从容不迫的口吻说，“在这襄阳，有一个唯一能使你幸福的男人。”

黄氏紧盯着庞德公的双眼。“他叫诸葛孔明。你应该听过他的传闻吧？”

“是的，听过一点。”

“喂、喂！”这时黄承彦坐立不安地想打断两人的对话。

“阿承，暂且让我听听你女儿的想法吧！”庞德公阻止他。

“怎么样啊？”

“诸葛孔明？”

“那家伙很有趣喔！要是有你这般有气量才干的女子相伴，相信他此生便了无遗憾了。”

“叔叔，我对世间的男子早已感到失望了呀！”黄氏说。

黄氏之所以能忍受庞德公一直说她丑，是因为从小庞德公就认识她了。庞德公以前就常常把黄氏抱起来笑着说：“唉呀，你以后绝对会是个举世无双的丑八怪啊！”他就是这样一个可能会让孩子留下精神创伤的恶劣叔叔。

不过，等她长大后，她发觉每个到黄家拜访的男子看到自己后，先是一时语塞，然后才僵硬地对父亲说出“你女儿真是优秀啊”这种场面话，那时的她才真正感到火冒三丈。

“你这混账家伙，给我说实话！”她一直很想用这种女子摔角选手的口吻，抓住每位访客的后颈大声咆哮，再用自己引以为傲的大力气海扁他们一顿，但她都拼命忍了下来。

在亲事连续谈破后，连她双亲和她说话时都得小心翼翼的。

“在这世上，难道美丑就这么重要吗？”她不禁如此向上天抱怨。

对黄氏而言，庞德公是位“世上少有的正直老实人”，所以她非常尊敬他，也能容忍他常对她说那些粗暴的话。而这个男人是她所敬爱的庞德公所介绍的……

“如果那位孔明先生是个能一解我忧的人……那么，我倒想见一见他。”

“好。”庞德公说，“可以吧，阿承？”

“可以啦，随便你们吧。但我可是从头到尾都反对的哦！”黄承彦以快哭出来的表情说。

“阿承啊，你就是还没认清你女儿的丑，所以才一直谈不成婚事呀。你所谓的别人放置在这里的壶、香炉、书画什么的，其实都是珍品中的珍品，只可惜你没有欣赏的眼光，所以就算看了也没有感觉。你女儿的事也是一样啊！”

“是、是吗？”

“阿承，所谓真的美丑……算了，这话要是说起来可就没完没了了，还是改天再说吧。那明天我会叫我儿媳妇过来，到时关于孔明的事你全都可以问她。”

“好。”

看来他想让孔明的姐姐也参与这场相亲大作战。（接下来轮到孔明了。那家伙若能看透这女子的丑，应该就能了解她的优秀之处。）

孔明是那种极其敏感的人，要是别人设计他，即使征兆再微小，都逃不过他的眼睛。（不过他这次恐怕也不会发觉吧。因为虽是略施计策，但可不是阴谋呀！）庞德公抿着嘴笑了起来。

庞德公丝毫没有耽搁，隔天早上就前往卧龙冈。这时正在耕田的诸葛均迎向前来，照孔明的吩咐阻止庞德公说：“我兄长正在特训中。”

“那我来当他特训的对手吧。诸葛均啊，你不记得我了吗？”

庞德公以压倒性的气势说。

“啊，是庞德公大人。真是失礼了。”

诸葛均于是在前面带路。这时诸葛均十六岁，正值青春期。他比孔明小八岁，连字都还没取，但与其说没取，不如说是史书上没有记载。所以尽管很没有礼貌，但我也只好直呼其名了。

庞德公也是如此，他的字不明，所以在本书中一直是指名道姓直呼这位长者的姓名。这是极其无礼的，要是在现实中肯定会被痛殴一顿。孔明的姐姐和黄承彦也一样。虽然这是史书的错，因为史书把他们当成无关紧要的人。但是就算归咎于史书也无济于事。我曾经想随便替他们安个字，替黄氏编个名字，但如此一来可能会人神共愤，所以还是作罢了。真是非常抱歉。

在诸葛均的带领之下，庞德公来到了庭中。这时孔明正在庭院里跳着奇怪的舞蹈。他一边摆出状似老虎又像熊的动作，一边微笑着。

“兄长！”孔明听到诸葛均的声音回过头来。但即使看到自己的老师来了，他仍然没礼貌地继续跳着舞。

“啊啊，是庞老师啊。真是稀客啊！”接着是模仿猴子的动作。看来刻意对客人无礼是孔明的作风之一，让刘备三顾茅庐正是将这作风发挥到了极点。庞德公并没有为这点小事而生气。

“孔明啊，你那是什么恶心的舞蹈啊？”

“不，身为一个军师得会一两种舞蹈才行……这是骗您的啦。其实这是一种名为‘五禽戏’的导引之法，是绝佳的养生法。熟练的话，长生不老也绝非梦想喔！”

孔明请庞德公稍待片刻，他要把这五禽戏动作做完。五禽戏是模仿虎、鹿、熊、猿、鸟等动物的动作，让气血流通的一种气功。这是之后会死于曹操之手的华佗所发明的。它被称为仙人的长生之术，在文献里有记载的气功当中，是属于比较古老的类别，它与中国武术也有很深的渊源。

“哎呀！真是失礼了。因为听说要是中途中断，效果就会减半呀。这五禽戏中没有加入龙的动作真是美中不足，我看这龙的动作就由我来发明吧！”孔明微微冒着汗，一边笑着说。原本想要突袭孔明给他好看，没想到孔明却让他看了这等奇怪的体操，庞德公这时反而觉得自己被摆了一道。

“真有你的啊，孔明。”庞德公一屁股坐在书房前的台阶上。

“孔明啊，像你这样的人也想长生不老啊？”

孔明拿着扇子啪哒啪哒扇着说：“不，老师。我对这种方术有兴趣，只是为了让身体与这个宇宙融为一体，让自己更接近道的渊源罢了。跟这个比起来，长寿根本不算什么。怎么样？老师要不要也试试啊？”

“喂，我可是隐士喔，我可是比你还要能看透这个世界的呀。你认为你靠着这种野兽的舞蹈就能与宇宙融为一体吗？”

“多多少少啦。不过听说这个五禽戏与其说有助于和宇宙融为一体，不如说有助于与自然融为一体。为了天人合一，我还有其他好几个神仙秘术呢！”

“你还真爱学一些无聊东西耶。孔子也说过‘攻乎异端，斯害也已’。”

“不，在老庄学说里，异端绝非有害的东西，而是广大无边的事物呀！”

这两个人读过上千卷的书，要是一离题，可能就会扯到十万八千里远。（不行，我今天不是为了讲这些垃圾话而来的。我可不能被孔明牵着鼻子走。）庞德公这时瞪大了眼睛，突然指着孔明叫道：“你太天真了！”

虽然不知道他说孔明哪里天真，但这举动一定是为了夺回自己气势。“你别耍小聪明了。孔明！像你这样的小兔崽子竟然敢夸口谈论宇宙的神秘，别笑死人了！我明白得很，像你这种人绝不会了解宇宙奥秘！”庞德公已经进入战斗状态了。

“为、为什么呢？”

“光懂得一点仙人的伎俩就想达到道的境界吗？真是太可笑了。我是把你当成自己的弟子才跟你说的。啊，我说溜嘴了。为你的肤浅干一杯吧！来，要不要干脆喝一杯毒酒去死啊？哇哈哈哈哈！”他突然就这样毫无理由地发起疯来了。若不这样狂妄自大地发飙，恐怕就连庞德公也会被孔明牵着鼻子走。也许这是中国的传统，例如禅宗的师父有时就会以近乎找碴的方式向弟子胡言乱语一番。

另一方面，孔明始终忍住怒气保持微笑。他知道自己一生气就会中了庞德公的圈套。不过他对于被人家斩钉截铁地说“不懂宇宙之事”，还是相当耿耿于怀。

“宇宙”、“道”。至少庞德公对于这方面是不会信口开河的。孔明还是露出了一丝愠色。不过，老是争论这种宇宙之类的事情，你们以为自己是史蒂芬·霍金博士吗？孔明那即将变脸的表情并没有逃过庞德公的法眼。

“你想知道是怎么回事吗？呵呵呵，你一定很想知道吧。那是因为你还欠缺一个决定性的关键能力啊。少了这种能力，不论宇宙还是道都跟你无缘。你就抱着百思不得其解的苦闷，继续跳着你那野兽般的舞蹈长生不老去吧！”

孔明终于皱起了眉头，边扇扇子边打断庞德公的话说：“你竟然对我如此污辱谩骂。就算你是我的老师，如果你的话没有确实的根据，我可不会善罢甘休。”

“呵呵，你这个臭小鬼。你要根据到处都是啊，但我就是不告诉你。”

“你这个吝啬的老师！”

虽然看起来就像小孩吵架一样，但这可是认真地在决一胜负呀，大概吧。庞德公的内心里有一种“好，他上钩了”的感觉。机不可失，于是他从台阶上站起身说：“如果你真的想知道，明天就到沔南的黄承彦家来吧。你可别临阵脱逃啊，孔明。”

他像流氓混混般撂下这句话后，便快步向外走去。

“我知道了。”孔明老大不甘愿地说。

这时可怜的诸葛均还哆哆嗦嗦地躲在柱子后面。庞德公从隆中回家的路上一直呵呵大笑。（啊啊，真是愉快啊。那家伙大概是因为那个什么五禽戏的关系，气血循环太好，所以火气变大了吧。这样一来我赢定了。不过也不能就此大意。）

他就这样笑个不停。怎么样啊！孔明！我看你要输了吧。这时孔明发觉自己似乎上了庞德公的当。为了让自己冷静下来，他继续练习着五禽戏。“虽然不知道他有什么阴谋，但我孔明一旦接受挑战，岂可就此示弱。”

与孩提时经常逃跑的作风不同，这时的孔明自信满满地如此自言自语。而且还是用那种连躲在柱子后面的诸葛均都听得到的大嗓门说的。

第四回　孔明通过五禽戏获得丑女一名

孔明隔天一早就从家里出发，步行前往沔南。这是因为孔明没有马车，而他又不想匆匆忙忙赶路的缘故。他预计清晨从隆中出发，中午左右便可到达目的地。他跟往常一样，一边唱着《梁父吟》一边走，肚子饿了就坐在路旁，吃起诸葛均做的“军师便当”（遵照孔明的食谱做的）。

不久，总算到达了黄家的地界，并找到那附近绝无仅有的广大豪宅。一靠近大门，黄家雇用的混混们便阻挡住他的去路。原以为他们会像前一阵子对待庞德公一样刁难他。没想到他们突然慌张了起来，退到半径五米之外不敢靠近。“啊，这家伙是孔明！”“什么？是那个邪门歪道的‘卧龙’吗？”想不到孔明这张脸在这些混混当中也吃得开。

虽然不知道这是怎么回事，但他们似乎非常害怕孔明。有混混自傲地说：“我们虽然是地痞流氓，不是什么光彩的身份，但也绝不像孔明那样惹人厌。”也有些人深信孔明跟作法害死孙策的于吉仙人一样，是会施法术害人的道士：“惹到孔明的人会在数日内发疯而死。”还有人有着不愿告人的不愉快回忆：“总之就是不能惹这个孔明。我不想跟这家伙扯上任何关系。”不学无术、平常惯于敲诈勒索或以暴力解决事情的这些人，光是看到孔明就心生胆怯，退避三舍。

到底这个孔明对他们做了什么呀！他们是把孔明当成是无赖的混混、人类中的杂碎，还是把他当成是精神病患者或超能力者而歧视他，不敢靠近呢？孔明正眼都没瞧那些带着恐惧眼神而离得远远的混混们，就这么敲着门进了黄家。担心黄家未来的这些混混们心想，老是让庞德公或孔明这种人出入，这名门黄家大概也快完蛋了，因此都在盘算着另找工作。

孔明一反常规地被带到了宽广的庭院，而不是进屋去。这个庭院里有鲤鱼池、竹林、假山，还养了鸟、鹿，并有专人定期整理。孔明面对如此豪华的庭院并不特别感到惊奇。

“不好意思，我主人在那边的亭子里，劳驾您亲自走过去。小的先告退了。”带路的男仆擦擦汗，用紧张且带着恐惧的颤抖声音这么说。在襄阳没有人没听过孔明的传言，所以这个男仆大概认为这孔明是个妖怪或什么妖魔吧。看来关于孔明自创的名号“卧龙”，确实有不少被添油加醋地传了开来。“但是我不记得我散播过这种令人害怕的传言呀？”孔明心里如此纳闷着。

孔明这时还是个生手，在谋士方面还毫无实战经验，实地验收宣传计策的成果这还是头一次。流言、传言、风声仿如具有生命般，会由于种种因素而开始扩散，因而诡谲多变且极度危险。但对孔明而言，这些他已看得相当透彻，不当一回事了。孔明认为自己宣传的策略非常巧妙，在短时间内快速散播，效果出乎预期地好。

不过这种事斟酌分寸非常重要，要是效果太好而远超过限度，将导致无法控制，最后会变成夸大其词的过度渲染。这是情报战中基本的基本，但也是最难的部分。就像近代抗日战争后的国民党军队和共产党军队的宣传战一样。在中国，有一本把情报战视为作战策略要点的书——《孙子》，可见情报战很早以前就存在了。有时候必须放出真情报，有时候则要放出假情报。情报的处理及操作方法是一门大学问，所以操作者的责任相当重大。虽然这不是我这个写小说的人该多嘴的事，但我希望那些执掌国政者和新闻从业人员应该多加注意。

在离孔明有一段距离的亭子里，一群与黄承彦年纪相当的长者朝孔明的方向坐着。他们似乎很害怕与孔明四目相交，笑得很僵硬。

（看来这计策好像很有效，世人好像都凭空想像着那个并非真实的我。但这下子好像是过犹不及了。）本来他想打造一个高雅、神秘而有力并带点谦逊、典雅气质的“卧龙”形象，但传言在坊间四处流传的结果，却让他变成了如同魑魅魍魉的魔兽般之“恶龙”。如此一来，“卧龙冈”反倒成了“魔窟”，被视为恶鬼妖兽横行的魔界、邪龙的巢穴。

“唔。难怪最近我让均弟到城里去，好几次他都受了伤，还哭着回来。莫非他有事瞒着我？那些人不敢针对我，却对我的弟弟下手，真是卑劣呀！想必他们一定是用石头追打无辜的诸葛均吧。”发觉到这件事的孔明又想：

“呜，原谅我吧，均弟啊！我一定会为你报仇的。但在这之前，我得先修改我的策略才行。”孔明马上开始动脑思考起新的策略。压制已传遍各地的传言、加以否认是下下之策，这样反而可能使事态更加恶化。对了，那就再捏造出一个天下第一的智能之士好了。那家伙虽然比不上‘卧龙’，却是个惊天动地的奇才。因为他还差‘卧龙’一点，所以得挑一个感觉起来较温和的人才行。

看来这时候他所谓的良策，就是另外塑造出一个厉害的男人，让他与恶评过多的“卧龙”相抗衡。孔明再进一步推敲，有什么架势十足的虚构动物，足以与龙这个虚构的动物相提并论。

“那就凤凰好了。凤凰虽然是出色的鸟，但它的威猛却不及龙，而且宇宙感也不够。既然我是‘卧龙’，那他也得是只未得其时且未成熟的鸟才行。对了，就让他是只凤凰的雏鸟，称他为‘凤雏’好了。”

孔明他那灵活的脑中一边想像着“卧龙”与“凤雏”并列的剧本，一边寻思现实中“凤雏”的候选人。（元直和崔州平他们两人欠缺了点‘凤雏’该有的意外性。其他还有谁呢？）

不过这时他已经来到了亭子前，所以不得不停止他那愉快的思考。孔明自顾自地抱怨：“这庭院怎么这么窄小！”因为孔明习惯将任何东西都拿来跟宇宙相比，所以对他来说，地上没有任何东西是宽大的。

孔明向那亭子的主人拱手拜了拜说：“您就是黄承彦大人吗？”

“是的。”黄承彦战战兢兢地说。

“黄大人，我想我是第一次谒见尊颜。晚辈我叫诸葛亮，字孔明。以后请多多指教。”

“嗯。”

虽然与他素昧平生，但孔明手上已经握有许多黄承彦的相关资料。孔明看了看四周空荡荡的亭子，此时只有黄承彦一个人。

“我今天之所以来这里，完全是遵照我老师庞大人的吩咐。看来庞老师还没到吧？”

“咦，是这样吗？我不知道有这回事啊。我想德公今天应该不会来才对。”

“咦，怎么会这样？”

昨天，庞德公像孩子般吵完架后，撂下了一句：“你可别逃走啊，孔明！”所以我今天才特地到这里来呀。

“这到底是怎么回事啊？”

孔明的头脑开始全速运转。黄承彦看孔明这年轻人除了一身奇怪的道袍之外，也是正正经经地恭敬打着招呼，并不像传言中的那么惊世骇俗，因此稍稍放下心来。

“好了，别光站在哪里，过来这边坐吧！”他招呼孔明到亭子里。桌上摆着茶叶和茶具。

黄承彦“啪啪”拍两下手，马上有个婢女提水壶过来。她将适当冷却的热开水，注入烧茶水的壶中，再把准备好的茶叶毫不吝惜地放进去，用勺子搅拌。此时，飘散在空气中的茶香从鼻子一直蹿到耳朵边，一闻就知道这茶叶是极品中的极品。

在那个时代里，茶叶是非常高价的奢侈品，而且被视为医疗用品，可不是像现在一样，进餐厅就会自动奉上的东西。对孔明这样的人来说，别说是茶叶，就连沾有茶粉的茶梗渣屑也是偶尔才能取得。孔明通常把它拿来和长在林木之间的草叶混合煎煮，其实那顶多只能算是草药汤，他却把它当成一般的茶来喝。然而黄家却能轻易订购到产地偏远的茶叶。

“昨天德公说，他叫你今天过来一趟，所以我才特地在此等候。”黄承彦一边请孔明喝茶一边这么说。

这事情还是有点古怪。孔明十分小心谨慎，但还是一派轻松地问：“不知吾师为何会派我过来？”

昨天庞德公派使者捎了一封信给黄承彦，通知他说孔明今天会来，信中概略地说明了该如何接待孔明。

（竟然要我费心招待一个乳臭未干的年轻人，德公这家伙真是惹人厌。）黄承彦虽然有点不高兴，不过一想到传说中的孔明要来，心里反倒渐渐感到不安了起来。要是孔明突然露出狰狞的面目开始大闹该怎么办？（为了我的女儿，也只好照着信上所写的去办了。）

因为女儿也希望见上孔明一面，所以就算有些不愿意，也只能奉陪到底了。不用说，从倒完茶后就一直侍立在亭外的婢女，正是黄氏假扮的。

“不，也没什么大不了的事啦。因为年纪大了，最近常抱怨肩膀僵硬、腰膝无力，还经常感觉头昏眼花。结果德公来信告诉我说他有一位弟子懂得调息之法，他会请那位弟子来教我，还介绍了关于你的事。”

“喔。原来如此。”

“据他信上所写，那好像是一种禽兽的游戏，还是野兽舞什么的。请问那到底是什么东西啊？”

“他说的应该是一种叫作五禽戏的养生法吧。他是要我教你这个功法吗？”

“嗯，他信上是这么写的。”

孔明啜了口茶。（只是单纯要我对他进行健康指导吗？还是别有目的呢？）孔明推敲着庞德公的目的，想得都快想腻了。（还是搞不懂，看来只好当作受骗先做做看，到时就知道他葫芦里到底卖的是什么药了。）

孔明把怀中的扇子放到桌子上，站起来说：“我知道了，那么就让我来教你吧。”孔明像医生般一边解说气血阻塞会如何影响健康，以及为何会引起阻塞，一边趴在地上学老虎匍匐前进，说“就像这样”，示范给黄承彦看。

“这样就能让腰自然伸直，活动到肩膀等平常活动不到的地方。好，这就叫虎步，其次，学它猎取猎物的样子。”孔明这时龇牙裂嘴，伸出“爪子”并把半个身子反转过去，“吼吼吼”地叫着。孔明示范得非常认真，而黄承彦却觉得真是愚蠢到了极点。虽然如此，他还是无可奈何地拍着手说：“喔喔，真像只猛虎呀！”

“真不愧是孔明，你的把戏好精彩呀！”

“这可不是把戏哟。对了，请黄大人跟着我一起模仿好吗？”

“不不，虽然我很想跟着模仿，但是我的腰和脚现在痛得动弹不得。我能这样坐着已经是极限了呀。”但其实他心里想：“我才没有悲惨到要做这种怪异的动作呢！”

“等我身体状况好一点再试试看吧。你大概教我一下就行了。”

“你不实际做一遍是学不起来的呀！虽然暂时会有点疼痛，但只要做了之后就会减轻的哟！”

“这……我实在难以从命啊！”

“如果你没这个心要学，我恐怕很难再教下去了。”孔明说着便站了起来。

这时，侍立在一旁的婢女走了过来说：“就由我来代替主人学吧。”

这婢女往旁一站，她的身高竟与孔明不相上下。黄承彦原本想叫黄氏的名字阻止她，但这时她已经趴在地上说：“来吧，请教我。您所说的老虎是这样的吧？”

孔明说：“好吧。就让我来教你。”

说着他又把手放到地面上。

“雄虎和雌虎的要领虽然稍有不同，但基本是一样的。”

“是的。”

孔明示范了老虎的动作，黄氏也跟着模仿。黄承彦这时又不能对她说“身为女子怎可做出如此下流动作”，只能坐立不安，不知该如何是好。老虎动作结束了之后，接下来是熊和鹿的动作。黄氏和孔明一起跳着、抓着，弄得发鬓散乱，衣领也乱了。到了模仿猴子的时候，她也跟着伸出手来搔头，还“吱吱吱”地露齿而笑。（啊啊，我的爱女竟然变成了猴头！）黄承彦觉得既悲哀又可笑，不禁感到难为情了起来。最后是鸟的动作。他们把两只手啪啪地拍着，并且“咕咕咕”、“唧唧唧唧唧”地叫。孔明和黄氏看来都非常快乐的样子。黄承彦这时已无言以对，他心里不禁想：“这两个家伙是白痴吗？”最后终于忍不住“噗嗤”笑了出来。

“好，最后以鹤的动作作为结尾。”

孔明这时像鹤一般伸直了脚，用单脚站立。黄氏虽然拼命地要模仿，但想用单脚站立时却失去了平衡。

“危险！”

孔明绅士地把黄氏一把抱住。

“啊！”黄氏赶紧把身体抽离，同时羞得双颊绯红。但由于五禽戏的关系，她早已满身大汗并且脸红气喘，所以看不出来。

“这样就结束了。你的体质不错喔！”

“我的身体轻盈了不少，也觉得很轻松。托您的福，我玩得非常高兴。”黄氏向孔明行了个礼。

“记得每天要一点、一点教黄大人喔！”

“是。”

这时夕阳已经西下了。

“孔明先生，为了感谢你特地到这里来教我，请在这里用个便饭吧。”黄承彦说。

“好，那我就不客气了。”

“你快回屋里去吧，去帮忙准备晚餐。”黄承彦赶着装成婢女的黄氏回屋里去。

这时黄氏用袖子遮住脸，快步离开。孔明和黄承彦在亭子里坐了一会儿，谈些无关紧要的事。

“晚餐应该准备好了。我们走吧。”

黄承彦先站起身走了出去。看黄承彦走路的样子，实在看不出他的腰和脚有什么问题。不过这时孔明也不好加以点破，只是笑笑跟在后面。

黄家餐桌上的菜肴是孔明有生以来不曾见过的丰盛，每盘菜肴、每道料理都下了相当的功夫，极尽奢华之能事，而所使用的食材也都是顶级的山珍海味。这顿晚餐可能要花上孔明和诸葛均半年的伙食费吧。

由于美味的菜肴实在是太多了，孔明的胃根本装不下，他这时只能大叹自己的食量为何如此之小。（真想让也过着苦日子的均弟尝尝这些菜。）于是孔明开始把吃剩的菜打包起来。不知他是否是第一个做出这种丢脸事的客人，总之黄家的仆人都用一种轻蔑的眼光看着孔明。

这时强作镇静的孔明一边告诉自己“没什么好丢脸的”，一边压抑着在乎周围眼光的表情。虽然他表现得落落大方，然而他的眼眶却被心里的汗滴湿润，停也停不下来。餐桌上没出现黄氏的身影，而黄承彦也没提到黄氏。孔明在用餐时及用餐后所谈论的话题当然不是天下国家那种等级的事，而是开门见山地就谈起宇宙来了。

黄承彦虽然痛苦得直翻白眼，但也只能听着孔明他那令人难以理解的话。在孔明要告辞之际，“我看天色都已暗了下来。”黄承彦亲切地表示想派护卫送孔明回家，但孔明却说“不用了”而加以回绝。

“可是最近这附近的盗贼很多，非常危险喔。要是你有个万一的话，我向德公不好交代呀！”

“我孔明可不是个连自己都保护不了的懦夫。要是有人胆敢对龙无礼，他只能怪自己运气不好，即刻消失在这世上。”孔明扇着扇子，罕见地以生气的表情这么说。

“不妙！”黄承彦畏畏缩缩地闭起嘴，默默送他到门口。

孔明回去之后，黄承彦总算松了一口气。（能平安无事真是太好了。）看来黄承彦把孔明当成了瘟神。不过，龙本来就是掌管天灾的神。

（家里没遭到破坏，也没有人死，但不知道家里有没有什么东西被偷走。为了以防万一，待会儿还是请人去检查一下好了。）

他对孔明还是有着超乎一般常识的偏见。“总之真是太好了。”回到房间后，黄氏已经换下了婢女的衣服。她脸红、颤抖着紧握拳头。在黄承彦开口说话之前，她先说了一句：“父亲大人请听我说。”

黄承彦说：“我知道了，今天真是对不起啊。让你做出这么丢脸的事情。”

但这时黄氏重重地摇了摇头说：“不是这样的。”

刚开始看她好像在生气，但后来好像又开始害羞扭捏了起来。“请让我嫁给孔明先生吧！”她的声音到最后都快听不见了。

“啊！！”

“我一直都在等像他这样的人。”

“等一下，你冷静一点。今天我只是卖德公的面子才这么做的，而我也只是让你看看这些奇人异事开开眼界而已。这只不过是一场助兴节目而已啊！”

黄氏这时板起了脸说：“您怎么可以说出如此薄情的话？”

两人认为在玄关里争吵并不妥当，于是就到房间里继续争辩。“你真的认为那种男人好吗？”

“什么叫作那种男人啊？”

昨天，正当庞德公和孔明在卧龙冈像吵架般争执之时，孔明的姐姐前往拜访了黄家。黄氏就是在那个时候得知了许多关于孔明的事。从他孩提时候的丢脸往事到他的恶习，还有他那可说是相当古怪的性格。黄氏听了孔明的种种逸事，觉得非常感兴趣。

孔明的姐姐虽然把关于弟弟的事全都赤裸裸地说了出来，但她还是免不了要夸奖一下自家人说："但是亮儿可是个非常不错的孩子呀。虽然我是他的亲人，但我认为全天下的男子都比不上他。他是天下第一等的男人啊。"

孔明姐姐的公公庞德公事前就曾对她说：

"你要把孔明的事情直言不讳地告诉她，绝不可以为了替他说好话而有半句谎言。倘若不是个能包容他这些事的女子，那就一点意义都没有了呀！"

孔明的姐姐刚开始还认为"这样说好吗？"但后来她就豁出去了，心想："好吧，就随便你们吧。"于是便滔滔不绝地说了出来，而黄氏也津津有味地听着。

黄氏对于孔明的事不仅不觉得吃惊或害怕，反而更坚定了自己想见他一面的信念，所以她今天是以一种雀跃不已的心情等着他来访。之后，她如愿见到了孔明本人。不但和他见了面，还和他一起跳模仿动物的舞蹈。

"父亲大人您真是没眼光。这一切就如庞叔父所说。今天孔明见到我的容貌和体型，丝毫没有改变他的态度。到我们家拜访过的男士们哪个像他一样呢？"

"那、那是因为他把你当成我们家的婢女吧？"

"不。我想孔明先生应该已经看出我是我们家的千金。即便如此，他还是如此乐意、如此体贴地对待我呀！"

先别管让一个已老大不小的女人去模仿动物能否算是体贴的举动，黄氏可是有生以来第一次感受到来自父亲以外的男人的关注啊。由于黄氏坚持要嫁给孔明，黄承彦陷入天人交战的苦思之中。

这时，黄承彦的妻子也为女儿说情："女儿都已经这么说了，我看你还是认真考虑孔明先生的事吧！"

"我了解你的心情。但是我们还不知道孔明先生是怎么想的呀！"

"父亲大人，那明天就请你到孔明先生那里一趟，帮我问问他的意思吧。"黄氏很干脆地说。

"要是这件婚事谈不成的话，我看我是一辈子都嫁不出去了。与其要我受这样的耻辱，还不如死了算了。"

黄氏留下这最后通牒之后，就把自己关进房间里了。黄承彦喝着酒，向妻子没完没了地发着牢骚。最后，他自暴自弃地大声嚷着："我知道了。明天我就到孔明那儿去，非得和他把话说清楚不可。这样总行了吧？要是孔明敢不答应，我就和他同归于尽！"之后他便回到寝室，用棉被蒙着头睡觉去了。

关于孔明的婚事，襄阳的人们似乎也非常关心。虽然这么说有些失礼，但这桩喜事已成为当时人们的笑柄。甚至还有人作了一首嘲笑这件事的打油诗：*莫作孔明择妇，正得阿承丑女*（别学孔明选老婆，如果学他的话就会娶到阿承的丑女儿）。

不知道为什么，连街上的小孩子都这么嘲笑他。由此可知，荆州浪人时代的孔明是多么不受人尊敬。没有人会认为这是因为他们和孔明要好，而和他开的玩笑。

此外，黄承彦的女儿被评为非比寻常的大丑女这事也有蹊跷。照理说，贵族士绅的女儿都是在深闺中成长，所以见过她的人应该不多，但这位黄家千金的事却如同常识一般地为人所共知。而且由于是明记在正史上，所以应该不是虚构。如此一来，我就不得不认为这是历史的名誉毁损，但一向热衷于"恢复名誉"的中国却又没有帮她平反，可见这已经是个无法加以篡改的历史认知，被认定为“事实”了。

可是一般都不会把这种事情说出去才对呀。虽然也许会在私底下讨论那些没见过的名人之妻女的长相，但也仅止于私底下而已，而且那些大众媒体也应该多少有所忌惮。例如，即使我知道友人的媳妇长相犹如妖怪，我也会因为有所顾忌而不说出去，否则对方说不定会跟我绝交呢。更何况是作歌在各个酒店、茶馆和大街上加以嘲笑，真是异常的现象啊。

不过，要是你非常憎恨这个友人，那就另当别论了。不管是正史还是稗官野史，都会特意对美女加以详记并赞扬一番，以满足人们的幻想。但特地提起一名丑女并让人产生厌恶之感（一般都不会特意提起吧）的例子几乎很少见。黄氏若非孔明之妻，应该也不会被写进去，所以说，黄氏在历史上留下丑女之名都是孔明害的。

不管在当时或现在都被视为国家伟人的孔明，竟受到此等对待，让我不得不怀疑，这其中是否有着我们日本人想像不到的历史黑暗面，详情我不是很清楚。总之，襄阳人对孔明的看法相当模糊暧昧，难以一语道尽，甚至有人形容他是个情感如黑洞般难以捉摸、使人背脊发凉的人。

这样写未免也太夸张了吧。言归正传。乘着醉意痛快说出“我明天就去！”的黄承彦，隔天早上就开始后悔了。（太恐怖了。）他退却的原因是一种对孔明没来由（应该还是有点理由的）的偏见。

不过，害怕就是害怕。虽然前一天他已见到了孔明本人，并认为他比想像中正经多了，但他还是固执地认为，孔明有一种从外观上无法察觉的诡异气氛。这完全是他的偏见。

不过，让这位地方的权势人物有着如此深的恐怖误解，也是孔明自找的。要怪只能怪孔明平常的行为举止，再加上自我宣传这帖药太过有效，反倒成了帖毒药。黄承彦虽然不得已踏出了家门，却没有马上出发到隆中的勇气。他命令车夫：“到鱼梁洲。”

因为他总觉得自己被庞德公骗了，不向庞德公念叨几句他不甘心。位于岘山山麓的庞德公宅邸相当宽阔，与其博学名士的身份颇为相称，但他在鱼梁洲的隐居之处却小而雅致，有如农家一般。

由于鱼梁洲是一处河中沙洲，所以黄承彦必须在门前下车渡水。庞德公之前再三拒绝刘表的邀请，而后便开始隐居至这沔水的沙洲。他隐居在这鱼梁洲便是暗示刘表：别再来找他了。可身为刘表之连襟的黄承彦则心想：“没有必要讨厌刘景升到这种地步吧。”

黄承彦到庞德公家时，他正在和人下棋。

“你想放弃这个子吗？”

“才不是呢。我是在综观全局。”

说着庞德公把白子以偌大的力气敲在棋盘上，棋盘发出了仿佛要裂开的巨响。之后，他就紧盯着棋盘。另一个人“啪”一声下了一个黑子。

“嗯嗯嗯……”

庞德公又陷入漫长的思考。黄承彦窥视着棋盘，一边坐立不安地等着。这两人当然察觉了黄承彦的存在，然而此时正热衷于下棋的庞德公，却一副没空理会他的表情。正当庞德公陷入沉思之时，另一个人对黄承彦说话了。他是一个身材矮小，浓眉掀鼻，黑面短须，声音非常低沉的丑陋男子。看起来年约三十。

“你是黄承彦先生吧？我们正忙着玩这个消磨时间的游戏。真抱歉让你久等。”他虽然远比黄承彦年轻，却用同辈的口吻这么说。不过黄承彦并没有因此感到不快。

“我已经习惯德公这种旁若无人的态度了。”

他认为庞德公这种无礼的态度会感染周遭人，所以他并不期望受到庞德公家人的礼遇。“但是最好能快一点。”

那个男的于是对庞德公说：“叔父，让来拜访的客人等不太好吧？”

但庞德公说：“你给我安静点。接下来的一子就让整个局势拨云见日了。俗世间的事跟这一子比起来，根本不算什么。我可是忙得不可开交啊，你就去陪陪他吧。”

就这样，他的眼睛始终没有离开那棋盘。那相貌特殊的男子向黄承彦摆出一副就是这么回事的无奈表情。“没办法，那就再等一会儿吧。”

黄承彦就这么坐在旁边，也不和那个男人攀谈。虽然说是要思考，但庞德公已经整整想了两刻半的时间了。

那个时代，一刻是十五分钟。相貌特殊的丑男以手肘为枕躺卧在旁边。黄承彦虽然不懂下棋，但他毕竟是第一次看到庞德公那么拼命在想事情。所以便问道：“看来德公是处于相当的劣势吧？”

这时那相貌特殊的丑男说：“不，叔父已经赢了。不知他还在想什么，所以我才不喜欢陪叔父下棋呀。”

“德公已经赢了吗？那为什么他还是一副苦恼的表情呢？”

“我也不知道。这盘棋已经没有什么困难之处了，只要照一般的走法下子，老早就结束了。但他就是这么讨人厌，故意要延长战局。我本来是想认输的，但在赛前我们已经约好不能认输了。叔父的偏执可是连一般成熟的大人都为之困扰呢！”

由于对方不能弃械投降，所以故意拉长战线的庞德公，想让棋盘的格子上布满黑白的棋子。相貌特殊的丑男像是突然想起什么似的坐了起来。

“真是失礼了。说起来我都还没有自我介绍呢。一旦来到这里，就容易被叔父他那无礼的态度感染。”

“你叫德公叔父，莫非……”

“是的，我是叔父的侄子，名叫庞统庞士元。初次见面，请多指教。”

“喔，你就是庞士元先生吗？我听过你的名字呢。”

“我这不足一提的名字，恐怕是在叔父说我的坏话时提到的吧。”

“不不不，我是从司马德操那儿听来的。”

庞统庞士元出生于公元178年，比孔明年长三岁。庞统二十岁时，曾去谒见司马水镜先生。那时水镜先生正在桑树上采桑叶，抽不开身，所以也就没有停手，让庞统直接坐在树下与他交谈。水镜先生起初并不打算和他深谈，但两人谈得非常投机，竟从白天一直聊到了晚上。

水镜先生对庞统的评价非常好，评定他为“统当南州士之冠冕”，就这么被记载于《三国志》当中。不过，水镜先生就这么不客气地在桑树上向下与他交谈，庞统可能觉得很生气吧。他是之后和孔明并称为神机妙算的鬼谋之士，也是个不亚于庞德公的乖僻男人。

他受到如此的怠慢，肯定想对水镜先生来点报复。他以高明的说话技巧让水镜先生感到有趣，值得深思、佩服，并且心花怒放，以至于忘了时间。当水镜先生注意到时已经入夜了。

“啊，真不愧是著名的水镜先生。和您谈话，时间总是过得特别快。我真是失礼，在这里待了这么久。”庞统行了一个礼，匆匆忙忙打算离去。这下水镜先生可慌了，因为在黑暗中，他根本没办法自己从树上下来，实在太危险了。

“庞士元你等等啊。”他只好不好意思地叫着。

“有什么事吗？”

“这个……能不能帮我下去？”

“啊，说的也是。这样的确很危险。”

“你能到树下来扶我一把吗？”

但这时庞统却突然一脸严肃地说：“听说水镜先生的人物鉴定从未失准，那么请问在先生严格的鉴定眼里，我是个什么样的人呢？”

“这种事等我下来之后再慢慢告诉你好吗？”

“我今年二十岁，已经到了必须自己养活自己的年龄了。但可叹的是，由于我其貌不扬，所以一直无法顺利入仕为官。”

在那个时代，或者应该说在中国，外貌是评判人的第一标准。容貌和才能的比重几乎相同，不管男人或女人，长得漂亮就比较吃香。要是有个身材高大、体格好，且长得俊俏的无能之辈，与一个和庞统一样丑陋的才智之士，两人同在面试的场合竞争，除非面试官独具慧眼（也就是喜好特殊），否则有九成以上，长得俊俏的人会被录用。

在悠闲且和平的时代里，有能、无能其实都无关紧要，既然如此，当然要选一个看起来比较顺眼的人啰。

不过在另一方面，也有不少人特别尊敬那些长相极其特殊的人，因为那些人大多是超越一般凡夫俗子的王者、豪杰或是仙人，对于一般工作的人没有太大影响。

这时水镜先生已经察觉到庞统的目的。虽然他有点生气，但他并没有因此而故意作假，作出不实的鉴定。因为与庞统交谈后，他的确也认为庞统是个才能异常出众之士。好好先生水镜自忖：

“借着自己的话提高这个年轻人的名声又何妨？”于是他就在

黑夜的树上给他下了个“庞统庞士元可谓天下第一等有能之士”的评价，而庞统也马上帮助水镜先生安全地从树上下来。

在那之后，庞统便稍稍有了一点名气，在他的仕途当中，这个“水镜的认证”可帮了不少忙呢。这位后来被称为“凤雏”的庞统便像这样哄骗水镜先生，以提高自己的评价。这一点与孔明还蛮像的。不过水镜这位好好先生并没有说出这段秘史，因此真相就这样被埋没在史书当中了。黄承彦所听到的是好的这一段，也就是他与水镜先生初次面谈的这段故事。

庞统虽然是庞德公与司马德操的门生，但他与其他人不同，很早就开始寻觅做官的机会并出仕了。他讨厌借学问之名从事那些他认为只是空谈的政治批判，所以他并没有与崔州平等人交往。

他一开始是在南郡当小官，随即又辞官，辗转换了好几个职务，现在在江东做地方官的下属。（虽然同样被水镜先生夸奖，但这个人似乎比诸葛亮可靠得多。男人不能光看外表啊！）黄承彦拿庞统跟正令他烦恼不已的孔明来作比较。“那里的官府还蛮闲的呢。”

庞统一有空闲就会四处旅行。他也好久没有到襄阳来了。由于庞德公一直还没有下下一着棋，无聊的庞统便说起了他的见闻逸事。盘踞于扬州的江东孙吴错失了机会，没有介入华北的曹操与袁绍的对决战，现在正努力充实内政。曹操正与袁绍作殊死之战，当然害怕被别人扯后腿。

具体来说，也就是顾忌刘备、刘表及孙策的势力，而其中最为危险的就是江东的麒麟儿孙策。孙策的才干更胜已亡的孙坚，而他的谋略和勇猛也被认为是在袁绍之上。被袁绍催促出兵而感到困惑的刘表，这时采取观望主义，按兵不动。

但是孙策则不然；曹操与幕僚都认为，他会与袁绍相呼应，见机北上。实际上孙策也正在为此作准备。在即将与袁绍决战的刻不容缓之时，几乎不可能到东吴探听消息或施以怀柔，因为许都已有号称七十万（我想是夸大吧）的袁绍大军压境。相对之下，曹操的军队只有七万（我想这也有点夸大），而且主力部队还是在某些季节无法出兵的屯田兵。而针对另一个麻烦人物刘备，曹操只要运用超乎想像的险招，也就是把与袁绍军对峙的主力部队调遣过来，在电光石火之间击溃刘备军后，再火速返回，按照原本的阵势配置。

但是这种计策对于远在南方的东吴却行不通。况且孙策对于行军打仗可比刘备拿手得多。这真让曹操阵营头痛不已。但是上天终究还是站在有气势的那一方。一味逞强的孙策竟然受到了于吉的诅咒而猝死。要是在现代，听到这个消息的曹操阵营一定会彻夜欢呼："太幸运了！""于吉仙人万岁！"

孙策享年二十六岁。谁都没有料到噩耗会来得这么快（除了郭嘉以外）。之后，当时才十来岁的孙权立即继位，成为东吴之主。

那时的他从未想过关于东吴的战略及政略。虽然他被众人赋予厚望，但这却无法掩盖他还年轻未成熟的事实。不得已，他只好听从大臣们的劝告，先团结内部，并广求人才，充实内政，待来日再重新出发。

就这样，孙吴称霸天下的机会消失了。虽然庞统如此高谈阔论，但充其量也只是一般民众、小吏的观点，尽是些风凉话。他说："像充实内政这种事，只要没有战事，萧规曹随就行了。孙吴的臣子们可不像灵帝在世时的朝廷那样腐败无能，郡县的官吏们都还不错，只要给他们时间，便不难展现政绩。因此像我这样身份低微的小官，稍微偷点懒去游山玩水也不碍事。这一点荆州也一样，主要还是得靠民众的力量啊。"说实在的，现今的工作对庞统而言算是大材小用，似乎有点无趣。

虽然他是庞德公的亲戚，又有水镜先生的鉴定，却只谋得了这般小小的职位。他也有着若身居要职必大展宏图的自信，但在乡村的政府机关里做出了不起的政绩，受到小小表扬也不错。胸怀大志、自恃其才者的生活方式毕竟有很多种。庞统处事脚踏实地，拥有优秀的分析能力、实务经验，也对这个世间有切身的体验。然而孔明与庞统不同，他策划谋略时似乎从没想过要从基层做起，总是将立刻获得要职视为理所当然。这真像是龟兔赛跑的故事。

假如孔明和庞统的才能难分轩轾，那这一点大概就是两人的差异所在吧。当时庞统在襄阳还只是个被认为“还蛮有本事”的男人，离人称“凤雏”的境界还非常遥远。而他是否会得到人才收集狂曹操的青睐，也还是未知数。

(虽然他好像也是个个性强烈的男人，但还不脱离常轨。而且他是德公的弟子，一定也是正经人士。)

“对了，士元先生，你认识诸葛孔明这个人吗？”黄承彦问庞统。

庞统的眼光突然斜斜地射了过来。

“他吗？我是见过他，但从未与他深谈。”

孔明和庞统曾在水镜先生的学堂及庞德公的家里见过面。但在两人尚未熟识之前，庞统就已经做官去了。

“这个，这话虽然有点难以启齿，但我想请问你，在你的眼中，孔明是个什么样的人物啊？”

“喔。刚才我无意间听到，你女儿和孔明的婚事似乎进展得很顺利。是因为这样你才问我吗？”

“不不，我都还没向他提起这门亲事呢。”

他们的确还没谈到婚事。黄承彦现在才要前往孔明的住处说亲，一切都还未定。

“可是叔父好像说这事已成定局了呀。”

“那是德公乱讲的。”

“是吗？这个嘛，孔明这个人实在是个不足一提的家伙啊。总之他自称‘卧龙’。虽说是龙，还在沉睡中，所以无法对他下评论。不过，我觉得他只是个傻瓜。”庞统说。

他看得出来，孔明正暗中打响他“卧龙”的名号。庞统还在观察这件事的发展，只是他不知孔明的目的为何——虽说是虚名，但我完全不了解孔明故意散播于己不利的传言到底有何目的——庞统也觉得。其实，孔明原本是想散布于己有利的传言，没想到这计划不但进行得不顺利，反而让自己恶名远播。这虽然是未臻成熟的孔明的失策，但如果庞统能看出来，或是分析其目的，他可能会改变对孔明的评价，然后再评他一次傻瓜。

“果然。不管谁都觉得他是个笨蛋。”

“也不能这么说啦，我知道其实他见多识广，所以也不能光说他是傻瓜。关于孔明，叔父应该比我了解得多，你还是问问他吧。”

不知道庞德公到底有没有听见，总之，他还是紧盯着棋盘不放。

“叔父啊，我可没有空一整天陪你下这盘奇怪的棋啊。我们还是下次再继续吧！”

庞德公盯着棋盘上的黑白子说：“统儿，你想逃吗？”

“不管我逃不逃都是叔父你赢不是吗？我已经束手无策了，再下下去也没意思嘛。”

“哼，都是因为你太差了，才使这盘棋如此无趣。”

“那我下次再来吧。告辞了。”庞统向黄承彦行了礼就走了。

这一走，就不知道《演义》里不可或缺的人物庞统庞士元，下次出场会是在什么时候了。庞统匆匆离去，因此庞德公说：“阿承，你来替他下吧。”

“我根本不会下棋啊。”

“没关系啦，你只要把子随便放在你喜欢的地方就行了。”

“那好吧。”黄承彦不得已和庞德公隔着棋盘坐了下来。庞德公放了颗白子。

“阿承，轮到你了。下颗黑子吧。”

“放在哪儿都可以吧？”黄承彦随便放了一颗子。

“喔！”

庞德公叫了一声，把黄承彦吓了一跳。

“阿承，你下得高明啊。”

虽然被这么说，黄承彦一点也不明白。围碁也称作围棋，春秋时代就已经存在了。听说是尧舜发明的，所以也可以说是圣人的游戏。器具很简单，只要有一块画有黑白两子路线的板子就可以了。有一说认为，这种板子在古代是高超的占星盘，不知何时演变成了室内游戏板。在武将当中，认为“棋与战争有相通之处，可谋划战略及战术”的棋弈爱好者不少。

中国人在任何事物当中都可钻研出深远的理论，当然棋论也相当发达。例如套用易理，把棋子的黑白视为阴阳，棋盘则是极其玄妙的一大世界。明明只是个游戏，却编造出这么多伟大的道理，还真累人。不过有些危险的智者认为，在棋盘上能窥见无中生有的形而上之道，所以不能小看这个游戏。庞德公就是那种危险人物之一。

“阿承，这个棋盘就是一个宇宙啊。宇宙的森罗万象被展现于此，随着每一局的结束，这个宇宙被破坏，随着每一局的开始，又一个宇宙被创造出来。宇宙是无限存在的。有眼光的人就会懂得从这平淡无奇的棋盘上，看透所有事情。”

虽然庞德公一本正经地说着，但为世俗烦恼而来的黄承彦实在完全提不起兴趣。

“阿承，你认为下棋的目的是什么？”

“是为了一决胜负，然后赢得赛局吧？”

又轮到他了，他又放了一颗棋子。

“不。下棋虽是以争胜负的形式来进行，但它真正的目的是为了让双方打平手。由于阴阳是势不两立的，所以会不断摩擦与抗争。但他们原本就是由太极所分成的兄弟，并非为了彼此失和而生在这世上。说起阴阳相反，它经常是以融合为目的，所以下棋下到平分秋色才是最高境界。

“棋子中的白子和黑子虽然不得不相互对立，但棋盘上的整体必须是平等、融合，以太极为目标。阴中有阳，阳中又有阴，无穷无限。想把它归于一极是多么困难啊。所以我才煞费苦心，无论如何都要把这盘棋下成平手。”

说着庞德公又下了一着棋。看来若不把这盘棋下完，便没办法与庞德公好好说话。

“如果一局棋中，其中一方以优势结束棋局，那么就会阴阳失调，失去平衡，使这个宇宙变得不完全。当今天下正是如此。现今人心不平，战乱频频，便是因为有人想独自称霸之故。最好由某一人获胜、取得天下，这说法是个天大的错误。在宇宙当中，众人的势力呈现美丽的均衡才是最理想的；大家都平分秋色之时，真正的和平才会到来。”

“嗯嗯。”

“棋盘让我知道，圣人是可以做到平分秋色的。不过，那的确非常困难，也只有圣人才做得到。黑白的点不分胜负漂亮地分布在棋盘上，在道来说是非常神圣的状态。若果真能构成如此美丽的棋面，不把它用黏胶固定下来，实在太可惜了。对了，我的侄子庞士元虽然长相和性格都很差，不过却是个异才卓绝之人。话虽如此，连他也无法理解这其中的玄妙，真是可叹啊！要是还抱着胜负的观念来和我下棋，可不够格做我的对手呢。”

黄承彦慌忙地再下一子。

“那你下过让你觉得经典的一盘棋吗？”

“问得好，看来你真的在听。”

庞德公照例紧握拳头说：

“自从理解下棋的真意以来，我为了求得真善美的棋局，和数百人下了成千上万局的棋。就在前一阵子，在无数次精彩的交手之后，能完美地和我平分秋色的人就只有一个。”

黄承彦隐约知道等一下会出现的名字，但还是不厌其烦亲切地问：“那人是谁呀？”

“诸葛孔明！能在和我对弈当中，表现出棋盘中有宇宙、阴阳的均衡的就只有他！他才是天地神明的瞩望之人。”

原本我希望这时黄承彦会发出惊叹之声，但他似乎毫无协助造就孔明神话的意愿。

“果然不出我所料。我就是为了那个孔明而来的。昨晚他也是在我完全搞不清楚状况之下，谈了一堆宇宙的事。这个人什么事都要扯上宇宙，让他来当我女婿实在令人不安。”黄承彦叹了一口气。

《三国志》里说孔明“志恢宇宙”。写的人明明也不太了解宇宙为何物，却说孔明的志向比宇宙还大，营造出一种看似了不起的气氛，着实让人困惑啊。因为如果不具体写出他的志向到底为何，实在很难让人理解。

黄承彦对这门亲事的反应不怎么好，让庞德公好像被浇了一盆冷水。之后，两人就这样淡淡地一来一往下着棋。终于，棋盘上全被棋子塞满了。

“结束了。”黄承彦看着密密麻麻布满棋子的棋盘，似乎完全没听到刚才庞德公的围棋哲学论一般问说，“那德公，这盘棋是谁赢了啊？”

庞德公有点不高兴地把棋盘上的棋子全拨到地上，然后像撒落一地的棋子般，不清不楚地说：“未济。”

未济是《易经》六十四卦中的最后一卦，因为是尚“未”“济”事，所以意指未完成或是混沌。以庞德公的围棋哲学来说，不管哪一方占优势，也就是只要分出胜负，这盘棋就算不完全，所以没必要说出结果。

“看来真的只有孔明才晓得了。”

这时庞德公突然恍如从仙境回过神来般，对黄承彦说：“对了，阿承，你为什么在这里？”

黄承彦生气地说：“我从刚刚就一直在这里了。我是因为有话跟你说才等在这儿的呀。”

“你家的丑丫头不是很中意孔明吗？那就没什么好说了呀。”

“你怎么知道？”

“因为你来这里啊。或者应该说，我早料到会这样了。阿承啊，你这做父亲的真是不懂孩子的心啊。你还是赶快到孔明那儿去吧，要是你女儿老是对男人感到失望，我心里也不好受呀。”

“是这样吗……”

黄承彦突然垂头丧气了起来。

“你能和我一起去吗？”

“这可不行。要是我也去的话，好不容易才顺利进行的亲事搞不好会泡汤呀。这样一来，你家的丑丫头会很伤心哟。孔明现在应该服气地承认栽在我手里，但一旦我出面了，他说不定会逞强，因为他可是个会依情况而微妙改变器量的家伙呀。”

“我女儿好像的确蛮中意孔明的。

“但是这婚事能不能顺利进展还不知道嘛，因为我还要说服孔明才行啊。嗯，若对方是个普通的男子，我就算用绑也要把他绑来做女婿，但对孔明那个男人，我真是一点办法也没有。”

“昨天你已经好好看过他了吧？身为荆北赫赫有名的黄大人，怎可畏惧一个傲慢自大的年轻小伙子呢？像孔明那种人，你打他一顿让他就范也好啊。”

确实如此。虽然很少人看到黄承彦柔弱的一面，但遇到像孔明那种类型的人，还是令他束手无策，可见孔明还真具备了令他害怕的特质。再怎么说他也是沔南名士黄家的一家之主，加上他和州牧刘表是连襟，所以自然而然有股威严，不过他那种温和的态度更使他看起来有大人物的风范。

“真拿你没办法。你到底讨厌孔明哪一点啊？”

“就是那个宇宙什么的……不，因为在我看来，那个人根本不像是个人。要笑我胆小的话就笑吧。”

“既然他看起来不像人，把他当成一条龙或一只猴子不就好了。”

“不是这样啦。该怎么说才好呀。我从那人身上感觉不到人的情感，大概就是这种感觉吧。”

“原来如此。这么说，只要让你了解孔明也有喜怒哀乐、怨憎爱的情感就行了吧？”

“是这样吗？”

“好，那我就告诉你一个他私底下怨恨一个人的故事吧。”

“要是什么宇宙之类的怨恨那可不行喔。”

“别说傻话了。那家伙也是有人味的呀。”

孔明这个人不太喜欢让人知道自己的底细，就连长年与他生活在一起的姐姐和弟弟诸葛均，也完全搞不懂他在想什么。而且不知是他的演技还是他本性如此，他有许多奇言异行，还常说一些莫名其妙、像在排练戏剧般的台词，让人觉得他仿佛正津津有味地扮演着一个旁人无法理解的悲剧天才。

在野的贤者司马徽和庞德公都将孔明评为有见地之人。虽然是历史故事，但也未免太美化他了。只不过一般众人并不像他们那样看重诸葛亮，而是把他当成一个莫名其妙的怪人。就连黄承彦这样平常肚量很大的大人物，都认为与其说孔明是个狂人、天才，倒不如说他只是个难以形容的可怕家伙。

虽然孔明对这一点有些不满，但鱼与熊掌不可兼得，以超脱世俗为目标的孔明，现在只能无奈地照单全收了。不过至于庞德公，也许因为彼此是同一类人物吧，他能看透孔明更深层的一面。孔明虽然尊敬庞德公，不过却对他敬而远之，大概也是因为他也有很多地方不想被人看穿。但庞德公不像水镜先生那么好对付，想哄骗他可不容易。

“常出入我这里和德操那里的书生，不少有骨气的人都不喜欢刘景升，所以不去他那里做官。这事你应该知道吧？”

“嗯，多少知道一点。但刘景升绝不是个坏人啊。”

庞德公门下也有些学生通过他的介绍到刘表那里任职。再怎么说，那里都是荆州的最佳就职去处，所以想到那里做官的人并不少。庞德公若是认为此人还不错，而本人也有意愿的话，那么就算强迫也会送他去。这也就是所谓走后门的就职方式。黄承彦也有好几次通过这种模式，费心地推荐人才过去。

“总之，那些有望成才的学生之间似乎兴起了一股排斥刘景升的风潮。”

“我想他们多少是受了你的影响吧。”

“孔明虽然也是如此，不过他的情况和其他人稍有不同。在我看来，就算刘景升再怎么软弱，蔡瑁和蒯越这些股肱之臣再怎么无能，只要孔明愿意在那里待个两三年，情况就会完全不同。他应该有办法在顷刻之间撤换掉那些无能的上司，并凭借他那能言善道的巧舌和能干的本事，鞭策刘景升成为天下群雄之首，还能抢夺到现今孙吴一半的领土，与曹孟德相抗衡。对平常以宇宙为对象的孔明来说，做到这些应该都轻而易举。”当然，这些只不过是庞德公的想像，也是妄想。

“德公，你这个评价未免也太夸张了吧？你可别太过偏袒他而导致反效果啊。”

“呵呵呵，因为他没实际做给你看，所以你不相信对吗？总之，孔明与其逍遥于宇宙之中，更志在插手天下之事。过不久他就会做给你看，但他绝不会通过辅佐刘景升这种最快速的方法来达成。你知道这是为什么吗？”

“这我怎么知道。该不会是违反宇宙法则之类的理由吧？要真是这样，那可又是在胡扯了。”

“不，原因是他憎恨刘景升。这便是那家伙小心眼的地方，不过他可真会掩饰。”

“喔？是什么样的怨恨呢？”

“像我早就超越了在意那种事的境界。而那家伙虽然打从心底想成为一个宇宙人，但终究还是个凡人啊！”

之后，庞德公开始说起这件事的来龙去脉。约在十几年前，如前所述，孔明的叔父诸葛玄为了躲避黄巾之乱及其后发生的战乱，通过旧识刘表寄身荆州。孔明的母亲很早就死了，而父亲诸葛珪也在再婚后不久死了。也许是因为跟继母处得不好，诸葛珪留下的孩子们都被弟弟诸葛玄收养，度过了幼年期。对孔明来说，诸葛玄就好比亲生父亲。诸葛玄过世之后，除了长兄诸葛瑾，其他兄弟都仰赖叔父，安全逃到荆州去安顿，过了一段短暂的安稳日子。

有一天，刘表前去拜访诸葛玄："豫章太守周术已死，你能否顶替他出任？"刚开始诸葛玄以年事已高为由拒绝了，但由于刘表再三邀请，诸葛玄拗不过，只好带着孔明等人前往赴任。就在这里，发生了问题。太守的任命原本必须通过朝廷，但当时是个朝廷威信扫地的时代，因此各个州牧刺史都任意决定自己领辖下的人事任命。

刘表也是如此，所以正打算派遣正直的诸葛玄去上任。但是朝廷这边，也就是曹操阵营，也任命了一个名叫朱皓的人担任豫章太守。那个时候，豫章成了刘表、袁术、孙策、刘繇等人争相抢夺的热门地点，朱皓被派遣上任后，使得情势更加紧张。由于当时曹操在战略上必须讨好袁术，因此派遣了袁术那边的人朱皓。虽然诸葛玄已先进入豫章，但他也察觉到两个太守争位的危险性，于是急急忙忙向刘表通报。

结果刘表说："袁术那家伙捣乱来了！你干脆把朱皓赶出去吧。"说起来简单，然而诸葛玄手上并没有兵力。没出息的刘表虽然表面上愤怒，但大概也盘算到一旦开战会很麻烦，所以也不派兵支持，就这样袖手旁观。而此时诸葛玄招募了附近的壮丁孤军奋战，但终究抵挡不住朱皓和刘繇的联合攻势，只好逃走，最后被当地想要领赏的人杀害了。

孔明等人被接去诸葛玄在襄阳的朋友处避难，在混乱中勉强逃了回去。得知叔父惨死时，孔明心想："为什么刘表不派援军来支援呢？"后来通过叔父的朋友才知道，原来刘表一开始就没打算派援军过来。(刘景升是杀死叔父的凶手！）这个少年大概是出生以来第一次如此憎恨一个人。

孔明不到刘表那里做官，而且轻视他，看不起他，还若无其事地说他会在两二年内死去，这些举动的背后，实际上蕴藏了相当程度的憎恨。虽然表面上完全看不出来，但别说要孔明帮助刘表了，他若想将刘表剥光逐出荆州也毫不足为奇。

虽然或许不算什么证据，但在《演义》里，孔明的确说过："刘备应该先从刘表手中夺取荆州。"孔明如同一开始就计划好的一般向刘备提议，还因此让刘备不悦。之后看到在病床上将死的刘表时，他也曾执意向百般不愿意的刘备献策说：

"这样一来，主公将可顺应天意代替刘表治理荆州。"

而因继位之争焦头烂额的刘琦（刘表的嫡出长子）前来求助时，孔明还不怀好意地随口应付他说："我来教你保命之策。"结果其实是为了刘备军的利益而利用了刘琦。

总之，他对刘表一族的报复是毫不留情的。而且后来攻占荆州时，孔明丝毫不顾及已故的刘表族人，对他们非常冷淡。不管他们遭受到什么待遇，他都一副无关痛痒的样子。这里充分表现出孔明的冷酷无情，然而写的人却轻描淡写地带过，所以并不是很引人注意。孔明非因任何赏罚等缘故却做出如此冷酷的事，我想这样的记载在其他地方应该找不到吧?

庞德公说完后问了一句："怎么样啊?"

"德公，这事情的前因后果该不会是你捏造出来的吧? 孔明应该不可能跟你说这些。"

"正确的想像胜于事实啊。"

庞德公之所以多多少少对诸葛家予以关照，一方面由于孔明的姐姐是他儿媳妇，而另一方面也因为他正是受诸葛玄之托的友人之一。孔明对于刘表的感情还说不定真如庞德公所说的那样。

“这么说，孔明不也会怨恨我吗？”

“他应该不会这么小气吧？那家伙不是个会迁怒于人的人。”

黄承彦听了孔明过去的爱憎事迹的经过后，不禁对他感到一丝丝的同情。不过一想到要去见他，还是很害怕。

“都把孔明的秘密告诉你了，还要推三阻四的吗？”庞德公露出一副这样的表情看着他。（看来也只能去试试看了。）黄承彦不得不下定决心。

“与其在那里瞎操心，还不如赶快行动呀。只要去谈谈，这桩婚事能不能谈成，应该一下子就见分晓。身为一个待嫁女儿的父母，先不要开始悲喜交加，这时要展现你的威严和勇气呀！”

“我知道了。”黄承彦说完又忍不住叹了口气，“德公，我可不可以问你一件事？”

“什么？”

“你为什么这么热心地替孔明说亲呢？仔细想想，你好像从来没有学月老帮人牵过红线啊？”

“嗯，说的也是，这还是头一次呢。那时一听说我儿媳妇正在为孔明的婚事奔走，我就坐立不安了起来。”

“这么说，在那时你就拟定好所有的计划了吗？唉，要是你不插手，事情就不会变这样了。”

“你所谓的事情，指的是你家丑女会变成嫁不出去的老处女吗？”

“别这么说呀！”

“我刚刚想到，其实这也是在下棋啊。阿承，你要是能和孔明平分秋色就好了。呵呵呵，对了，我想看的是孔明和你女儿战成平手啊。虽说下棋的目的是为了平手，但双方一定要是旗鼓相当的高手，然后才能殚精竭虑，倾注所能奋力一搏，否则只能算是假的平手。不晓得孔明会怎么出手，真令人期待啊。”

“照你这么说，原来双方平手才是最难的啰？”

唉，这庞德公果然是个和孔明同样奸诈的老头子，阿承大概是成了掉入陷阱的猎狗吧，连和庞德公的对话都变得愚蠢了起来。

那么，此时的孔明在做些什么呢？当然是特训啰。不过从表面上实在看不出那是什么特训，因为他看起来只是在抱着膝盖发呆而已。不过这样一来反而让人安心。诸葛均不想惊动孔明，就这么默默地做着日常的杂事。

这是个只有男人的邋遢家庭，从下厨做饭到洗衣、砍柴，诸葛均都毫无怨言地一手包办。可惜他那大好的青春岁月都奉献给了他那古怪的哥哥，待遇简直像个男佣。（昨天晚上哥哥打包回来的菜肴真好吃。）

不过，今天早上诸葛均想到孔明还会稍微关心自己，眼眶不由得热了起来。偶尔还是有令人高兴的事。只为了这点小事就高兴得落泪，还真是有点可怜啊。

这时诸葛均被孔明叫过去，只见他正在书桌前写信。他流畅地写完后，一边把信卷起来，一边冒出一句：

“我左思右想，就是想不出谁能当‘凤雏’，只好请水镜先生帮我挑适当人选了。”

他把信交给诸葛均说：“均弟，把这送到水镜先生家里去。”

“兄长，‘凤雏’是什么啊？”诸葛均问。

孔明说：“这个嘛，简单说就是个衬托‘卧龙’的角色，是个不为人知的神秘生物。”

诸葛均露出一副更加不解的表情，不过他也不再追问，快步出门去了。孔明正在构思昨天在黄承彦家里想到的“凤雏”企划案细节，但是最重要的“凤雏”候选人却毫无头绪。

“刘玄德他们已经知道徐庶这个人了，所以找他就没意思了。崔州平呢，又不是那块料。”

他一一检视他的同窗，但一时之间实在想不出什么适当人选。“凤雏”至少要是略逊于“卧龙”的逸才；不仅要有相称的外表，也要有相当程度的内涵才行啊。真有符合这些严苛条件的人才吗？孔明不得不告诉水镜先生他的计划的细节，希望他推荐一个人才。他想水镜先生交际面广，一定能找到一个像样的人给他。（这样一来，靠的就是缘分而非策略了。我总算多少了解到那人才狂曹孟德的心情了。）

总之，这个“凤雏”的首要任务就是让人们转移对孔明恶评的注意力。要是一找到那个不幸的人，他就要马上掀起一股骚动，借此淡化“卧龙”的传言。

孔明牺牲了自己的名声，而实地学会了拿捏宣传工作强弱的方法，所以他有自信这次绝不会失败。虽然将来孔明必须经常施放假消息（尽管在《三国志》里他是个非常正直的人），但是他对此还是相当不拿手。

虽然施放假消息、假策略的诀窍在于精密地拿捏分寸，但孔明似乎认为这种程度的谎话太过无聊，所以不自觉会将谎言的内容加以夸大、异样化（真是坏习惯），以致计策马上被司马懿等人识破。与其说他不擅长说谎，倒不如说他是想撒个宇宙规模的弥天大谎，因此马良他们总是不得不慌慌张张阻止他。虽然有自信但却不擅长（因为他经常失败），这就是孔明的假消息作战艺术。

孔明边盘算着如何让“凤雏”扮演这丑角的角色，边不时一个人发笑。看来他似乎想出了不少有趣的坏点子。这里是整个设想的关键，也是孔明最期待的部分。不过，这“凤雏”设想有一半并没有照孔明的计划在走，其中一半正处于自动运行中，庞统即将以“凤雏”的身份在这世上登场了，不过这是稍后的事。

正午过后不久，门口传来人声。正在挥汗耕田的孔明就这么握着锄头，飞也似的回到家里。这时的孔明可是个认真务农的青年，因为基本上诸葛家还是自给自足的。

“到底是谁啊？均弟不可能这么早回来。”这时，他听到马蹄声。他瞥了一眼人影，暗自叫道：“不妙！”发觉事态不对的孔明急急忙忙脱掉一身农夫穿着，换上鹤氅。

不一会的工夫，孔明摇身一变，恢复到平常的孔明。只不过他那戴着纶巾的额头上，汗还在流个不停，呼吸也显得有些急促。即使如此，他还是风流倜傥地悠然向玄关走去。站在门前的，是显得不知所措而又有点可疑的黄承彦。

“啊，这不是黄大人吗？昨天承蒙您的款待，让我过了一段非常愉快的时光呀。在那之后，不晓得您的腰痛好一点没有？”刚刚还进行体力劳动的孔明不动声色地说。不过他依然汗如雨下，只好啪嗒啪嗒地挥动着扇子。

“孔、孔明先生，今天，那、那个。”

黄承彦张口结舌，连问候的话都说不出口。他慌慌张张地指挥随从把堆在车上的礼物搬到孔明面前。连招呼都不打就突然拿出礼物来，这也是怪事一桩。要是让别人看见了，说不定还以为孔明是山贼的头目呢。黄承彦慌张的举动仿佛是在说：“拜托你原谅我吧。”

“这下不妙啊。”孔明一边想一边扇着扇子。他连看都不看那些一个个堆在眼前的礼物，便对黄承彦说：

“咦，我们昨天才见过面不是吗？黄大人，您特地来到在下孔明的寒舍请问有何指教？”

虽然孔明是用一种恭敬且和气的口吻相问，但黄承彦还是一个劲地摆出不自然的低姿态说：“这是一点小意思，请笑纳。”

“在门口相互行礼寒暄好像不太合适，还是请进屋再说吧。”

但是黄承彦一副好像一进入屋子就无法活着出来一样，依然站在那儿不动。孔明没办法，只好来到黄承彦身旁跪下来。

“你、你这是在做什么？”

“这还用问吗？当然是在迎接客人啊。迎接像黄大人这样的贵客，当然得这样行礼。我孔明可不是长幼不分的无礼之人呀。”

“不，你起来吧，请你起来吧。”

“那么请到屋里休息吧。”

就这样僵持了一会儿，黄承彦才不甘不愿地进屋。孔明虽然彬彬有礼，但言语却像在胁迫人家一样，总觉得有点奇怪。

孔明家看起来就像扩建的农家。这对于身居豪宅、往来皆是显贵的黄承彦来说，还真是太煞风景。“要是我的女儿嫁过来，也得居住这样的陋室吗？”想到这，黄承彦的心情不由得沮丧了起来。而且他连一个佣人都没有吧。这时孔明从厨房走出来说：“请用粗茶。”的确是名副其实的粗茶。它的味道当然不好。这对主客终于面对面坐了下来。“那么黄大人，请问今日造访有何贵干呢？”

（对了，赶快把话说完就逃走吧。）黄承彦这时终于冷静下来，一边又环视了一遍孔明的家。女儿虽然那样拜托我，但让她住在这种地方实在太过分了，孔明一定会拒绝吧。不，非让他拒绝不可——黄承彦下了大决心。

“嗯，那个，虽然这么说有点冒犯像你这样见识超凡的人（异常的人），但一般来说，你已经到了该娶妻的年龄了。你难道没有这个打算吗？不，我想你一定完全没想过吧，我只是问问看。”孔明正望着举在头上的扇子。他好像还在出汗。

“你可能不在乎。我家有个女儿，由我来说可能有点不妥，不过她真是个奇丑无比的大丑女，黄头发、黑皮肤，而且长相令人生厌。连我这个做父亲的都看不下去。”黄承彦不得不如此诋毁自己的女儿。但他还是有点于心不忍，于是又加了一句说：“她是有点机灵而且充满聪明才智。不，其实这也不算什么啦。”

“原来是这件事啊。您特意来到这里，我还以为有什么事呢。”孔明这么说，眼睛还是直盯着扇子。

“不，哈哈，其实就是这样，没别的事。那么，这事就当我没说过好了……”

“那就恭敬不如从命了。”孔明说。

“什么！”黄承彦跳了起来，这次好像真的弄伤了腰。

“孔明先生，你刚刚说什么？”

“我说那就恭敬不如从命了。”

“这可不行啊。她可是个连上天都会怜悯的丑八怪啊，而且她将来一定会是当今第一的毒辣妇人、恶毒妻子啊，我这个父亲可以保证。”

孔明白净的脸上堆满了笑容。

“黄大人，您的意思我明白了。啊，您是为了试探我的诚意才这么说的吧？我真是深深感觉到您对令嫒的慈爱啊。昨天的事我想应该就是所谓的相亲吧。我能了解，黄大人您是为了令嫒着想，才特意用严厉的词语来确认我的心意。”

“这、这么说！”

“我的心意其实在昨天就已经决定了。孔明有劳黄大人您费心了。”

孔明的脸稍稍泛红了。然后他哈哈哈一笑，爽朗地说：

“看来您非常了解我孔明，所以精心策划了这些。您为了我这样的晚辈还特地安排，实在令我不胜感激。”

“黄大人，黄道吉日也不需要挑了。今天、明天都行，正所谓即起即行，好事不宜迟。”

（这下子可进退维谷了！）

黄承彦双腿软弱无力地瘫坐着，用一种快哭出来的表情说：“真是可喜可贺。我女儿就拜托你了。”

他一副已经觉悟“这下再也逃不掉”的表情。

（知孔明者是德公。德公早就料到事情会演变成这样吧？）仅仅花了三天时间就谈成了这桩婚事。虽然不能说是被庞德公和孔明抢走了爱女，但黄承彦此刻的心情也差不多就是如此。世上所有新娘的父亲这时都会突然涌起一种悲喜交加的心情吧。

诸葛均从水镜先生家回来时，在通往卧龙冈的坡道上，与一辆笼罩着消沉气氛、如同回家奔丧一般的马车擦肩而过。“有客人来吗？看来不知道兄长又整谁了，真是可怜啊。”诸葛均一如往常地这么想。

就这样，孔明与黄氏成了夫妻。这一点也不让人意外。因为他是孔明嘛。根据《三国志》记载，这桩婚事好像是黄承彦积极促成的。上面还写道：

“孔明许诺，（黄承彦）即载送之。”

一般士人谈婚事、办婚礼、安排洞房等手续非常繁多，所以很花时日，是急不来的。黄承彦是荆北的名士，但是他却在孔明许诺之后，当天就把女儿像货物一样用车送去。他要不是对女儿的婚事非常焦急，就是对孔明的评价非常高，再不然就是有什么不可告人的理由，得趁孔明还没改变主意之前赶紧把女儿嫁掉。

其次，以襄阳的社会情形来看，名士黄承彦和贫穷的无业游民孔明的地位可说是天壤之别。这有点像是把上司的情妇许配给属下当妻子一样，虽然情况有点不同，但其中强迫的微妙感觉很类似。或许也可以解释成：处于弱势的孔明无法违抗黄承彦强迫要求吧。如果在这桩婚事当中，孔明只是娶个有钱人家小姐成为金龟婿的话，或许还不至于成为大家的笑柄吧。

世上的人都认为："阿承把丑女强嫁给孔明，所以孔明在哭泣。"由于这些事情的相互作用，襄阳人把孔明的婚事当成了笑谈，历久不衰地流传了下来。率先现身祝贺孔明的是他姐姐。

"亮弟！"叫的同时，她的眼眶已经湿了。由于时间非常紧迫，所以婚礼的仪式简略再简略，简略到甚至不能称之为婚礼的地步。不知该说它是个简易婚礼好，还是该说只是个同居仪式。总之，明天傍晚他们就要迎娶黄氏了。虽然黄家希望办个至少不丢脸的婚礼，但由于诸葛家那一方，或说是孔明，完全不讲究形式，所以仪式一个个被省略，使得黄家的亲戚们非常不高兴。

"黄家嫁女儿怎么可以如此没有体统呢？这会被别人笑死呀！"一般来说，一定会有诸如此类的抱怨，不过由于更该感到丢脸的是男方孔明这边，所以他们也只好把这些大刺刺的抱怨咽了下去。一开始黄承彦觉得婚礼看起来实在太过随便，感到很没面子，于是跟庞德公商量，但老是被一些像是《孙子兵法》里的俏皮话堵了回去。

"至少也要有个大体的形式嘛。你可以委婉地帮我跟孔明说说看吗？"

"阿承你有所不知啊，正所谓婚贵神速，婚无常形呀。"

"德公啊，别嘲弄我了。这可不是野人的野合啊。"黄承彦生气地说。

“对方可是孔明喔。你不认为临机应变的婚礼比较有趣吗？”庞德公是三礼[①]倒背如流的学者，对于古今的正式婚礼形式无不通晓。他像个武将一般，说：“这次的婚礼，使用那些小花招是行不通的。”被这么一说，黄承彦也就拿他一点办法也没有了。

虽然像这样将所有事情在暗地里速战速决的并不是没有，但这样一来，反而更引人注目。这下关于孔明的古怪传言又添了一桩。另一方面，在黄氏这边，虽然黄承彦拼命描述孔明家的寒酸，并恐吓她说也许有个劳作的无期徒刑在前方等着，但她却有着即使过穷苦日子也甘心的魄力，一点也不在意。总而言之，这桩异常的“闪电结婚”就这么成立了。

与这事的一路发展始终息息相关的姐姐含泪说道：“不管怎么样，婚事总算谈成了，真是太好了。”姐姐的喜悦也是孔明的喜悦。孔明强忍着想陪姐姐一起哭的冲动，用袖子擦拭着眼角。

孔明娶了媳妇，一定会变回一个正经的人。抱着这样一丝期待的姐姐觉得，为婚事亲自跑了好几户人家而被冷淡拒绝的日子，仿佛已是遥远的从前。而这样的孔明竟娶到了名门黄家的女儿，真是奇迹，让姐姐感到难以置信。什么都没被告知，像平常一样勤奋做着家事的诸葛均，一听说明天孔明的媳妇就要嫁过来，顿时露出一副不可思议的表情，并躲在墙角发抖，反应很夸张。

“兄长已经用不着我了。我该怎么办？”也许他是这么想的吧。经常因为孔明而在精神上遭受压抑的诸葛均，在某种意义上，他的精神状态搞不好比孔明来得更糟。如果真是这样，希望他及早接受治疗啊。孔明的姐姐似乎比自己结婚时还高兴，一副幸福洋溢

---

① 指《仪礼》、《周礼》、《礼记》，合称“三礼”。——译者

的样子，但孔明却摆出一张愁眉苦脸。

“明天新娘子就要嫁过来了呀，你是怎么了？”

要是在现代的话，做姐姐的可能会担心过度地问说：“莫非是婚前忧郁症！”

“不，没什么。”孔明回答。

“你觉得不高兴吗？”

“我并没有不高兴。”

“大概他还没有那种真实感吧。”姐姐只能这么想。

“但是亮弟啊，你之前不是说你不结婚吗？这次倒是答应得挺干脆的嘛。”姐姐又继续挖苦他。

“那个想法基本上到现在还是没改变，只是事已至此迫不得已。”

“不用再逞强啦。你和黄氏（虽然这么称呼她有点奇怪，但是由于不知她的名字，只好姑且这么叫）只见过一次面吧？但你却决定得如此快速，肯定是对她一见钟情了。”

“应该说，就算她化身为禽兽也不改她的好气质，而且她的健康也非一般妇人所能比拟。”孔明如此回答姐姐。但姐姐完全不明白他的意思。

“你说禽、禽兽？这是在夸奖她吗？”

“那当然。”

世上的人们总是动不动就讨论女人的美丑，而一般男人只要听到哪里有美女，眼睛便会立刻一亮。而且只拥有一个美女是不会满足的，不管坐拥几个美女，对男人来说都嫌不够。

“但是只有我弟弟孔明不是这样，大概吧……”孔明的姐姐径自这么确信着。但这并不是因为她认为自己的弟弟情操伟大，而是她觉得他是个非常古怪的人。孔明的姐姐听从庞德公的话跑去找黄氏，为弟弟展开了热情推荐。总括来说也就是揭穿孔明的种种奇言异行。黄氏好像很有兴趣，并不时追问："当时孔明先生为什么要这样做呢？"而姐姐也只能回答："这我就完全不知道了。"

总之，黄氏听了孔明种种让人无法理解的言行，心意不但没有因此而动摇，反而更增添了对他的好感。孔明的姐姐因而非常中意黄氏，也怀着希望地想："这个女子说不定有希望。"

隔天，孔明与黄氏在庭园里见了面，或者说他们有了一段奇妙的接触。姐姐也认为，要是孔明错过这个难能可贵的女子，大概就没有退路了。之后这段姻缘全看孔明的意思了。由于进展得实在出乎意料地顺利，姐姐因而确信孔明是对黄氏一见钟情了。

"但是亮弟啊，你为什么要一副这种表情呢？要是你明天在黄氏面前摆出这张脸，我可不饶你。"

"唉，这事姐姐你是不会懂的啦。"

"难道你是因为我公公插手而怀恨在心吗？"

"这跟庞老师无关。我从来没有认为他是个多管闲事的臭老头，因为我从头到尾都没有上庞老师的当。看穿他的计策而获胜的可是我孔明啊。"

"……？"

"但是我孔明心中却一阵悸动，脑子里总有一种吉祥的预感。"

"有好的预感不是件好事吗？"

"这是当然的。"但孔明依然一副愁眉不展的样子。

（这孩子，又在那里莫名其妙地生闷气了。就不能有普通的高兴反应吗？）姐姐为了孔明这个从孩提时代起就不曾改变的奇怪态度感到些许不悦。她完全不了解这个看起来相当乖僻、明明遇到喜事却故意装出一副无精打采模样的孔明，到底在想什么。孔明也许是因为这桩婚事搞不好会使他的"卧龙"计划停顿，而有一种甘美、喜悦却又不祥的预感吧。其实对孔明这样的人来说，吉祥与不吉祥都是一体两面，没有什么差别，他应该完全不需担心才对啊。

这一天傍晚，一辆载着新娘的穷酸马车慢慢驶向隆中。之所以会挑一辆这么破烂的马车，其实也是有缘故的。尽管这不是件顺着己意的婚事，但黄承彦还是希望至少交通工具能像个黄家的样子，所以将马车装饰得金碧辉煌，发愤要让大家看看什么叫作名门的气派。但这时庞德公却突然现身说：

“阿承，这样光鲜亮丽的装饰可是违反结婚的礼仪哟！”然后开始拆毁那些好不容易才挂起来的装饰。

“德公你在做什么呀！”

“我是在感叹当今的婚礼，常常失去它原本的意义啊。”庞德公不以为意地说，“原本婚礼就和丧礼一样，应该表现出悲伤的情绪。由于新娘要和双亲及兄弟姐妹分开了，所以新娘的家人们都悲伤得夜不成眠，也因此，才必须三天不熄灯。而新郎家也要禁止三天音乐歌舞，因为一想到自己已到了结婚的年纪，不得不为双亲的衰老感到悲叹。因为有这些忌讳，所以仪式必须低调进行，送行的人要像送葬一样悲伤才是。阿承啊，像你这样把衣服和马车都装饰得漂漂亮亮的，会让人认为你是个薄情的父亲啊。你应该很疼爱你的女儿不是吗？”庞德公一脸深沉哀痛的表情。

就在此时，黄承彦发怒了。他用颤抖的声音说：

“你这混账德公，你不就是常常无视于礼节且加以破坏吗？到了这步田地你还叫我遵循什么正确的礼节！欺负人也要有个限度啊！”

“你误会了。我只是不想让朋友和他的女儿丢脸才给予忠告呀。你也不想让孔明那家伙笑你不懂礼仪吧？”

黄承彦委屈的眼泪立刻要夺眶而出了。

“父亲大人，我们就照着庞叔叔所说的做吧。我也认为穿这么华丽的服装还挺丢脸的。”黄氏像是在安慰黄承彦般这么说。然后便回屋里换下了身上那套为了婚礼特地缝制的锦绣华服。

“庞叔叔，这样可以吧？”

“嗯。其次应该用一匹马拉的马车，派两个随从保护你的安全就可以了。”

“好的，就遵照您的吩咐。”

这时黄承彦“噗通”一声跪在地上哭着说：“我对不起你啊。”大概是觉得自己的女儿实在太可怜了吧。现在的他简直就像因为家里太穷，不得不狠心把女儿卖给人贩子一样沮丧。但这时庞德公却很高兴地夸他说：“喔喔，你这悲伤的表情真不错啊。太棒了，阿承。”黄承彦真恨不得杀了庞德公。

就这样，过了正午，黄氏便晃着那辆破马车出发了。目送她的庞德公脸上难得露出佩服的表情。他看着黄承彦说：“阿承啊，在这个大好日子里，你的眼神为什么充满恨意呢？”

“德公，你这家伙真是……”

“你在气什么呀！”

“不用说也知道吧！”

“不，我很佩服你呀。阿承，你把你的女儿教养得真好。我要对你另眼相看了。”

“你这话什么意思？”

“正如我刚才所说的，像她这样的媳妇打着灯笼也找不到呀。把她许配给孔明还真有点浪费。”

黄承彦满脸问号，但愤怒的表情不觉一扫而空。

“刚刚我故意引用古礼，把那些装饰拆了，但是你女儿立刻就理解我的想法，丝毫没有显露不满的表情，真让我心服口服啊。”

虽然黄承彦不懂他在说什么，但对庞德公而言，这段话好像意义颇深。

“总之，恭喜你啦。接下来就交给孔明吧。阿承啊，今晚让我们为了祝福那孩子的幸福痛饮一番吧。”说着就径自进屋里去了。

这时黄承彦向渐去渐远的马车祈求：“女儿啊，要是遇到了什么不如意随时都可以回来哟！”并诅咒，“孔明，你要是敢让我女儿掉眼泪，我就让你后悔活在这个世界上！”这是身为一个父亲常有的心情。好不容易他才像个新娘的父亲，平静了下来。

附近已经漆黑一片了。黄氏仰赖随从手上打的灯笼从车上下来。（啊，这里就是孔明先生的卧龙冈啊。）话虽如此，不过其实看不太清楚。门的那边挂着灯。黄氏慢慢走近，只见一个神色慌张的少年出来迎接。不用说也知道那是诸葛均。他战战兢兢问了句：“请问你是黄家小姐吗？”

黄氏一回答“是的”，诸葛均不知道是不是误会了什么，突然往地上一趴，并以认错的口吻说：“我是孔明的弟弟诸葛均。那个，今后为了嫂嫂，我什么事都愿意效劳。我真的什么事都甘愿做，请你原谅我吧。”

他突然向黄氏求饶，而且好像在拜托别人把他当奴隶、男佣看待似的，一个劲地磕着头。这应该是很令人不舒服的场景，但黄氏却丝毫不为所动。她说：“请把头抬起来吧。你好，初次见面。我是这次嫁到你们家的黄氏，请多多指教。”说完她便牵起诸葛均颤抖的手，温柔地说：“那就请你带路吧。”

“是、是的。小弟非常荣幸。”诸葛均恳求般地说。然后就这么趴着退回屋里去。

这到底是怎么回事呀？我也搞不太清楚。

黄氏把马车和随从的人打发回去后，便跟在手持蜡烛的诸葛均后面走。诸葛均卑躬屈膝地缩着身体行走，在这个漆黑一片的家中，看起来就像是《钟楼怪人》[①]里的加西莫多，怪里怪气的。不知道这是不是孔明叫他装出来的。说不定孔明是想以怪异的宅第为主题来吓吓这个黄氏。不过，这是因为在夜里才有这样的效果，要是太阳升起后，这里就只是个平常的农家平房而已。

黄氏并不特别觉得害怕。比起这个，即将要与孔明见面这事显然更令她在意，以至于她并未多注意诸葛均他那可疑得过了头的态度。

“兄长就在这里面了。”诸葛均告诉她房间的入口之后，便逃命似的不知跑到哪里去了。黄氏心跳加速地穿过房门。

房间里点了好几盏灯，明亮得很。孔明穿着平常的服装，用手托着下巴，靠在桌上，身体斜斜地望着扇子，看起来好像很困。黄氏进来好一阵子他看也不看，一副强忍住呵欠的样子。突然，他眼睛偶然瞄到出现在门口的黄氏，终于发现她的存在。然后又一副“啊啊，真是失礼了”的样子，慢慢把身子移向黄氏。我想这应该是孔明的演技吧，平常要是这样的话，他恐怕早就被闯入的刺客杀害了。孔明大概是等黄氏等得望眼欲穿，从夕阳西下开始，就一直保持这样的姿势等着她来。这些动作一定也排演了好几次。黄氏虽然还不了解孔明那特异的性格，但想必多少也感觉到某种作假的气氛。

孔明“唰”一声打开扇子，做出“请坐”的动作。黄氏乖乖坐在孔明面前，向他行了个礼。由于孔明一句话也不说，黄氏正想开口说点什么之际，孔明扬起扇子阻止她，并说：“黄氏——”

其实孔明是叫她的名字，不过因为我不知道她的名字，所以只

---

① 美国电影，取材自《巴黎圣母院》。——译者

好这么写。

“有些话我得先说在前头。”

“是、是的。”

黄氏这时理所当然地紧张了起来。

“我是个有很多秘密的人。”孔明说。

“但是我们既然成为夫妻，我就把这些秘密和你分享。”

“是。”

“你要是把这些秘密泄露给任何一个人，包括你的双亲、我的姐姐，更别提那个‘不良老年’庞公，我可是会很伤脑筋的。”孔明严肃地说，“要是你能遵守这个约定，我就把你当成我的妻子来迎接。可以吗？”

黄氏这时反射性地回答：“我答应你。”

孔明挥了挥他的扇子，开朗地说：“我的妻子呀，欢迎你来！”

“让我们相约偕老同穴吧！”

这句话是出自《诗经》，意指相守到老，死后葬在同一个墓穴。①

“好了，你靠过来一点吧。”

黄氏于是扭扭捏捏地把她那庞大的身躯稍微向前挪。

“我本来打算一辈子都不娶妻的。”

孔明这时紧闭双唇，直盯黄氏的脸看。黄氏微微低下了头。突然，孔明大哭起来，把黄氏吓了一大跳。孔明脱口而说：“黄氏啊，一想到排除万难才嫁到我这里的你往后的命运……我就不由得涕泪纵横啊。”

“咦？”

黄氏正纳闷他为何说出如此不吉利的话时，他又继续哭着说：

---

① 由《诗经·邶风·击鼓》中“执子之手，与子偕老”转化而来。——译者

“那是因为，我真为那些无法成为我妻子的女子们感到悲哀呀。能成为我妻子的女人，可说是天下第一的幸运儿，不，是宇宙第一幸福的人。在这世上没有人比你更幸运了，连我自己都很羡慕你啊。请原谅我孔明这感触极深的眼泪吧！”

看来这是他的肺腑之言。喂，孔明，你可别自信过头了呀。被这样说，可能有少数女人会觉得非常感动。但一般人突然听到这种话，应该会觉得怪怪的、脑筋一片混乱吧？

黄氏支吾着说：“小女子虽愚鲁，但请让我永远待在你身边吧。”

“这卧龙冈是不让愚鲁的人进来的哟。”

孔明这时探出身子，握住黄氏的手。差不多也该是做那种事的时候了吧，房间四周的灯火渐渐暗了下来。他们的演出似乎非常顺利，只不过像奇怪的耍猴戏。孔明还有黄氏啊，这样真的可以吗？新婚之夜就这么夜深了。

隔天早上。平常诸葛均的一天是在晨雾之中到附近汲水及生火等杂事中开始的。孔明虽然是农夫，却常常睡得很晚，常在早上十点左右才缓缓起床，然后去吃诸葛均准备好的早餐。熬夜对他来说是家常便饭，因为他常彻夜读书写字或热衷于某种修行，才会如此晚起。

不过孔明今天似乎在诸葛均起来之前，就已经开始了他的活动。难道‘卧龙’早起的时刻终于来临了吗？房间泥地上已存放了汲好的水，厨房炉灶上，锅子正冒着热气。正在想怎么有股香味飘过来，一看，原来早饭已经准备好了。这下诸葛均可慌了。

“均弟、均弟！你起来得晚啰！”

诸葛均闻声跑过去一看，发现餐桌上已摆满了河里的鱼和山中的野菜。一副缺乏男子气概的与往日不同的孔明，此时正与诸葛均初次看清楚脸的嫂嫂亲密地坐在一起。

“兄、兄长。”

“你真令人伤脑筋啊。连道早安都不会了吗？这样会让为兄丢脸喔。”

孔明像个普通人般，对愕然的诸葛均这么说。

“啊、嗯。你、你早。”诸葛均这么说，一边好像有点站不稳。

“呵呵呵，对不起啊，我这弟弟就是爱睡懒觉。”

“没关系。来，均弟也一起吃吧。”黄氏温柔地向他微笑。

诸葛均这时“哇啊！”地叫着，一边往外面跑去。诸葛均不断深呼吸，确认了附近的景色、花草树木和麦田都与平常无异之后，才慢慢走回去。眼前是一幅新婚夫妇和乐融融的图，以及完全变了个样的孔明。

“你是怎么了呀，均弟？是积压太多小便了吗？你这样会吓到黄氏喔。嗯？你说对吧？”孔明用一种完全不像他的语气说。看了看才一转眼不见就变得和蔼过头的孔明还有黄氏，诸葛均只能全身无力地一屁股坐下。

“兄、兄长。”

“你的脸色怎么怪怪的啊？”

“我，诸葛均真的可以待在这里吗？以后我该怎么做才好呢？”

“你这家伙真奇怪。别再说那些奇怪的话了，吃饭吧。黄氏亲手做的菜很好吃喔。”孔明一副居家好男人的样子，与黄氏手牵手、肩并肩靠在一起。

“今天就来整理整理白菜园吧。看来今天会很热呢。得吃多一点，填饱肚子才行啊。”

“请让我一起帮忙吧。我可是第一次下田呢，真令人期待呀。”黄氏说。

“是吗。好极了，让我来教你吧。”

孔明对着脸色惨白、低着头的诸葛均说：“对了，均弟啊，把家门前那块当作广告牌的木头搬进来当柴烧吧。”

“咦？可是上面不是还有‘卧龙冈’的墨迹吗？”

“是啊。但我已经决定放弃了。什么‘卧龙’嘛？我再也不做这种蠢事了。”

孔明就这样完全否定了过去的自己，然后又和黄氏你侬我侬地亲热起来。诸葛均这时只能叹“呜呼”而说不出话来。

一般来说，士人的夫妻之间应该遵循夫德、妇德之礼，必须表现出有点拘束生硬的样子。还有，就人之常情而言，新婚时由于彼此都还不熟悉，所以应该会因怕羞而表现得不太自在。但是孔明不愧为孔明，他在一夜之间就完全改变自己，和黄氏看起来就像是已结缡多年、自然而毫不拘束的夫妻。不知他这种巨变是不是因为他是个机略纵横的鬼才的关系。看在黄氏好像也十分幸福的份上，我就不追究了。

撇开诸葛均的不知所措不谈，隆中此后应该能持续一段安稳的日子吧。然而就在某一天，诸葛均眼神慌乱地出现在孔明的姐姐家。

“均弟啊，你是怎么了？”

诸葛均一边哭一边拉着姐姐说：

“兄长他，兄长他变得好奇怪。这次真的完蛋了。”

“亮弟他怎么了？”

“那根本不是我的兄长啊！我诸葛均真是好悲伤啊。”

姐姐抚摸着诸葛均的背，担心地想“该不会被黄氏欺负了吧”。

她说：“总之，你先把事情的经过告诉我啊。”

于是，诸葛均便一边抽抽噎噎地哭着，一边描述起最近孔明的生活情形。对姐姐来说，再没有比这样的情形更理想的了，她认为孔明总算变正常了。和诸葛均完全相反，她可是感动得热泪盈眶。(这样一来我就安心了。)

姐姐不断点头。于是，这对年龄差距甚大的姐弟就这么哭了好一阵子。就好像是在祝贺‘卧龙’的新婚一样，忘却自己志向的孔明让姐弟都为他悲喜交加。到底孔明这个‘卧龙’的计划会变得如何呢？嗯，这样好了，这段不负责任的故事就留待下回再说吧。

第五回　单福被刘皇叔收服，一入职场就吃了苦头

让我们改变话题谈谈徐庶。徐庶开始往来于刘玄德所在的新野，至今也已经将近三年了。刚开始原本只是出自于好奇心，但在不知不觉中，竟开始久居下来。现在他已被视为亲刘备的一员，走在路上都会有人“唉呀，是单福大人”、“单福先生您好”这样既亲昵又带点尊敬地称呼他。但也因此让他烦恼：“总不能一直用这个假名吧。”由于有人常往来于襄阳及新野之间，因此单福的真正身份是徐庶这件事迟早会曝光。要是让喝醉酒的张飞发现，说不定会拷问他：“竟敢拿假名来骗我！我非拆穿你的阴谋不可！”

想到这，徐庶不禁打了个冷颤。

可以编个故事说：“其实，这是因为我有个仗着权势予取予求、视美食如命的父亲，他只因为嫌菜不好吃就杀死（误会）了我母亲。我因无法原谅他而离家出走，所以只好用我母亲的姓命名。”不过在这个时代，谁也不知道事情的原委，即使用这些谎话来搪塞，应该也行不通吧。暂且不谈这个，另一方面，徐庶自己也觉得：“自己会不会太迷信刘玄德了呢？”虽然他还未想过为官的事，但他老逗留在新野这里，并欲罢不能地去拜访刘备。

刘备军营到底能不能成为一个仕官之处，也将会渐渐明朗化。

刘备最初只是把徐庶当成本地的一介书生，不过最近却对他十分殷勤，态度相当谦恭有礼，并没有因为他还年轻就看不起他。刘备也曾称呼徐庶为“单福老师”，在徐庶来玩的时候，还特意待他为上宾，对他毫无嘲笑揶揄之举。

“将军啊，像我这样的后生晚辈怎么能让你称我为老师呢？”

他曾因为觉得不自在而这样推辞，但刘备的谦逊作为并非虚情假意，而是相当认真的。所以自然而然，刘备的部下们也都对徐庶另眼相看。（啊啊！像我这样的年轻小伙子真是何德何能！）徐庶于是对刘备更为倾倒了。

不论对谁，态度都极为恭敬，要是发现值得尊敬的地方，就如同对待贤者般谦下对待此人。这可说是刘玄德的一个有德之处，而且并非刻意装出来的。于是这便成了他收揽人心的秘诀。许多部下也是因为迷上刘备这种性格及态度，才愿意跟随他。

到底刘备从徐庶身上发现了什么呢？刘备渐渐会向徐庶请教各式各样的问题，举凡天下的情势、政治、经济、军事等，包罗万象。大体上徐庶都回答得恰如其分。此外刘备还曾向徐庶询问《春秋左氏传》等书的释义。

“我从而立之年开始就驰骋沙场，一直没有时间做学问，最近才稍微读了点书。”刘备年少时曾向一个名叫卢植字子干的学者求学，读和写基本上没问题。只是原本是个不良少年的刘备，对于读书并不是很认真。曾从议郎做到尚书的卢植是名儒马融门下的弟子，同时也是博学强记的大学者郑玄的同学。刘备的母亲虽然只是个贫穷的农妇，却让儿子到卢植那样的大学者那里求学，真是热衷教育的“虎妈”。而刘备似乎也有意让人推举为孝廉，当个小官。徐庶的学问虽远不及郑玄，但在一般人看来，还是觉得他很厉害吧（明明这对他们毫无好处呀）。

“嗯，单福大人才有资格当我的老师。我从未见过像你如此见识卓越的人。”

被这么夸奖，相信徐庶也觉得飘飘然吧。“不，我只是个平凡的书生罢了。”

“不、不，您太谦虚了。荆北虽然被称为文化之都，但是没有人比您更厉害了。请您当我刘玄德的老师吧。”刘备面露感激的表情，一副相当渴望接受他指导的样子说，“您是天下无双之士啊。”

说起来，这刘备虽然只盘踞了新野一地，却有着皇叔、左将军、豫州牧等头衔，在这乱世中声势显赫。被这样的人这么一说，徐庶别说是有点心动了，简直高兴得快要跳起来了。“唉呀呀，看来我是被这个人收服了呀！”徐庶满心欢喜地想。

另一方面，对于这个老是躲着自己，又常与刘备促膝长谈的徐庶，张飞不住地想：“我不服气，这家伙明明连酒都不会喝。”

张飞还对关羽说：“最近大哥好像被单福那家伙迷住了，那个连酒都不会喝、乳臭未干的小子到底是哪里好啊？这真是气死人了。对吧？”

关羽这时一副泰然自若的样子，不以为意地说：“大哥大概是太闲了吧。”在新野的生活的确非常闲适。刘备会那样对待徐庶，理由之一可能也是为了打发时间。刘备除了徐庶之外，也接触当地各式各样的人物，渐渐累积了自己的人脉。刘备这群人自从举兵以来，就不停地在战场上东奔西跑，数度面临险些灭亡的处境，所以他们经常重复着边打边逃的日子。在一个地方待如此长的时间还是头一遭。“刘景升这样对我们，难怪大哥会无聊得想打发时间。”

“不过大哥怎么会拿个书生当打发时间的对象。无聊的话可以找点别的事做啊。”

“翼德，你别这么说。依我推测，这样的和平日子持续不了多久，这只是暂时的。”

“啊啊，不管是谁都好，赶快发动战争吧。”

对张飞这种人来说，和平就像身上的毒刺。对刘表来说，或者应该对蔡瑁他们来说，新野只是个用来防卫的城市。但自从刘备上任以来，居民们对他的评价非常好，而听到风声从其他城市移居到这里来的人也越来越多。不过，这并不是因为刘备特别施了什么德政的关系。除了当盗贼或叛乱者出现时予以剿灭之外，他其实没做什么事。这片土地只不过是暂时托他管理而已，因此他只征收养得起刘备军队的赋税和劳役。

原本刘备就不懂那些琐碎的治理内政的事务，所以关于新野的行政他一概不理。不过，这样似乎反而收到了不错的效果。居民们都说：“刘备将军真是施行了德政啊！”在当时，不搜刮的领主简直像宝物一样难得，所以刘备自然受到民众们的景仰。也因此，有这种领主的地方更吸引人们前往居住。刘备的人气越高涨，襄阳、荆州城里的人就越是愁容满面。“刘玄德果然有野心。”那些人渐渐视刘备为危险人物，觉得不能坐视不管。

就在这样悠闲的气氛当中，徐庶即将首次踏上征途。这时曹操正在为攻打冀州做最后的收尾工作。他率领主力部队北上，打算完全驱逐袁熙、袁尚那对蠢蛋兄弟。刘表虽然到最后什么事也没做，但他曾与袁绍缔结盟约，所以在袁绍死后也还和袁氏兄弟保持联系。

“请停止兄弟间的纷争，好好团结起来对付曹公吧。”刘表曾像大人教训小孩子般，写了一封虽然很有道理却毫无意义的信给他们兄弟。“说教就免了，还是赶快出兵吧。”袁氏兄弟心里一定很不高兴地这么想。

趁着曹军北上就袭击许都，不，只要作势要袭击许都，就大有帮助了。按一般的想法，刘表的动态是决定性的。不过我怀疑这刘表应该不会像普通人那样思考吧。曹操的幕僚中，十之八九都认为刘表不会出兵，郭嘉和贾诩甚至百分之两百断言他不会出兵。但是，就某种意义来说，算是刘备爱好者的荀彧、荀攸及程昱等人，却提出了一丝不安的要素："刘景升确实不会出兵，可是荆北的新野还有刘备在啊。他可不好对付。"姑且不谈刘表，这刘备最喜欢不按理出牌地突然出来咬人一口，这种莫名其妙的战争可是他的最爱呀。只不过由于他的实力实在弱得惨不忍睹，所以就算他冲过来，也不需如此害怕。不过，也不能让刘备就这样像闯空门般地乘虚而入。这是为了以防万一。

虽说位于荆北的襄阳与许都非常接近，但其间却无任何遮蔽的险阻或是关隘。南方人如果想攻打北方，襄阳无疑是最好的基地。然而在扬州或益州就没有这么好的条件。

曹操采纳了荀彧等人的意见，命令曹仁为大将、李典为副将，再加上才刚在冀州之战中投降的吕旷和吕翔，前去攻打樊城，并窥探襄阳的动静。樊城位于新野的南方，与襄阳近在咫尺。要从樊城进攻到襄阳附近，位于两城之间的新野的刘备当然不会坐视不管，这么一来势必与之交战。也就是说，虽然他们主要目的是予以威胁，看看刘表有何反应；但对于刘备施与久违的攻击也包含在计划之内。而像新野这样的小城，不管是谁来防守，相信都撑不了多久。所以依照惯例，开战不久后，刘备他们大概又要四散奔逃了。

曹仁和李典等人率领着号称十万兵马匆匆出征了。这对襄阳和新野的刘备军来说无疑是个威胁。（要是刘景升吃错了药——这判断是正确的——而借与刘备数万荆州兵，这场战争就成了一场大战了呀。）身经百战的曹仁如此思考着。不过如此一来，曹操就会延后对冀州的攻击，而转向荆州发动攻击吧。

得知曹军已发兵的刘备立刻向刘表报告。这报告从襄阳城传到了荆州城。不过刘表似乎先一步得知了这个消息，当报告传来之时，他人已经在荆州城里了。原本荆州的都府就设在江陵，以区域名来说的话就是南郡，而在那里的大城就是荆州城。刘表常往来于这座荆州城和襄阳城之间。由于刘表非常喜欢襄阳，便定它为第二都府。

要是新野和樊城都沦陷，还有个襄阳可以挡在前面。而江陵却位于更远的南方，它就建在长江的沿岸，因此不但容易久守而且也容易逃命。这一切都在预料之中，并没有什么好生气的，总之，刘表并没有派出援军给刘备。由于襄阳和江陵非守住不可，所以刘表认为并没有多余的兵力可以派给新野。其实若能守住荆州大门新野和樊城，那么襄阳和江陵也能得到安全，明明还为时不晚，但刘表这人就是不懂这道理。

就在曹军出兵的前两天，不知该说是不凑巧还是倒霉，徐庶人正好在新野。最近徐庶待在新野的时候比较多。曹军逼近的消息已经传来了。“怎么会这样？曹公应该正忙着进攻冀州才对啊。”以徐庶的水平实在很难理解曹操的敏捷思维及快速行动。不久新野城里也开始有动作了。徐庶虽然因为能亲眼目睹关键时期刘备军的表现而感到高兴，但他却突然想到：“袖手旁观虽然不错，但这里可会成为战场呀。”敌将曹仁和李典是自曹操举兵以来就一直跟随他的沙场老将，同时也是身经百战的猛士，更何况他们有号称十万的兵力。而刘表的援军又根本不值得期待。（等等，现在可不是隔山观虎斗的时候，要是搞个不好，这可会变成我这辈子观看的最后一场战役呀！）

徐庶虽然大致了解刘备以及他那一伙人的特性，但这只是平时。他还不曾在战争时候观察过他们，所以其实力还是个未知数。

不过依世人的评价来说，他们对战争实在是相当不内行呀。虽然有关羽、张飞和赵云这等豪杰猛将，但一遇到关键性的大战役必定吃败仗。

“不如趁现在逃跑吧。”徐庶想，“我还有个年迈的母亲在。就这么死了的话可是不孝啊。”他勉强找了个理由。“可是这么一来就不配做个男人了。”看来似乎刘玄德的老师单福这个名号实在太过响亮了，以至于他做不出这等丢脸的事。要是在这个时候逃走，恐怕以后就再也无法以士人的身份立足了。

因此徐庶也决定要趟这场浑水了。徐庶下定决心之后，便往刘备营帐走去。这时刘备正集结部下商议事情。原以为他们在拟定什么必胜的作战方案，没想到他们只是在为了召集士兵而伤脑筋。

“总之，没有兵力是不行的。我们现在的士兵到底有多少？”

“这个，到底有多少呢？大概有两千人左右吧？”孙干说。

但这时糜竺说：“两千人吗？应该是更多一点吧？”

因为最近都没有打过一场像样的仗，所以他们似乎无法掌握可以动员的兵员人数。在对付那些微不足道的山贼时，只要关羽和张飞登高一呼，就能马上征到五十至一百名士兵，而这些数量也就很足够了。刘备军自从进驻新野以来，有好一段时间处于和平的状态，因此带来的士兵几乎都解散了，其中也有人回去务农。其实所谓的士兵就是这样，没有人喜欢待在战场上厮杀。要是不断有一些小战役还好，若在平时，那些士兵就只是吃闲饭的，这时候有他们还不如没有好。刘备原本的人马，也就是那群靠着一股干劲撑过来的士兵，都还不知道有没有两百人呢。这两百人也就是刘备军的主力。刘备这时一副有点头痛的样子。

“大哥，两千人就绰绰有余了。把这些兵都交给我的话，像曹仁、李典那种货色，马上就会死在我的蛇矛之下！”目光炯炯的张飞这么叫着，随即获得满堂喝彩。连关羽和赵云都不及张飞的从容。“看来只有尽可能招收人马了，我现在就去。”关羽这时蓦地从座位上站起来，招募兵马去了。“主公，请别气馁。我也同关将军一同征兵去。相信新野的民众一定会协助我们的。”简雍说完也出去了。这时刘备对张飞说：“飞弟，你也去吧。这正是检验你平日得不得人心的最佳时机呀！”

接到命令的张飞也追了出去。大家不必惊讶，无法掌握士兵的实际数目是常有的事，这对管理兵卒一向马虎的刘备军来说，更是稀松平常的事。他们根本没有军队编制，到了要打仗时凡是能走动的人都去当兵，而且也缺乏严格的军事训练。不过即使如此，每次征兵时，却总是能征召到惊人的数量，所以他们也就没有特别担心。刘备这一次也不例外。到目前为止，他们可说是毫无战术可言。

不过，就算他们没有教导士兵们在战场上的进退，只要在关羽和张飞的一声令下，这些士兵就会像被驱赶的牛羊一般鼓噪前进，勉强还能作出个作战的样子。也许是运气好吧，他们有时也还能打胜仗呢。不过这都仰仗关羽和张飞个人的武勇就是了。就像在赌博时把手上现有的钱孤注一掷一般，把当时手头上所有的士兵全都派出去打仗便是刘备军的战术。这种毫无计划的战法宛如一场声势浩大的打架。这和那些被打得走投无路的盗贼和反叛军的战法真是半斤八两。（这样是稳输的嘛！）渐渐了解状况的徐庶只能一边发呆一边这么想。

刘备一伙人自从经历了黄巾之乱及董卓的暴政以来，举世闻名的壮烈战役几乎都参加过了，或者应该说，都与这些战役沾上了边。不过凭他们这样都还能存活下来，反而让人觉得佩服啊。实际上，刘备军只是经常聚集在一起的散兵游勇而已，算不上军事组织。他们只是失业者的集合，一旦战败就四散奔逃，稍微空闲下来就立刻解散。不过最近越来越多人被刘备所吸引而愿意跟随他，所以他们才能有今天这样的局面。

与其说这是支军队，还不如说它是收容无处可去的人的侠义黑道组织。刘备不是将军或司令官，而是头头或首领。跟随他的人与其说是家臣，不如说是他的手下。其中关羽和张飞就是比起有血缘关系的亲兄弟还有情有义、关系深厚的结拜兄弟。他们两个就像清水次郎长的大政、小政[①]，而刘备军就正像是在和平之世里，以仁义著称的黑道一族。

部下们纷纷出去调集兵马了，只剩刘备孤零零一人抱着双臂坐着，看起来好像很孤单的样子。不过这幅景象他已经习惯了，因此他的表情相当平静。刘玄德这时正值四十过半的壮年。他的耳垂大至肩膀，站立时把手垂下来可至膝盖，史书中对于他这副怪人般的长相也曾特别加以描述。不过这并不是说他坏话，而是形容其为贵人的长相，看过他的人都会没来由地兴起一股强烈的敬畏之感。虽然不管我怎么解读，联想到的都是身材高大的大猩猩，但他本人和他的随从亲信都毫不讳言地说这是天子之相。这真是个谜呀。

“喔，单福老师您来了啊。”刘备发现徐庶之后，立刻笑容满面地到他身边，握着他的手。“这次终于轮到先生出场了。”

“你说轮到我出场是什么意思啊？”

“当然是指让你当军师啊！”刘备就这样当场决定。

“我和老师虽然已多次交谈，但还是常常为老师那可比孙子和

① 清水次郎长为日本江户时代静冈县清水市的地方角头，颇受人民景仰。大政、小政为其部下。——译者

吴子的谋略知识感到惊叹啊。”

“我只是常谈论那些与孙子、吴子相关的话题而已，你实在太高估我了。”

“不不不，我刘备可没那么没眼光哟！”由于刘备紧紧握住徐庶的手就这么坐了下来，徐庶只好也跟着坐下来。

“老师你不是那种持矛上马作战的人，而是能以策略来决胜于战场之上的人。我军就如同先前你看到的一样，作战就跟出去打架没什么两样。”刘备声音颤抖着说，“我很清楚，再这样下去我们恐怕会变成一群普通的佣兵。但不论是我还是我的将士们，都没有足够的智慧和能力把我们这群人变成可立足于天下的军队。”

比起这个，这样一群人竟然能打着复兴汉室的旗号南征北讨，才叫人不可思议呢。其实他们是在种种因缘际会下，才成为天下知名的一股势力。详情请看《演义》前半段。

“能完全改变我军的鬼才——可惜我与那样的人无缘，而我军当中也找不到那样的人。不知把希望寄托在老师身上，是否只是我一厢情愿的想法？还是老师你认为像我这样长手大耳的蠢材，根本连帮一点忙的价值都没有呢？”

“不，绝不是像你说的那样的。”徐庶显得有些语无伦次。

“笨拙且无德的玄德我以师徒之礼来侍奉老师，这样还不够吗？”在读文章时读到这样仿佛拍戏般的反复劝说，的确能感受他那莫大的诚意和气势。但实际上，在那种场合下，被一个长相奇特的中年男子这么说，徐庶当下便想：“哇！不要啊！”——虽然这样有点失礼。

“我想你应该听说了，曹公的军队已向这边逼近了，听说兵力有十万。相对的，我方兵力薄弱……现在正是我军的存亡关头啊。”

突然，刘备一改满脸的笑容，滴下了斗大的泪珠，表情怪异极了。“老师！”他用惊人的大嗓门向徐庶大喊。

徐庶不由得发出“噫！”的一声。

“为了玄德我，不，为了那些无辜的新野百姓们，请授我瞬间消灭十万曹军的妙计吧！”他紧握徐庶的手，流着泪大声地说。“下不为例，就这一次，哪怕只有这次也没关系。请授我击溃曹军的妙计吧！”

就某方面来说，刘备的确有久经锻炼的大气魄。但这样的大气魄却让徐庶差点昏倒。“老师，务必授我个策略！”

刘玄德简直乐在其中了。徐庶为刘备的非凡气势折服了，只好叫道：“我知道了，我答应帮你想计策，请饶了我吧！”

徐庶的不幸，也可说是食客的不幸。话说中国从战国时代以前开始，王公贵族及富豪们就养着许多食客，并几近异常地礼遇他们。总之，就是尽量招揽人来，来者不拒，并供吃供住，待他们如上宾。主人还会让那些食客坐上上座，以显示其谦逊。不管是贤人、有才智之人，还是勇武之人，只要有一技之长都加以礼遇这点我还能了解，但连什么都不会的游手好闲之徒都照单全收，也是他们的习惯。说到最喜欢食客的人物，战国的孟尝君和信陵君就是其中的代表。

然而身为一个食客，并不是受到尊敬、无限制地享受衣食住的礼遇就可以了。《史记》中记载了许多食客报恩的故事。只要身为食客一天就必须为主子卖命，已是个不成文的规定。所谓的食客，就是为了替主子奉献生命而存在的。要是没有才能或技艺可以奉献给主子的人，就必须代替主子被杀，有时还要担任一去不复返的刺客。

在后汉，豢养食客的风气依旧很盛行，不少富豪都养着一些食客。在日本的侠义界里也常有人为了报答一宿一饭的恩情，而有骇人听闻之举。主子与食客的这种强有力的关系虽然也基于信义，但最主要还是来自所谓的侠义这种特殊伦理。侠义之中并没有所谓的善恶，侠义只是激进行动的根据。这就是“士为知己者死”这句话所代表的独特生活美学。这并不是什么理论。如果对方成为知己者，我就非得为他死不可，所以不让自己被人理解而隐藏起自己，也是一种美学。所谓的侠义，看过《水浒传》的人就知道，那些梁山泊的好汉们明明不断犯下暴力杀人、抢劫、绑架幼儿等完全称不上正义和善良的暴行，却毫不觉得有愧于良心，而民众也不但不责怪他们，反而很爱戴他们。这都是因为他们做的事含有侠义成分。这真可说是非常恐怖的价值观啊。

在世局混乱的后汉末期，有许多根深蒂固的地下侠义结社及组织，其中包括了一直延续至今的“帮会”之传统。这不知可否说是仁义已废、侠义仍存？总之只要是出于侠义，不管做出多可怕的事大家都毫不在乎。

像刘备、关羽、张飞这些人，几乎可称得上是身居侠义世界的人，或者说是与那个世界有着浓厚关系的人。由于汉高祖刘邦本身就是个侠义之士，所以统治者也被民众们要求要有侠义之心。说不定连诸葛孔明也是经刘备再三恳求，才成了他的食客。说起来刘备和曹操或孙权的势力不同，称呼他们为“刘备一伙人”或许比较正确。孔明大概也感觉到了吧；他是在了解到这个之后才加入这个阵营的。这样一来，假设孔明是为了他那化身为忠义的侠义意识，才会毫无理由地花费半生时间来打败魏国，也就可以理解了。

徐庶不知不觉中也被人当成了食客。即使之前没有察觉到，但现在他应该已经很清楚了。虽然徐庶是为了谋求官职才和刘备交往，但对他来说，这只是“良禽择木而栖”的一环而已，然而刘备却以对待食客的方式来对待徐庶。事到如今也没办法了，因为徐庶也是个懂侠义的人。他杀了人而成为通缉犯之后，也常被有侠义之心的人们藏匿起来。他是个有着如此这般过去的人啊，所以他十分清楚一旦缠上了侠义这档子事，就再也摆脱不了，这时就只能杀身以成仁了。

探子来报，说曹军已进入南阳，正往南追击中，情况已经迫在眉睫了。关羽等人四处奔波所招募到的兵还意外地多，因为新野大部分的民众都自愿加入，因此人数将近有五千人。大家都对刘备怀着感恩之心，其中也有刘备的仰慕者。

“别增加那些有正当职业的民众的负担。”刘备虽然只是以这样的心态十分客气地治理新野，却获得了相当的好评，并传到附近的城镇里。随着新野人口的急速增加，可招募的士兵人数也随之增多了。也就是说，其他城镇里的赋税远比新野来得重，而领主官吏们也贪污得相当严重。

与其坐着担心还不如立刻行动。刘备的不可思议之处就在于他至今从未因征兵而烦恼，必要时，不论在何处他一定招募得到人马。这是因为刘备的仁德及英雄气质受到大家倾慕的缘故。

话虽如此，五千人相对于十万军马可说是杯水车薪。而且和对方那些训练有素的大军相较之下，他们只是毫无训练经验的民兵而已，怎么看都没有胜算。为了增加军队的气势而谎称兵力有实际数目的两三倍是一般的作法，所以刘备认为曹军的实际兵力大概只有五万以下。但即使如此，也是个他们望尘莫及的数字。而实际上，曹军的总数是三万。

“难道又要输了吗？”刘备私底下这么想，“不过，能安闲地度过三年以上，也算是个奇迹了，我应该心存感谢才对。”他所经历过的令人热血沸腾的有名战争画面，此时犹如走马灯一一从脑中掠过。而最后浮现的总是自己在惨败后仓皇逃跑的身影。

然而刘备倒是没想过不战而逃。因为他十分清楚，这样一来，得到天下的一丝希望也不会有了。在当时，以一个实力不足的军队，胆敢向曹操不断挑战的仁义傻瓜就只有刘备一人，他得让天下万民看见他输得光明磊落。即使输了，关羽、张飞、赵云也能像恶鬼罗刹般勇武，取下一两个敌方名将首级的话，在故事性上是绝不会输的。虽然这是以生命做赌注的赌博般的战斗，但只要不是舍下民众逃走，刘备就不能算死路一条。

虽然说这些战败的话题有些奇怪，但这次多了个能增色不少的人。

“各位，这就是我们的军师单福老师。这次的战役我将全权交给他负责。”刘备在以关羽、张飞为首的干部面前这么说。张飞当然追问道：“大哥，你疯了吗？你说要让单福当军师？”

“飞弟，你给我退下。只仗着勇武的你根本不明白单福老师的智谋。总之，我决定把这次的战役完全交给单福老师。你要知道，违背老师的命令，就等于违背我的命令。”

被刘备这么一说，如猛虎般的张飞也只能不甘不愿地顺从了。徐庶坐在刘备旁边脸色发白。

“单福老师！”刘备用手肘顶了顶他。徐庶这时已是骑虎难下了，他被那些充满着战前杀气的家伙们恶狠狠地盯着看。（像我这样的人哪能胜任军师这个职务啊？）他虽拥有战术兵法的知识，但那顶多只能算是专门知识罢了。更何况他一次都没上过战场。

“真是乱来！”他虽然想如此大叫，但他身旁的刘备可不会允许。“军师装模作样也没关系，不过还是要让我看看你的实力。哇哈哈！”刚刚刘备对他这么说。

话说回来，这刘备是否真的期待徐庶的计策，实在值得怀疑。但是可怕的是，他真的打算把作战的指挥权完全交给徐庶。他似乎认为反正都会输，那不如让一个新任的军师去承担这场败仗吧。

“单福老师，请向大家说句话吧！”刘备加紧催促道。

徐庶感到口干舌燥且面无血色。不过再怎么说，他毕竟也曾与孔明往来，并非泛泛之辈啊。就在紧张与困惑到达极限的一瞬间，徐庶终于豁出去了。（随便你们吧。）不知是突然改变态度还是被鬼附身了。（既然如此，我就来模仿孔明吧。）他做了可以说是最糟糕的决定。如果读过《演义》就会发现，徐庶 · 单福担任军师的样子和孔明非常相似。这或许是因为他们是同门好友之故。刘备还一度怀疑徐庶其实就是“卧龙”。话说回来，徐庶手上因为没有扇子，只好把手轻飘飘地摆动，一边模仿孔明口若悬河地说：“虽然我对谋略有自信，但我不知我这等年轻小辈能否胜任军师这个工作，所以请让我先暂时做个代军师。由于刘皇叔的信任，让我得以在这场战役中一试身手，如果能让各位满意的话，再把军师的宝座给我吧。”这时刘备已经变成一副“喔，真有你的”的表情了。（好极了。）

“那么，现在数万曹军已逼进新野。不过……”徐庶环视在座的众人之后接着说，“我胸中已有必胜的策略了。消灭曹军是轻而易举的事。”

“说大话也要有个限度吧。”以沉重的语调插话的是关羽。所谓的千金之重就是指这个吧。

“云长是不信任刘皇叔推举的我吗？”

“不。这么说虽然有些失礼，但你根本不知战场为何物。给你个忠告，不要随随便便用消灭这种字眼。”

“云长，战争结束后我再继续和你聊吧。”

关羽的脸这时罕见地涨红了。“好吧。毕竟这是我大哥的决定。但如果你背叛了我大哥的信任，你就得准备受死！”

说着他“砰”地一声立起那把巨大的青龙偃月刀。

徐庶强忍住背脊发凉，说道：“任凭你处置。”

徐庶总算过了这一关。接下来当然就得思考作战方法了。要说我方的有利点，大概就只有熟知附近地形这一项了。不过若是一万对五千还好，但这次是将近十倍的敌人啊。更何况这次对方领兵的是老手曹仁和李典，说不定根本没有机会对他们运用到地利；不管如何设下陷阱，如果大军大摇大摆攻进来，拦也拦不住。如果击退曹军的计划失败就会死在关羽刀下。 但多想也无益，因为在那之前就被曹军杀掉的可能性更高。

不久，消息传来，曹仁和李典的主力军队正向樊城前进，而吕旷、吕翔也率领五千人马的分队向新野前进了。曹军的兵力一分为二。不知道这是因为曹仁他们看不起刘备军，还是因为吕氏兄弟急于建功？我想大概是后者吧。这真是曹军的失策。（好，我要让他们闻风丧胆而败退。）徐庶心想。关羽和张飞的名号在曹操阵营中也是响当当的，没有人不知晓。而曾在战场上实际遭遇过他们俩的将士，都亲身体验到他们是远比传闻厉害的杀戮机器，因此对他们都小心提防。吕氏兄弟虽也听过传闻，却认为那只是夸大其词。

“吕旷和吕翔只不过是头脑简单的武夫，他们不会用奇袭，大概只会奋力向前冲过来吧。那我方也不需以奇袭应变，靠关、张二将的勇猛就足以压倒他们了。”不过，被卷入乱仗中而损兵折将就太可惜了，所以还是得照兵法的常道来部署兵力，并丝毫不差地抓住与敌军对阵时的时机。徐庶以极为一般的思维盘算着，决定让刘备、关羽、张飞和赵云布阵在新野的郊外。“如果时机没有算错的话，明天下午这场战争就会结束了。”

隔天的情况果然如徐庶所说。五千的曹军在新野之前败走，吕旷被赵云斩杀、吕翔则被张飞斩杀。这一战几乎都是关羽和张飞在表现，新野的士兵们只是在战场上加油呐喊而已。只要张飞一怒吼，关羽一咆哮，敌人的士兵就立刻吓得腿软，而吕氏兄弟也陷入了恐慌。

试着想像一下，有个巨大而嗜血的猛兽出现在眼前，并对你的弟兄一个接一个展开攻击，即使你身边有一百人、一千人，相信你还是会不知所措吧。总之，不能用军人或士兵这种人类的标准来衡量关、张两人。虽然名气还不是很响亮，却能与关、张两人匹敌的豪杰——赵子龙，加紧追赶，砍杀溃不成军的曹军，而刘备也毫不留情地追杀那些逃窜的敌军。

刘备之师得到了暌违已久的漂亮胜利。仿佛刚浴血而归的张飞，腰际挂着十几颗血淋淋的人头，一边嚷着“呀喝，真是爽快、爽快啊！”一边走来，身上还散发出强烈的尸臭和生人血肉的腥味。

“单福啊，我真是对你另眼相看了。你虽然不会喝酒，但是干得还不错嘛！”徐庶捏着鼻子，离他远远地说：“你表现得太好了。”

能打胜仗是因为吕氏兄弟的兵力少，而且他们并不了解刘备军的虚实。接下来的对手可是曹仁和李典这对老练的组合，士兵数也不可与今日之战同日而语。再加上他们相当清楚关羽和张飞，不可能就这样被吓得惊慌失措束手无策。(接下来该怎么办呢？）不过，要是刘备问他下回有何打算，他还是会盯着他那举起来的手，故作优雅状爽快地说：“交给我吧。”

那天晚上他们开了庆功宴，刘备军的干部们尽情地喝酒喧闹。虽然只是一胜，而且还是从弱敌手中得来的胜利，但他们还是彻夜狂欢——这已经是刘备一伙的惯例了。虽然他们因为这个毛病，好几次被人乘虚而入而击败；不过，也正因为丝毫不改此作风，才像是刘备军。徐庶一边拒绝张飞的劝酒，一边有点厌恶地想：“假如现在敌军来夜袭，看你们怎么办！”根据报告，曹仁的本部大军现在已经屯驻在樊城了。

“对了，翼德大人，你认为曹仁是个什么样的将领呢？”徐庶问。张飞回答说：“你说曹仁？差劲，很差劲的将领啦。在曹操那里，像是夏侯惇、张辽或是乐进那些人，还算是有点骨气的家伙，那个曹仁是最差的。以前差一点能杀了那家伙的，哼，没想到竟然让他跑了。下次再遇到他的话，我一定……”

毫无参考价值。徐庶甩开张飞去找关羽。关羽虽然也是酒量超强，但他不像张飞那么粗鲁，只是规规矩矩坐着咕噜咕噜地喝。“我听说云长先前在许都时，曾见过曹公的诸位将领。不知曹仁将军是个什么样的人？”

“这个嘛，曹仁虽然没有什么智略，却是个一身是胆的武将。”

“那么李典将军呢？”

“李典的个性慎重，可靠踏实，且爱好学问。如果让那个人来防守可就棘手了。”

“原来如此。”在横冲直撞的曹仁身边安插一个可充当刹车角色的李典，好像是常有的搭配。徐庶这时走到刘备面前说：“曹仁将军急速往这里进攻的可能性很高，请作好准备。”

“我知道了。全交给老师吧。”刘备一副不负责任的样子。不过他心里也想：“搞不好这家伙是个意外的收获呢。”总之，还是多派些探子出去吧。当大家正饮酒作乐时，徐庶只能一个人寂寞地绞尽脑汁。

曹仁，字子孝，约三十六岁。李典，字曼成，约三十岁。两人都是在曹操举兵之初就跟随他的老臣，但这并不代表他们俩的感情很好。进入樊城的曹仁收到吕旷、吕翔军瞬间遭歼灭的报告后，显得非常激愤。

“可恶，刘备这个臭家伙！我绝不原谅你！我要立刻攻下新野，取你头颅。”于是他把已脱掉的一身盔甲再度穿了上去。

这时李典制止说：“等等！”这次出兵是为了暂时夺下樊城并进攻襄阳，借以试探刘表的反应，最主要的目的还是在恫吓。而轻取困守在新野这样的小城里的刘备，也只是顺便而已，因此才会派吕氏兄弟带兵前去攻打。襄阳距离樊城仅有咫尺之遥，但是新野却远得多了。若要攻击刘备，只需稍微威胁襄阳，挡住他们的归路就可以了。这次的目的不是为了占领荆北而来，而是一种威吓般的侦察。樊城的守军一得知曹军来袭，几乎毫无抵抗地就弃守归降，所以我想襄阳应该也一样吧。“刘表毫无斗志”这一点几乎是可以确定的。

虽然李典如此劝说，但曹仁并不接受。他说：“我们的两位将领被杀，还损失了五千兵马。即使对手像颗小石头，若不马上报仇，他们可是会得寸进尺的呀。”

“刘备可不是泛泛之辈，而且他身旁还有关羽、张飞这等极其危险的怪物呀。”

“曼成，难道你怕了吗？”

“不是。如果你无论如何都要先攻打刘备，那应该先向主公报告。”

“对付那野狗般的家伙没这个必要。我直接就去把他铲平！”

李典闷闷不乐地说：“谁叫这次的主将是你。随便你吧。”

于是曹仁便领着两万五千士兵往新野进攻了。数万军队的移动，从樊城到新野需要整整一天，而从樊城到襄阳则只需半天时间便可轻松到达。要是曹仁先攻打襄阳，那么刘备军应该会手足无措。此时徐庶已获得正确情报，得知曹仁的士兵数为两万五千人。虽然樊城留有李典把守，但曹仁几乎没留下多少守军，把整个部队都带去了。所以这是一场在新野与樊城之间的某处，两万五千人与五千人的对峙。同样的，刘备他们又得打一场宛如走钢丝般的危险战役了。

“虽想避免打平原战，但也不能让敌军包围新野。”徐庶一边这么想，一边拟定着计策。

第二天早上，还带着宿醉的干部们走到徐庶面前时，徐庶一看，简直想放弃了。大家毫无紧张感，只是醉眼惺忪地摇晃着。

“各位，请听我说。”徐庶还是强忍着，独自一人认真地演着这场戏。因为昨晚彻夜狂欢，所以有人还在打瞌睡。真是散漫到毫无军纪可言。

“搞什么嘛！人家正想小睡片刻的说。又是你这个连酒都不会喝的家伙。”张飞已经不高兴到了极点。

“根据我们的探子来报，曹仁已经率领大军急速朝这里前进了。现在不是睡觉的时候。”

“真的吗？”张飞满嘴酒味地说。

现在徐庶说每一句话，感觉都像是在踩老虎的尾巴。那么，接下来，这个离家出走的军师——单福（也就是徐庶，而且还有前科）唯一的精彩表演就要开始了。当然，依照事先规定，他的表现肯定不及孔明的十分之一，甚至百分之一，但作者还是得写得让读者们认为他是个非比寻常的角色。《演义》读到这里，读者一定会推测这个人肯定就是那个问题人物孔明。至少我是这么想的，而且书中也写说，就连刘备也曾怀疑：这单福该不会就是“卧龙”吧？

单福以他那精湛的本事击败曹军，并且漂亮地以寡击众，接着还施展了有如魔术般的用兵韬略。作为孔明出庐之前的救援军师，他的表现已经超乎预期了。但这就是难题所在。虽说运气在自己这一方，但徐庶还是强烈地感觉到：会不会太顺利了点？不知道他是认为自己捡到了便宜，还是觉得自己正在徒手取火中的栗子？我想后者的心情占大部分吧。当他开始觉得不妙时，已经处于一种即将被刘备军吞噬融合的状态了。因此徐庶只能拼命亮出朋友诸葛亮的名字，推荐给刘备。“出卖朋友”这种愧疚的心情，相信是既难过又痛苦吧。

但是在这个性命攸关的紧要关头，为了自己不得不这么说的心情，应该是可以谅解的。要不是因为这样，他再怎么欣赏朋友的才华，也不会说出这么不负责任的话：“孔明是百年难得一见，不，是千年难得一见的天下第一奇士。如果我是驽马，孔明就是麒麟；如果我是寒鸦，孔明就是鸾凤。”

不过，他这些话也显得太过虚伪了，说不定反而让刘备心生怀疑了呢。徐庶也真是的，好像在说“我和孔明先生是无法相提并论的。我是个千年难得一见的垃圾，比驽马或乌鸦的粪还不如”一样，畏首畏尾的。身为一个士人，要是像他这样把自己说得一文不值，我看他大概也完了。

不过，如果他的目的是把孔明推荐给刘备，那倒也不难理解这段悲惨辞令的用意。如果以接近冷酷的客观来看《演义》，怎么想都觉得徐庶只不过是负责衬托孔明的角色而已。而他那几乎能挤进最佳配角前五名（最佳配角第一名，我想应该非周瑜莫属吧？）的演技，俨然在呈现戏剧演出的残酷面。经过之后的说书人及作家在千年间的添油加醋，徐庶的立场又更为晦涩了。

例如曹仁、李典战败而回，详细的报告传入曹操耳里时，也同时提到了刘备的新军师单福。“那家伙是打哪儿来的啊？”曹操漫不经心地问。程昱立刻回答说：“这个单福我想是假名，他的真实身份应该就是颍川出身的徐庶徐元直。”程昱接着详细报告了不知是从哪里调查来的徐庶的经历。当爱好人才的曹操问及徐庶的才能如何时，程昱非常认真地回答道：“如果我的才能是一，徐庶的才能大概就是十吧。”

“喔？没想到竟然有如此才俊。我真是失算了呀！”曹操惋惜地说。

也就是说，曹操的这位智囊早就知道这个在襄阳隐而不出的书生，并把他的简历背了下来，而且还冷静分析了这个除了杀人什么都还没做过的男子，推测此人有胜过自己十倍的能力。要是熟知程昱能力的人，一定会认为这是个恶劣的玩笑，是程昱反过来在侮辱徐庶。当然，这是在真有这么一段对话的前提下。

程昱，字仲德，为作战参谋、魏国的中枢，仍能以八十岁的年纪终天年。光从这件事就可以看出端倪，了解他的确是个相当恐怖的人。因为军师这个工作非残酷无情的人是无法胜任的，所以其中能善终的人可说是稀有动物。程昱的谍报网相当惊人。连单福＝徐庶这等人的事，都能巨细靡遗地调查出来，更何况是才能胜过徐庶百倍、千倍的孔明。

然而不知为何，在这里连孔明的“孔”字都没有出现。虽然徐庶受到敌方及己方的高度评价，但之后由于发生了许多事，他并没有在仕途上飞黄腾达，而是隐居了起来；不知道是不是因为羞愧的缘故。受到过高的期待以致失败的例子，在历史上也不是没有过。这么一来，继大显身手的徐庶之后登场的孔明，自然受到读者们过度的期待。也因此，孔明不得不让人们见识他在徐庶之上的本事，即使有些胡闹过了头，而且是一而再再而三。不过孔明似乎蛮能承受压力的，只有在得知是徐庶出卖他时，才罕见地发怒了。

但由于孔明是个反复无常的人，所以也很难知道他是否真的在生气。总之，这时的徐庶操作着比孔明还高明的妙计，就这么堂而皇之地指挥一切，真是条伪龙啊！这对徐庶个人来说，正是精彩中的精彩。

首先徐庶必须做的便是预测曹仁扎营的地点，并让刘备军先行移动过去。接下来就是绝不能让对方得知我方的士兵人数。要是被知道了，也许就要被迫进行游击战，谁也不想弄到那种地步。虽然移动时已经尽量保密了，但还是只能希望曹仁的侦察兵少一点。

“要是曹仁将军率领全军来，我们就分兵去攻打兵力薄弱的樊城。这样可以吧？”

徐庶向刘备报告这个基本方案。

“兵力本来就已经够少了，还把它分散。真愚蠢！”刘备完全没有说这类军事行家的话。他只说：“就这么办吧。”

他已打算完全交给徐庶了。说到当时的军队，书上虽然写着“急行军”，或描述它“快如闪电”，但实际上速度并没有那么快。一般行军的标准速度大约是一天百里（约四十公里）以下，如果部队与背着装备的步兵全体一起前进，军队的规模越大，速度就越慢。要是让他们像丰臣秀吉那样，大举往返中国进行征战（中国的城与城之间的距离，远比我们读小说时所想像的远得多。类似从山阳到京都之间的距离是常有的），那么就算是名将所率领的兵团，士兵们还是很可能因为受不了而崩溃。而且途中连休息吃饭的地方都没有。

要知道，日本战国时代的行军距离和战场的宽阔，可不是一般情况所能比拟的。而中国的规模和日本相比，至少是五倍以上。读《演义》时，由于书上都把兵团的进军写得很快，所以让人产生一种似乎很近的错觉。相信中国本地的读者就不会这么想吧。

由于没有运输兵在后面拖长队伍，所以曹仁的兵先到。他们一下子便渡过白河（这里说的是中国式的“一下子”），距离新野大概只有两里之遥。徐庶已事先预测他们的行军日期，打算在这附近阻击曹仁的军队。刘曹双方都没有布阵。徐庶就让赵云率领三千部队出其不意冲人行军途中，也就是正在移动、尚未布阵的曹仁先锋部队。

赵云是冀州常山人。一开始他拒绝当袁绍的家臣而成为公孙瓒的部将，自从公孙瓒被袁绍灭了之后，他就过着流浪的生活。但曾几何时，他竟成了刘备军中的一员。在官渡大战的混乱当中，刘备不仅没有部下，还受袁绍监视，所以完全称不上是个好归宿。但他明知道在刘备那里会相当辛苦，却还是选择成为他的部将。虽说他是被刘备的人格所吸引，但我实在不清楚到底是什么样的人格特质。当时三十岁过半的赵子龙也是个勇猛的高手。在刘备军中，能和关羽、张飞说上话的除了刘备，大概也只有赵云了。

在关、张两人面前说一些无聊的笑话，就被误以为看不起他们而被整得半死的人不计其数。不过他们两人对赵云倒是另眼相看，所以就算赵云说了无聊的笑话，他们也不会杀了他。读《演义》，会感觉赵云是个聪明而沉着的武将。但这只是和关羽、张飞比起来而已；就算赵云做出再狂暴、再胡来的举动，只要他身边有关羽和张飞在，这些举动还是显得成熟多了。

在《三国志》里也是一样，赵云给人的感觉是个果敢、无懈可击的人。虽然他的确不像关羽和张飞那样，老是做些失败的事，不过，只要和那两个人相比，相信任谁看起来都是无懈可击吧。但是就某种意义来说，这也不无好处。例如就算赵云单枪匹马刺杀了二三十人而兴奋得狂吼，和关羽、张飞杀了一百人后的大笑比起来，他还是会被比下去。当赵云站在堆积如山的尸体面前，若有害怕的人问起，只要他说：“在下是向关、张两位兄长学习的。”就会给人一种“我还早得很呢”的感觉。带有一点可惜的口吻这么说的他，看起来就是这样一个奋不顾身的好男儿。

虽然赵云的战斗力比起关羽、张飞略逊一筹，但他为了超越他们而不断自我磨炼，因此一天比一天勇猛。他以几乎是一夫当关的气势朝目标突击，并以特制的钢枪笔直向前冲去。

“一枪在手天下无敌、左将军的冲锋队长、常山真定的赵云赵子龙在此！曹仁何在？”赵云将敌方的先锋士兵刺倒在地，然后不断向前，仿佛要将部队纵向撕裂开来一般往前冲刺。曹仁的先锋部队马上陷入了混乱，三千士兵与其说进攻，还不如说是自投罗网。不过摧毁了先锋部队，后面还有赶不尽杀不绝的两万士兵在。赵云似乎一个人冲过了头，以致陷入孤军奋战的局面。但他还是面不改色地挥枪砍杀，反而是敌军急急忙忙想打退堂鼓。队长们喊着：“围起来，围起来。对方只有一个人而已啊，把他围起来！”

战场上使枪的能手都知道，与其用突刺的方式，挥舞长枪把好几个敌人卷入其中，反而能杀死更多人。

“杀啊！喝！”每当赵云使出他那精湛的枪法时，就有五六个敌兵被挑到空中，看起来就像是人群被炸开来一般。“嘿咿！啊咿咿咿！嘿！喔咿！”他说不定还会发出这种怪鸟般的声音。因为他是子龙（龙）嘛。他先举枪用枪柄攻击敌军，再反过来用枪尖予以刺杀。在赵云周围，敌人们一个接一个“砰！砰！”地被弹到空中而死。在兴头上时，他还会把枪平举着不停回转，发出一种不寻常的嗡嗡低周波振动音。如此一来，只要敌军一碰到枪，他们的手就会断裂，然后大头朝下地被扔出去。

赵云名云，字子龙，云和龙意思是相通的。龙一般是潜藏在深渊里，得到云之后才升天，并得以发挥它的神力。在中国，龙总是和云一起出现，而且龙还能化成龙卷风，把人和房子都刮跑，这用来形容赵云的勇猛，真是再恰当不过了。孔明加入刘备军后，在众将中他也特别欣赏赵云，马上赋予重任。他会如此偏好赵云，原因大概是喜欢赵云的名和字（也许吧）。宛如前进中的龙卷风席卷而来的赵云，终于在军中认出了曹仁。此时正可以看出张飞称呼他为冷静者的原因。不过这绝不是件坏事。

“要是找到曹仁，你就一边谩骂、诋毁他，一边慢慢撤退。”这是徐庶的命令。回头一看，刘备那非专业的三千士兵们正在苦战中。再这样下去，恐怕只会徒增伤兵。为了减少牺牲，只好缓缓向后退兵。

（我的枪在哭泣，还没杀个够，但也没办法啊。）

赵云一边对曹仁口出秽言，一边缓缓后退。没有敌兵敢对那龙卷风出手，而曹仁也只是远远地在那里抓狂生气。要是让张飞发现曹仁，他肯定会忘了一切向他突击。虽然这样倒也不坏，但跟着他的兵可就倒霉了。

先锋部队被打得七零八落的曹仁先让部队停了下来。虽说赵云勇猛无比，但毕竟他的兵力少，所以应重整部队，再向退却的敌人展开追击。此时天已经快黑了。曹仁打算连夜进攻围剿。与曹仁吵完架老大不高兴的李典原本要留在樊城；但他又觉得自己身为副将，这么做的话未免也太不负责任了，所以还是出动了后军。飞马赶来的李典再度向曹仁进言。

“我们应该在这里布好严密的阵势，重振旗鼓后再向新野发动攻击。”李典提议。“新野就近在眼前了。刘玄德大概也在新野城前布好阵势了吧？”曹仁也这么想。因此他同意了李典的建议。李典看穿了刘备军的士兵数比想像中的少，所以他认为只要稳稳地布阵就不会输。被张飞称为差劲（的确有点根据）、被关羽评为有勇无谋的曹仁，这时不知道在想什么，他决定布下一个并不合宜的奇阵。看来他是想要在刘备等人面前卖弄一下自己细腻的一面。

“不需如此大费周章，只要摆下以大吃小的普通阵形不就可以了吗？”李典虽然这样忠告，但曹仁却不予理会。

“刘备那群人当中只有关、张、赵那种只会向前冲、有勇无谋的莽夫。我得让他们看看战争的精妙之处。”（明明你才是有勇无谋的莽夫……一定是刚才被赵云打得落花流水，又被辱骂一顿，才会这么意气用事。）李典虽然还有意见，曹仁却说：“别说了，曼成。这次的大将可是我啊。”并把啰嗦的李典安排到后阵去了。

在《演义》里，曹仁对持慎重看法的李典发了脾气，并说他是懦夫、背叛者，要立马将他斩首。不过，他们同样是被曹操任命的将领，在作战上应该不至于争论到这种地步才对，因此这只是强调曹仁智谋不足的一种写法而已。因为轻松打败这样的笨蛋是理所当然的，所以为徐庶的功绩减分。我总觉得这是作者对徐庶的双重捉弄。

隔天早上，曹仁军和刘备军布好阵势展开对峙。曹仁击打着战鼓以壮大声势。徐庶靠着战场的地形选择，使原本就已经很少的兵看起来显得更少。曹仁的阵形与其说异样，不如说是形状很怪。刘备和徐庶登上小山眺望那个阵形。“我第一次见到这种阵形，看了令人怪不舒服的。”刘备虽然这么说。徐庶却在瞄了一眼后，爽朗地笑了起来。“呵！”他模仿孔明以手掌遮住嘴巴。

乍看之下，阵形沿八边形配置，呈海星般的八角形，简直就像从上空鸟瞰便一目了然的纳斯卡谷地巨画①。（虽然已有些许心理准备，但没想到这曹仁会笨到这种地步。）徐庶微笑着。

---

① 纳斯卡（Nazca）为秘鲁地名。考古学家于该地发现了一组印刻在山丘上的巨大图像，需从高空俯瞰，才能看清这些巨画的全貌。——译者

这阵形要是让郭嘉或荀攸看到，他们肯定会哭笑不得并马上制止吧。曹仁大概看了不知哪来的伪造兵书，觉得这样摆很酷，所以才想试试看。不过这也表示他相当瞧不起刘备军就是了。曹仁似乎对这个奇怪的阵形感到相当自豪，甚至派军使去问刘备：

“这就是我军的阵形。你们知道这是什么阵吗？”

刘备问徐庶：“军师，这到底是什么阵？”

刘备不知这曹仁的阵势到底只是虚张声势，还是真的很强，他只觉得它很令人不快。徐庶故作惊讶状说：

“这叫作八门金锁阵。所谓的八门是休、生、伤、杜、景、死、惊、开八门，这是相当恐怖的阵形。原以为这曹仁只是个有勇无谋的武夫，看来并非如此啊……”

“该阵形麻烦之处在于如果从生门、景门、开门攻入则吉，从伤门、惊门、休门攻入则伤害甚大，从杜门、死门攻入的话，则我方会在瞬间被歼灭。曹仁真不好惹，所有的门都配置得很完备，无论从哪里都相当难攻呀！”不知徐庶是从哪听来的，总之他流利地分析了一通。我也搞不太清楚，这大概是一种运用方位气学的魔术般的阵形吧。

“喔？真是厉害！”由于完全听不懂徐庶在说什么，刘备只好像在谈论别人的事一般这么说。

“这么说，我方难道没有胜算吗？”刘备问。刘备虽然在作战方面很弱，但毕竟也是身经百战的人。让人搞不懂意义何在的复杂阵形，几乎都是不实用的装饰而已，而且多半是虚张声势，这一点他还能判别。但是，要是这类不按常理的阵形被奇才所操弄，也有可能产生非常可怕的威力，因此还是轻忽不得。（不过，他到底是曹仁啊。）刘备在战场上或都城里遭遇过这人好几次，一点都不认为他会突然变得懂使用奇计。

“呵呵呵，皇叔大人，请安心吧。我单福已经看到那个阵势极其微小的破绽了，请看我将这八门金锁阵破个粉碎吧。”徐庶所害怕的是曹仁摆出鱼鳞或鹤翼那种正统阵形，一股脑向刘备军这里冲过来。他之前就是为此而绞尽了脑汁。本来他已到处埋伏了士兵，不过现在已经没有这个必要了，所以他把将近全数的士兵都集结过来。（看来只需拜托赵云假装攻打一下就行了。）徐庶传授各队计策之后，就先展开攻击了。首先让穿透力强的赵云率领五百士兵从东南的生门进入，再从西边的景门穿出来。

“啊哈！喝啊！”生门的士兵面对着一边叫一边冲来的赵云，都相当害怕。而且由于曹仁突然下令摆出那种不明不白的阵形，以至于士兵都不知该如何移动。当他们开始胡乱反击之时，赵云已经穿过了八门金锁阵。不过徐庶也真过分，他竟然让五百个骑兵冲入两万五千的士兵阵里。真不是符合常情的行为，我只能说他是个很残忍的军师。赵云依照原先的指示，回转之后反向从景门朝生门穿越突击而去。这简直就像要往人身上砍下去时，在千钧一发之际又把刀子抽回来一样。

曹仁这方虽然占有压倒性的多数优势，但感到危险的士兵们都认为维持这八门金锁阵已无济于事，于是纷纷瓦解了阵势。这时，等在一旁、由猛将关羽和张飞所率领的小部队，开始直冲曹仁的本部军马而去。敌兵们忘了坚守阵营，一边吓得屁滚尿流，一边手脚发软地朝关羽和张飞冲去。在闪闪发亮的青龙偃月刀和飞舞的蛇矛前，悲号与怒吼、人身被砍杀、骨头被斩裂的声音响彻四方、不绝于耳，约每秒就有五个人被砍杀，真是名副其实的人间地狱啊。

而另一边的赵云则是用龙卷风杀人法，把士兵像玩偶般一个个抛在空中。面对越来越近的血雾，曹仁大叫“失算了！”紧急命令撤军。张飞和赵云浑身鲜血，一边追赶曹仁，一边残杀挡路的卫兵。

“曹仁你这家伙！我要杀了你，秃驴！喂，别跑啊！”而关羽不愧是关羽，他犹如小心翼翼拔起庭院里一株株杂草般，放过一般的兵卒，选定队长等级的士兵砍杀，威风地大喊。他最讨厌那些穿着稍许上等铠甲的家伙了。八门金锁阵很快被破坏了。

就这样，刘备军莫名其妙地大胜了。其实这也没什么好奇怪的，曹仁自恃人多，想要帅而布了奇怪的阵形就是败因。因为这样一来，两万五千的士兵变成了散落各地的士兵区块，当然会被击得四分五裂，分崩离析。

曹仁要使用八门金锁阵的话，就应该事先反复演练，再运用于实战。但是那种阵形真的能用在实战里吗？我很怀疑。不过，之后孔明的确曾在各个要塞，巧妙操作这个怪阵。李典总算跟上了败走的曹仁，并停下来展开反击。徐庶吩咐兵少的刘备军不可穷追不舍。

虽然曹仁和李典因而得救了，但很多士兵都狼狈不堪，无法再继续战斗。且有将近五千士兵阵亡。曹仁在惨败后好不容易回神过来，也向李典认了错。

“可是，竟有这种事。对手是那个不值一提的刘备耶！”

“我想刘备阵中一定有不可小看的奇才。”李典虽然这么说，但他心里想：“呆子。你那个愚蠢的阵形才是导致大失败的原因。只要略通兵法的人，都看得出那是个中看不中用的东西。”

话虽如此，能一下子就破解那个乍看之下（只有乍看之下）很可怕的八门金锁阵，也着实不简单。这令李典有些在意。关羽、张飞和赵云这些人如果像平常一样，毫无策略地拿着刀剑攻过来，应该不至于造成这么大的伤亡。而刘备也不可能突然间智力大增，变得很会打仗。一定是有人献计。

“总之，我们应该收拾残兵回到樊城。要是被知道我们全军都在这里，搞不好会被闯空门，我很担心樊城呢。”

虽说率领全军至此，但樊城当然还是有少数部队驻守。就这样战败退兵，对曹仁来说实在难以释怀。

“我不能就这样回到曹公那里。就算赌上性命我也要再砍他一刀！”曹仁低语着。的确如果就此败北而回，很可能会被曹操处罚。死在京城的刑场上和死在战场上是一样的。

“今晚就来夜袭吧！刘玄德得胜后一定非常骄傲，他那个得意忘形的家伙一定毫无防备。”看来曹仁和刘备军都互相瞧不起对方。

“你忘了刚才那个精湛的手法吗？就算刘备没有准备，但那个神秘军师也许有所准备呀。”

“就算有，我想也是个二流军师吧。呜呜，可恶！”说着说着恼火起来的曹仁说，“你这样软弱且疑神疑鬼的，是什么事也做不成的。我打算对新野发动偷袭，失败的话再回樊城去。”

“我看还是不要吧。”

“哼，那你就留在这儿吧！”曹仁又暴露出了他那个急性子。于是，笨蛋曹仁又要让徐庶立功了。

“今晚我想还是别办酒宴好了。”徐庶向老是嚷着女人啊酒啊的张飞说。

“为什么？因为你自己不会喝酒，所以想阻挠我们庆祝胜利吗？”

“曹仁一定会来夜袭。”要是以前徐庶这么说，大概没有人听得进去吧，但是现在的他可是有实际战功的。

刘备问：“老师，那我们该如何防范呢？”

这时徐庶含着笑（出色的演技）说：“我胸中已有计策了。”

徐庶对于曹仁的夜袭大概只有八成的把握。徐庶不是先知，也不是料事如神，他只是绞尽脑汁，然后依直觉来准备而已。不过即使如此，身为一个军师，在察觉好像会发生什么事的时候，就必须充满自信地下定论，而且依凭的根据或具体实证、情报来源，都要说得很暧昧。这已经变成一种惯例了（令人不得不这么想）。

总觉得《演义》里，军师都有一套独特的说话方式；说到这种说话方式，孔明肯定是个中翘楚。但实在让人感觉很不诚实。只要作好万全的准备，曹仁若前来夜袭，总能应付过去；要是没来就算了，不过那时就得有心理准备，要被张飞当沙包了。要是毫无准备而纵酒狂欢，刘备军肯定会被歼灭，而徐庶的生命说不定就到此为止了。（比起坐视新野被屠城，宁可因自己失算而被责怪。）但是，如果被张飞当成沙包，大概也是死路一条。不过已经别无选择了。

曹仁率领着只剩两万的部将，一步步朝新野逼近。这时风稍微变强了，而且是从新野的方向吹过来的。风声掩盖了士兵的脚步声。“好！”曹仁判断这是个吉兆。

本来夜袭应该是偷袭，应由少数士兵来执行，要是被发现或对方已有准备就失败了。正因为不是正攻法，所以被称为“偷”袭，因此事先知道的那一方就算击退了夜袭兵，也不是什么大不了的事。要是风向适合就放火，这也是常用的老招数了。但也不是说徐庶或孔明以外，任谁都能把火攻执行得很成功。不过似乎只有孔明拥有操纵气象的能力，能让风吹向自己希望的方向。还真方便啊。孔明之所以擅长火攻，也只是因为他能操纵风向。要是他没有具备这个能力而任意放火，免不了被人批评为不负责任，而且这样一来，也有可能烧到自己这一边。

夜深人静的二更时分，曹仁高声呐喊，带着全军向前突击。但是围住栅栏的前锋部队突然遇上了大火。（咦？他们已经有所准备了吗？）即使如此，曹仁还是不愿撤兵，继续让士兵们向前冲。但是军队的左右都已经烧起来了，而且由于风向是往这边吹，所以火势猛烈地朝曹仁的所在方向蔓延开来。

“曹仁，这次我一定要砍下你的脑袋！”在一旁待命的赵云又发出了怪叫向前冲刺。曹仁的士兵被火烧得发出哀嚎，四处逃窜。

“没、没办法了！退兵！”由于新野前面的阵营已经陷入了火海，曹仁只能退往白河。当他到达岸边时，“哇哈哈哈哈哈哈哈！曹仁你来得正好，让我渡你过三途河[①]吧！”只见张飞挥舞着他那似乎连让血迹风干的时间都没有的丈八蛇矛，一边血花四溅地砍杀敌军，一边朝曹仁进逼而来。张飞所率领的小队来势汹汹，追杀那些负了火伤而战意全失的曹军。

李典再一次赶来救援。虽然让曹仁坐上了船，并拼命挡住了张飞的猛攻，但那些没有船可以渡河的士兵们只能一个个溺死。曹仁和李典仅以身免，向樊城败走而去。隔天早上，狼狈不堪的曹仁终于抵达了樊城。

“开门啊！”他用沙哑的声音喊着。但这时“锵！”地响起一阵铜锣声，只见城门上飘扬着刘备的旗帜。城门打开，出现了一人一骑，正是近一米的长髯飘扬在风中的关羽。关羽奉徐庶之命，前一天傍晚率领一百名骑兵往樊城出发。他只向那些留守的少数敌军大喝一声，就让他们投降了。

“樊城已让我夺回了。曹仁，干脆点投降吧。还是你想和我单挑？”关羽手中的青龙偃月刀闪闪发光。李典的部下向关羽冲去，并像虫豸般一一被击杀之时，曹仁趁隙策马逃走。关羽的部队出城追击，曹仁的人马立刻四分五裂并被消灭殆尽了。

---

① 冥界的河名。传说中，“三途河”是生界与死界的分界线，因为水流会根据死者生前的行为而分成缓慢、普通和急速三种，故被称为“三途”。——译者

新野到樊城的路上躺着无数被撕裂的尸体，还聚集了成群的野狗和乌鸦。刘备和徐庶从容不迫地朝樊城前进。先不提已见惯大量尸体的刘备，徐庶因为觉得这多少和自己有关，因此一边想着："太恐怖了，太惨了！"一边忍不住作呕。

刘备在樊城逗留了数日。一方面解决居民的需求，一方面拨了一千名士兵给赵云，让他在刘表的军队从襄阳回来之前这段时间屯驻于樊城。他派出使者向荆州城的刘表报告之后，便返回新野了。即使徐庶觉得再讽刺，但这仍是不可否认的伦常规矩。

正因刘备表现得极其理所当然，因此才能像侠义之士般受到民众的爱戴。这正是贵族和高官模仿不来的地方呀。毕竟这是个出乎意料的大胜利，刘备第一次赢得这么痛快，就连以前在打黄巾贼的时候，也没有像这样大胜过。黄巾贼的兵大多都是饥饿的农民，而这次迎战的却是曹操的正规军，而且他们还是以从新野随便招来的五千士兵，就大破两万五千人的军队。

在那之后，曹军并没有反击，而刘表也送来了丰厚的礼品表示慰劳鼓励。好不容易卸下紧张心情的刘备军干部们，开始解禁办庆功宴，一连三天都闹得不亦乐乎。徐庶被拱上了上座，而刘备更向他行大礼。

"这次的胜利全是单福老师的功劳。我刘备实在佩服佩服，让我再次拜谢。"

"不，那是因为这次的对手是有勇无谋的曹仁。多亏了曹仁愚蠢的作战，让我好运捡到一胜。"徐庶发自内心地道出事实。要是连这种程度的战役都输掉，就是刘备军的领导人有问题了。

"不，不是的。要是没有老师的话，我们现在哪能在这里庆祝，恐怕是在九泉之下与鬼共饮了。请老师永远在我身旁辅佐我吧！"

“这、这个嘛。”正当他吞吞吐吐想要拒绝时，满脸喜色的张飞跑了过来。

“单福啊！不，军师大人，我也是高兴得不得了啊。虽然你不会喝酒，但你做得还不赖嘛！我好敬佩你呢！军师大人，请原谅我之前对你的种种无礼。今后也要拜托你啰。来，喝一杯吧。我知道你不能喝，但我不会瞧不起你的。”张飞虽然嘴里这么说，但还是无礼地轻轻戳了戳徐庶说，“不行不行，用这酒杯喝是不行的。身为名军师应该一口气干了！”说着就把酒坛塞到徐庶嘴边强灌下去。徐庶无法抵抗张飞的蛮力，被灌得差点急性酒精中毒而死，就这么晕了过去。端坐着的关羽隐隐露出微笑看着这一幕……

这下，终于得到军师这件喜事使得刘备主从更加团结，但可怜的徐庶此时正处于酩酊大醉的状态。徐庶的命运将会如何呢？请听下回分解。

第六回　孔明耽溺色欲，闭门不出

这时曹操正从邺返回许都。今年夺得的邺从重要性看来，它有担当第二首都的功能。自此以后，曹操的根据地就设在邺了。夜以继日赶回许都的曹仁和李典趴在地上向曹操请罪。他们详细报告之后，趴伏于地等候发落。不过，一边踱步一边说话的曹操并没有特别生气。他只说了一句“胜败乃兵家常事”，并没有降罪下来。

曹操，字孟德，之后受封太祖的庙号，被谥为武帝（因此他被称为魏武帝）。不过他本人从未当过天子。曹操毫无疑问是中国史上首屈一指的英雄人物。被敬为“独树一帜”、“盖世英雄”的曹操，外表可说其貌不扬，是个身长仅有七尺（约一六一厘米）的矮个子。要不是他总以非常激烈的行动来表现能力，相信也没几个人会知道他吧。一提到个子小且其貌不扬，却是个战略天才、具有领袖风范的独裁者，马上会联想到拿破仑以及希特勒。但曹操对于国家新视野的实行能力，却远在这两人之上。孔明竟擅自把这种人当成敌人，还和他交战……算了，没什么好说的了，再说只是平添痛苦。

现在曹操脑中只有东北方面（冀州、幽州、并州）的战线。他这次出兵无论如何都要砍下袁熙和袁尚的脑袋，完全平定华北。因为袁绍的两个儿子比想像中还要难缠，他们千钧一发捡回一命之后，还是顽强地抵抗。只要这对兄弟还活着，东北就无法平定，这也意味着称霸天下的决定性战役，即攻打荆州、扬州、益州不知何时才能付诸实施。

曹操在和郭嘉、荀攸等人商量之后，决定集中精力攻打东北。如同前面所说，曹仁、李典进攻荆州只是这个战略的其中一环而已。威胁刘表的战略算是成功了。而且曹操原本就打算一个月内把曹、李两人调回来。在这当中，让刘备也尝尝苦头只是顺路而为。严格说起来，这只不过是无关紧要的局部战争罢了。但即便如此，曹仁也输得太难看了，而且还是惨败给兵力仅有五千左右的刘备。这真是个耻辱啊。假使曹仁或李典战死了，相信连曹操也会相当震怒而无法置之不理吧。幕僚们都认为，就损失三万兵马的三分之二强这一点，曹仁肯定会被处罚。

然而曹操却对这场败仗的妙处觉得不可思议，甚至感到很有趣。曹操和刘备是旧识，就某一方面来说，他对刘备的认识比关羽和张飞还来得深。虽说曹仁也不是高手，但对作战外行的刘备竟能大获全胜，到底是为什么？这引起了曹操的兴趣。

虽然很明显的，曹仁的虚荣、沉不住气和失策是失败主因，但能看准这点而攻其弱点的战术，是之前的刘备军所做不到的。不过话说回来，像这种水平的作战应该也只算是中学生的用兵水平而已。如果连这个都做不好，那他们几乎只有小学低年级的程度，根本只是一群不足为惧的大意家伙罢了。也正因如此，曹操才会认为派遣曹军将领中缺乏谋略的曹仁为大将，便十分足够了。于是曹操问了李典。李典回答："根据好不容易打听来的消息，听说有个名叫单福的人投靠刘玄德帐下。我想大概是这个人在替他出谋划策吧。"

"单福？这人是谁啊？"曹操回头看众参谋。在这里，回答的并不是《演义》中的程昱，而是担任制作襄阳士人名单的荀彧。荀彧认为，要是这次曹操至少派贾诩一人同行担任参谋，曹仁也不会败北。以近似春秋的笔法来评析的话，这可以说是曹操的失策。

“单福是吗？我也没听过这个人。我想这应该是假名。嗯……”荀彧已经在脑中搜索襄阳人士的名单了。首先，不可能是刘表的亲信蒯越或蔡瑁等当地头面人士，应该是其他的人。襄阳和荒芜的华北恰恰相反，是文艺学问的一大中心。这可以算是刘表的功德。享有盛名的学者非常多，甚至还形成了名为“荆州学”这样一个以儒学为主的学派。其中，代表刘表这边的学者有宋忠和王粲，而反刘表的代表则是庞德公和司马徽这些没有任官的在野之士。

“我认为这人既然会去帮助新野的刘玄德，那他应该是庞德公或司马水镜的弟子。”荀彧不愧为荀彧，马上把范围缩小了。

“不过在这些人当中，并没有单福这个名字。刚才我回想了那个单福的战术，发现那并不算什么超人一等的计策，他只是利用了曹子孝的疏忽而已。要鉴定这个人的才能，得再看看他其他的本事啊。”在荀彧的名单上有庞统、马良、徐庶、崔州平等人的名字，他正在推测单福是这其中的谁。诸葛亮并没有列入荀彧的录用名单当中。其实这也是因为孔明最近停止了一切活动，并把“卧龙”的宣传工作搁置一旁的缘故。

荀彧也听过“卧龙”孔明那些莫名其妙的传闻，但传闻内容实在是太过荒唐无稽了。尽管他是司马徽的门下弟子，但荀彧只把他当成自我表现欲膨胀的无能之人，或像太平道的天师张角那种新兴宗教的传教士，因而不屑一顾。且就在那之后不久，又听到一些批评，说孔明是个整日窝在隆中与妻子腻在一起、软弱无比的人。于是孔明的名字就离荀彧、曹操他们越来越远了。以曹操这样的人才狂，竟然会在孔明投入刘备帐下之后才知道有孔明这个人，真可列入《演义》七大不可思议（实际上是没有这种东西啦）之一。

不过我并不认为这是荀彧的过失或是曹操缺乏眼光。因为在襄阳，实在没有人会认为孔明是个奇才（庞德公除外）。总之，孔明这时只被视为狂人，要不就是如隐士般的怪家伙，所以不管在哪里，他的声誉都好不起来。现在暂且不提孔明的事。

“原来如此。刘备这个人一旦得到人才就会得意忘形，届时不知道他又会做出什么事来。不如把那个单福夺过来。最好把他们的好运也夺过来，挫挫他们的士气。文若（荀彧的字）啊，你去查清楚单福的真正身份，离间他与刘备。”曹操命令。

“只不过，要是这个单福真的有才华，你得招揽他到我们阵营来喔！”

“是，我知道了。”荀彧回答。

关于单福的话题也就到此结束。我们来谈谈徐庶。当崔州平与同伴到襄阳的酒家喝酒时，遇到了面目全非的徐庶。

“这……元直，你是怎么了？”

“哦，没什么。”说着徐庶一屁股坐下。之前曹仁率领曹军攻打樊城时，襄阳这里也引起了一阵骚动。由于有风声说曹仁下一个要攻打的就是襄阳，因此逃跑的、准备一死的、咒骂刘表的，还有举白旗投降的人都有，总之就是一片混乱。然而意外的是，客居新野的将领刘玄德竟然轻易地击退曹军，并夺回了樊城，襄阳也平安无事。

“这刘备还真有一套。”刘备一行人的名声就这样节节高升。反观避居在江陵的刘表却是恶评不绝于耳。在那之后，又过了一两个月。由于崔州平知道单福就是徐庶，常往来于刘备军中，且充当军师让刘备军打了胜仗，于是他略带几分忌妒地夸奖徐庶说：

“喔！原来那场胜仗是元直干的好事啊。看来你不是个只会逞口舌之能的人嘛！”

徐庶整体看来瘦了许多，不但脸颊深陷，眼睛底下还有黑眼圈。且不知是不是因饮酒过度的关系，原本白色的眼睛已变成浑浊的黄色。崔州平稍微压低了声音问道：“喂，你是怎么啦？我听说了你之前大展身手啰！本来想找你问问事情的详细经过，但是看你现在这个样子……是不是生病了啊？”

徐庶虚弱地摇摇头，像个逃兵似的说：“我以向母亲大人问安为由，好不容易才请了三天假。”

原以为徐庶身为引领刘备军迈向胜利的军师，这一阵子肯定是英姿焕发、昂首阔步的崔州平，为了友人的憔悴惊讶不已。崔州平与一起喝酒的友人道别后，与徐庶进入另一间酒家。

“发生了什么事啊，单福军师？”

“你别这样叫我嘛！”徐庶的计策幸运地奏效似乎不是件好事。因为那场愚蠢的胜利使得徐庶被刘备一行人恭敬地侍奉着，刘备还以弟子之姿用敬语跟他说话。

“这样不是很好吗？”

“一点都不好。我真想咒骂这个曹仁，他真是个大笨蛋。啊！为什么你不把我打败呢……”在那之后，刘备把从军事到内政的改革事业，全委托徐庶一个人负责。“你能不能用你的见识和智谋把我们改造成钢铁般的军队呢？老师，拜托、拜托你了！”而徐庶无法拒绝刘备这强烈的要求，只好在无改革就无胜利的吆喝声中，从早到晚为了打造新的刘备军而疲于奔命。

如同前面所述，刘备军的本质是个黑道侠义组织——刘备一伙，虽然刘备把所有权力都交给了徐庶，但要把他们改造成一个正规军事集团，实在不是件简单的事。这与把一个由旧式武斗流氓和经济流氓所组成的暴力帮会，在短时间之内改造成陆军精锐部队是一样的。

此外，他还必须扩建人口增加的新野城，并好好整顿至今处于放任状态的官府行政组织。这些已经超过了人类的限度。看来徐庶真的会鞠躬尽瘁而死。在这个时代，足以处理如此繁重事务的人，我看只有曹操了。孔明说不定也有可能（搞不好）。这样下去我死定了——徐庶的心情就像计划逃狱的死刑犯，但他还是继续辛勤地努力着。

崔州平虽然始终一副事不关己的样子微笑着，但在听了这一番话之后，也开始板起了面孔。

“最讨厌的就是那个张翼德竟然喜欢上我了。明明就已经累得半死了，那家伙几乎每个晚上都来找我喝酒喝到天亮……”要是因为疲累而稍加拒绝，张飞就会瞪大他那双虎眼，一副快哭出来的样子说：“我只是想让单福先生开心，想慰劳一下你而已呀。”这大男人哭起来还真是难看。这样一来，不陪他也不行了。徐庶被拖去酒席，摇摇晃晃且头晕目眩地啜着酒时，又听见张飞道：“老师，这样是不够的啦。你喝那一点点算什么嘛。”又被大口大口地灌酒。而不久之后，张飞自己也喝得茫茫然，一如往常开始暴戾了起来。徐庶时而被刀刃相向，时而被殴打到差点就活不成了。这样的情形一直持续到天亮。对徐庶而言，这种日子简直就像地狱。他还常常被逼到陷入想自杀的危险身心状态。

说着说着，徐庶突然失去意识趴了下去。崔州平慌忙背起他，把他送回自己的住处。徐庶这一天仿佛睡死了一般不省人事。隔天崔州平来探望他，才见他稍微恢复了点血色。

“元直啊，你要是这么不喜欢，不如逃走算了。反正单福是个假名。暂时去旅行好了。”徐庶边喝粥边摇头，所以饭粒都朝崔州平脸上飞去。“要逃离那些家伙是不可能的，不管逃到哪里都会被抓回来。”

刘备似乎已经识破单福其实是假名，而其本名是徐庶这件事。即使如此，他还是装作毫不知情，若无其事地邀请他说：“军师大人，今天暂时放下手边的工作，一起去打个猎如何？”

而刘备这次会准许他以回家探望母亲为由请假，也是因为他早已查明徐庶的家就在襄阳。刘备表面上是献帝的皇叔、后汉的左将军、豫州牧，且以刘表客人的身份屯驻在新野，但他私底下却相当于分布在全国各地的侠义黑道组织的中等头目，在地下社会里相当吃得开。关羽和张飞也是如此。

所以当他们犯了罪或打败仗的时候，就会潜入地下藏匿起来。表面上是个有福相的君子，但一旦回到私底下，他就是个充满侠义之气的中国黑手党干部。像这类人物在中国虽然不多，但还是存在的。像前汉的高祖刘邦就是其一，也就是所谓的绿林英雄。他们的情报网及搜查能力都远在官吏之上。即使是官府递送的公文也会被他们拦截，然后沉入河里或埋在某个不知名的山上。他们不同于反政府的犯罪势力，政府高官同时身为侠义之士也毫不足为奇，而他们本人也不觉矛盾。总之就是这样，这“帮会”的历史久远得吓人。

在《演义》里有一段这样的插曲。有一个贫穷的人，他既不是刘备的熟人，也不明白到底发生了什么事，但他明知道危险，还是一意要窝藏那和往常一样在战败后单骑逃亡的刘备。这个人并非黑道侠义组织的一员，仅仅只是怀有侠义之心。因为家中食物不够，他为了让刘备饱餐一顿，竟然杀了自己的妻子，把她的肉当成盘中餐。我实在无法了解这是什么样的侠义之心。而对于接受了这种义行之后，还把他当成义人般地赞赏说：“我绝对不会忘记这个恩情。”然后哭着继续逃亡的刘备之心情，我更是无法理解。

要是日本人，应该会怒道："竟然连自己的妻子都杀害了……你知道你在做什么吗？"且带着不自在的心情逃走吧。这段插曲就算是虚构的，还是被当成了美谈而继续被人们传颂下去。

连普通人都能发挥这种程度的侠义之心，职业的侠义之士肯定会表现出更令人难以想像的侠义之心吧。说不定会杀了自己供刘备食用，或反射性地放火劫掠附近的村庄，抓来四五个人来。

另一方面，曹操在拒绝董卓的招揽而逃亡之际，也曾拜访他认为是侠义之人的吕伯奢。吕伯奢虽然不在家，但他的家人却很欣喜地接纳了曹操。那天夜里，曹操怀疑这家人背叛自己、要杀害自己，于是不分青红皂白地屠杀了他们家八口并逃了出去。在路上，他遇见正要回家的吕伯奢，也毫不留情地杀了他。还说了句"宁教我负天下人，休教天下人负我"的名言。想必讨厌曹操的人就是因为这句话开始的吧。"曹操没有侠义之心。"也许事实的真相并非如此，但最糟糕的并不是他做了这个残忍无比的事（在这乱世之中，就算杀了九个人也没什么大不了），而是他不把侠义放在眼里。因此曹操一定是在违反侠义之道这方面让人厌恶。

要是没有这段插曲，曹操很可能会是个相当受欢迎的人。行侠义之道是没有道理可循的，那是身为一个男子汉的荣耀。为了侠义而生的人为数众多，所以相当危险。对他们来说，最大的侮辱以及坏话莫过于："你不是侠义之人（简单来说，就是你不知感恩图报）。"

徐庶年轻时曾与侠义之徒有过往来，所以他能想像那种可怕。即使是城中的茶店里一个看似贫穷的老婆婆，都有可能是那个地区的头目，所以真是丝毫大意不得。

"比起逃亡，还不如一死。"徐庶这么说。

"那只好在新野继续当你的单福了。但曹军迟早要攻来了呀，一直这样下去也不是办法吧？"

“既然如此，州平啊，你就一起到新野来帮我好吗？”虽然徐庶很哀怨地这么拜托着，但崔州平却立刻斩钉截铁地回绝了他。

“你这家伙，多亏我还把你当朋友。”

“你在说什么啊，明明就是你自己对刘玄德的看法太过天真。”崔州平稍微想了一下说，“元直，不知道在这时能不能帮上忙，但不是还有那家伙在吗？”

“啊！”这时两人的脑中都清楚浮现“诸葛孔明”这个名字。不过，崔州平又显出有点疑惑的样子。

“可是啊，虽然我想对孔明说该是他出场的时候了，但那家伙自从结婚后就闭居在隆中，完全不出门也毫无音讯。明明之前还为了他的计划而疲于奔命，造成别人不少困扰呢。不晓得他到底是怎么了？就连水镜先生也有点动怒了。”

“我也听说了他和黄家的女儿闪电结婚的事。”

“嗯。人们都传说孔明沉溺于其中，过着糜烂的生活呢。”崔州平虽是半开玩笑地这么说，但其实襄阳的人们都一致认为：“因为是孔明，所以不值得大惊小怪。”显而易见的，他们对孔明不信任到了一种悲惨的地步。到底他们认为孔明是个什么样的家伙呢？总之孔明是闭门不出了，所以崔州平最后也确信：“的确是这样。”真是个随便的朋友啊。

“避开俗世结庐于隆中，清高优雅地享受着隐居生活。”在《演义》里，被刘备发掘之前的孔明形象就是如此。姑且不论是否清高优雅，总之婚后的孔明确实就像这样；而且变得足不出户也是事实。他的弟弟诸葛均常到城里办事，但一被问到孔明的事时，他就捂住嘴巴，一副要逃走的样子。于是孔明自甘堕落且沉溺于色欲之中的传言，就渐渐被当成了事实。

“孔明这家伙，明明说要以天下为己任，却耽溺女色而丧志。”

“嗯，等等啊，州平。你曾经到隆中去亲自看过吗？”

“我没去，因为总觉得有些丢脸。”

“既然如此，那说不定只是你的臆测。”

“也许吧。但是听别人说，他总是紧闭家门、拒绝见客呀。”

“不过，这些都不是你亲眼见到的吧？好，咱们就到卧龙冈去吧。况且我们也都还没向他致上新婚的祝贺。”对徐庶来说，孔明是帮助自己脱离现在的境遇最后一丝希望了。

“那我也去。”崔州平答应和他一起前往。他对孔明的新婚生活还蛮好奇的。获得一丝希望而稍微恢复元气的徐庶，拉着崔州平马上就往隆中出发。然而似乎在这几个月里把一辈子的精力都用光了的徐庶，很快就失去刚开始的气势，在通往隆中的坡道上就上气不接下气了。崔州平只好搀扶着他。

孔明建在卧龙冈上简陋的大门现在紧闭着，所以看不见里面的房屋和田地。原本被当作卧龙冈广告牌的木板已经反过来了。只不过木板上并没有亲切地写着“这里已经不是卧龙冈了”。

“喂，看来果然不乐观呀。”

“不行，没见到他我不回去。”徐庶摇摇晃晃地走近门边，敲着门死命地大喊：“孔明——！孔——明！”就这样叫了一会儿之后，门的那一边似乎有人来了。

“请问是哪一位呀？”对方隔着门这么问。是诸葛均的声音。

“喔喔，你是均先生吗？我不是什么奇怪的人啦。是我呀，我是徐庶。我和崔州平一起来了。我们来看看好久不见的孔明。”

“……”

“有朋友来看他了。均先生啊，开门吧。”

“不好意思，这不是我能决定的。请稍待片刻，我去请示一下兄长。”诸葛均虽然和徐庶、崔州平很熟，但他还是这么说，然后就离开了。看来隆中已经化为孔明的封闭小宇宙了。

“对待朋友需要这么见外吗？孔明这家伙，该不会又做了什么令人想像不到的事情吧？例如在地板下堆满了掳来的孩子们的尸体之类的。”崔州平吐了口口水。

这时已接近正午了，太阳高高挂着。他们等得影了越来越短，最后门终于打开了。诸葛均还是一副提心吊胆的样子。“对不起让你们久等了，兄长似乎愿意见你们。请往这里走。”

等得火气都上来的崔州平又吐了口口水说：“呸，一副了不起的样子，他以为他是谁呀。”

不知道是不是家里又改建了，入口的格局看起来很像华丽的宫殿，还布置了光鲜亮丽的黄色丝带装饰。既然是“卧龙”所住的宫殿，那这里就是龙宫了。不过，“卧龙”现在正在休息，所以不晓得这里应该算什么宫才好。虽然玄关装饰得很华丽，但稍微看了看内部便会发现，这里其实还是个农家，因此可以说是个品味很差的怪异农家。通过客厅之后，发现连屋内都经过了一番布置，是那种缺乏品味的豪华。这让看过以前那个土墙斑驳、毫无情趣的房间的徐庶他们，不禁哑然失色。不过孔明的穿着依旧，一样是纶巾和鹤氅，只不过手上的白羽扇似乎比以前大了一号，好像是新抓了鹤或天鹅做成的。

“啊，两位好久不见了。你们都还好吧？”

“看我们这样不就知道了吗？那你又如何呢？”崔州平怒目相视。

孔明“呵”一声咧开嘴，又用白羽扇遮了起来。那动作是表示：“你看我这样不就知道了吗？”虽然这动作已经司空见惯，但崔州平还是冒出了无名之火。孔明看了看徐庶，觉得他很没有精神，便认真地问他：“元直，你过得幸福吗？”

由于徐庶什么都没说，孔明便仰望着天说：“真是可怜啊！”

“孔明，有朋自远方来，你竟一副愚弄人的样子。”崔州平虽然一本正经地说，但孔明还是皱着他那白皙的脸说：“看来你也和幸福无缘啊。”

“有朋自远方来是吗？为表示谢意，就让你们看看什么叫作幸福吧。你们一定也会跟着快乐起来的。”于是他叫道，“黄氏、黄氏，你来一下。”

里面传来“是！”的一声。

“夫君。”这时衣服的领口都还没扣好的黄氏，以楚楚之姿出现了。虽然她的皮肤黑，但还是可以清楚地看到她的双颊正微微泛红。虽然这么说有点庸俗，但从她的样子来推测，恐怕是从一大早到刚才都很幸福地和孔明同床共眠。

“喔喔！”崔州平不由得从心里发出了感叹。虽然她是个名副其实的丑女，但她娇媚的气质却足以弥补她的陋貌。总之她就是妖艳极了。

孔明非常不礼貌地用扇子指着那两人向黄氏说：“这是我的朋友徐元直及损友崔州平。”

“我是孔明的妻子黄氏。”

黄氏一边用她的纤纤玉手拨弄着颈后散乱的头发，一边毫不避讳地坐下来行礼。一般正经的士人都会把妻子藏起来，很少让她见人。这是一种礼节。但孔明却不同。他是那种抱持着“有好东西就要拿出来让大家看”宗旨的人。孔明伸出他的手让黄氏坐在他旁边，并温柔地凝视着黄氏的双眸问道：“你幸福吗？”

黄氏虽然一副“讨厌，人家会害羞啦”的样了，但她还是很高兴地回答：“我非常幸福。”然后两人丝毫不在意有外人在场，开始卿卿我我，向徐庶和崔州平炫耀他们是对恩爱的夫妻。诸葛均每天都得看这种情景，所以也不难想像他那多愁善感、思春期的少年之心会如何地荡漾。

“吾妻就在身旁，安得不幸福哉。”孔明转过身对徐庶他们说，“元直、州平，这就是所谓的幸福呀。你们好好欣赏欣赏吧，就当作是给你们的礼物好了。”崔州平和徐庶看得目瞪口呆。孔明夫妇又让他们看了一会儿和乐融融的样子，并窃窃私语地说今晚如何如何之后，孔明才又说开口说道：“对了，你们两个一定饿了吧？黄氏啊，你就煮些你最擅长的乌冬面给他们吃吧。”

当然中国并没有乌冬面这种东西，所谓的面是指用面粉揉制而成，再用热水煮熟的食物总称，所以像是饺子皮、面条、通心粉这些都叫作面。在中国虽然有类似乌冬面的面食，但由于我不知道名称，只好写成乌冬面来代替。请原谅我的才疏学浅吧。

“是。但是刚好面粉吃完了，所以得从麦子开始磨起。这得花上一点时间喔。”

“没关系，反正他们两个也很闲。”孔明自作主张地说。

“那我立刻去做。”

黄氏虽然这么说，但她一点都没有离开孔明身边的打算。她不用去厨房吗？孔明和黄氏完全无视于两人的存在般，自顾自快乐地聊着天。（明明说要做乌冬面，却动也不动。难道要我们一直等到晚上吗？）崔州平刚刚才为那黄氏丑陋的美感所感动，现在却生气地想：“她真是个恶劣的懒女人。”

而孔明也不愧为孔明，不晓得他是不是也忘得一干二净了，一点也没有提醒黄氏的打算。徐庶因为疲累所以一脸茫然，崔州平却非常焦躁不安。但黄氏和孔明依然有说有笑地继续交谈。

“棠棣花已经开了哟。”

“啊啊，已经到了这样的季节啦。”虽然有客人在，但他们还是像这样说着一些无关紧要的话。（你这该死的孔明，你再怎么幸福也不需要这样瞧不起人啊！）你只顾自己好就行了吗？（这是现在的日本常听到的话）

崔州平说："喂，我不是在催你，但你说的乌冬面现在怎么样了啊？嗯？"不愧是损友，话说得真刻薄。

"唉呀！"黄氏好像有点抱歉的样子，但她却说，"大概快好了吧。让您久等了。"

"咦？你明明就一直坐在这里，怎么说快做好了呢？"

这时黄氏微微一笑。厨房那里还真的传来了阵阵香味。孔明盯着他举起来的白羽扇说："刚开始我也吓了一跳，想不到我的妻子不用手就可以做菜。"

"怎么可能？"

"呵呵呵！那就让你开开眼界吧。"

于是，孔明站了起来，带崔州平和徐庶到厨房去。"咦！"崔州平不自觉地叫了出来。厨房里安装着一台木制机器，有个木人正勤快地工作着。木头声喀哒喀哒地响，那摩擦声音似乎让人闻到一股摩擦起火的味道。机器台上有个木框，里面放着一个石磨。磨的把手上有根棒子由锁链带动，上面有好几组正在转动的大小木制齿轮组合，齿轮带动棒子咕噜咕噜地转动，牵引着石磨来回转动。不只是这样，革制宽大皮带上还运送着磨好的小麦，并将磨好的小麦送至用来揉制面团的钵里。然后木制的滚轮将面团压平，接着好几把中华菜刀以一定的节奏，喀哒喀哒地把掉下来的面团切成乌冬面的形状。

这就是所谓的"见数木人斫麦，运磨如飞"。木人是指木制的人偶，这里指的是会自己动的装置。木人将面条放入沸腾的锅子里，用手搅拌，并在适当的时候捞起面条。它就不断重复着这些动作。

“孔、孔明，这是什么呀？”

“正如你所见，这是黄氏发明的机器。”

动作僵硬的木人把煮好的面条盛放进碗里端过来。（真稀奇啊！）崔州平已经吓破了胆。真的有个自动料理装置活生生在他眼前运转。

“呵呵呵，怎么样啊？我们家的黄氏很厉害吧？这个机器可不只会做面条哟。”娘娘腔的孔明自傲地说。

崔州平刚才的火气这时已消失殆尽。他吓得连腿都软了。（太厉害了，我真不敢相信我所看到的……真是太可怕了。）“黄氏不但手巧而且充满了聪明才智。”这虽然是他岳父黄承彦的推销之词，不过孔明还以为他指的是做做手工、缝纫、写写字之类的事。令人吃惊的是，她竟然懂得制作机器人的技术。

姑且不论其他人，连孔明都感到惊讶、敬佩，并对她赞誉有加，不用说，他是高兴得不得了，于是也就更加疼爱黄氏了。“孔明遂拜其妻，求传是术，后变其制为木牛流马。”

之后孔明所发明的机器人兵器，听说很多都是黄氏教的。这简直就是科幻小说嘛！她真不愧是孔明的妻子，不只是个普通的丑女，连她作为贤内助的功劳也超乎想像地达到了宇宙的水平。（“母亲大人，您真是太棒了！”之后孔明的小孩会这么说）目前孔明和黄氏两个人正亲密地设计能用于农活的机器人，以及用于运输的中型汽车。据说历史上所记载的孔明那神奇的大发明——木牛流马（因为是个谜，所以实际面貌至今不明），就是以此为原型。

话虽如此，但由于这个前所未见的记载，使得黄氏除了被说成是丑女，还被认为是个有着邪恶知识、扮演坏人角色的女机器人工学博士，要不就是制作机械木偶的魔女。就某种意义来说，这样的记述之所以被流传下来，很可能是为了把孔明夫妇当成异常者来看待所给予的诅咒——不知道这样说会不会太过分。不过当时的人不知要憎恨孔明到什么样地步才会气消。例如南宋的超级大坏蛋秦桧夫妇就被鞭尸、吐口水了好几百年，可见中国人民的执念之深。

崔州平和徐庶由于过于惊吓，以至于食不知味地吃着乌冬面。(虽然一直以来，我都半开玩笑地嘲笑他古怪、可笑，但这下我真的毫无疑问可以断定他确实非常古怪了！）

对徐庶他们来说，孔明已经不是“卧龙”，而是宇宙规模的怪物。该怎么说呢，要是在这里揭穿孔明的底细，实在有些不好意思，但这也没办法。其实在这个时代出现自动料理装置，并没有什么好大惊小怪的。但重要的是，以科学的角度来说，它必须有足以让机器运转的能源。由于没有电，因此必须利用河川的水车来捣杵或利用风力。要是没有这些能源，就不可能有自动机械。即使在这个大宇宙里，制作永不停机的机器也是很难实现的。那么黄氏的料理机器的动力到底是来自何方?

它是个木人，但这木人里藏着一个人，他就是那个满身大汗的可怜虫诸葛均。诸葛均转动那个机器的动力轮，要是遇到比较细腻的动作，就脱下木制的手套亲手去处理。这只能说是负责做饭的佣人诸葛均变了一个怪形态罢了。

孔明就是这么爱吓人。这是一种引导人往错误方向而去的魔术，被机器吸引的徐庶们压根都没想到木人里竟然另有玄机。也许是因为诸葛均从以前就很不起眼吧，在孔明与黄氏兴致勃勃地调情之际，竟然没有人想到：均弟为什么没有和我们一起吃饭呢? 如果这也是孔明的障眼法、神机妙算的诡计，只能说诸葛均还真是可怜。

去掉这些不说，光从这机器的设计及制作来看，这黄氏的确相当有才华。如果这事被曹操知道了，他大概会马上把她挖角过去吧。如果要歌颂孔明，那之前的打油诗恐怕得改成：娶妻应向孔明学，惜阿承丑女只一人！

饭后黄氏立刻站起来说："如果我连碗盘都不洗，身为人妻的我可能会被说是个懒散的人，而使夫君蒙羞。请你们继续慢慢享用。"

说着她就把碗堆在盆子里，走进了厨房。要是还让已疲惫不堪的诸葛均洗碗，也太不人道了。

这时吓得目瞪口呆的崔州平和徐庶又再度回到了先前的房间与孔明对坐。孔明一副"真对不起，我实在是太幸福了"的表情，盯着取出的白羽扇说："总之，就是这么回事。"

在崔州平看来，孔明仿佛在说："我和你们话也说了，饭也吃了，还不赶快回去吗？你们这些捣乱鬼。"——他的被害妄想症也太严重了吧。而旁边的徐庶则是处于连说话的力气都没有的状态。真可怜。愤恨不平的崔州平心想，要是这样垂头丧气地回去就太气人了。于是他把刚才遇到的事当成一场噩梦摆到一旁，用力跺着地板说："孔明，我真是对你感到失望！"

这句话要是让诸葛均听到了，他一定会同意得点头如捣蒜吧。

"咦？"

"我说我对你失望！"

"我不记得你有对我说过什么希望的话啊。"

"哼，你还不明白吗？"

"夫唱妇随、晴耕雨读、清风明月、精力绝伦的孔明我，也没有做会让人在背后指指点点的事情啊。"

"不对。可别说你已经忘记了以前说过要以天下为己任的雄心壮志。你看看你现在是什么样子？竟被一个女人迷得神魂颠倒，还懒散地玩着幸福家家酒的游戏，沉浸在那稀奇古怪的木偶游戏里！你真是腐败到了极点啊！卧龙，你真是堕落到了极点啊！诸葛孔明！”

“啊，你是说这个啊。”

“没错。”孔明缓缓把白羽扇收回来，干脆地说，“我已经放弃天下了。”

“为什么！”

“我仔细想了想，觉得那实在太无聊了。当下的我已经快乐、幸福得不得了了呀。”

还真是超脱世俗、让人无力的说法啊。要是现在的喜剧演员，一定会做出跌倒在地、头撞地板的动作。而崔州平则是使劲张开双腿站稳。

孔明继续说：“在山中结庵，忘却俗世，这种生活才适合我吧。我不认为追求所谓的天下会比我现在还要幸福。”然后他又遮住了嘴巴。

“这是真的吗？你是认真的吗！孔明！”

孔明只是看着他的白羽扇。

崔州平调顺了气又继续骂道：“哼！天下的事就算了。反正像你这样被天下拒绝的人多的是。但我觉得于心不忍的是……你看看元直，你看看这个行尸走肉、不配为人、比废人还不如的朋友吧。”（这也说得太过分了。）

“孔明，难道你看了这个濒死的人，还能丝毫不为所动吗？”

孔明瞄了一下徐庶，忽然间泪眼模糊。

“呜呼，没想到生于这个乱世竟是如此辛酸，看来还是离开俗世生活才是正确的选择……元直啊，你真是悲惨，没想到你竟变得如此惨不忍睹。但即使如此，你也不能强迫我给你幸福啊。”

“对了！就是这样，继续继续。要是你还有些许恻隐之心，就应该问问元直为何会变成这副模样，这才算得上是仁啊。”《孟子》里说：“无恻隐之心，非人也。”

于是孔明说了句：“真拿你没办法。”然后面向徐庶，像是对待幼儿或重病病患一样，用着令人讨厌的温柔语气问道：“元直你怎么啦，可以的话，跟我说说你哭泣的理由好吗？”

突然被孔明的话锋扫到的徐庶一时语塞无法回答，只能发出“啊，啊”这种不知所措的声音。孔明于是深深点了点头说：

“原来如此。如果你不想说我也不勉强你。我孔明虽和州平一样迟钝，但也不会这么不知趣地追根究底问下去。那我就不再多问了。”

孔明把脸转向崔州平说：“州平啊，相信每个人都有难以启齿的事情啊。”

到此怒气终于完全爆发开来的崔州平说：“够了，我懂了。原来你是这么薄情、堕落的人。我再也不拜托你了。元直，我们回去！”崔州平站起身来，抓着徐庶的后领子拖了就走。“哼！”怒气冲冲的崔州平奔出房门，拖着徐庶往出口的方向而去。也来不及阻止，就这么目送着他们的孔明一副“唉呀呀”的表情。

这时黄氏进来了。她有点担心地说：“发生了什么事啊？这里激烈的吵闹声连厨房都听到了。”

“你不用担心。没想到幸福体验不足的人都这么没有耐心。”(也许是因为钙质不足的关系。)

“但是，他们不是您的朋友吗？”

“在对方没说绝交之前都算是吧。”

“可是……”确实孔明自从结婚以来，就完全没踏出过家门，除了孔明的姐姐和黄家差派来的人，大部分的来客他都拒绝会面。

就连庞德公都曾被他赶回去（这后果可不堪设想）。多了黄氏这个帮手，再加上黄家送来的东西（有农家们所盼望的牛一头、马两匹、羊三头、猪四只、狗五只），使得他们原本自给自足的体系更加充实。虽说这样的确没有外出的必要，但以世人的眼光来看，足不出户实在很可疑。

隆中并不是个深山幽谷，作为一个隐居场所来说，它实在离城镇及乡里太近了些。毫无疑问的，隆中是个世俗之地，只要稍微走出去就可以看到人家或摊贩，所以若有人因问路而来访也很平常。

“这样说也许有些多嘴，但我认为夫君你偶尔也应该到外头去走走，让交际更活络些。”

“是吗？可是我只想跟你在一起啊。如此一来，自然会与世人疏远，而我也不想让访客剥夺我们的好时光啊。说起来我之所以不愿与人交际，还不都是黄氏你害的。”孔明可不是在责备她。他只是喃喃自语般地这么说。

“哎呀！”黄氏的脸颊泛起了一阵红晕。“可是好不容易有朋友来访，结果你们却都没说上话不是吗？”

“也不是没说上话，只不过他们很快就回去了。虽然不知道他们在气些什么，但看来那些家伙好像在赶时间。”

“看得出来他们好像有事要拜托夫君你啊。”

“你也看出来了吗？没错，正如你所言。不过，看他们就这样随随便便地回去，大概也不是什么重要的事吧。”

“夫君，这样是不行的。你怎么可以坐视朋友的困难不管呢？而且若是因为我而使你被误会是一个没有人情味的人，我会很伤心的。”

“黄氏你还真是善良啊。”孔明“呵”地笑了一声。

“对了，昨天我不是写了一封信吗？可以帮我把它拿来吗？还有，把均弟也叫来。”

另一方面，这里是襄阳的东郊、司马徽水镜先生的家。崔州平和徐庶正坐在里面。他们怒气冲冲地从隆中出来，与徐庶生命攸关的烦恼一点都没有解决，而明天他就得回新野了。想不到好办法的崔州平他们只好不请自来，希望恩师给点建议。

这里不愧为荆北望族水镜先生的宅邸，虽然不及黄承彦的大豪宅，但还是非常宏伟。门前放养着鸡与猪，并有几个童子负责饲养。而在书房里，已经传来长长的叹息声。“我真是以他为耻！今后我一定要与孔明断绝来往。水镜先生，在我看来，那家伙简直堕落到了极点。”

就这样，崔州平不断数落孔明的不是，很快就过了将近两刻钟。崔州平一点都不给水镜先生回话的机会，就这么骂个不停。就是有这种伤脑筋的人。身为苦主的徐庶，因获得孔明妙计无望，只能全身无力地瘫在一旁。

这时骂累了的崔州平终于喘口气安静下来。“嗯、嗯。”司马徽正如他的名号水镜——倒映人影的平静水面一般，与年轻人血气方刚的无礼正形成了对比。

“水镜先生前几天不也为了孔明的杳无音讯而动怒吗?”

“不，其实还不到那种地步。”

水镜先生在接受孔明寻找“凤雏”适当人选的委托后，就再也没有见过他，也没有任何联络。(相对于‘卧龙’的‘凤雏’，不用想也知道，大概只有庞统庞士元那个人适合。）虽然也有其他优秀的人才，但倔强及强烈的个性都与孔明不相上下的人，看来看去还是只有庞统。

第二人选是马良马季常。但是马良若是沾染了孔明的恶名，恐怕很快就会被当成怪人。选拔“凤雏”的重点与其说是才能，不如说胆量和显眼的个性更重要。虽然他已经挑好了人选，但在那之后孔明就突然断了音讯，所以他也只是问问学生们："孔明现在到底在做什么？"

不过，平常心如止水的水镜先生竟然会这么问，也难怪他门下的学生会认为老师是在生气了。

"嗯，看来孔明过得很好嘛。好，好。"他对崔州平这么说。水镜先生也听说孔明的婚姻似乎与庞德公有点关系。（如果这是德公的主意，想必掀起了一阵风波吧。）只是不知道庞德公是否预料到在那之后，孔明竟然停止他的"卧龙"计划，隐居了起来。

崔州平焦躁不安地向和颜悦色的水镜先生说："现在不是说'好，好'的时候呀，老师。孔明的淫荡堕落，再加上以奇怪机器蛊惑人的恶毒妇人，此事非同小可。那个妖魔鬼怪的巢穴不但令人可叹，而且令人害怕啊。"

那种口气仿佛是要全襄阳的居民都出动去放火烧死魔王、魔女一般。不久后，崔州平这话就传到了襄阳人们的耳里。这下子关于孔明的传言变得更加恶毒了，原本就已经很负面的"卧龙"传说，越传越盛，风靡襄阳。大概就是因为这样，所以除了刘备以外，谁都不愿任用孔明了吧？

"州平啊，关于孔明的事我已经知道了，就别再说了。现在最重要的不是元直的事吗？"水镜先生把视线移向脸色铁青的徐庶。

"啊，嗯，说的也是。"崔州平啊，你还有脸向别人说什么恻隐之心吗？

"那么孔明到底说了什么呢？"

"那个臭儒者、半调子的邪魔歪道，他看到全身抽搐、都快死了的元直，竟然只是浅浅地微笑，还吹嘘自己的幸福，一点都不给我们说话的机会，更别说商量了。"

“这么说，你还没听孔明怎么说就回来啰？”

“因为那家伙根本没有回答的意思嘛。他完全没有把我和元直放在眼里，只顾着夸奖他的妻子，炫耀他有多幸福，还令人厌恶地嘲笑我们，真是没心肝的家伙！”

“州平啊，你说够了吧。你也好好看看自己的缺点。你人过急躁，马上就判断别人，还有讲话也太粗暴。这样不行喔。”

“是、是的。”

“再怎么说，你和孔明也算交往很久了，应该了解他是怎么样的人。”

“这、可是……”崔州平突然惶恐了起来。

“虽然你是真心在斥责他，但要是说得太过火，就不免让人觉得是诽谤中伤了。这样人家可是会翻脸的。”

在野的遗贤水镜先生的名号可不是白给的。虽然他的话声轻柔，但就是能让叛逆的年轻人乖乖听话。不过这对孔明和庞统完全行不通。在史书中留名的襄阳年轻人群体中，没人知道崔州平之后到底去了哪里，做了些什么事。照他那种性格，大概到哪里都做不了官吧。也许他辗转换了许多职业，又也许他继承了家业。而徐庶则是在离开刘备军之后，就到了曹操那儿做事。

《三国志》里写崔州平可能是“崔烈的儿子”。但就算是真的，似乎也不是什么值得骄傲的事。崔烈在后汉末年官至司徒，但这个地位是他花了五百万两银子向灵帝买来的。总之崔烈是个家财万贯的纨绔子弟。之后，他好像在长安被李傕和郭汜毫不留情地杀了（不知道当时的崔州平怎么样了？）。我怀疑就是因为这样，崔州平才不愿意提及关于他家的事。之后孔明也说：“从前州平就很喜欢计较事情的损益得失。”不过，那些充满讽刺的评论不正适合他吗？

就在这时，庭院里的童子走过来说："先生，打扰了。"

"怎么啦？"

"很抱歉打扰你们说话。刚刚诸葛均先生来过，他要我把这个交给徐庶先生，然后就逃也似的回去了。"

童子把书信交给水镜先生。偶尔作为差使来到司马徽家的诸葛均，也认识水镜先生的家人，只不过他从来没有正式和他们说上话。（诸葛均先生大概是个内向又害羞的人吧？）他们要是这么想也不错（不是吗？）。

"这不是孔明的笔迹吗？好，好。"

"咦，不知道他写些什么。"崔州平把手伸了过去。

"住手，不可鲁莽，这是给元直的呀。来，元直，念念看吧。"

徐庶伸出他瘦弱的手臂把信接过来展开。"孔明写的信？为什么呢？"崔州平歪着头想。距离他们离开隆中也没过多久，这么说来，孔明一定是在他们离开不久后，就立刻派诸葛均前来。不可思议的是，他连徐庶他们要到水镜先生家都知道。"对了，孔明那家伙反省之后写道歉信来了吧。他大概是叫均弟追着我们，一边向路人打听，才知道我们在这里的。一定是这样没错。"这时眼睛布满血丝的徐庶看着信说："好像不是那样呀……"

"为什么？"

徐庶的脸稍微恢复了点血色。他说："这并不是道歉信，也不是在不久前才慌慌张张写好的东西。"而且内容似乎也很长。

"那么，这是怎么回事呢？对了，我们是被跟踪了。是均弟跟踪我们而来的吧。"

"不。我不知道均弟是否跟踪我们，但我认为这信是事先就写好的。就算均弟是跟踪我们而来……不，我想不是那样的。"愚蠢又迟钝的诸葛均（这么说真是失礼）才不可能做出跟踪这种机灵的事情。

“我认为孔明早就知道我们离开隆中之后会去哪里，所以他一开始就吩咐诸葛均到这里来了。”徐庶说。“哼，胡说八道！我们要到水镜先生这儿来，可是在路上才慌忙决定的呀。”

“是啊……所以我才搞不懂啊。”徐庶把信交给崔州平。崔州平快速过目。“这……可是为什么呢？”

信掉到地上。水镜先生捡起来读过之后，说了声：“好，好。”

也不知道他是在好些什么地点着头。

孔明的文章虽然硬邦邦，而且是那种一点诗的感觉都没有的严谨文体（这也是孔明文章的特征），但它既不是单纯的公文也不是散文，它充满了无限的诚意，能热切地打动人心，并有着激发感情的力量。我希望有空的人能去看看他那篇千古名文《出师表》。那是篇让后代许多人都泪流不止的文章。但如果你因此而认为他是个非常顽固的人也完全无须在意，因为我也这么觉得。

他的宿敌曹操（是孔明自己这么认为的）喜欢诗赋，还在军旅中吟诗朗诵，但不知道孔明自己为何不创作诗赋？像孔明这样的知识分子留下一些诗词是很平常的（即使作得再烂），诗词歌赋是由士人的志向所涌现出来的东西。乖僻的孔明也许是故意不作诗词，而以文章来贯彻自己的志向，借此与擅长诗文的曹操对抗也说不定。孔明手边所有的曹操的诗（当时，上乘的诗文是用手写的，然后传送到全国所有的知识分子手上），在当时可以说都是一时之选。“看来在诗这方面我赢不了曹操。”也许孔明是这么想的。

给徐庶的那封信的文笔本身，以这个古怪的人来说，算是极其正经的。只是内容还是孔明的风格。在这里与其直接照抄，还不如用大家看得懂的方式来说。请大家把以下的地方当成是徐庶在念：

“我想我大概无法用说的方式告诉你，所以容我失礼地通过写信表达。说起来，你（徐庶）明明是个不认真的人，却硬要模仿我（孔明）这个品行端正的认真的人，才会变成这样。其实你只要像平常一样不认真就好了，这哪算什么难题呢？”

省略了问候语，劈头就来了顿臭骂。（我、我是个不认真的人吗？）

接下来是针对在新野与曹仁交战的评论，我在这里省略了细节。总之他是一针见血地说：

“你根本就不行。”

（明明赢了，为什么还这么说呢？）看来孔明似乎不满意徐庶所用的火攻，所以还叙述了正确的火攻法、火攻的历史及其发展。由于这是无关紧要的事，所以我也把它省略了。

“虽然现在你被刘玄德掌握，处于一种半死不活的状态，但这主子也是你自己选的啊，有什么办法呢？原本刘玄德这号人物就不是个泛泛之辈，所以他才能在这个乱世之中，虽毫无立锥之地却犹能活命。这人比起那些权谋家可是难对付多了，更何况他左右还有关云长和张翼德两人。他们随刘玄德三进三出小沛，并在虎牢关以他们的勇猛名震天下。

“关云长是个只要读到《春秋左氏传》中有乱臣贼子的情节，就会大发雷霆进而杀人的正义狂，也是能把因武艺高超闻名于世的猛将颜良、文丑一刀斩杀的豪杰。至于张翼德，虽说他目不识丁，但他的勇猛可与吕布分庭抗礼。他的酒量虽好，却容易酒后乱性（这乱得可过分了），而且他在万军之中取敌军将领的首级有如探囊取物，是个前所未闻、空前绝后的鲁莽武士。”

（这些不用你说我也知道！）由此可见，孔明远在刘备三顾茅庐之前，就已经对他们研究得非常透彻了。

“所以我说，他们三人不是你能相匹敌的对手；从一开始你就不该把他们当成你的对手。况且你似乎碍于侠义之情，压根没有离开他们的勇气。”

（话是这么说没错啦……侠义实在是个很可怕的东西耶。）

“虽然这称不上什么策略，但我还是教你一招吧。重点是你要找个能当你对手的人。”

（？谁啊？）

“你看，不是有简雍、糜竺、孙干这些好对付的股肱之臣吗？”

（嗯嗯，他们的确没有这么可怕，而且他们也不是狡猾之人。）

“你只要把你现在做的工作交给他们就行了。别让他们说不。再怎么说，刘皇叔可是把全权委任给你军师单福呀。政治方面的事就全塞给简雍和孙干，而军事方面就交给糜竺和赵云。你只要偶尔巡视一下，要是他们做得不好，你还可以借着发发牢骚以解闷，再让他们改正过来就好了。所谓的军师就得做到几乎让人讨厌的地步才对。你还是应付应付偷点懒吧。这样一来，就算被张翼德拖去彻夜饮酒，你也可以睡到中午以养足体力啊。”

（喔喔，对喔！）

“可是元直啊，连这么简单的事你都想不到，真让我这做朋友的汗颜。我对你真有点失望呢。”

（才不是呢！都是张飞害我连日宿醉，我在精神上被逼得受不了，脑袋才会变得不灵光。）

“不过算了。现在你也算是有些实务经验了，应该明白光有知识是行不通的吧？你就把这些当作今后的养分，好好激励自己，让你的母亲高兴吧。下次来再带点像样的问题来吧。孔明上。”

明明自己也没有实务经验，还自以为是地这样为文章作结。

三人总算都读完了信。

“诸葛亮……孔明，他到底是何方神圣？”

“真不愧是‘卧龙’！”

他们若真的折服也就罢了，但事实并非如此。

“州平，孔明不是闭居在隆中吗？为什么他会这么清楚新野的事？”徐庶问。他简直就像人在现场一样。

“这我也不知道啊。”

“他是孔明嘛。也许他假装隐居起来，其实私底下却偷偷出门也说不定。”

“不，我想不是。首先，如果只是偶尔出门，应该不会这么了如指掌才对。”徐庶和崔州平“嗯”了一声，双臂交叉，不发一语。

“所谓的真人，就算是足不出户也能知道天下事呀。”水镜先生这么说。但崔州平反问道：“孔明那家伙真的能做到这样吗？”

“嗯，我这老朽可不知道。”

“可是老师，他事先就写好信，还猜到我们会到老师您这里，这种种都让人纳闷到了极点，叫人心里直发毛。更何况他连之前的战争到新野的事都知道，甚至还为我烦恼的事想出了解决方案。为什么孔明会对这些如此了如指掌呢？”

“是那家伙用他擅长的……占卜吗？”崔州平试着说。

“怎么可能。”

“对了！是诸葛均吧。一定是诸葛均奉了孔明之命到处调查，还乔装混入新野打探关于你的事。”

“你是说他派均弟当间谍吗？说起来的确只有诸葛均有外出过的样子。不过，这可真令人难以相信啊。为什么他要派诸葛均到新野暗中调查呢？”

不过比起占卜之说，诸葛均当谍报人员的说法确实比较符合现实。诸葛均的秘密间谍说——虽然这个说法到目前为止都没有人提出过，但仔细想想，在孔明出庐之后，关于诸葛均的消息就越来越少，因此这种说法也不是完全不可能。我就在这里提出来给各位作参考。此时我脑中不禁浮现孔明强迫诸葛均穿上黑色忍者服装，并要他模仿忍者的景象。

“首先，孔明用某种方法得知徐庶步履蹒跚地回到襄阳，料想他两三天内就会到隆中来。他也知道徐庶一来肯定会引起争执，因此迫不得已先写了一封友情洋溢的信给徐庶以作准备。”

这就是孔明计划的原委。更何况新野的情势其实也非常显而易见。总之，以常理来思考的话，无法说明的地方实在太多了，要是假定诸葛均是间谍能让他们暂时放下心来，倒也无妨。再说，让有要事相谈的对方摸不着头脑地回去，再派信使送信献上良策让人大吃一惊——这本来就是孔明惯用的伎俩，也是他的拿手好戏。只不过，谁都不知道他为什么要如此大费周章就是了。

在孔明既不是精明能干的道士也不是超能力者的前提之下（虽然孔明传说对此持肯定的态度），很自然会怀疑他的戏法中一定有某种窍门。应该有吧！虽然我可以揭穿他的把戏，不过因为在《演义》里，孔明老是用这种伎俩，如果我在这里一一把它揭穿，不但浪费纸张，同时也正中了孔明的下怀。既然孔明是个连作者我都感到目眩头晕的人，那么关于他那伎俩的秘诀还是由读者们自由想像吧。而且我相信就算说书人也不会说明到这种地步吧。

水镜先生从“卧龙”计划发起时就立即给予协助，所以他能当面窥知并时常见识到孔明那神机妙算和奇策纵横的一端（虽说都是些阴谋和诈术，但也不全是奸诈狡猾的事，而是总有些许不同之处），因此他已经习惯了，并不会为这点事感到吃惊。“好，好。”他只能这样聊表意思。“能完全看穿孔明他那奇策幻术的人，大概就只有庞德公吧。老朽我只懂得一点而已。”水镜先生心想。

只不过在《演义》里，真正理解孔明的人又有多少呢？我想应该是少之又少吧。当然，从孔明的性格、思考，一直到他的政论、战略、权术以及计策，无论敌我都不是这么容易了解的。命中注定他是个天生无法被人理解的人。

就算在本书当中，也不可能对孔明有所理解（我从没想过要

“看清孔明的真面目”）；要是能理解他的话，这本小说就算失败了，这可不是我所乐见的。只能说这是多么让人觉得恐怖的孤独啊。五丈原之战后，同是《演义》里神机妙算之士的司马仲达曾称赞死后的孔明：“唯有孔明才是天下的奇才”；也就是说他是天下第一异常的人。这若不是奉承的话，那就表示只有仲达能理解孔明他那无法予以说明的奇才，以及那令人摸不着头绪的危险性。看来司马仲达的存在似乎能稍微安慰孔明的孤独。

无论如何，孔明心中的宿敌还是曹孟德，司马仲达可说是在曹操死后填补孔明心中空虚的一个最佳伙伴。要是晋高祖司马仲达没有给他这样的评价，孔明的奇才很可能会被忘却。后世的人只会说他是个忠义功臣，要不就是指责他是个使蜀汉提早灭亡的白痴政治家、不会打硬仗的人。水镜先生认为孔明在卧龙冈里闭门不出，一定是在筹备着什么大计划，所以还抱着拭目以待的心理。这也可以说他对孔明还算有那么一丁点儿理解。（如果孔明真的想隐居在卧龙冈里，他又为什么要这样收集人世间的情报呢？）

孔明已“忘却了天下之事”，所以把隆中的大门关起来，沉溺于与爱妻欢愉的生活之中。我想这并不是他故意造假，而是千真万确的事。不过，孔明确实还是一条伏龙。虽然最初孔明就以“卧龙”的名号昭告天下，然而，水镜先生认为现在的孔明才是名副其实的“卧龙”。（龙若得不到云便无法飞上天去。）所以虽然现在还是个纷争不断的乱世，但相信在孔明的眼里，当今的天下应是万里无云，一片晴朗的吧。所以别说是“卧龙”了，他大概只能作一条“潜龙”吧。

虽然孔明最初的动机似乎只是为了消磨时间，但在“卧龙”计划被提出并实施之后，其结果却只能说是“事与愿违”。这大概是因为云还没有涌上来的关系吧。孔明自己肯定也察觉到了这一点。

(而德公是否就在这个仿佛干旱即将降临般的大晴天中，给了孔明另外一个生存意义呢？）这也是他想当面问问庞德公的。当云升起时，虽然不知道会怎样，但孔明毫无疑问地会采取行动。水镜先生司马徽如此认为。

曾几何时，徐庶的脸色已稍稍恢复了生气。刚刚还被崔州平说成是脸色苍白、将不久于人世的徐庶，现在简直像刚洗完澡一样。也许所谓的病痛真的是由气所造成的。“呵呵，虽然疑点很多，但孔明终究不是个弃朋友于不顾的人。”徐庶一副“孔明啊，我真是感动得想哭”的表情。

“跟他比起来，州平，我虽然很感谢你这么担心我，但你却只会对孔明口出秽言，一点用处都没有。”

“唉呀，这个，那个，你就原谅我吧。之前所说的话有三分之二都是我的快言快语，我向你认错，你就别再说了吧。但孔明这个人也真坏，明明就已经想到帮助我们的策略，还装出一副什么都不知道的样子。”

“不，我想就如同他本人所说的，他是要让我们看看何谓幸福吧。那对夫妻，想起来就让人觉得窝心。”徐庶心中的重担一下子轻了不少，现在他摇身一变成为孔明的信奉者了。

“说起来还不都是因为你沉不住气，怒气冲冲地离开，才会让孔明没有机会说话。”

不过，从他如此大费周章先写好文章这点来看，我认为他不见得只是计划性地要给徐庶他们一个惊喜而已。不过此时在徐庶眼中，孔明已经是个充满善意的人了。如果继续这样怀疑下去，可会没完没了。我想这也是孔明的骗术，而徐庶也许是甘心受骗的。

“真是不好意思，请你别再说了。没办法，为了弥补我的罪过，就让我到新野去帮助单福军师吧。再说，去看看传说中的刘备三兄弟也不坏啊。”

看来连崔州平都打算投靠刘备了。孔明几乎想都不想就解决了徐庶的苦恼。该不会把事情弄到这地步才是你真正的计策吧？孔明！大问题似乎就这么急转直下地解决了，徐庶和崔州平脸上都洋溢着笑容。

“好，好。”水镜先生一如往常地说。这个神机妙算的朋友是值得交的。徐元直由于孔明的策略（冷静地想想，其实也没什么大不了）而脱离了苦海，又燃起了活下去的希望。

虽然这可说是可喜可贺，但你们恐怕又要说这样结束太无趣了。那么，且听下回分解。

第七回　刘皇叔遭逢危难，靠的卢马的脚力逃过一劫

孔明被固执难缠的刘备看上后，只好断了隐居的念头而出庐。水镜先生事后对此叹息道：“‘卧龙’虽得其主，不得其时，惜哉。”这是指“孔明弄错了出世的时机，所以失去了机会”。

希望称霸天下的英雄若没有天时、地利、人和，结果都会失败。在这三个要素当中，孔明已被评为失去了其中一个，这是一种让读者隐隐约约感觉到孔明将会失败的技巧。司马徽是令人尊敬的饱学之士，虽然他经常能洞悉他人，但他不是那种会说出触人霉头的预言之人。话虽如此，在《演义》里，这类人物通常会观测星象。所有知识分子都是爱好占卜的。暂且不提这个。司马徽所说的（或是有人叫他说的）到底是什么呢？

“那么水镜先生，你认为什么时机才是最好的呢？”如果这样问他，我想他可能会回答：“再早个三四年吧。”

不过，要是连水镜先生都知道孔明已错过了他仕宦的最佳时机，敏感的孔明一定也知道自己是“不得其时”吧。不过孔明在整篇《演义》里都没有抱怨过这样的事。如此一来，答案只有两个：一个是孔明明知时机对自己不利，但他还是听从了刘备的劝说，愿意出茅庐。他是个一旦决定了就没有任何借口的人，所以既然他已

经计划要出仕了，他就打算用他那神机妙算的谋略来颠覆这个不利的时势。

而另一个就是他并不认为这是个不利或不适合的时机，也就是说，他是抱着“今天就是我出庐的日子”的心情快乐出仕的。孔明把自己关在隆中大约三年。我认为这三年正是往后历史的一个分歧点。

如果孔明能代替疲惫不堪的单福（即徐庶），并怀着那种不计较得失的友情对徐庶说：“你是无法应付那三个人的，让我到新野去吧。”那不知道现在会变得如何？由于此人是孔明，所以他应该预知自己迟早会到刘备那儿做事，如果是这样，此时去也一样啊。

虽然这本小说把孔明营造成一个神秘、任性、狡猾，偶尔还会要狠的人（虽然这么写的人是我），但他不是只会要一些古怪的花招而已。孔明的确拥有卓越的实务能力及经营能力，从他们兄弟俩能把在隆中的农园经营得有条不紊这一点就看得出来。

务农是件相当不简单的事，虽说晴耕雨读，听起来颇具格调，但实际上农活可不是这么轻松美好，有很多事就算是下雨也非做不可。“孔明从事农业，在自然中磨炼了实务经营方面的能力，所以就算立刻被委任负责刘备军的政治策略和军事战略，他也能轻松胜任”，相信我这么说也不为过吧。年轻、全无实务经验的生手是不可能应付政治策略和军事战略的。尤其是内政方面，更不可能急就章。所以孔明先参考书籍，接着从农业以及大自然里实地学习治理天下的道理，再予以融会贯通（好像有点夸张）。另外，他一定也从爱妻黄氏那里学到了不少了不起的东西。

话说回来，假如孔明真的代替徐庶到新野去，只要他在这三年里认真经营，相信刘备军的经济实力和战斗力都会有所提升，而且一定能成为荆州的最强势力。届时就算刘备如何不愿意，刘表再怎么反对，荆州的居民也自然会拥戴刘备为主公，这些都不无可能。之后当曹军真正攻来时，竟有数万民众抱着必死的决心，自愿跟随只顾着逃跑的刘备军。这种对刘备的仰慕之意是刘表无法与之相比的。要是孔明愿意辅佐刘备巩固荆州和襄阳，荆襄之地就会变成连曹操都不敢轻易出手的棘手领域。而在对抗魏国时，也不需把东吴的孙权放在眼里，甚至可以将之运于股掌之中。

三年的时间不可谓不长啊。“卧龙”沉睡了三年而错过了天下大事。这三年里，他明明可以和他朝思暮想的曹操战个痛快啊。不过，这三年时间也许对孔明来说是不可或缺的。嗯，也许这么说比较正确。因为孔明就算想去新野也去不成。孔明在这三年里要学习、体验，有些东西还要加以磨炼。孔明并非一出生就是个千载难逢的奇才。坊间虽然流传不少孔明的奇言异行，但不曾听说他像许多天才一样，在年幼时就是个神童（除了《演义》以外）。“龙”也是要补己之不足而学习成长的。所以要是没有那三年，孔明也许就无法成为《三国志》或《演义》里的那个孔明。

若真是这样，那水镜先生的感叹应该可以作不同的解释——如果孔明能再有三年的余裕，也许就来得及。也就是说，要是这样，刘备就能称霸天下。曹操将在称王之前死掉，司马懿也还来不及出头，而刘备也会在孔明的谋略下占有荆州和益州。于是他们可能会采取由汉中及襄阳同时北上的夹击战略，届时，荆州军由关羽率领，军师是孔明，而汉中军由刘备和张飞率领，军师是庞统……

我不是很喜欢充满假设性的科幻小说，所以就此打住。换句话说，孔明的这三年（算迟到吧）虽说是无可奈何，但影响实在太大了。令人意外的是，孔明的“卧龙”计划在他无意继续的三年里，竟在孔明完全不知情的情况下有了进展（不过我看孔明大概对自己的毫不知情也了然于心吧）。除了新婚初期，之后孔明偶尔还是会出去旅行，以求从务农当中解放。他有时候也会和黄氏一起出游，因此他们的感情可说是更加甜蜜了。务农是个不分季节的劳动，同时也蛮费神的。那是几乎没有休假日的工作，人必须随天候和作物生长而劳作，要是没有什么重大意外，农夫一般是无法离开农地的。而在这种情况下，他们还能去旅行，这完全是托诸葛均的福。

“我看也该给均弟讨个老婆了。”黄氏这么说。而孔明的姐姐也非常赞成：“说的也是啊。要那孩子一直守在亮弟旁边也挺可怜的。”于是她马上开始替诸葛均找亲家。与之前孔明的情况不同，孔明的姐姐很快就替诸葛均找到了对象，而且是个良家女子。虽说诸葛家的岳父是黄承彦这点发挥了绝大效果，但诸葛均本人也与孔明不同，他并没有被襄阳人士厌恶。而且女性们还给了他这样的风评：“均先生是个有点害羞的人，他很容易不好意思，和他搭个话，他也会面红耳赤得说不出话来。还蛮可爱的呢！”也就是说，他们认为诸葛均并不是个玩世不恭的人。在襄阳，不知道是不是太过和平了，耽溺酒色、明显心怀不轨的人非常多。

因为孔明的关系，诸葛均显得畏畏缩缩，且老是有一些令人怀疑的举动，但对他来说，人生也不全都是些坏事。“在我回来之前可别怠惰了农耕、荒芜了田亩喔。”在《演义》里，孔明出庐时曾叮嘱诸葛均要好好留守，之后诸葛均就没再登场了。结果由于孔明一直没回来，所以诸葛均到死之前都一直在隆中耕种。这真让人觉得有些不负责任。而在《三国志》里，诸葛均也始终对刘备及刘禅忠心耿耿。他官至长水校尉（大队长的等级），之后又成为涪的太守。总之都不错就是了。

诸葛均的新娘也是襄阳名士习家之女。由于我们不知道她的名字，按照惯例暂且称她习氏。习氏的哥哥习祯拜庞德公及司马徽为师，他的才能被评为仅次于庞统，后来也在刘备幕下。东晋的习凿齿是习祯的子孙，曾写下公然提倡蜀汉正统论的《汉晋春秋》。从习祯没出现在《演义》里这一点来看，他恐怕与孔明不和，但不至于到对立的地步。孔明大概只是把他当成令人讨厌的人而避开他而已。

向诸葛均提起婚事时，诸葛均发出“哎呀！”一声便逃走，然后躲进饲养家畜的小屋里发抖。

孔明的姐姐虽然想把他拖出来，但他就是死命抓着柱子不肯放手。这时牛还“哞！”地叫了一声。姐姐吃惊地说：“你是不是误会什么啦？有个可爱的新娘子要嫁过来哟。”

“你、你所谓的新娘子，是指像嫂嫂那样的吗？”

黄氏并没有虐待诸葛均，反而对他非常和善。但在诸葛均眼里，黄氏却是个不断制造各种奇奇怪怪的机器人、要他躲在里面操纵的凶女人。要是再多一个这样恐怖的人，那他简直不想活了。

（亮弟是个问题人物，但没想到连均弟也有问题，而且一年比一年严重啊……）孔明的姐姐拍拍诸葛均的肩膀说：“别担心啦。你的新娘子啊，是个好人，能帮助你，又勤快，又能让你安心。你看，亮弟不也是在娶了新娘之后，变得开朗多了吗？”

“那是因为兄长他本来就是那样的人啊……”孔明就算黄氏没来也能自得其乐。

“真受不了啊！”诸葛均突然冲了出去，却不小心摔倒在牛粪上。“嘶！”连马也叫了起来。

（得趁事情还没有变得更糟以前赶快让他成亲，否则会找不到对象啊。）孔明的姐姐无视诸葛均的意愿，在黄氏的协助下积极筹办婚事。当说亲顺利进行，婚事也正式决定的时候，孔明却语意不明地说：“均弟终于也要娶妻了吗？可是，可惜他是未得其时啊！”接着他又说，“这是件值得庆贺的事，为兄我得帮你做些事才行。

关于婚礼的仪式全包在我孔明身上，我会替你办个全宇宙最风光的婚礼。”

担心这样会把婚礼全搞砸的孔明姐姐，急忙自作主张去找她的公公庞德公。庞德公赶来见孔明时，他先是“哼哼”了几声，然后大大嘲笑孔明说：“哈，你想帮人主持婚礼还早得很呢。还是你姐姐晓得世事啊。”

久未流泪的孔明这时仰天长叹，并流泪道：“啊啊，我竟然无法对我的爱弟施以恩泽……虽说是骨肉至亲，但他还是不能理解我孔明的深情啊。”

不过，此时黄氏说：“好了好了，亲爱的。庞公要是没事做会很寂寞的，再说他好像也很喜欢主持婚礼，你就交给他来处理吧。”经过黄氏一番安慰，孔明马上恢复了好心情。“你说得没错。我不应该剥夺老人家唯一的乐趣。”

于是，他向在厨房角落里喃喃自语的诸葛均说：“那个老贼庞先生，大概能筹办出荆州最隆重的婚礼吧，可是这样还是远不及宇宙第一。对不起啊，均弟，请原谅我这个没出息的哥哥吧。”我看孔明大概也懒得使出什么计策，把这场婚礼的主导权夺过来吧。

诸葛均和刁氏的婚礼与先前孔明和黄氏的婚礼大不相同，这是个巨细靡遗的隆重婚礼，连列席者都窃窃私语地说：“真不愧是庞德公，果然对婚礼的见识非凡。”

但是当中只有一个人闷闷不乐，那就是黄承彦。如同听任命运摆布一般，诸葛均就这样在自己什么都没决定的情况下结婚了。但正如孔明的姐姐所说的，刁氏是个老实、性情温和的女子，而且她还非常体贴地帮诸葛均分担了一半的工作。

“为、为什么你要对我这么亲切呢？”诸葛均惶恐地问。

“讨厌啦，做这些事不是天经地义的吗？”

习氏以一种天真无邪的表情，害羞地向她那体恤的（她自己这么认为）丈夫这么说。就这样，诸葛均总算也能渐渐体会出他妻子的好了。

多亏这对愿意干活的弟弟夫妇，孔明才能逍遥地游山玩水。孔明在旅程中亲身体会了天下的情势。借由这几次的旅程，原本只是在他脑中掌握的各地地形及风俗知识，现在大部分都得以一一证实。

虽说“卧龙”计划已被搁置一旁，但他还是很关心曹操的动向。建安十年（公元205年）一月，曹操率兵三十万进军南皮，击破了已故的袁绍之长子袁谭袁显思，并将其一族诛杀。袁谭虽然因为对弟弟袁尚（袁绍的第三个儿子）反感而与曹操结盟，但他在邺被攻陷后便起了反意，所以立刻被击垮了。这么一来，袁尚、袁熙（袁绍的第二个儿子）也大大动摇了。他们兄弟俩最后在被家将背叛之后，不得已逃到了幽州。

于是乎袁氏的势力已然消除，冀州全在曹操的掌握之中。曹操虽然暂时休兵，忙于邺的政务，但因为从一开始他就打算把袁尚逼到绝境，所以便宣布要进攻幽州。不过他的参谋军师们却都不赞同，因为幽州几乎可说是塞外之地，这地方被称为乌丸的北狄所盘踞。而这时竟要越过长城进行远征，相信任谁都会觉得这是个鲁莽的计划。

乌丸（乌桓）是古蒙古系的游牧民族，匈奴的部族之一（关于这点众说纷纭），以剽悍著称。由于袁家与乌丸族的关系匪浅，所以袁尚和袁熙受到该族族长蹋顿的保护。在座的军师当中，仅有郭嘉赞成北征。

“现今乌丸自恃地处偏远，一定没料到主公（曹操）会前去袭击。这是个趁其不备而击灭之的大好时机。如果放任这些袁氏的余党及蛮族不管，而把军队调向南方，他们必然会蠢蠢欲动，并威胁到我们的冀州。”

郭嘉的战略是着眼于将来。在正式进攻荆州和扬州之前，应该把那些可能造成不安的因素以及碍事者一网打尽。郭嘉是曹操的参谋军师当中最激烈、对机会最为敏感的军事天才，同时也是个能预测孙策之死、直觉敏锐的战术家。

曹操称赞郭嘉说：“还是郭嘉最了解我。”

“就照奉孝（郭嘉的字）所说的做。”于是他作了这样的决定。

不过，由于听说曹操要攻击幽州，高干起而反叛，使得这计划不得不暂时延期。高干是袁绍的外甥，在之前邺被攻陷时，他投降曹操，并当上并州州牧。在这种时候，曹操的行动像是反射动作般快速，他先派乐进和李典当先锋出阵，再亲自率领二十万兵马向并州出发。冀州和并州之间有着险峻的太行山山脉阻隔，行军极为艰辛。

不过曹操是个能在这样的环境中涌出诗兴的人。他作了一首名为《苦寒行》的诗。诗文节录如下：

北上太行山，艰哉何巍巍。
羊肠坂诘屈，车轮为之摧。
树木何萧瑟，北风声正悲。
熊罴对我蹲，虎豹夹路啼。
溪谷少人民，雪落何霏霏。
延颈长叹息，远行多所怀。

曹操的军队一边唱着歌，一边踏过冬天的太行山。高干惊惧于曹操大军来得快速，便在壶关里坚守不出。但在三个月后，他还是被攻陷了。高干向北方匈奴单于求救被拒，只好往南逃去欲依附刘表，却在途中被上洛县的县尉王琰所捕，并遭斩首。这是建安十一年（公元 206 年）三月的事。

同年八月，曹操前往征讨东海一个名叫管承的海盗，接着又马不停蹄地远征北方。真是个好战的人啊。顺道一提，将来会反叛魏国的另一位诸葛——诸葛诞（字公休）也在这一年诞生了。诸葛诞虽被记载为孔明的堂兄弟，但属于哪一支的堂兄弟并不是很清楚。

身为魏国臣子的他，似乎因为是“卧龙”诸葛孔明的亲戚，而遭受极大的歧视与欺侮。看来孔明的确是个到处惹人嫌的家伙。

“蜀得其龙，吴得其虎，魏得其狗”①就是指诸葛家的人。被比喻成龙（孔明）或虎（诸葛瑾）都还不错，但诸葛诞都做到了大司空还被当成狗，真是悲哀呀。虽然他有胆识敢向魏国大将军司马昭挑战，但从他简简单单就被打败看来，便可知道不是每个姓诸葛的都很有才干的。

接着，命中注定的那一年（对孔明来说，就是被三顾茅庐那年）——建安十二年（公元 207 年）来临了。那年一月，乳名阿斗的刘禅诞生了。他的母亲是甘夫人。虽然这不是什么重要的事，但听说刘禅在出生时发生了许多不可思议的神秘现象。例如甘夫人在某夜梦见吞下北斗七星（因而替他取了乳名阿斗）、白鹤飞到官府里并鸣叫了四十余次、产房里飘着神秘的馨香等，如同小圣人诞生一般。虽然这些现象让人对刘禅抱有很大的期待，但他除了在三国时代里能享尽天年之外，就没别的值得夸耀的地方了。所以我只能认为，书上会这样写只是为了告诉我们一个历史教训，那就是即使

---

① 出自《世说新语》。——译者

出生时发生了不可思议的神秘现象，无用的人终究还是无用。

毫无疑问的，刘禅后来成了刘备的接班人。虽然在《演义》里，刘备还有别的孩子，但后来却对其只字不提。为了保护刘备的两个妻子和他的孩子，败将关羽不知天高地厚地向曹操提了些无理的要求才投降，之后更受到曹操多方照顾，连亲切的曹操也渐渐对他感到厌烦（他曾向曹操要过一个美女，不过不是这个时候）。

虽然他在白马之战中替曹操出征（应该说这是因为他想砍人想得手发痒了），并收下赤兔马，但到最后，他竟连一声招呼都不打就走人（顺道一提，他还不顾道义，痛快地斩杀了好几个把守关隘的人），这不是不知感恩图报的行径吗？如果有人知道哪个文献里有记载关于关羽所保护的那个孩子，请告诉我。（因为这个小孩有可能是女孩子。但由于《演义》是个女性毫无权利可言的世界，所以关于这孩子的消息也就不明）

此外，刘备在这一年看中了樊城县令刘泌的外甥刘封，不封他为臣而收他为养子。也许刘备的家将会认为：还是别做这种会令人混淆不清的事吧。

五月，曹操率领大军向幽州进兵。幽州分为辽西、辽东、乐浪三郡，而窝藏袁氏兄弟的乌丸则在辽西。越过万里长城讨伐北方的骑马民族向来是中国历代王朝的难题，而曹操却要亲率军队完成这件事。与其说这是个壮举，还不如说是个令天下人都瞠目结舌的鲁莽之举。大家一定都认为他会失败吧。这个时候，无论是刘表、孙权还是马腾也好，只要有人趁机袭击许都，一定能重挫曹操。但之所以没有人这么做，一方面是因为曹操的动作快，另一方面是对他们来说，让曹操在北方失败才是最好的结局。

北方人民的思考习俗与汉人迥异，其战斗力、机动力及战法、战术也都难以捉摸。特别是他们能在广大的领域中巧妙地驾驭马匹，所以他们的移动速度快，能神出鬼没地采取袭击。这一点和与汉人作战时完全不同。

汉人从战国时期一直到前汉、后汉，数度与代表匈奴的北狄交战，但多半没能取胜，因而建筑了万里长城。曹操也十分了解这些，但无论如何，他都要放手一搏展开远征。向北方进军的艰难辛苦，是与之前横越太行山之行无法比拟的。郭嘉在经过深入的研究之后，定出了与乌丸之战的策略。“所谓兵贵神速，因此我们应该舍弃辎重部队，以轻装之兵急速前进并进行奇袭。”也就是说，要以乌丸意想不到的速度进行奇袭，才有胜算可言。不只如此，郭嘉打算在降伏乌丸之后，就将乌丸的兵力全部南迁用来攻打南方。他连这一点都想好了。

郭嘉的计策奏效了。乌丸被击溃而蹋顿也被斩首，蹋顿所聚集的周边少数民族也都归顺曹操。这就是所谓的白狼山之战。然而，被视为首要目标的袁尚和袁熙却顽强地脱逃了。他们逃到辽东太守公孙康那里。曹操手下的猛将都主张予以追击，但郭嘉却不主张急战。他认为：“没有进攻辽东的必要。只要稍待片刻，事情就有着落了。”这话让大家都觉得不可思议。曹操点了点头说：“那我们就暂时观望一下吧。”于是就在柳城歇兵。

不久，公孙康送来了袁氏兄弟的首级。公孙康因为害怕与曹操交战，所以舍弃了逃窜至此的穷鸟，把袁氏兄弟杀了献给曹操，以显示他的忠诚。就在这个秋天，因袁尚、袁熙被杀，袁家彻底灭亡了。

另一方面，郭嘉也在军中患病而殁于易州，享年三十八岁。郭嘉是在战略与战术的思想上和曹操最为接近的军师。在郭嘉的脑中，已经完成了进攻江南、荆州、扬州的蓝图。他认为南方的传染病将是最大的敌人，所以毫不避讳地向曹操进言：“如果现在南征，主公将无法活着回来。”可是他也同时进言说：“现在应该讨伐荆州。”

想必这时郭嘉心里已有了万全的对策吧。假如郭嘉没死，并将其策略予以实现的话，公元208年以后的战况也许会完全改观。曹操在郭嘉死时曾悲叹道：“此乃天丧吾也。”他说：“天下之事结束后，我本想把后事托付给郭嘉的呀。”看来他似乎是想在自己死后让郭嘉做个丞相什么的。他是如此认同郭嘉的才能。之后曹操在赤壁大败之时，也曾经想起郭嘉而叹道：“若郭奉孝在，决不使吾有此大失也。哀哉奉孝，痛哉奉孝，惜哉奉孝。”

听到这些话的荀攸、程昱及贾诩等人，心中必是百感交集吧。确实是死了个难得的人才。如果他再长寿一点，或许我们就能看见郭嘉和孔明对决了。真可惜。曹操虽因郭嘉的死而悲叹，但他在叹息之余仍毫不懈怠地准备南征。由于将来必须在汉江及长江进行水上作战，所以他造了个名为“玄武池”的巨大水军校练场。

这玄武池虽名为池，却如湖一般广大。他打算在这里进行水军训练演习。这时曹操孟德五十四岁。虽然年纪已不小，但还是满脑子想着持续扩大战线、赢得胜利，他就是这样一个好战的人。不知道应不应该称他为闪电战痴。

此外，铜雀台也正在建造中。它似乎是座相当吉祥的建筑物。不过，在如此忙于征战之际，不知道他哪来的钱建造这座铜雀台。就算不给士兵们薪水，也总得给他们饭吃吧。钱不是来自人就是来自农业，所以我实在很怀疑曹操是不是课重税来压榨人民？

被曹操称为“吾之子房”但实际上却比较接近“吾之萧何”的内政参谋荀彧，想必是竭尽心力且痛苦万分才筹措出这些钱的吧。之后他收了曹操送的一个空饭碗而自杀。“你就饶了我吧。我已经吐不出钱来了呀。”也许他是因为为钱所苦也说不定。毕竟天才的悲剧通常都起因于经济困顿（像是凡·高这些昔日画家最常发生这种事）。就因为这些功绩，建安十三年（公元208年），曹操当了丞相。

把话题转向荆州、新野吧。虽然想用“刘备主从还是老样子”作为开头，不过他们之间已稍稍起了变化。刘备一得知曹操打算讨伐乌丸，马上向刘表进言进攻许都。刘表一如既往地拒绝了，所以刘备对此也毫不感到泄气。而刘表还在曹操从柳城凯旋后，向刘备胡说八道一番：“真后悔昔日没听从刘皇叔的意见，因而失去了大好机会。”“真想宰了你。”虽然这时刘备心中这么想，但他还是克制住自己，以温和的表情威胁道：“现今战乱还未结束，而这也不是最后的机会呀。只要今后能抓住机会，根本无需感叹啊。”（如果下次再遇上好机会，你仍然不听我的话，你应该知道后果会是什么吧？）刘备的这般怨恨在言语及态度上都表露无遗。不知刘表是否因为感受到了这股杀气，脸色顿时变得苍白。

刘备回去之后，在背后偷听的蔡瑁现身了。而躲在屏风后头的，还有蔡夫人。蔡夫人说：“你看看刘玄德那个态度，决不会就此善罢甘休。只不过把新野治理得有声有色，就对主公如此傲慢。”这时刘表说：“我想没这回事吧。况且刘皇叔说的也很有道理呀。”刘表也知道曹操平定幽州后，下一个目标就是自己了。由于事态严重，所以最近这几天，他的身体状况都不是很好，心情也很沉重。（要是曹孟德向我们荆州进兵，我该如何是好？难道真的要和他作战吗？）

距离刘表上一次打仗已经很久了。况且刘表本来就像个学者型的人物，并不是那种适合带兵打仗的类型。带兵打仗的事他通常委任优秀的武将。“现在能够倚赖的也只有刘皇叔了。”刘表这么想。他甚至开始考虑干脆将军权全都交给刘备算了。真是软弱啊。

如果你曾看见在曹仁、李典的军队进攻樊城之时，如同大梦初醒般的刘备军活跃的表现，你就不会认为刘备是传说中百战百败的蹩脚将领了。接下来就看刘表如何作决定了。

决断力不足向来是刘表最大的弱点，他一定又会花老长的时间，直到大势已去。但是，如果敌人已在附近蠢蠢欲动，就算来不及，优柔寡断的他也有可能突然作出决定。对蔡瑁来说，他决不能让这件事发生。“荆州可不能交给刘备那种人。一旦把权力交给饿犬，接下来荆州就会像雪崩般被夺走。”能读出刘表心思的蔡瑁这么认为。既然如此，就只有把刘备除掉了。蔡瑁下定了决心。

到目前为止，虽然刘备和蔡瑁之间有些过节，但蔡瑁之所以会有“非杀了他不可”的念头，应该就是因为刘备在新野的势力扩大，且气势上扬的缘故。现在的刘备是荆州最受欢迎的人物，因爱戴他而特意移居新野的民众络绎不绝。（要是刘玄德起了谋反之心，荆州十之八九会成为他的囊中之物。）蔡瑁也知道现在的刘备并没有这个打算。（趁他还没有这个意思时讨伐他才是上策。）身为谋臣的他知道，杀刘备的理由可以以后再编造。就连孔明最喜欢的《梁父吟》也这么描写齐国的晏婴。

蔡瑁找将军蒯越商量这项计谋。但蒯越似乎不太感兴趣。“杀了刘玄德恐怕会失去民心喔。”他犹豫不决着。蒯越掌管部队的方法和蔡瑁并不相同，他不像蔡瑁那样，只是明哲保身和玩弄权力游戏。要是曹操进军荆州，一旦打起仗来，还是非依靠刘备不可。而且看穿了蔡瑁暗杀刘备的动机之后，他也觉得不太舒服。

让蔡瑁的妹妹蔡夫人的儿子刘琮当接班人，是目前蔡瑁一伙人的心愿，因此刘表的长子（他不是蔡夫人的儿子）刘琦就显得碍手碍脚了。稍早之前，刘备曾建议刘表说："自古以来废长立幼就是骚动灾厄的根源啊。"这使得刘备更加被视为眼中钉。要是蔡瑁的权力过高，对蒯越来说也不是件好事。但是蔡瑁却撒了谎说："我已经私下获得主公的许可了。"

"既然是主公的命令，也只能听从了。"蒯越虽然无奈地顺从了蔡瑁的计划，但他依然意兴阑珊。

不久他派使者到新野。使者以刘表的名义递上书信，并且加以口述："由于近年来持续丰收，因此想邀请荆州各地方的官吏到襄阳开个慰劳的宴会。"接下来信中又说："由于刘表身体欠安，故想请刘备担任东道主一职。"在拜谢了使者并慎重送他离开后，刘备将干部们聚集一室，让他们看看信件并询问他们的看法。

"太可疑了，这根本就是个圈套。"张飞说。

"是啊，这计谋的发起人大概是蔡瑁吧。"关羽也点点头。

这时孙干说："话虽如此，但襄阳离我们这么近，不去反而会引起刘表的怀疑。"

"是啊，既然他叫我们去，我们也不能拒绝啊。"糜竺说。

于是他们决定到襄阳赴宴。对此，张飞的眼睛为之一亮。每天从晚上开始一直喝酒喝到早上五点左右的张飞，在中午以前总是处于酩酊大醉的状态。我想张飞大概是酒精中毒患者吧。眼睛发直的他总是理所当然地说着"把他杀了不就好了吗"这类危险的话。

"把我们的兵全都带去，踏平襄阳。我要把蔡瑁那臭家伙杀个片甲不留。"说完后他还"嘿嘿嘿"地笑着。

这时赵云打断他说："等等啊，翼德。你怎能做出如此有趣……啊，不不，你怎能做出如此胡来的事呢？就让我率领三百士兵随身保护主公吧。"

"你说什么？子龙，你想跟我抢吗？"

刘备眼看他们就要打起架来，便对赵云说："那就拜托子龙了。"

张飞只好咋咋舌坐下。关羽也一副交给赵云就没问题的表情。刘备向累得趴在房间角落里的人说："我也想听听军师的意见。"

徐庶因为陪张飞喝酒，现在正处于近乎烂醉的状态。他一脸茫然，也不知道有没有听清楚刘备的话，就趁着酒势，自信满满、口齿不清地说："包在我身上。我已有对策了。"

于是刘备说了句"那就交给军师了"，会议就结束了。

即使是攸关自己性命的事，刘备也能泰然自若地交给别人去办。一旦交给别人，他就不会再多说什么。以天下为目标四处奔走的他，果然有过人的胆量。

徐庶酒醒后，慌忙抓住简雍和糜竺，把事情问个清楚。已经成为刘备军干部的他，早是个可以独当一面的人了。"这么危险的事情，简宪和他们为什么不阻止呢？"徐庶大惊。

宪和是简雍的字。他应该很清楚这次的襄阳之宴是个危险的圈套才对呀，对方一开始就是以暗杀刘备为唯一目的，这简直就是去赴死嘛。蔡瑁等人一定会安排万无一失的必杀手段，置刘备于死地。他们大概已经作好万全的准备，正摩拳擦掌地等待着吧。他们说不定会在美酒佳肴里下毒，而且还不知在襄阳城里埋伏了多少兵马。虽说有赵云担任护卫，但只要他稍稍离开刘备，就万事休矣。面对刀剑如林的刘备，恐怕瞬间就会被砍成肉酱。（这等于跳进关猛兽的铁笼一样。）说实话，还真没有防备的方法。徐庶虽想责备孙干一群人，但当时他自己也在场，所以实在无话可说。他也只能恨自己的宿醉了。（如何才能保住皇叔的命呢？）原本自入虎穴这事就很奇怪。"要怎样才能让他不赴宴？"身为军师得先解决这个问题才行。但现在已经太迟了。

《演义》常常将刘备逼入困境，真是个惊悚曲折的故事啊。徐庶原本就对刘表有所怀疑，要是他当时能对使者这么说就好了："是这样的，我们刘玄德将军也因不明原因卧病在床，所以恕难赴约。"然而刘备的幕僚却连这一点都不会，就这样让自己的主公去送死。为什么刘备军的干部都这么蠢呢？徐庶实在很想骂他们："你们这些白痴蠢货！"（但他实在难以启齿）甚至连张飞他都想骂。

不管怎么说，刘备赴宴已成定局。而徐庶虽然是在醉得不省人事的情况下信口开河，说了包在我身上这种话，但事到如今，也不能说不去了。身为军师谋臣的他想了个办法：干脆给刘皇叔吃腐臭的食物，让他闹肚子算了。现在这么做也还不迟，只要向那个令人讨厌的使者说："真是不好意思，突然得了急病。"再把他送走就好了。虽然，如此一来蔡瑁他们肯定会恨得牙痒痒的，但剩下的事以后再说，毕竟还是先保命要紧啊。悄悄地适度下些毒药就行了。为了保住刘备的性命，这实在是最直截了当的方法了。

不过徐庶也知道，刘备是个讲求信义、坚守约定的人，所以很可能会强忍着腹痛进城去，因此一般的食物中毒是行不通的。要是被后世的史书记载"注重形象的刘备在下痢呕吐、满身秽物的情况下被杀"，也未免太难看了。既然已经束手无策，徐庶只好再次向刘备进言。

"自古以来，宴无好宴，会无好会。还记得昔日汉高祖的鸿门宴吗？"

"喔，鸿门宴吗？这么说刘景升就是项羽，而蔡瑁就是范增啰。那樊哙就应该是子龙了吧。"由于刘备常把自己比作汉高祖刘邦，所以他反倒高兴了起来。

"我认为这次进城非常危险，所以我们还是先拜托伊籍先生吧。就让我们期待伊籍先生能成为项伯吧。”由于要说明鸿门宴很花时间，有兴趣的人请自行详读《史记》里的项羽本纪。

伊籍字机伯，是刘表的幕僚。虽然荆州的政府官员中喜欢刘备的人不少，但伊籍对刘备可以说到了极其仰慕的地步。也许在蔡瑁等人眼中，他是个不可原谅的背叛者，但只要站在刘备或孔明这一方，无论怎么样卑劣的人都可以被原谅——这已经是这个世界的惯例了。真是个奇怪的世界啊。让我们来谈谈伊籍吧。

刘备的爱马名叫的卢。在若干年前，刘备受刘表的委托前往江夏，讨伐作乱的陈孙和张武。由于张武的马极为雄骏，所以赵云心想：“这一定是匹千里马。”于是便把那匹马抢了过来。那匹马的确是匹名马，由于额边生了个白斑，所以名叫的卢。

刘备回城之后，看见刘表一副很想要的样子，“那就献给景升大人吧”。他很干脆地把马献给了刘表。正在刘表欣喜之际，蒯越跑来鉴定这匹的卢马，并毫无根据地加以牵强附会说：“的卢马……这是匹会为骑乘者带来厄运的马呀。主公你可千万不能骑啊。”（难道刘玄德打算让我遭受灾厄吗？）刘表于是退还了这匹马。

“这样啊。”毫不知情的刘备将这匹退还的的卢马当成了自己的坐骑。正当他要出城门前往新野时，伊籍叫住了他说：“刘将军，你还是不要骑这匹马比较好。”刘备询问原因，伊籍奉劝他说：“蒯越昨天向主公说这匹的卢马会为骑乘者带来厄运，因此主公才将它还给你啊。我也懂得相马，这匹马的确是恶名满天下的劣马，你看，骑它的张武不就被刘将军你打败了吗？所以您还是别骑了吧。”

“谢谢你告诉我这些。不过，所谓生死有命，单单一匹马就能左右生命，玄德我不这么认为。”刘备说道。

“真不愧是闻名天下的刘将军，您的见识果真不凡。”伊籍对刘备深感佩服，于是与刘备结为至交。

之后，警告刘备蔡瑁有相害之意的也是伊籍。与其说刘备这个人不迷信，还不如说他个性爱搞怪。明明没必要把一匹大家都警告说是凶马的马当成爱马，但他就是要向世人宣告：“你看，我的胆子很大喔。”

伊籍的事暂且说到这里。之后徐庶想到了一个消灾解厄的办法，他说：“为了避开的卢之害，刘皇叔不如让你想杀的人去骑这匹马，等到那家伙遇到灾难之后，再慢慢牵回来骑。”没想到此言一出，刘备竟然震怒了。“哼，真令人作呕。要我为了私利而牺牲别人？这可是违背正道的呀！单福先生，你竟然教我如此恶毒的点子！看我立刻手刃了你！”

这时张飞抓起他的丈八蛇矛说：“好，就让我来吧。”

徐庶慌忙说：“那个、真是的，我是在开玩笑啦，开玩笑的啦。刚刚那个只是为了测试皇叔您的仁义之心所开的玩笑啦。”

虽然他笑着把事情支吾了过去，但他心里也许在想：“可恶的家伙，这明明是个好点子。明明你就很喜欢这个恶毒的点子，还在那边故意装酷生气。”

的卢虽不如赤兔马有名，但它也是《演义》中排名前三的名马。之后，庞统就因为和刘备交换，骑上了的卢马，被万箭穿身而死。搞不好刘备是想杀死庞统喔。的卢会为他人带来厄运，却不会为刘备带来厄运，真是匹奇怪的忠马。

也因此，伊籍是在襄阳少数能信赖的士人。“伊籍只不过是刘景升的幕僚之一，就算拜托他这件事，他也不见得能使上力。”徐庶虽然这么想，但总比敌阵中完全没有己方的人好多了。

“我不想为了这种无聊事而麻烦伊籍先生啊。”由于刘备这么说，徐庶乃谦恭地回答：“如果攸关刘皇叔您宝贵性命的事叫作无聊的事，那我也无话可说了。”

“说起我这条不值钱的烂命，我就想起从前。”刘备不经意地凝视着远方。“想想，我这条命应该已经丢了十几次，现在还能保有这条命只能说是运气好。在这世上大概没有像我如此卑贱的命吧。这就叫‘轻如鸿毛’吧？难怪轻飘飘的，仿佛随时都会消逝啊。”

这时简雍、孙干他们说：“主公！请不要这样说。如果主公您的命轻如鸿毛，那我的命就如同雀鸟羽毛一样轻了。”

“不，雀鸟的羽毛还是太重。我的命就像苍蝇的翅膀一样轻。”

“那在下我就是蚊子的翅膀。”

于是，他们开始夸耀自己的命有多轻。

“你们都给我住口！”刘备这时挺身而出，像猩猩般用他的长手捶打自己的胸部说，“虽说是命轻，但你们也只是个人的命轻而已吧。而我就不同，我的命轻是因为天下苍生，并不是因为个人。穷困的人民越多，我的命就越轻。啊啊，只要一次就好，真希望天下太平，让我能拥有一个普通重量的生命啊……”

于是“天下第一命轻的人”刘玄德就这样激情地陈述着这个奇怪的理论，眼角还泛着泪光。

“我的主公啊！”“我的主公啊！”“我愿一生跟随您啊！”干部们如此呐喊着（这里的“我的主公啊”应该是接近“大哥啊”的说法）。

张飞也感动得涕泗纵横说：“真不愧是大哥，但你的命再轻，也该有个限度啊。呜呜……”就连关羽他那原本的红脸也变得更红了。他眼中含泪，不发一语，不停点着头。“为了这个人，我什么都愿意干。”

看来刘备真是个能让人死心为他卖命的人。除了演技的部分，这些人对刘备可谓心服口服。自从“桃园三结义”以来，刘备演戏就演得很自然，偶尔他还会认真起来，因此《演义》常常引用这些桥段来作文章。

现在徐庶已经习惯这些了，起初他也觉得很可笑，但最近甚至开始期待起来。看来他是被刘备、关羽、张飞三人那饶富表演意味的小品迷住了。刘备的家将为了欣赏刘备的演出，会故意七嘴八舌地附和着，企图引出刘备的连篇大话。徐庶欣赏了一会儿刘备的表演之后说："总之皇叔啊，我们应该拜托伊籍先生才是。要是他知道主公您有求于他，一定会感到与有荣焉、高兴得充满干劲呢。"

"我这样做他会高兴吗？那拜托他也不坏啊。"

"就这么办吧。伊籍先生要是站在我们这一边，就好比多了一个子龙的严密保护伞。"

于是他们便极为机密地派遣使者往伊籍那里去。"接下来我也无计可施，只能靠运气了。刘皇叔的运势一向很强，看来也只能期待这个了。"徐庶这么想。不过一开始就希望靠运气侥幸过关，徐庶实在不够格当个军师。（要是孔明在这里，他应该能想出更好的计策吧？不过，就算他再怎么厉害，也不可能想出其他办法。）

不，在我看来，孔明一定能想出让人诧异的杰出策略。

宴会的前一天，刘备和赵云以及赵云所率领的三百士兵往襄阳出发了。在城门口，蔡瑁一副殷勤的样子，以笑脸迎接，刘琦、刘琮两位公子也跟在文武百官之后列队出迎，伊籍也在文武百官之列。刘备带着好心情郑重回礼后，就被带到馆舍去了。

进入馆舍之后，刘备大胆地松开衣服（也许只是为了表现他的泰然自若），并肆无忌惮地瞄起奉茶侍女的屁股，进行恶劣的性骚扰。因为他在新野有两个老婆，所以很难有外遇的机会。要不是刘琦和刘琮过来打招呼，搞不好他还会将对其反感的侍女压倒在床上呢。其实不只是刘备，从以前开始，王侯或是政治家就常常过分地调戏女性。这种性骚扰在那时也被视为一种英雄行为。年轻的刘琦他们面红耳赤地咳了一声，刘备只好放开侍女。

“这次由于父亲的宿疾恶化，所以特地请皇叔过来一趟，以替父亲尽东道主之责，接待各地的官员。有劳皇叔了。”刘琦如此致意。

刘备不慌不忙地整理好服装，谦恭地答道：“虽然我的身份有辱所请，但若您不介意，我也只好恭敬不如从命了。”

馆舍之外有三百名卫兵把守，身为队长的赵云全副武装，目光炯炯地来回监视着。

隔天，收到荆州九郡四十二州的官员全都到齐的报告后，蔡瑁把蒯越叫过来，准备进行暗杀刘备的作战计划。蔡瑁的弟弟率军队层层包围住襄阳城，打算将整个襄阳城当成刘备的棺材。从东门到岘山有蔡和，南门外有蔡中，北门外有蔡勋，他们各自率领部队伺机而动。西门外虽然没有埋伏军队，但前方有个天然屏障——一条名叫檀溪的急流。有着如此万全的准备，就算关羽他们赶过来，相信还来不及救援，刘备就已经死了。

“城外的布阵是没问题，麻烦的是刘玄德身旁那个赵子龙片刻不离啊。只要那个人在就不容易下手了。”蒯越如此担心着。

但蔡瑁说：“放心，不会有差错的。我已经在城内埋伏了五百名武艺高强的刀斧手，这样应该够了吧。”

“不，那是因为你不知道那个赵子龙有多强才会这么说。他一旦发飙，你那五百壮士便会在一瞬间被杀光呀。”

蒯越大概见识过赵云的战斗能力吧。不知道蔡瑁是不是不相信，他一副“哼，骗人”的嘴脸。

“不如把赵子龙从刘玄德身旁引开。我会命令文聘、王威另开一桌武官席，邀赵子龙过去。”

“那赵云就交给你处理了。在酒席之间，你要见机行事，一刀将他斩了，知道吗？”于是暗杀计划就这么决定了。

这一天他们杀牛宰羊，祝颂之词也不绝于耳，将近一两千名文武百官陆续进入会场。看来将是一场相当盛大的宴会。

刘备骑着的卢马到达了会场。进入堂中之后，他坐上了主席之位，开始向各个官员致意。刘备的左右坐着刘琦和刘琮两位公子，背后还有个穿着铠甲、佩剑在身，一副冷酷无情模样的赵云侍立着。在这严肃的气氛之下，宴会开始了。

不久之后，场子就热闹了起来。在美女的歌舞环绕之中，刘备的心情也跟着缓和了下来。（在百官环视之下想杀我？恐怕没那么容易吧。）就连后园里也是人山人海，要是在这样的大庭广众之下血刃刘备，相信蔡瑁他们以后一定会恶名满天下。（他们八成是笨蛋！）刘备想。

不久，文聘和王威过来了。他们向独自一人眼睛充血，并随时要拔剑厮杀的赵云说：“子龙，这里就交给我们的卫兵看守吧，您何不也轻松一下呢？我们在别的地方设了酒席，让我们武官好好聊聊吧。”

“请不用顾虑在下。”最初赵云还顽固地拒绝。“听说子龙的武功更胜关云长和张翼德。请子龙务必、务必要把您在武学上的心得和我们一起分享。”在这么殷勤的马屁之下，赵云也有点沾沾自喜了。把盏一圈回来的刘备也劝道：“这也是难得的机会嘛。子龙不如就接受他们的邀请吧。”

“可是主公，现在宴会才进行到一半，之后会发生什么事还很难说喔。”赵云贴着刘备那巨大的耳朵小声说道。

“你看，大家都喝得这么高兴，就只有你一个人扫兴地带着杀气。你看，都是因为你，那些侍女们才怕得不敢靠过来啊。”有美女依偎在身边为他斟酒而显得洋洋得意的刘备，一副“你很碍眼”的表情，出言要将赵云赶走。

“既然主公这么说……”赵云只好向文聘示意。也许是一流战士的直觉，赵云总觉得非常担心，他无法像刘备那么放松。像弁庆[①]般站在刘备背后的赵云一消失，在幕帘之间窥视的蔡瑁马上以眼神对部下下暗号。从新野带来的三百士兵已被遣回他们的客房，并分配了酒和女人。于是伪装成文官的五百名刺客便悄悄开始行动。浑然不觉的刘备这时正高高兴兴在喝酒。他说了一堆低级的应酬笑话，让刘琦和刘琮尴尬不已。他还不停地调戏侍女们。

酒过三巡之后，伊籍捧着酒杯走到刘备跟前。完全被酒宴的气氛感染的刘备醉醺醺地对他说：“喔喔，是伊籍先生啊。你也来喝一杯吧。”

伊籍板着脸说：“刘皇叔，差不多该更衣了。”

“咦？”

伊籍意有所指地使了个眼色。这时，刘备那微醺且酒兴方酣的表情突然为之一变，变得敏锐且紧绷了起来。这个转变不禁让人怀疑刚刚那不堪入目的醉态是否只是演技。刘备非常自然地从席间起身，往厕所走去。伊籍在把盏之后也紧追在后。

伊籍对等在后院里的刘备说：“南、北、东三门都有军士把守，会场里也混入了刺客。”

“什么嘛，已经到非逃不可的地步了吗？我喝得正高兴呢。”刘备露出不舍的表情。

“现在不是说这种话的时候吧。的卢马我已经帮你牵来了，请

---

① 武藏坊弁庆，日本平安时代（794～1185）末期武将源义经的忠实部下。——译者

快逃吧。”

“真扫兴。”

这样短暂的欢乐实在无法满足刘备。恢复万军之将表情的刘备向伊籍说了句：“真是不胜感激。要是将来能活着见面，我一定会回报你。”之后，他就翻身跨上的卢马，单骑往西门飞奔而去。

看着刘备的态度转换得如此快速，伊籍只能频频为他的与众不同感叹。（真了不起。这就是百战百逃的能手刘玄德吗？）

刘备乘着的卢，快马加鞭朝西门奔驰而去。其实在先前与曹仁的攻防战之后，刘备就经常出门狩猎，以找回骑马的感觉。这使得骑马时用力的髀肉（大腿肌）也变瘦了不少。看来刘备也预知他将遭到危难，否则怎么能承受如此剧烈的骑乘。

西门的几个守卫想阻挡单骑前进的刘备。刘备在马背上嗖的一下拔出剑来，砍倒两三个人，并冲出重围。这时的他一点都不像个仁者。他毫不犹豫地杀人，而且丝毫不觉得良心不安。这些守卫也只是一般的庶民，他们也许有妻儿，有幸福的家庭，但刘备完全无视于这些。剩下的守卫急忙向蔡瑁报告。

西门外的确没有伏兵。刘备长驱直入，冲入林中，稍后蔡瑁所指挥的军马也追赶而来。被追杀的刘备感到这情况有些似曾相识。（又是这般类似的场景。像这样子逃跑，我大概已经经历过好几十次了吧。）

由于已是家常便饭，所以刘备也没有特别感叹。经过约半里，穿过浓密的树林后，出现在眼前的是波涛汹涌的檀溪。檀溪溪宽数丈，是条注入湘江的激流。的卢在岸边用后腿站立着。回头一看，五百名追兵正尘土飞扬地追了过来。这正是“刘皇叔在檀溪千钧一发之际”的场景。刘备望着湍急的溪水一时愣住了。（这哪能渡得过去啊？真是太乱来了吧。）

《演义》里虽然常常让刘备有奇迹般的演出，但这对刘备来说可是非常困扰的。无论如何，要是一直瘫在这里，肯定会被冲过来的蔡瑁他们砍成肉酱呀。“没办法，的卢，我们上吧。”说着他用靴子踢了踢马腹，勉强涉入急流之中。走不到几步，的卢的前脚就陷了下去，刘备衣服的下摆都湿透了，而且距离对岸还远得很。

“的卢啊，你果然只会招致噩运啊！？”话说如此，刘备随便拿自己的生命开玩笑，还做出这种勉强的事，实在不能怪的卢。

“你这个烂主人！”不知的卢是否在反驳。它腾空跃起，并用急流中露出的岩石作为跳板蹬了数次，奇迹似的到了对岸。

西川独霸真英主，坐上龙驹两相遇。
檀溪溪水自东流，龙驹英主今何处？

不负责任的后世之人如此歌颂着。（吓得我都尿出来了。）

赶到岸边的蔡瑁，对着心脏还在噗通噗通跳的刘备咬牙切齿地大叫：“刘皇叔，您为什么要逃走呢？”

“开什么玩笑！不就是你要杀我吗？我还想饮酒作乐呢！”刚刚才逃过一劫的刘备，愤怒完全爆发开来，不自觉地连方言都脱口而出。

“哪有这种事，我怎么会想杀皇叔您呢？一定是有人胡说八道。”

“那你后面的弓箭手是怎么回事？白痴！混账东西！”由于蔡瑁的手下已经开始小心翼翼涉入檀溪，于是刘备像是流氓般撂下一句“你给我记住！”之后，便掉转马头赶紧离开。蔡瑁的手下们无法越过檀溪，只能眼睁睁看着刘备离去。（可恶，竟然搞砸了！他还真是好狗运。）

事出无奈，蔡瑁只好放弃追杀，引兵回城。接到伊籍通报的赵云集结了三百士兵从西门飞奔而去，正好遇到了蔡瑁。“可恶的蔡瑁！”赵云怒发冲冠，表情宛如恶鬼，手里还攥着长枪。赵云一边后悔着自己的大意，一边追问：“蔡瑁，我的主公何在？”他的脸上写着“不说就杀了你”。蔡瑁颤抖着说：“这个，我听说刘皇叔无故离席从西门而去，所以担心得出来寻找。”

“说谎也要有个限度。我知道要谋害主公的人就是你。”

“这毫无道理啊！我怎么可能杀害我主刘景升的代理人刘皇叔呢？我是因为担心刘皇叔在檀溪里罹难才来搜索呀。”赵云虽然有股冲动，想一枪刺死这个睁眼说瞎话的蔡瑁。但他自忖：“这个可恶的奸贼。不过现在最重要的还是先找到主公才是。”于是忍了下来。如此的深谋远虑和自制正是赵云的长处。但这却被张飞视为没种。

要是张飞在这里，恐怕现在蔡瑁早已身首异处，而蔡瑁的手下也早被杀得片甲不留了。“要是主公有什么差错，不只是你，连你的妻儿一族我都不会放过。”赵云留下这话，大叫一声之后，便为了搜寻并保护刘备而朝檀溪奔去。蔡瑁站在原地不断颤抖。

第八回　刘皇叔才离狼群又入虎穴，靠近了水镜先生的钓饵

夕阳余晖下，九死一生的刘备走在一望无际的荒野上。（新野到底在哪里呢？）他有气无力地前进。（我的人生老是这样。）刚才一时的激奋已经退去，他孤零零一个人在马上垂头丧气。

以前曹操曾说：“当今天下英雄就只有你我二人而已。”但对现在落魄的刘备而言，这只是曹操所说的一个烂笑话。现在他的心情就像迷路的孩子，很想放声大哭，于是眼眶不知不觉地泛红了。和蔡瑁闹到这种地步，等于和他宣战了。看来再也无法留在荆州了。难道刘备军又要在民众的温柔目送之下，到荒野去旅行吗？

这时，远方传来一阵笛音。不久，有个牧童赶着牛群而来。刘备原本想要避开他，但牧童却开口说：“啊，难道您就是新野的刘玄德大人吗？”

“不，我并不是那个怪人。”

但少年却像是看到英雄般，眼中闪耀着光芒。

“我一看您就知道了。我师父曾说过刘玄德大人是龙准凤目、垂肩大耳、垂手过膝，而且目能自顾其耳。”

长相如此奇特的人，的确是天下无双。

“我常听师父说玄德大人才是当世的英雄。自从桃园三结义以

来，玄德大人带领着关羽和张飞这些豪杰东奔西跑，屡建大功，这事无人不知无人不晓。我也听说刘将军您到了荆北新野之后，把它治理得很好，所以我非常尊敬您。”牧童露出钦羡的表情说着。

由于刘备还活在这世上，所以有关他的传说有点夸张，也有几分扭曲。要是现在的小孩，大概会拿出纸本（或是脏兮兮的 T 恤）要求他“请帮我签名”吧。

“是吗？呵呵呵，我就是那个盖世的大英雄（这只是极少部分人的传言而已）刘备刘玄德。”因为被捧得飘飘然而完全恢复精神的刘备，从容不迫地说：“童子啊，你口中的师父是谁呀？”

“我的师父姓司马，名徽，字德操，因为好杯中物，所以人们都称他为水镜先生。”

“司马德操吗？喔，我听过他的名字。听说荆北有两个在野贤人，一个是庞德公，另一个就是水镜先生。他是当代的硕学之士，他的草堂聚集了不少优秀的人才，我老早就想拜见他了。水镜先生的住处就在附近吗？”

“是的。那林中的房子就是了。”牧童用手指了指。

“这也算是难得的机缘吧。可否帮我引见你师父呢？”

“嗯，遵命。”

牧童便帮刘备带路。刘备在宅邸的门前下了的卢马。当他正要进入柴门时，里面传来一阵琴声。“嘘。”刘备制止了牧童，侧耳倾听那悦耳的琴声。

“自从到新野之后，就没有好好听过琴声了……”刘备虽然庸俗，但他还蛮喜好古典音乐的。突然，琴声没了。

“是谁？在美妙的琴音悠扬之时，突然有股血腥之气缠绕着我的手指。想必有杀人者在偷听。”

声音沙哑的司马徽刷啦一声打开了草堂的门。虽是个悟道之人，但他还是一脸不悦。

“他就是我的师父水镜先生。”牧童说。

“不管你是强盗还是杀人狂，都给我离开。”

听了水镜先生这么说，刘备到庭院跪了下来说：“打扰您弹琴真是失礼了。”

“喔。你是刘备将军吧？”

“正是在下。初次见面，您好。”

“看来你刚逃过死亡劫难吧。”

虽然说个正着，但这也不是什么大不了的事。因为从刘备身上血迹斑斑的衣服，以及那狼狈的模样就一目了然了。倒是那牧童看到了刘备这个模样却不害怕，显然是太过大意了。

“让您见笑了，真是不好意思。”

“进屋里来吧。”

水镜先生招呼刘备进入草堂。水镜先生的宅邸（孔明家也是一样）里摆满了年老贤者讲究的摆设。房里刻意堆满了万卷书籍，从窗户看出去可以见到松竹摇曳，石桌上还横摆着一张琴。要是有个松形鹤首的老年人坐在那里，相信任谁看了都会认为他是“那种人”。（啊，这就是水镜先生吗？）

不知为何，刘备——不，中国的历史小说里出现的人物大概都是如此——就是对这种年老的隐士没辙，他不自觉地尊敬起他来了。刘备把他在襄阳千钧一发的经过说了一遍。明明一点都不好，水镜先生还是说“好，好”。

“原来如此。刘将军是受到了上天的庇佑。将军你迄今能够逃离如此多的险境，完全都是天命啊。”——要是他说“你真是个好运的家伙”就太露骨了。

“虽然如此，现在的我还是不禁要怀疑这是否真的是天命。因为虽说是天命，但我却如此落魄啊。”刘备低着头说，“啊啊，我真恨自己无能呀。”

“不不，不是这样的。你之所以会沦落至此，是因为左右不得其人啊。”

“不，先生，容我说句话，备我虽不才，但却蒙受家将极大的帮助。文有孙干、糜竺、简雍，武有关羽、张飞、赵云，他们都是前途有望之士，长久以来与我同甘共苦，并竭忠辅佐啊。”水镜先生若有所思了一会儿之后，呵地笑了一声。

“您是在笑我的股肱之臣吗？”

“确实关羽、张飞、赵云都是万夫莫敌的战士，但可惜没有能善用他们的人，以致浪费了他们的才能。而孙干、糜竺、简雍这些人只能说是一般的良吏，并不是经纶济世之才。这从刘将军到现在都未得半片领土，且安于飘荡各处的这个身份便可得到佐证。”水镜先生严苛地说。

他的意思是说，刘备军的武官虽然勇猛，但也只不过是个士兵，而文官们也只是平凡的公务员，在这个国家危难之时实在发挥不了什么作用。由于刘备自己心里也多少有这种想法，所以就算自己的手下被瞧扁了，他也没有生气。

“我也经常到山野去寻找贤能之士，但却总是不得其人。”

“是吗？孔子曾说过：‘十室之邑，必有忠信’，这你懂吗？”孔子的意思是说，尽管是只有十户人家的小地方，里面也必定有讲忠信的好人。也就是说，只要愿意找，人才其实到处都是。不过，怎么想都觉得不太对——请读者们看看你们身旁，是不是充斥着出类拔萃的人呢？

“备愚昧无知，实在不知哪里有贤能之士。请先生您一定要帮我介绍。”这时水镜先生十足作戏般地唱起歌来：

八九年间始欲衰，至十三年无孑遗。

到头天命有所归，泥中蟠龙向天飞。

真不知道他在唱什么。

“请问这是什么意思？”刘备问。

“这歌谣是建安初年，襄阳的小孩开始吟唱的。算是谶纬之言。”

所谓的谶纬是以纬书（相对于经书，则有所谓的纬书。例如相对于《论语》则有《论语纬》）为基础，从自然界的异变到政变战争都加以预言的异端说词。谶纬流行于前汉与后汉，但由于弊害甚深，所以在晋朝就被禁止了。这和黄巾贼的口号是相同类型的东西：

苍天已死，黄天当立，岁在甲子，天下大吉。

最后，由于实在不知道谶纬究竟想表达什么，只好完全依论者如何解释而定。其性质就像“诺查丹玛斯预言”[①]一样。这种东西在世界历史中也时有所见。

不过，这一定是有心人士作好之后，故意加以流传的。因为小孩子不可能突然学会唱这些歌，必定有煽动者教他们唱。“八九年间始欲衰”这类的歌谣，若依照这本小说来推测，必定是孔明所作，并广为散布的。水镜先生大概也知道这件事吧。由于借谶纬之

① 诺查丹玛斯（Michel Nostradamus），为十六世纪法国的医生及占星师，著有《诸世纪》一书，内容为百余首四行诗，预言未来即将发生的可怕事件。——编者

名而发展成暴动或谋反，会造成相当大的危害，所以晋朝当局会发出禁令也不无道理。关于谶纬思想其实还有很多有趣的东西可说，但由于限于篇幅，只好就此打住。

水镜先生这么解释刚刚的歌谣："建安八年，刘景升的前妻死了，之后就如同你知道的，蔡氏开始祸乱刘家。所谓'八九年间始欲衰'就是指刘景升开始衰落。所谓'无孑遗'是指不久后的建安十三年，刘景升将会死亡，而他的儿子由于没有治理荆州的才能，所以将导致刘家灭亡。而在刘家灭亡后，天命会意属谁当荆州之主呢？就是现在在泥淖中的蟠龙啊，它即将飞上天了呀。这诗应该是这么解的吧。"

"原来是这样啊……那所谓的蟠龙是谁呢？"

水镜先生睁大眼睛，目不转睛地盯着刘备说："蟠龙指的也许就是你啊。"

"这怎么可能。我怎么可能代替刘景升成为荆州太守呢？"

"没错。现在的你的确还不行。"水镜先生这么一说，刘备倒有些失望。（难道我不是那块料吗？）水镜先生继续说："不过我说不行的只是现在的你。厌恶曹公暴政的天下奇才全都聚集在荆州这块土地上，要是刘将军能向他们求助，事情就会不一样了。"

刘备这时靠了过来，不假思索地抓住水镜先生的衣领，掐着他的脖子剧烈摇晃。"请务必告诉我那位天下奇才是谁！"

"啊。'卧、卧龙'，要不然就是'凤雏'。我、我快死了……"惊觉不对的刘备赶紧松开手。

水镜先生一边咳嗽一边说："'卧龙'或是'凤雏'。只要得到这两人中的其中一人便可安天下。"当刘备追问"卧龙""凤雏"指的是谁？时，水镜先生的喉咙像是被堵住般，他喘着气，一句话也说不出来。

“先生，请告诉我他们的大名。”刘备又问了一次。

水镜先生面对如此粗暴无礼，想必是有点生气了，要不然依照这对话的流程，孔明和庞统的名字应该很快就会被说出来才对。说话向来有条不紊的水镜先生实在没必要在这个时候还隐瞒他们的名字，想必他是被刘备惹毛了，才想捉弄一下他吧。明明一点都不好，但水镜先生还是突如其来地拍着手说：“好，好。”

真不晓得他在想什么。虽然刘备以那种望眼欲穿的眼神盯着他看，但他还是不予理会地说：“现在天色已晚，我们明天再说吧。将军今夜可在此歇宿一晚。”（打算吊人胃口吗？原以为他只是个干枯的老头，没想到他竟如此利欲熏心！他是想要钱还是要女人呢？）刘备一时间兴起了对他严加拷问、让他说实话的念头。但是由于他今天才经历了在襄阳城的夺命追杀，刚才还飞跃了檀溪，所以现在也累了。（算了，明天再好好问他吧。）于是他向水镜先生拱手叩头再拜。

在《演义》里，由于水镜先生斩钉截铁地说：“刘备只要得到‘卧龙’或‘凤雏’中一人，便可得天下。”因此让人感觉他们的相遇应该不远了。读到这里的善男信女们一定会认为：“喔喔，至今人生过得乱七八糟的好人刘备刘玄德，终于运势好转，要得老天回报了。等着瞧吧！奸雄曹操，‘卧龙’和‘凤雏’现在起要大展身手了呀！”

真是不好意思，我当初读到这里时也是这么想的。不过，明明就是虚构的故事（不，就正因为它是虚构的故事），它却完全辜负了读者们的期待。刘备不只得到‘卧龙’还得到了‘凤雏’，明明集齐了两大神机妙算的王牌军师，但历史却告诉我们，他最后还是饮恨于白帝城。

“水镜先生你这个大骗子！”不知道是不是只有我想对这乔装

成隐士的臭老头发牢骚。难道真的是天道无是非吗？不晓得中国人是怎么看待水镜先生的。孔明和庞统都不是水镜先生所说的那种人。不过在本书中，‘卧龙’和‘凤雏’都只是孔明他那虚名策略中的一环，而水镜先生也只是帮助孔明而已，所以我们就不要再责怪他了。

这时候刘备还对诸葛孔明的名字视而不见。在荆北毫不隐瞒自己身份、享有秀才高名（应该吧）的孔明，现在就像是透明人，只是个籍籍无名的男子。

说来奇怪，刘备明明知道水镜先生和庞德公这两个人，却对孔明毫无兴趣，这实在很可疑。由于孔明的大肆宣传，“卧龙”的名声应该已经传到了新野，而刘备也一定听过孔明娶了黄承彦的丑女儿这个恶评如潮的消息，只是装作不知道而已。“在荆北似乎有个不像话的大笨蛋。”也许他是这么想的。而关于孔明与襄阳第一丑女黄氏结婚一事，“他之所以会娶那个没人要的丑女，都是因为他丈人是有权有势的黄承彦的缘故。他还真是卑鄙下流啊”。他也许认为孔明就是这样一个卑劣的人吧。总之，他不想和那个不值一哂的人扯上关系一点也不足为奇。

对此，《三国志》里裴松之注的部分，写了这样不同的说法：“孔明臣事于刘备并非起于三顾茅庐之礼，而是孔明特意到刘备那里自我推荐的。”他说刘备是在那时才第一次认识孔明。的确有可能。然而裴松之虽然大大引用了这种说法，却作了以下的结论：“但是，看过《出师表》以后，就很明白这并非事实。”可是《出师表》是在刘备死后很久才写的，其中说不定掺杂了孔明的矫饰与伪造，所以能否当成事实根据还是个疑问。身为一个历史学家，难道会这么轻易相信孔明这种表里不一的人所写出来的文章吗？如果裴松之真的认为之前那段是“显然与事实不符的说法”，那一开始就不要写嘛！但他特意写了这段，到底是为什么呢？这其中一定有内情。也许孔明一直都在用他那虚虚实实的策略来操控后世的人，包括裴松之在内。

刘备吃过便饭之后，就在隔壁的房间里铺好床，钻进被窝。虽然他很疲累，但却睁着眼睛，怎么也睡不着。那天夜深之后，他在迷迷糊糊之中听到有人在悄声说话。似乎在深夜里有客人来访，并且和水镜先生在交谈。（可恶，你这个水镜，竟敢出卖我。）被蔡瑁一党追杀，附近当然会有追兵追来。无论刘备如何悠哉，要他马上就信任一个享有高名的老隐士（一个可疑的老头）的确不太可能。刘备把剑挪到身边，准备随时把门踢破，然后跃出去砍杀水镜先生和那个客人。

（先听听看情况如何。）他竖起耳朵倾听。一个他耳熟的声音说："……我有事到襄阳，现在事情办完了，于是顺道来访。"

"那是单福的声音啊。"

"嗨，这不是单福吗，没想到竟然会在这里遇见你啊，啊哈哈哈。"刘备发觉是单福，原本想豪爽地笑着加入他们，但他感觉似乎还会发生什么，所以便忍了下来。

"你突然进来，吓得我胆战心惊。"

"看来我对老师您失礼了。"

"元直啊，虽然你拥有王佐之才，但也要择主而事啊，为什么你要如此轻率地去辅佐刘公呢？英雄往往不在眼前。这一点你都不甚了解。"水镜先生带点斥责意味地说。

"这……老师您教训的是。"徐庶有些泄气地说。

（所谓的刘公是指刘景升还是指我呢？）正当刘备在思考的时候，他们又说话了。"不管怎么说，刘皇叔能偶然逃到这里来，真让我松了一口气。”

“嗯。”

“那我该回新野去了，刘皇叔就拜托您了。”

“好，好。”

徐庶很快起身离席。虽然刘备的脑中浮现了个问号，但他实在懒得想这些事了。(明天再说吧。睡吧！）于是他回到床上盖起了棉被。然而他就是睡不着。

刘备一直等到天亮，才到水镜先生的房门前敲门。他草草打过招呼便问：“昨天夜里好像有人来，请问是谁呀？”

“被你发现了。那是我一个弟子。”

“这样啊。如果是先生的弟子，那么一定是未来值得期待的人。可否为我引见一下呢？”刘备试探道。

“他平日就希望觅得明君，现在已往心有所属的地方去了。”

“莫非他就是‘卧龙’、‘凤雏’的其中一人？请告诉我他的名字好吗？”

水镜先生虽然回答说“好，好”，却一点也不打算把名字说出来。

(又打算吊人胃口了吗？）刘备一脸正经，双手伏地拜托道：“老师，让我们继续昨天的话题，请告诉我‘卧龙’、‘凤雏’的名字好吗？”水镜先生只是笑着说：“好，好。”

(这个老头，难道在见机行事吗？）刘备拼命端出很有诚意的表情说：“那不然请先生您来当我的顾问，和我一起共扶汉室好吗？”为了天下苍生，你就过来吧！刘备重新洗了牌。

但水镜先生却摇着头装傻说：“像我这种山野间的隐士帮不上将军你的忙。自然有胜过我十倍、百倍的人愿意辅佐明公，你何不去寻找他呢？”

（就是这样，我才一直追问你那家伙的名字啊！）刘备毫不隐藏其发怒的表情，直盯着水镜先生。的确，要是受到如此对待，即使不是刘备也肯定会抓狂。（看来只有使用暴力让他招了。）正当刘备把手指关节折得喀喀作响，准备采取行动的时候，不巧牧童冲进来叫道："大事不好了！有个大将带着数百人军队朝这里过来了。他们也许是追兵呀。刘将军，请快逃命吧！"

"什么？"

刘备这下大大慌了手脚。他当下冲到庭院，跨上系在后院的的卢马，快马加鞭扬长而去。看着他那令人神往的逃走模样，牧童傻眼了。

听着已然远离的马蹄声，水镜先生冒着冷汗自忖："呼！真是危险啊！这稀世的枭雄还真令人害怕。吓死我了。"（他的确是个危险的人，我总算理解蔡瑁为何想杀他了。）当代第一的人物鉴定家水镜先生终于看清了刘备的人品。

刘备这个能在充满血腥与谋略的战场上存活下来的人，果然有着不寻常的魔性。像昨天的暗杀未遂事件，以及千钧一发横跃檀溪，要是普通人可能一辈子都活在恐惧之中，或是夜夜被噩梦纠缠了。但这对刘备来说只不过是"常有的事"，再过一阵子，他搞不好还会把它抛诸脑后说："咦？发生过这种事吗？"因为他是个将非常之事视为平常的人啊。

（真的要把孔明推荐给这个人吗？）之所以不论如何被胁迫也不肯说出名字，多少也是因为担心孔明，还有庞统。再怎么说，基本上被认定为异能之士的弟子孔明，毕竟也只是个不知世事及战场为何物的书生。他真的能胜任吗？（话说回来，元直不也在刘备手下做得很好吗？看来他果然如孔明所言，是个不认真的人。）

然而，过了一段时间之后，水镜先生却因刘备的凶暴无礼而怒火渐渐上升。这怒火波及了孔明。（干脆趁这个机会把刘玄德推给孔明吧。）既然你认为天下之事你都能应付自如，那马上让你尝尝苦头吧。你之后再叹息“和爱妻在隆中的安稳日子真是幸福啊……”也来不及了。借由刘备给孔明一点教训，也算是为师的一种亲切吧。（嗯嗯。）水镜先生发现牧童还在那儿盯着他看。于是他说了句：“好，好。”牧童已经习惯了水镜先生这个“好，好”的口头禅，所以他不会不识相地说：“您到底是在好什么呢？”

另一方面，骑着的卢逃走的刘备，从昨天开始就因不断骑马而摩擦到大腿内侧。“蛋蛋好痛啊！”他发着牢骚。等他稍微离远了点，回头一看，才知道率领着军队来的是赵子龙。于是他停下马等待着。“主公啊。”追上刘备的赵云下了马，一副松了一口气的样子跑到跟前来。“您平安无事真是太好了。”他一脸疲惫，看来整个晚上都在找寻刘备。想到赵云的忠义，刘备喜极而泣。

“主公，蔡瑁也许会往新野攻来，我们还是赶快回去吧。”

“嗯。本来还想把一个可恨的老头绑起来逼供，但还是下次吧。”

两人于是并辔往新野骑去。行不过数里，他们遇到了一支军队，正是关羽和张飞。四人高兴得抱在一起。刘备把飞跃檀溪的事说了一遍（这已成了他值得吹嘘的事）。

“真不愧是大哥。这就是所谓的‘鼠急跳墙’吗？”张飞反常地说了句错误的成语，并在那里感叹不已。

刘备一行人到达新野后，立刻聚集干部召开紧急会议，当然也包括徐庶在内。但刘备并不打算向徐庶问起昨夜的事，只要知道他是水镜先生的高徒就够了。因为如此一来，他一定知道‘卧龙’和‘凤雏’的真面目，所以之后再慢慢向他打听就行了。现在最要紧的还是先想出对襄阳的作战策略，在新野开战已迫在眉睫了。

“这不正是个好机会吗？”张飞嘿嘿嘿笑着，一副跃跃欲试的样子说：“那些混账家伙反正是来找大哥，要不就是来找我打架的。那就不用客气，把襄阳烧了，杀他个片甲不留吧！”张飞满脑子只想着杀人放火和掠夺强暴。这些事对张飞来说就和战争没两样。

和张飞相处惯的孙干等人，按住装着酒的葫芦，制止着张飞要他少说两句。“我们不能如此轻率地诉诸武力。这次的事件是由蔡瑁一手策划的，我想刘景升并不知情。”“总之，我们最好先以书面的方式直接告知刘景升。”

在张飞看来，比自己的亲兄弟还重要的结拜兄弟，同时也是自己主子的刘备都差点被人谋杀了，他们竟然提出这种乱七八糟的窝囊计划。以书面告知的方式虽然合乎礼节，但也实在对现状太缺乏危机意识了。

“孙干、糜竺、简雍这些人只能说是一般的良吏，并不是经纶济世之才。”刘备玩味着水镜先生这句话。（我的手下竟然连个顺势反击的好办法都想不出来……我真想得到‘卧龙’和‘凤雏’啊，如果真有这号人物的话。）刘备的内心这么叹息着。他瞄了一下徐庶之后，下了决定说：“就先这么办吧。”然后马上打发孙干去办此事。

两天后，刘表的长子刘琦与孙干一起回到处于战时戒严状态的新野。他是充当谢罪的使者前来的。刘备前往城门迎接。安排刘琦到客房歇息后，刘备便在大厅听取孙干的报告。孙干通过伊籍要求与刘表会面，顺利地被带到会客室去。刘表问：“听说前几天刘皇叔在宴会中途离席回去了，这是怎么回事啊？”

孙干一边呈上书信一边回答道：“您先看看这个吧。”（咦，不是听说刘景升大人生病吗？）孙干纳闷着。

“这是真的吗？”刘表读完信后一脸错愕。于是孙干把蔡瑁谋杀未遂以及刘备九死一生飞跃檀溪的经过一五一十告诉刘表。

“把蔡瑁给我带过来！”刘表罕见地面红耳赤大声叫道。当蔡瑁一副难为情的样子瑟缩地现身之后，刘表将信拿到他眼前责备说：“你看你，到底干了什么好事！”

“我这么做都是为了保住刘家的安泰啊，我是心怀忠诚的……”

刘表打断了他的辩解叫道：“够了，我不想再听了！竟然想谋杀我的客人刘皇叔，真是不可原谅。去死吧！以死谢罪吧！把他拖出去斩了！”

这一点也不像平日优柔寡断的刘表，他即刻下令处刑。这时蔡瑁的妹妹蔡夫人走了过来，她呜呜呜地放声大哭，替哥哥求饶。“不行。你得负起这个让天下人看笑话的责任。”刘表的态度变得更强硬。

“如果您判蔡瑁大人死罪，那我的主子也无法继续在新野待下去了。我们已十分了解太守您的心意了，所以请您从轻量刑吧。”由于孙干这么说，刘表便只臭骂了蔡瑁一顿了事。“如此一来，只能诚心向刘皇叔道歉了。”刘表于是命令长子刘琦为谢罪的使者。

刘备听孙干报告完后，虽然嘴巴上说：“这样还算是个不错的结局啊。”但是却一脸不高兴。（他以为他在演猴戏啊？刘景升不可能完全不知道蔡瑁的阴谋，他只是故意以震怒来搪塞。如果他真的有诚意，就算孙干替蔡瑁说情，他也应该让刘琦带蔡瑁的首级来谢罪才对。）

虽然刘备这么想，但不知为何，怒气却逐渐消却下来。（算了吧。）刘备接受了刘琦口头上的道歉后，大张筵席款待他。就在酒宴方酣，张飞胡乱跳起祝贺舞时，身旁的刘琦却突然哭了起来。难不成是喝醉了吗？刘备问他原委，刘琦便泣诉起他的人生以及在襄阳如坐针毡的情形。

“想必刘皇叔您也知道，由于蔡夫人和蔡瑁与我水火不容，所以我每天过着不知何时会殒命的不安日子。父亲大人对蔡夫人唯命是从，一点都没考虑到我的感受。如果可以的话，我甚至愿意搬来新野居住。皇叔大人啊，我应该如何是好呢？”

（真是烦人的小鬼。）刘备只想赏他一记耳光。“我真为荆州接班人的你感到丢脸。如果你还算是个男人，就在被杀之前先杀了对方！”

虽然刘备想给他如此男子汉般的建议，但他自己就是蔡瑁狙击名单里的头号人物，所以他的立场跟刘琦没什么两样，他可不能随便乱说话。（虽然很可怜，但也没办法。）这要是在曹操他们家的话，儿子们一定是派系林立，然后连自己的母亲和臣子也牵连进去，争得你死我活。看来刘琦还真是欠缺生存竞争的意识。

“长子继承父业向来是世间的习俗，所以你不用担心，只要对父母小心尽孝，自然会没事的。”刘备就这样说了些无关痛痒的话当作回答。

不知道刘琦是不是有忧郁症？隔天刘备送他到城外，他却抽搭搭地哭着回去。看来他是把喝下去的酒全从眼睛里排出来了。“这样一来，水镜先生所解释的预言诗还真的应验了呢。在曹操即将进兵荆州之际，怎么会发生这种事呢？那……到时我该如何是好呢？”刘备想。

由于刘备对自己的状况也不甚了解，所以更遑论给人建议了。就连现在，他对于未来也毫无计划。刘玄德就是这样漫无计划、见招拆招的人。但不知为何，他的威望始终居高不下。刘琦会不顾危险向他人抱怨他的处境，也是因为对象是刘备的缘故。刘备调转马头，一脸沉重地回到了新野城内。

这时，一个用葛布头巾包着脸，身穿棉衣、系黑带、穿黑鞋的异样男子，在街上一边高唱着奇怪的歌，一边向刘备走来。

> 天地反覆兮，火欲殂；
> 大厦将崩兮，一木难扶。
> 山谷有贤兮，欲投明主；
> 明主求贤兮，却不知吾。

这也是个谶纬的歌谣。显然是在预言某事。“天下倾覆，火（指汉室）将熄灭；大宅邸即将崩塌，但独木难支。山谷里有位贤能之才想投靠明主；明主虽欲求贤明的人，却不知我的存在。”——意思大概是这样。刘备对那男子感到一阵毛骨悚然，于是便下马和他搭话。

“阁下请留步！”刘备叫住了他。

“……”

“刚才阁下的歌是特意唱给我听的吗？”

“……”

“明主欲求贤明，却不知我的存在。这话是什么意思？”

“……”

不管刘备怎么问，这一身黑的年轻男子就是不说话。

“莫非是水镜先生叫你来新野唱这歌给我听吗？”

“……”

“可否请你跟我来，详细向我解释这首歌的意思呢？”此时男子却转过身去，快步离开了。

“啊，等等啊！”刘备虽然追了上去，却在岔路追丢了。

如果他是水镜先生所说的那个人，那他可能就是“卧龙”或是“凤雏”。（不愿透露姓名，却派他本人来吗？真是妙招啊。）直觉如此的刘备，为了寻找那人的踪影，当天一整天都在城里绕来绕去。

就在刘备在新野城里东奔西跑之时，大厅里来了个面无表情的男子，他向徐庶要了杯茶。

“真令人吃惊啊，没想到你会突然出现在这里。对了，有什么事吗？”

“不，没什么事。我在旅途中正要返家，看见新野的气氛有所改变，所以顺道来看看情况。”这个男人不用说也知道，正是诸葛孔明！他刚刚穿的那套黑衣，被他包在包袱里，夹在腋下。

“你说这里的气氛有所改变，是怎么回事？”虽然徐庶这么问，但孔明还是啜着茶。突然，他“咳咳”地咳了起来。

他厚脸皮地说：“茶叶本身是还可以啦，但是元直呀，你泡的方法不对。”

“喂，茶具借我一下。”孔明把茶壶和滤网拿了过来。他先确认热水的温度和热气，接着慢慢将少量热水注入装有茶叶的滤网里。等到茶叶焖开后，才先急后缓地将热水倒进去。稍待片刻后，他把茶碗递给徐庶说：“来，你喝喝看。”

徐庶一接过茶碗就感觉到香味完全不同。他用舌头轻尝了一口之后，发现这味道与自己先前所泡的完全无法比拟。如果跟人说这是云南产的顶级品，恐怕大家都会相信。

“孔、孔明，这实在是太好喝了。”徐庶极为感动地说。

孔明点着头，一副“你看，我就说吧”的表情。

“你到底施了什么魔法啊？”

“我只是用适合茶叶的正确方法去泡而已。”

“说来真是惭愧。都怪我以前只是随便泡泡，才使得这金子般的香茶味道变得像马尿一样。请原谅我吧。”

孔明的茶让徐庶对茶的认识完全改变，那茶好喝到让他感叹后悔不已。

“只要你愿意深入了解，任何事都可以变得很深奥。我在旅途中结识了一位识茶的名人，我对他佩服不已，恳求他传授我泡茶的方法。热水的温度和焖的时间就是诀窍所在。将来，茶这东西会广泛地为人们所饮用吧。元直啊，这所谓的茶嘛……”

孔明又开始长篇大论了。中国人喝茶是始于何时还没有定论，不过吴国有个叫韦曜的人，曾因为不能饮酒而在酒席间找了颜色与酒相似的茶来代替（不知道是不是因为被识破的关系，他后来被孙皓杀了），所以大概是在这时，中国人才开始喝茶的吧。

有本深奥的书叫作《茶经》。这本有关茶的古书虽是在唐朝所写成，但书中却认为喝茶的起源应追溯到更古老的时代。此书虽想树立权威，但这种说法未免也太牵强了些。但这就是中国古人的写作方式，下笔时总是洋洋洒洒，到头来往往显得夸大（嗯，说起来《演义》好像也是这样）。

在和孔明这种与众不同的中国知识分子谈论茶时请注意，因为他会在不知不觉当中将话题扯到宇宙那方面去。“呃，这个，这个我已经知道了。下次我一定会把茶泡得很好喝，你就饶了我吧。”我们还是像徐庶这样，早点结束这个话题比较好。

“是吗？有趣的话题才正要开始啊。”看来孔明还想继续说下去。他这人，真是搞不懂是悠闲还是忙碌。孔明闻了闻自己重新泡好的茶的香气，然后喝了一口含在嘴里，一副幸福之至的表情。“棒极了！”这个懂得分辨茶的人，一定在心中这么赞叹自己，并将这份自豪化成香茶的芳醇。

“这泡茶只不过是件小事。我很清楚要做一名大丈夫，实在不能整天关在我那简陋的屋子里。人不外出旅行，心胸与志向就会越来越小，因为在山野间要学习的事还很多啊！”孔明最近常常旅行，所以他的腰腿也轻快了许多。他第一次从事长途旅行是在孩提时代，不过那趟旅程不是为了游山玩水，而是在逃命。现在他是打从心底快乐地享受旅行。

“除了时时确认我所蓄积的知识是否能正确地与世间之事相呼应之外，也可以结识许多人。”

“可是孔明啊，旅行虽然不错，但你从未遇到危险吗？你也会带嫂夫人一起出游吧？”徐庶问。

荆北的治安比起其他地方要好得多，但一离开荆北就有强盗集团和武装难民在游荡，而郡县的官差们也会当作副业般趁机敲诈勒索，所以旅行者常会受到很凄惨的待遇。

“不，我虽然很期待这种事发生，但就是没人来袭击我呀。”孔明一副很可惜的样子说。

“怎么会有这种事？这只是你运气好吧。”

“你真的这么认为？”孔明笑着问。

“当然。”

“虽说仙人的道法中有种能趋吉避凶的法术，但我总是对它存疑，因此我就实地试了一试，结果在旅行途中果真没有发生任何不好的事。我实在搞不清楚这只是我的运气好，还是法术真的奏效了。我还真希望能遇到一次嗜血的盗贼啊。”

（你在胡说些什么呀？这当然只是因为你的运气好啊。哪有这么方便的法术啊！）那你就试着让自己被袭击看看啊，徐庶这么想。但孔明却“不是这样的、哪里是那样啊、怎么会是那样呢、不过啊……”煞有介事地说着那有如谎言一般的话，真让人有种说不出来的不快。

“算了，下次出门旅行时我就不施这个法术，这样才可以作比较。”孔明从容地说。

“对了，我还遇到了元直害怕的黑道兄弟呢。”

“你说什么？”

“到类似赌场的地方或市场暗处看起来很危险的地方，就找得到他们。和他们交谈还真有趣。”

孔明说他以平时那身打扮进入赌骰子的赌场，顺理成章地不停赢钱，结果被赌场的总管怀疑他耍老千，还恐吓他说：“方士先生啊，那把扇子借我看看吧，里面一定装了什么机关吧？”当他面临被脱下那身奇怪衣服的险恶状况时，他邀请那些满脸横肉的兄弟们一起到酒家去喝酒，一点也不心疼地一口气把钱花得精光，那些兄弟反而因此佩服起他来。然后他依照惯例谈论起他那气势壮阔的宇宙理论，最后明明他没有自报名号，众人却尊称他为“卧龙先森”或“卧龙大伦”。当然，这些话都是孔明自己说的。（一定是骗人的。）话虽如此，但这人可是孔明啊，所以就算真有其事也不值得大惊小怪。可不是吗？

“还有啊，他们对你的主子刘玄德及关、张二弟的评价非常好呢。”孔明又说，“我在洛阳听过许多其他国家人的谈话。在天竺附近有个称为浮屠的教派，信仰的人大部分都是月氏人。那是个很有趣的教派学说，有些东西很像老子的说教玄之又玄，所以一般民众大概听不懂吧。假如它能再世俗化一点，也许就能像太平道或五斗米道一样流行了。”所谓的浮屠便是佛教。第一座佛教寺院白马寺建在洛阳，董卓放火烧洛阳时它也没被烧毁。

“其中也有人来自比天竺还要西边的大秦，我听他们说了一些关于太一的奇妙故事。元直啊，天下可是很广大的呀。”

据说大秦就是罗马帝国。丝绸之路的交通其实很早以前就存在了，但是直到后汉才正式派遣使者前往。后汉时期的中国若是出现罗马人、犹太人或中东各民族的人，也不足为奇。也就是说，如果孔明知道印度哲学、希腊哲学或耶稣基督等事情，也不值得惊奇。

所谓的太一（又作太乙、泰一）是指宇宙的根源所在，它被当成天，也是唯一的真神。我总觉得比起佛教，中国人应该比较容易接受基督教，也许佛教只是占了传播时间早的便宜罢了。我认为基督教传入的时间，应该比文献中所显示的时期还早得多。在中国，并不称耶和华为“神”，他们称之为上帝或天主，也是太一、玄（日本翻译成神，这几乎可说是误译，是混乱的根源）。

太平道的信徒称呼上帝为“中黄太乙”，并信仰上帝，这也是一个太一存在的例子。道教虽被归类为多神教，但在最高的位子上还是有太一的存在。这就等于基督教以神为基础，承认在天神之中也有阶级之分（这随宗派的不同而有不同定义），其实这其中就包含了一神教的旨趣。

孔明旅行的范围似乎涵盖得很广。对于每天忙着新野的行政工作和照顾刘备军的徐庶而言，这些浮屠、大秦的话题简直就像远在天边的梦话。但是对孔明来说似乎不是如此，他并不是想借此得到知识或满足好奇心而已，他是把它当作附近邻居家的事一样看待。再怎么说，他也是个有宇宙规模志向的人，所以地球上的事对他来说大概都不成问题吧。

这时孔明突然站了起来。

“怎么啦？”徐庶问。

孔明把手放在嘴巴前面，“嘘。”

“我话说得太入神，所以待太久了。我要躲到隔壁的房间去，你可别说我在这里喔。”

孔明说完，立刻消失在对面的房间里。几乎就在同时，刘备进来了。由于他在城内四处奔走，所以浑身是汗。

“单福老师！”他一脸兴奋，大大咧咧地走了过来。徐庶有种不好的预感。（他的眼神闪耀着异于平日的光芒。这回又发生什么事啦？）

刘备看到桌上喝剩的茶碗，不觉口也渴了，于是顺手拿起来一口喝下。“嗯，好喝。”他不自觉地说道。仔细一看，茶具共有两套。这可逃不过刘备的法眼。

“这茶真是好喝啊，我还是第一次喝到这么好喝的茶。看来这是极品啊。”

“不，这只是我们平常买的茶而已。”

“怎么可能？味道明明不一样。”

“这是因为主公你口渴的关系吧。”

“是吗？不会是有人来这里做客，送了我们高级茶当礼物吧？”他又瞄了桌子上的茶具一眼。

（被发现了吗？）徐庶掩住尴尬，缓了缓脸上的表情说：“主公，您以为我私藏了上等茶，一个人独享吗？”徐庶一边笑，一边从茶筒中拿出茶叶。

“嗯，这的确是我们平时喝的茶。”

“真没想到我竟被怀疑私吞好茶。其实关键在于泡茶的方法，我是听某人的建议而尝试的。”徐庶回想刚刚孔明的做法，如法炮制一遍给刘备看，然后请刘备试喝。

“喔！”刘备又叫了出来。虽然不如孔明泡的好喝，但味道的确不错。“哈哈哈！这样一来口更渴了吧？刚刚那口茶想必很好喝吧。”

“嗯，确实如此。想不到只是稍微下了点工夫，就有这么大的转变。”随着身上的汗逐渐减少，刘备兴奋的心情也渐渐冷却下来。（好险好险，真多亏了这茶啊。）徐庶松了一口气。

“说到口渴，记得以前曹公曾跟我说过这样的故事。”刘备在被吕布夺了徐州、赶出小沛之后，曾经不得已投靠过曹操。之后，曹、刘两人联手打倒了吕布，无处可去的刘备便暂时留在许都。由于曹操怀疑致力于种菜的刘备怀有二心，因此打算来个“煮酒论英雄”。

“之前在征讨张绣的时候，由于行军的路上缺水，所以士兵们都为口渴所苦。那时我心生一计，以鞭指向山丘对面，撒谎说‘前面有座梅林’。士兵们一听到便口中生唾，忘了口渴这件事。”

曹操为了松懈刘备的警戒心，费心说了这样一段机智的小故事，然后以梅子当下酒菜喝起酒来。这就是所谓“只要想起酸梅就吃得下饭”的理论。曹操使用了巴甫洛夫以狗做实验的反射性动作的小伎俩，让士兵们想像该地有梅子，使口中生出唾液来滋润喉咙。看来这梅子还不是普通的酸啊。

“就在这时，曹公斩钉截铁地说‘天下的英雄只有我和刘玄德你而已’。是那个曹孟德说的喔，啊哈哈哈哈哈！”刘备前一阵子还以悲伤的心情回想起这事，但现在却自鸣得意了起来。真不愧是“昨日种种譬如昨日死”的刘备啊。

“同样是这个时候，不知道是不是上天的安排？就在我被他的话吓呆的刹那，突然打了好大一声雷，下起一阵几乎都看不清楚周围的豪雨……”刘备继续比手划脚地说着。

“您这些话我都听得耳朵快长茧啦！”此时徐庶并没有这样打断他。如果让他继续忘情地说，就能让他忘却之前的疑惑，真是再好也不过了。

“就是啊，就是啊。”“哇啊，真是厉害啊。”为了让他继续说下去，徐庶不断敲边鼓。看来徐庶也渐渐变狡猾了。然而，刘备又喝完一杯茶之后，突然回过神来。明明刚刚还在那里自吹自擂，此时的他却突然落寞地补上一句：“唉，往事已矣……说起来也没什么好得意的。老师，你就把它全忘了吧。”

“对了，我是有事想问老师你才过来的。”

“什么事呢？”原本想用些无聊的事蒙混过去，但刘备似乎想起了他的要事。看来他已大致想起了他要问的事。

“前几天我在襄阳被追杀的时候，被一个叫水镜先生的隐士藏了起来。你应该也知道水镜先生吧？”

“嗯嗯，知道一点。”

“那时水镜先生意味深长地告诉了我一些事。”

都到了这个地步，也只能静静听他说了，如果能敷衍过去的话就尽量敷衍吧。刘备稍微夸张地把他和水镜先生的对话说了一遍。

“水镜先生说只要得到‘卧龙’或‘凤雏’其中一人，统一天下就不是梦想了。”

接着他面对面盯着单福，也就是徐庶，说：“听说那‘卧龙’、‘凤雏’就在荆北的某处。我被水镜先生的话深深吸引，所以非常希望把这两人请到我的幕下。”刘备把脸更加逼近徐庶，他的眼角已泛着泪光。

“卧龙”和“凤雏”是超越文官武官界线的超重量级人才，对内能充分发挥优秀文官的功用，使内政臻于完美，对外能自由操控勇猛刚强的武将，使其在战场上连战连胜，是超级家将。但是，我这里有一个很大的疑问，要是真有这种精通政策和战略的高水平人才，那他自己出来担任君主不就好了吗？这样一来就不需要刘备啦。

例如在《演义》里，曹操勉强说来就具有接近这样的能力。但你总不能对他说：“请当我的超级家将”吧？第一，他的忠诚度就不值得期待。不过，刘备并非那种会深入考虑这些不合理事情的人，所以搞不好他根本就不在乎。

“但水镜先生无论如何就是不肯告诉我‘卧龙’或是‘凤雏’的名字。单福老师，我就直说了，老师您是不是就是水镜先生所说的那个人？”刘备在逼迫别人的时候，还是一样魄力十足。

徐庶“哎呀”一声从椅子上跌了下来。在这官厅里，他逃都逃不掉。他的脑筋转了又转，思考着该怎么回答才好。

“老师您的带兵本领和施政手腕都是我亲眼所见，我认为在此地不会有比老师您更出色的人才。这么说，难不成单福老师您就是……‘卧龙’？”

面对刘备极具压迫感的盘问，徐庶几乎就要全盘托出，而躲在隔壁房间偷听的孔明也非常害怕。但徐庶已不是刚加入刘备军时的那个软脚虾了。在刘备军里的这段时间，他的神经已经变粗了，他已完全习惯扮演他那能干军师单福的角色。

“呵！”他的嘴角扬了扬，镇定地回答说：“好好，请先坐下。这件事我心里已有谱了。不过，我想主公你是遇到了个难缠的人。说来虽然令人遗憾，但我认为主公你还是不要把司马徽当成昔日那个硕学之士、人物鉴定的权威比较好。”

“此话怎讲？”

“其实司马水镜有说谎的习惯，但与其说他是说谎，倒不如说他是因为衰老而语无伦次。”

“怎么会这样？这是真的吗？”听到这话的刘备姑且坐了下来。

“没错。他这个披着羊皮的老狼，所做所言全都是骗人的，而且他也替自己的儿子和媳妇惹了不少麻烦，说来还真是个无可救药的老人。偷偷告诉你，他之所以会在那样偏僻的地方结庵，也是被人强迫隔离，封锁在那里的。因为他喜欢骚扰邻居更胜三餐，实在是个没救的人啊。”

“人若是老了，有时会和年轻时的自己判若两人。人世间最悲哀的事莫过于此啊。”徐庶大大叹了口气。

“是吗？我总觉得他还蛮有修养的，而且虽然他已上了年纪，说话却一点也不含糊啊。”

的确，当他只是说“好，好”的时候，才会让人怀疑他是不是已经痴呆了。

“虽然表面上看来如此，但其实他这个人不可理喻。再说，主公你真的认为只要得到一两个奇才就能取得天下吗？我想不会有这么愚蠢的事吧？光凭这点就可以知道他在撒谎了。”徐庶毫不犹豫地说出这样的话。或许口无遮拦，但这也是实话实说。仔细想想，事实的确如此。

“这么说来，那‘卧龙’和‘凤雏’是……”

徐庶呵呵呵笑着（他用力演着）说：“那可能是个足以令人汗颜的虚构名字吧。”接着又说，“至少我就不曾被叫过这个怪名字，而我也不想被这么叫。”——这倒是实话。

“连主公这样的人都如此轻易上当受骗，可见这个水镜还宝刀未老。主公你听好了，今后绝不可以再把那个司马水镜的戏言当真喔。”

虽说逼不得已（这么说一点也不为过），但是把自己的老师说成是爱扯谎的痴呆老人还真不好受。尽管心里觉得羞愧，但他还是冷酷地把话说完。

另一方面，刘备的心里也有底了。（来这套？看样子你不知道在你半夜拜访水镜时，我就在隔壁房间偷听吧？）单福（即徐庶）就是司马徽的弟子，那夜可是最佳的证据啊。（看来这两个都是一丘之貉。）

徐庶似乎以为刘备只是个胆子大、神经大条的人而已，但事实上绝非如此。当刘备一进到这个房间看见桌上的茶具时，就确信一定有人来过，而且现在正躲在隔壁的房间里。由茶水尚未变冷就可得知，他一定是在极短的时间内错过了那个人。（那家伙也许就是刚刚在街上唱歌的那个人，难怪我在外面怎么找都找不到。）

光靠勇猛或运气是不可能在这乱世之中生存下去的。若是没有直觉，魔鬼般的直觉，是无法幸存的。不过刘备的直觉与打仗的直觉稍有不同。刘备军的势力向来不大，但与他们交手的对手却多是不可轻忽的强敌，上了战场，对方也大多是大军压境，所以只能靠直觉来一决胜负。只要直觉稍有差错，自己的脑袋马上就不保，惊险的场面有如在走钢丝。

像徐庶这种程度的人，并未见到过刘备的这一面。可以说刘备便是靠着这股敏锐的直觉（结果证明还是不行），才能一直兼任主公及军师的角色。不过再怎么说，这股直觉也只能算是刘备的个人才能（徐庶就是因为这股直觉才被吸引上钩的）。

由于这只是根据当场、当时的感性所衍生出来的东西，所以实际上多半只是一时的权宜之计，并不是个能应用在战略及政治上的系统想法。他本人也十分清楚这件事，所以才会想要寻找一个能干的文官和军师参谋。

“不过，水镜也是如此，他们为什么要隐瞒呢？既然他们知道的话，告诉我名字应该无妨啊。”这就是他纳闷的地方。

既然徐庶是水镜先生的弟子这事已经曝光，要逼问徐庶其实也不难。但根据刘备的直觉，现在这么做还太早了。他总觉得关于“卧龙”和“凤雏”，似乎另有不可告人的隐情。要是在平时，像这种老人家讲的谗言只要过两三天他就忘得一干二净了，不知道为什么，就只有这件事一直在他脑中萦绕不去。

对此非常在意的刘备，命令糜竺私下详细调查司马徽和庞德公，就连他们门下弟子的名字也一并调查。由于只需和襄阳的民众闲话家常而已，所以很快就查到了。但得到的结论完全没超出稍早就已经隐约知道的那些。

“这个单福十之八九就是徐庶徐元直”，这早在他在水镜先生家密会时就已得到证实。“徐庶，出生于公元 180 年左右，是颍川的望族。年轻时喜欢击剑，也喜好行侠仗义（当不良少年）。在中平末年曾经因为人复仇而杀人，之后便披头散发，蓄得满脸胡子，还用白粉抹脸，企图装疯卖傻借以逃跑，最后还是以杀人罪嫌被逮捕。

由于他在侦讯时始终保持缄默，所以被官差绑在车上游街，希望民众能提供线索，但民众皆因有所顾忌而不敢指认。不久，他在同伴的协助下逃狱。数年后，他用单福这个假名，与侠义之徒交往，继续过着逃亡的生活。由于时局混乱，再被逮捕的可能性不高，所以他洗心革面成为一个正派的人。他在襄阳与年迈的母亲一起生活，并加入司马徽门下至今。”

调查记录就这么简单地被调出来。这样的经历是刘备军所喜好的。“喔喔，没想到单福你还真有一套嘛。要是把这事告诉张飞，他一定很高兴。”刘备心想。如果把司马徽得意门生的名字一一列出来，其中还包括崔州平、石韬、孟建和诸葛亮。司马徽和庞德公的弟子有很多是重叠的，其他比较受到注目的人还有马良、马谡、习祯及庞统等人。

虽说这些秀才名气都很高，但毕竟都只是没有实际功绩的年轻人，顶多只能算是会做学问的书生罢了。这些人的名字通常是听过就算了，根本不值得一记，就算问起这些人当中孰强孰弱，大概也只是半斤八两。若是实际起用这些人，也许有人能像徐庶一样拥有些许才华，但是否拥有问鼎天下的才能，却是个很大的疑问。

我们的孙干、糜竺、简雍等人是借由不幸的遭遇来积累经验，如今才能扎扎实实地把事情做好。(“卧龙”和“凤雏”……司马水镜既然有如暗示般地推荐他们，可见这两人一定在他的弟子当中。不过或许也不是这样……还是他只是想“老王卖瓜”？嗯，如果着眼于未来就另当别论，可是按照水镜的说法，“卧龙”和“凤雏”应该是实战力惊人的吧！)

如果这两人是他的弟子，那就更应该毫不避讳地把他们的名字告诉我，并且加以夸耀一番才是啊。但不知为何，事情并非如此，所以连刘备也对此耿耿于怀，再加上刚刚还出现了个唱着怪歌的男子。

“难道我是被骗、被人设计了吗？”刘备凭着那魔鬼般的直觉自言自语着。

“请问您是怎么啦？”由于刘备沉默不语，所以徐庶说话了。

“嗯，喔喔，对不起。所以老师你认为‘卧龙’和‘凤雏’的事只是子虚乌有啰？”

“我是这么想的。”

在徐庶看来，孔明似乎已舍弃了天下的雄心，只愿快乐地活着，而且他大概也在隔壁偷听，所以徐庶只好努力装作不知道。

姑且不论“卧龙”，但“凤雏”他还真的是初次听到。所谓的“凤雏”就是庞统这事，连徐庶也不知道（大概连孔明也都不知道吧）。“虽然大家都不清楚实际的情况，但‘卧龙’和‘凤雏’似乎确实存在。”刘备的直觉这样告诉自己。(关于这天下奇才的话题只说到一半，但为何会有这么多古怪的谜团包围呢？真想知道其中的原委啊。)握有关键钥匙的人就是水镜先生，而另一个人就是在他身旁的单福（即徐庶）。

徐庶在被官差抓住时，一定也遭遇过相当严酷的拷问，但他却始终强硬地保持缄默。所以要是来硬的，可能会得到反效果。（现在就只能暂时等待吗？可是我到现在都还搞不清楚这件事是否真的这么重要。想和关羽、张飞商量，又怕他们会用异样的眼光看我。）

在襄阳被追杀，不久曹军就要来袭，问题堆积如山的刘备被这暧昧不清的事情缠住了。一个不得不面对残酷现实的硬汉，竟会被这样的事情所困惑，也许这就是孔明他那蛊惑人心的法术正一步步逼近的证据。孔明曾说他已经不当“卧龙”了，但他所施的法术依然不死。不过，要是孔明又改变心意，从外表上也看不出来呀。不知道今天是一时兴起还是只是来玩玩，他特意出现在新野，让刘备看看他变装后的模样。

只要孔明在，那里就会出现无尽的谜团和疑问。（再等下去也不见得能得知“卧龙”的真面目，不如抓住现在正躲在隔壁房间的那个人来问问吧。）我可不能错过这个机会。

“问你这么无聊的事真不好意思。我到隔壁的房间稍作休息好了。”说着他起身快步走了过去。

“啊，主公您等等啊。”

“有什么事吗，老师？”

“这个，隔壁的房间里。”

“有什么东西吗？”

“没有。”

“那我进去啰。”为了以防万一，刘备手握佩剑的剑柄，一边走进隔壁的房间。徐庶这时闭上了眼睛。然而，隔壁的房间里空无一人。跟在刘备后面想编些理由的徐庶也傻了眼。（咦？）

刘备转身，只见徐庶一脸怪表情。

“老师，怎么了？”

“不，没什么。”徐庶慌慌张张走了回去。

刘备卸下身上的装备。但他可不认为自己的直觉失灵了。刚刚这里明明有人。（真是个机灵的家伙。而单福这个军师，搞不好瞒着我养了个间谍。这么说，那个黑衣人……）刘备轻轻摇了摇头。这时最好放下一切，让头脑单纯一点比较好。（但是，自从和司马水镜见面以来，身边就突然发生一些虚虚实实的事。那个老人虽然看起来貌不惊人，但难道他真的是仙人之类的吗？）

好，还是再找个机会去拜访水镜先生，这次我绝不会再急躁了。刘备下定了决心。当徐庶回到原来的房间时，却看到孔明站在门口。

“啊！”正当他想叫出声的时候，孔明用食指抵住嘴唇说了声“嘘”，然后走了出去。徐庶追着孔明到大厅外。

“呼，我被吓出一身冷汗。不过，你到底是怎么消失的呀？难道你是穿墙而出的吗？”

“元直啊，你是笨蛋吗？人怎么有可能穿墙呢？”

“那你是怎样出去的呢？”

“你真笨！房里不是有窗户吗？我是在情急之下跳窗而逃的。”

“什么嘛，原来是从窗户。”

听到徐庶那带着几分遗憾的口吻，孔明安抚道：“这次是因为房间里刚好有窗户，不过就算没有窗户，搞不好我也能消失喔，元直。”

“真的吗？”徐庶像孩子般眼睛闪耀着光芒。他自从经历之前的军师忠告事件以来，就完全沉浸在孔明魔法当中，看来他似乎对孔明有着异常的期待。自古以来，沉浸于特异现象就等于堕落的开始。徐庶啊，凡人都难过此关啊。

此时孔明说：“对了，元直，你刚刚把水镜先生说成一个恶劣的撒谎老人，真是对老师大不敬，你太过分了。”

“你也听到了吗？但我也只能这么说呀。”

“既然如此，那你为什么冷汗直流呢？是不是我这个做朋友的给你添麻烦了呀？”孔明一边微笑一边诡谲地说。

“那，你是说我应该告诉他所谓的‘卧龙’就是隆中的诸葛孔明吗？”

孔明拿出他的白羽扇看了一会儿，然后用它遮住嘴巴不予响应。取而代之的，是一段有点自嘲的自言自语：“单单获得一个奇才是无法取得天下的吗？还真是击中要害的指摘。”

“但事实就是如此啊。”徐庶虽然这么想，不过没说出口。

“但是元直啊，宇宙可是比天下要大得多喔。要是有个男子连宇宙都能夺下的话，呵呵呵，那天下事对他来说就易如反掌了。我是这么想的。”说这话时的孔明眼神有点怪怪的，徐庶不由得感到毛骨悚然。孔明将白羽扇放了下来，眼神也恢复成原来的样子。

“那就是刘备刘玄德吗？当我亲眼瞧见、亲耳听到之后，觉得他比你说的、比世间传闻中的更……”

“更怎么样啊？”

“更古怪。”孔明如此评论，语气中不无夸奖之意。

(这话是你说的吗？) 徐庶被打败了。被一个古怪的人说古怪，这下真不知道这个人有多古怪了。往天空一看，天色变暗了，云也变厚了。

“看样子要下雨了呀，天气还真是瞬息万变呀。我还是回去吧。”

“孔明。”

“我想刘玄德是适合元直的好主公，你好好辅佐他吧。”孔明收起扇子走了出去。徐庶还没把话说完，正想叫住孔明的时候，却看见扛着两个酒桶的张飞过来了。张飞与孔明擦身而过。虽然孔明的身材纤细，但身高却与张飞相差无几。

“喔喔，单福先生，你也在等我吗？今晚就让我们喝个痛快吧！”张飞豪迈地笑道。在张飞那巨大身形的背后，因先走一步而与张飞擦身而过的孔明突然消失不见了。

“咦？”

徐庶啊，别这么大惊小怪嘛。虽然不知道为什么，但我想孔明只是突然绕到旁边的路口而已。大概是吧。

隔天，雨变小了。新野的街上充满了活力，非常热闹，人口也增加了，这都是拜刘备的名声及徐庶的本领所赐。而且像是盗窃等的犯罪事件也很少发生，所以巡逻兵的人数并不多。这是因为如果有人犯罪，张飞就会乐开杀戒，并将其曝尸于市场以示众。虽说没什么必要，但有空时刘备还是会离开官衙出去视察。不过今天的刘备可没那个心情，他早早结束视察，信步走入街上的酒家。

“啊，领主大人。”由于受到零星客人们的盛大欢迎，刘备的心情也渐渐好了起来。

“叫我领主大人未免太见外了，我只不过是托管新野的代理而已。别客气，直接叫我玄德吧。”

正好路过店外的行人一知道刘备在里面，也都高兴地加入，整间酒店就像在开宴会般热闹。

“对了，请问一下，你们知道‘卧龙’是谁吗？算了，你们大概不知道吧。”满脸通红的刘备若无其事地问。

“呃，‘卧龙’是吗？知道啊。”街上的人露出些许不悦的神情。

“你说什么！那、那个人到底是谁？”刘备惊讶地问。

“那人名叫诸葛孔明。他虽是隆中的农夫，嗯，不知该说他是怪胎还是精神不正常的人，总之在襄阳，他是个无人不知、无人不晓的讨厌鬼就是了。”

“什么？”

刘备以夸张的动作，“噗哇”地将口中的东西吐了出来。

水镜和徐庶暗示的神秘奇才，却是城里人尽皆知的恶劣怪物，不知道这事的只有刘玄德一人。这家伙到底是个什么样的人呢，刘备想。而刘皇叔又会怎么做呢？请听下回分解。

第九回　徐庶为难于离间之策，终于推荐了诸葛亮

根据《三国志通俗演义》记载，最初孔明非常不愿意在刘备手下做事。

徐庶因为某种理由不得不离刘备而去时，曾向刘备推举孔明，并说他是个远远凌驾自己之上的大天才。但是如果孔明拒绝刘备，将会使刘备蒙羞，为此担忧的徐庶想听听孔明的意见，要是孔明不愿出仕，他打算予以强力说服，因此便前往隆中卧龙冈探访孔明。

“我辞别刘玄德大人时，曾向他推荐你，所以他近日应该会来拜访吧。届时希望你不要拒绝，并且以你平生之大才帮助他。”

“拜托了，孔明，看在我的面子上答应我好吗？”徐庶说。

没想到孔明听了脸色大变说：“你打算把我当成祭品吗？”并露出一副你已经不是我朋友的表情，甚至气得想向低头的徐庶吐口水。随后，他突然站起来，消失在屋子里。

“祭品”这话未免也太过分了，不过他既然这么说，我想他一定相当讨厌刘备。真不知为何大部分的《演义》都无视于这个场面？不，也许他们在字里行间里洞悉了孔明的真正心意，所以推测“孔明虽这么说，但其实还是有一半希望仕于刘备”，因而把这段省略掉，要不然《演义》就无法继续下去了。

然而，真的是如此吗？像孔明那种极其古怪的人的内心世界，大概不是我这种凡人所能想像的吧。不过，一般读起来，的确会觉得不快，这当然是以依《三国志通俗演义》为前提而言的。《三国志》里并没有描述这段孔明的心情。所以要是辩称"《演义》是根据正史的记述来编纂的"，自然可以无视于刚才的"祭品之说"。但是，也可说孔明是用他的态度来表达对刘备的厌恶。

《三国志》里是这样写的：

徐庶突然对刘备说："诸葛孔明就是'卧龙'。将军您想见他吗？"

刘备可能觉得麻烦，回答说："可不可以把他带到这里来呢？"

徐庶说："我们可以亲自去拜访孔明，但不能强行将他带来（这是为什么啊？），所以还是有劳主公您亲自走一趟。"

就这样，三顾茅庐的有名戏码便登场了。

刘备虽然亲自拜访一个没地位没官品的农夫，更甚者，是驾临到一个无论在战场上或在官厅里都没有实际功绩的年轻人的破房子前，但由于书上记载"要拜访三次，才见到了孔明的面"，所以我们早知道在第一次、第二次的拜访中，不仅无法如愿，孔明也不会把他放在眼里。

所以说，无论《三国志通俗演义》或《三国志》，里面都清楚表示最初孔明是躲着刘备的。话虽如此，当要接任一个高位的官职或被盼望出仕时，要是第一次就答应，会被认为是野心外露、下流无礼，所以至少要礼貌性地推辞两次，在第三次之后才以"既然你这么坚持，我就……"的态度接受，这样才符合礼仪。

"三顾茅庐"虽被认为是一项高姿态的迎接方法，但其实这只是普通做法而已。历史上受过三顾之礼的人，无论在孔明之前或之后都多得不胜枚举，有的甚至还多达四顾或五顾。

至于为何孔明的三顾茅庐会特别有名（正确答案应该是因为《演义》有名吧），我想是因为面对这个年轻且实力还是个未知数的农夫，后来的蜀汉先主刘备所采取的姿态实在太过异样的缘故。更何况最初的两次拜访不是被婉拒，而是连面都没见着（在《三国志通俗演义》里，孔明不是去旅行，就是和崔州平出游）。

要是被发掘的孔明是个一无是处的垃圾，那刘备的识人不明、有眼无珠的羞耻大概也不会被记录下来吧。“三顾”二字的出处是源自诸葛亮所写的《出师表》，节录一段如下：

> 先帝不以臣卑鄙，猥自枉屈，三顾臣于草庐之中，谘臣以当世之事。

也就是孔明大声疾呼道：“看啊，这是多么热情的优厚待遇啊！这可是前所未见的事喔！”

不过，这时的刘备虽然头衔听起来响当当，但实际上只是个杂牌军的指挥官；因为刘表的好意而像食客般寄宿在荆北一角的他，其实是脸上无光的。他既不尊贵，也没有权力。我们可以说他只是轻松写意地到农家去拜访而已，一点也没有那种所谓身份地位相差太多的问题。如果在蜀汉成立之后，就算有孔明这样的人，刘备也绝对不会行三顾之礼。

他只是因为徐庶推荐了个才智之士，所以才以轻松的口吻说：“既然如此就去看看好了。关羽和张飞要不要也一块去啊？”如果是那个远比刘备重视人才的曹操，一听说有才智之士，别说是行三顾之礼了，“把那家伙给我带过来，要是他敢说‘不’就逮捕他”。如果他还敢抗拒就杀了他——曹操给人的印象就是如此。

虽然不至于乱来到这种地步，但站在丞相曹操的立场来看，向一个只是似乎可用的农夫行三顾之礼，除了他刚独立的当头以外，一般来说就算他想这么做也做不到吧。他应该会先让荀彧、程昱这些人去探听探听才是。

话虽如此，但我绝无意贬低这在《演义》里屈指可数的名场景，因为这实在是太有趣了。不知道厌恶刘备的孔明与难缠的刘备之间会发生什么样的变化。以水镜先生抛出的诱饵为开端，因“卧龙”和“凤雏”而使得刘备与徐庶之间的紧张关系升级之时，曹操将魔爪伸向了徐庶。

新野的刘备刚得到一个稍微像样的军师，为了不让他继续得意忘形，所以曹操想了个计策，打算让徐庶离开刘备。进攻荆州已进入倒数阶段。可能是为了以防万一吧；的确，徐庶加入后的刘备军实力已有提升，虽说是个小城，但他还是不希望作荆州玄关的新野城继续变强。

“我并非在说笑。”程昱描述着他那不像计策的计策，“让我们绑架徐元直那住在襄阳的老母吧，然后让他老母写信叫徐元直来许都。”即使在许都，单福就是徐庶这件事也早已曝光。

“就这么简单吗？”曹操说。

程昱回答：“听说他是个孝子啊。不过，如果他真是这种就此舍弃刘玄德而来的软弱之人，我看他也无法帮助主公成就霸业，所以这正是个测试徐元直忠诚度与才能的好机会。如果绑架徐庶年迈母亲的计划失败，再采取别的手段就行了。”

“那就快点去办吧。”

“遵命。”满脸皱纹的程昱，一副老奸巨猾的样子跪拜在地。

过不了几天，徐庶的老母就被绑架到许都来了。但是徐庶的老母是个人间少有的悍妇，她不断拳打脚踢，又叫又咬，使得负责带她回来的人员都退避三舍。真不愧是徐庶的母亲，也许她在年轻时曾以侠女的身份叱咤一时呢。

曹操亲自接见她。面对着这个遍体鳞伤的老妇人，曹操的用词甚是恭敬。

“令公子徐庶先生是许都赫赫有名的大才子，可是他现在却在新野做那逆贼刘备的臣子，背负着背叛朝廷的罪名，有如美玉堕于淤泥之中，甚是可惜。因此我想请您写封信让他离开刘玄德，把他招揽过来。若如此，我将奏明天子，绝不亏待你们。为了天下万民，诚挚拜托您了。”

徐庶的老母狠狠瞪着曹操说：“你说刘玄德大人是个逆贼吗？”

“没错。他出身于涿郡的一个卑贱家庭，从草席贩到偷马贼他都干过，只因为被皇帝称为‘皇叔’就自命不凡，其实他是个毫无信义可言的小人。”

徐庶的老母听到这里，“咳”一声把痰吐到眼前的砚台上，说：“呸呸呸，亏你还说得出来。其实你才是个被切掉鸡鸡的烂人的孙子吧。”

唯一会让曹操感到自卑的事，就是被人说自己出身宦官之家。曹操满脸通红，荀彧及程昱则是脸色铁青。

“和你比起来，人家玄德大人可是中山靖王的玄孙，而且爱民如子，礼贤下士，是个有情有义的英杰。要说国贼，应该是你这个矮冬瓜才对。像你这种混账家伙竟敢威胁我，还要我把儿子叫到这里来，真是不知廉耻。”

她竟然敢对这个实际上能动摇整个华北的男人这么说，真是不知天高地厚。接着她又不断骂着不堪入耳的脏话。曹操没有发飙还真是奇迹。

“因为被个老女人骂所以杀人。”虽然这种事传出去不太好听，但在这种场合，就算立刻斩了她也情有可原吧。

徐庶的老母滔滔不绝地骂着令人惊讶的脏话，简直像是恶意中伤了。其实徐庶的老母原本就希望自己被杀所以才开骂的。曹操把颤抖的拳头藏在袖里，以一种“要是杀了她我就输了”的心情拼命忍耐着。

“哈哈哈，好久没听到市井之民这么犀利的言词了。”曹操以天下霸主的胸襟反击了回去。曹操与老母亲的视线碰在一起，几乎都看得见那迸出来的火花了。

“程昱！”

“是。”

“看来这位老母亲是不肯替我们写信了。你来代替她写。”

“是。”脸色苍白的程昱，以几乎听不见的声音回答。

“给她安排住处，好好照顾她吧。”

曹操好不容易压下让他青筋暴露的愤怒，这使得他的偏头痛又发作了，于是他皱着眉头走了出去。而那位老母亲依旧在曹操的背后口出恶言。她还真有精神！实在是个可怕的老母亲啊。

程昱也真辛苦，他这时已六十过半，已经是与老母亲不相上下的年纪了。虽然他时时努力好言相劝，并不时赠送礼物，企图以怀柔的方法说服徐庶的老母，但只换回一句“你这个混账老头。竟敢对我眉来眼去的！”遭如此痛骂的程昱，真想代替曹操亲手掐死她（这个该死的老太婆）。

按捺不住的程昱过着镇日与她拌嘴，甚至用手互打对方脸颊的日子。不久之后，他总算得到了徐庶老母的字迹。于是他模仿她的笔迹写了一封伪造信，送到新野的徐庶手上。

一直住在新野的徐庶并不知道他在襄阳的母亲被绑架了。和传言不同，他其实是个不孝的男人。

“您是单福先生吧？令堂吩咐我带了这个给你。”一个素未谋面、貌似商人的人把信交到徐庶手上后，便落荒而逃了，让人连捉拿的时间都没有。

徐庶展信阅读。信上写着：“曹操因为不满你在新野的刘玄德底下做事，所以派部下把我抓了起来，我现在人在许都。当曹操决意要将我处以磔刑的时候，是亲切的程昱大人帮我求饶，让我勉强得以续命。亲切的程昱大人还帮我和曹操谈条件，说只要你离开刘玄德到这里来，我们母子俩都能活命，不但如此，他们还答应我给你一个不错的官职。请你快点到这里来吧，不要抛弃我这个母亲啊，我等你的到来可说是度日如年。对于伟大的程昱将军，我真是感激不尽啊！”

（怎么会这样？）徐庶一脸沉痛，苦思良久。（母亲大人是不可能写出这种丢脸的信的！）徐庶深知他母亲的强悍作风。如果这真是她写的，那肯定是她被洗脑了，要不然就是受到严酷的拷问不得已才写的，再不然就是谁代替她写的。（母亲口德那么糟，随时都有可能被杀啊！）思绪混乱的徐庶，带着信到刘备那里。

“单福老师，你怎么了？脸色怎么这么难看？”

徐庶把信递了过去说：“请你读读看吧，这是家母所写的信。”

“老师的母亲吗？”刘备看过信之后，滴下了斗大的泪珠。

“老师啊，真是不幸啊。曹操那家伙，竟然使出这种卑鄙的手段。”总之，刘备为那位素未谋面的母亲流下了眼泪。

看到这副景象的徐庶，对于自己的未来也已有所觉悟。“主公，我有件事非跟您说不可。”

刘备用袖口擦了擦涌出的泪水，坐定准备听徐庶说。

“请原谅我一直欺骗主公您。我的本名并非单福，我叫徐庶，字元直。”徐庶开始说起自己的简历。当然，这些事刘备早就知道了。

“单福老师，喔不，徐元直先生，请不要为了这点小事而道歉。我刘备已受了老师许多恩泽，老师忠心耿耿，跟这个比起来，诈称经历这事就像婴儿尿床般微不足道，这一点也不算是罪过啊。”

“主公啊。”

“那么，你打算怎么办呢？”

“好几年前，我打算就这么逃亡下去。但是现在的我，真的认为没有任何事比主公您更……”

“不行。这样是不行的，老师。对君主的忠和对母亲的孝，孰重孰轻是无法衡量的。你不必在意我的事，赶紧到许都去吧。”

“主公，您竟然为了我而如此……虽然我认为那封信是假的，因为我那刚强（得过火）的母亲就算受了严刑拷问也不可能写出这样的东西。但是，我母亲被绑架却是不争的事实，我实在是……”

这两人相对紧咬着嘴唇，流着泪。徐庶加入刘备军以来，从未感受到如此情深义重。（啊啊，原来我是如此喜爱着主公和新野的大家啊。）要不是发生这个事件，也许他还不会察觉呢。这时由张飞带头（当然还是抱着酒桶），刘备军的干部们蜂拥而入。看见刘备和徐庶站着哭泣的奇异景象，众人的七嘴八舌也戛然而止。

“大、大哥和单福先生是怎么啦？”张飞总算开口了。

刘备把信递给他，由于张飞不识字，所以由关羽代为朗读。念完之后，徐庶说：“大家，再见了。承蒙你们的照顾，特别是翼德，一直以来都受到你特别关照。”一旦决定要离开，就连徐庶最痛恨、最讨厌，甚至恨不得出其不意宰了他的张飞，都让他感受到了友情的温暖。这时张飞的眼睛炯炯有神。“曹操那家伙，竟然做出这么龌龊的事！”张飞提起那架起来的丈八蛇矛，一个人走了出去。

“飞弟，你要去哪里？”

“这还用说吗？当然是到许都去把他们全杀了，然后把单福先生的母亲夺回来啊！”

“等等啊，翼德。”赵云抓住他的肩膀阻止道。

“哎呀，放开我！子龙，你敢阻拦我的话，我就连你一起杀了，看招！”

张飞开始在屋内旋转起他的蛇矛，孙干他们赶紧慌忙趴到地上去。屋子里的器物都被打坏且飞得到处都是，霎时之间好像刮起了一阵暴风。

“住、住手啊，这太危险了！”蛇矛的尖端掠过徐庶的鼻尖，只差几厘米他就命丧黄泉了。突然“啪”的一声，张飞踉跄了一下。关羽抓住了蛇矛的柄阻止了他。

“连二哥你也要阻拦我吗？”

不论张飞如何抽拉，蛇矛丝毫不为所动。

“现在不是你抓狂的时候啊，飞弟。”

“但是，二哥。”

“飞弟，难道你不知道我比你还愤怒数倍吗？”

关羽平日的红脸已染成了红黑色，看起来一副火冒三丈的样子。而他自豪的胡子也微微颤动着，看起来就像一尊正义的魔神。关羽的震怒，使得屋子里的温度似乎都升高了。

一旦震怒得失去理智，最可怕的人不是张飞而是关羽，相信这是众所周知的事了。从来没有人看过真正发怒的关羽之后还能活在这个世上，敌兵以外的人都小心翼翼地不激怒关羽。企图抓住张飞的脚让他摔倒而匍匐前进的赵云，蓦地站起身来。

“翼德，我明白你的心情，但你一个人又能做得了什么呢？你要抓狂是你家的事，但万一害了单福先生的母亲怎么办呢？我们应该拟定好作战方法，用少数的精锐部队秘密行动才是。”

赵云主张组成一支特殊部队，进行抢回人质的作战。

“我知道了，子龙，那潜入作战就交给你了。我来负责引诱敌军，不管对方有一万、两万甚至是百万人，都交给我来处理。”张飞说。

“那我和赤兔马就负责把曹操的十一万骑兵砍得粉碎。”关羽低声说道。刘备军三员虎将就这样盘腿坐在地上，开始拟定那乱七八糟的战斗计划。

刘备招了招手，徐庶和他走出屋外。

“先生还是趁现在出发吧。”

“竟然为了我而让那凶恶无比的三个人生气了。”虽然常被灌酒，被使来唤去，还被开过过分的玩笑，但毕竟他们都是好伙伴啊。徐庶想着想着，又热泪盈眶了。

“真希望至少今晚留你一夜，让我们举杯对酌，尽情互诉情怀到天明啊！不过你要去许都，也不见得一去不复返呀！”刘备静静地，以一副沉着的表情说。

“我也是这么想。”

徐庶跨上准备好的马，扬鞭而去。孙干这时向目送徐庶的刘备耳语：“徐庶是个难得的奇才，再加上他久居此地，深知我方的内情，要是他投效曹操，一定会被重用，这样一来我们就危险了呀。”

其实就算徐庶透露新野的内情给曹操，刘备他们也不见得就会因此陷入险境。无论曹操知不知道新野的内情，他都会毫不在乎地率领大军攻来，所以他们本来就很危险。现在的新野虽然有近一万操练娴熟的士兵，但应该还是无法与曹操的大军抗衡。而且在新野养一万的兵已是极限，不可能再增加了；以城邑的规模来说，光是维持这个军力就已经很吃力了。要与曹操战斗就非和刘表合作不可。

因为刘备面无表情，孙干以为他没听到，所以又更进一步游说道："我们应该留下单福才对，只要留他一阵子就行了。那怒不可遏的曹操应该会杀了单福的母亲，这样一来他就失去到许都去的理由了，也许他还会为了报曹操的杀母之仇而大显身手呢。"

刘备瞪着孙干的脸，不假思索地对他饱以老拳。孙干血花四溅倒在地上。

（我的臣子怎么会想出这种小人之策呢？简直比蔡瑁还要恶劣。难道我的部下就只想得出这种程度的下流计策吗？能不能想点更利落、更伟大的谋略啊？）如此一来，他就更舍不得让徐庶走了。

突然间，"卧龙"这两个字浮现在眼前。倒在地上的孙干一边用手擦着从鼻口流出的鲜血，一边用崇拜的表情说："真是抱歉。啊，主公真是个仁义之人啊。"

"孙干，去帮我准备酒席。单福，喔不，他的本名是徐庶。徐庶马上就会回来的。"

"咦？为什么呢？"

"因为徐庶忘了一件很重要的东西。如果我的直觉正确的话。"刘备郁郁寡欢地回到了官衙。

《演义》在这里，描写了刘备他那异常的执着性格和他的懦弱，这可是个值得关注的场景。割舍不下徐庶的刘备泪眼汪汪地哭道："老师不在，虽琼浆玉露亦不能下咽。"

"既然老师已离去，那我干脆归隐山林算了！"刘备一副要学奥费利娅[①]到修道院去的样子，认真地说。

这简直践踏了《演义》的招牌（那与关羽、张飞的情谊及誓言

① 奥费利娅（Ophelia），莎士比亚戏剧《哈姆雷特》中哈姆雷特的恋人，恋爱以悲剧收场。——译者

该怎么办？）。刘备因如此错乱的发言，被徐庶训斥了一番。但他还是追着已上马离去的徐庶，送了一程又一程，他这种依依不舍的送行，已经到了跟踪狂的地步了。最后，他终于停下马，原本以为他准备要放弃，但他却精神错乱地说："元直走了，往后我该怎么办才好？"

因为徐庶的背影被树林遮住，他甚至还胡扯说："我要把那片树林全砍光！"同行的随从问起原因，他说："因为树林妨碍了我看元直的背影。"他还真可爱呀！若说这种迷恋只是单纯主从间的羁绊，那真是令人觉得腻烦的人情。也因为有这个部分，所以当有人认为《演义》里面总不乏另一个世界时，我们很难予以反驳。

于是，像是怜悯仍紧跟着自己的被丢弃的小狗一般，徐庶调转马头，回到了刘备那儿。刘备眼中闪耀着光芒，欣喜雀跃地说："喔喔，元直回来了，难道是打算回到我身边吗？"

明明自己说"到许都的母亲身边去吧"，但他那矛盾复杂的心却想着："我还是希望他选的不是他母亲而是玄德我啊。请不要丢下我啊……"这让人想到了恋爱中男人说的话。

"天下第一喜好军师的男人：刘备刘玄德。"我们似乎可以这样说。

不过之后的刘备真是毫无诚意，因为他马上就迷上了孔明，自此之后绝口不提徐庶的名字。真过分。一旦厌烦了就把人家一脚踢开吗？刘备在初期就有这样的倾向（没被他一脚踢开的恐怕就只有关羽和张飞而已），他是个过于感情用事的人。正因为如此，他虽然被称为仁德之人，但我还是有些无法认同。

《演义》里，与徐庶告别的场面实在太过夸张，我实在很想知道他们到底想借这一段表达什么（强调刘备的花心吗）？

已经是黄昏了。虽然没有什么特别值得庆祝的事，刘备和臣子、干部们还是开了筵席喝着酒。由于刘备命令孙干准备酒宴，所以就顺理成章地成就了这场宴会。“真奇怪，我一直以为徐庶会回来的呀。”刘备一边想一边喝酒。

张飞则完全忘了刚刚的愤慨，醉眼朦胧地舞着他的蛇矛，一共有三名侍女和男仆因此受了轻重伤。赵云大概是觉得这样下去不行，于是拿出长枪与张飞共舞，以防止再有被害者出现。顺道一提，赵云的长枪名为“涯角枪”，意思是不管到天涯海角都没有敌手。这是因为后人认为关羽的青龙偃月刀以及张飞的蛇矛都有名字，独独赵云的枪没有，怪寂寞的，因此便随意给它取了个名字。这事就连赵云自己也不知道。

刘备这时也想说算了，别等了，开始炒热气氛。

数年徒守困，空对旧山川。
龙岂池中物？乘雷欲上天。

刘备开始吟唱这首由蔡瑁所作，并差点招来误会（事实上的确招来了误会）的无稽之诗。刘备军里的首席下流笑话能手简雍，无视于广播法的规定，大谈情色笑话。在这欢乐的气氛之中，徐庶不出刘备所料回来了，只是他错失了加入的时机，在门口踌躇徘徊。

“嗨！各位，我元直又回来啦，哈哈哈！”徐庶可没有一边说这种话一边进去的勇气。（还是回去吧……）认为自己已无法再加入这个圈子（不想再加入）的徐庶，准备黯然离去。这时，却遇见了正要去如厕的关羽。

关羽立刻“呜喔喔喔喔喔喔喔喔喔”地，以在战场上的霸气，尖声狂叫着。

“单福，不，徐元直先生，你回来啦。”

关羽震动着垂至腹部的美髯，紧紧抱住已吓得脚软的徐庶。我们固然难以从一向满面红光的关羽的红脸分辨出什么，但关羽今晚可是为了忘却徐庶离开的悲伤，才毫无节制地痛饮呢。听到关羽在走廊那气势如虹的洪亮声音，众人都以为发生了什么事，瞬间酒意都被驱散了。关羽像是抓住小猫脖子那样，慢慢把徐庶提了进去。

“先生啊！”张飞就像天真无邪的小孩般高兴不已。但他忘了放下蛇矛，就这么冲了过来，要不是像斗牛士一样的关羽立刻闪开，徐庶恐怕已被刺到了。

“先生啊，我好想你喔！”张飞吐着满嘴酒臭坐到徐庶面前，然后开始呜呜地哭起来。“果然你还是回到了我们身边，我再也不会让你离开我们了。”张飞给了他一个洋溢着男子友情的拥抱，他那惊人的蛮力让徐庶差点窒息。

不知为何，简雍、糜竺和孙干他们也围了过来，把徐庶抬起来，嘿咻嘿咻地叫着，最后按照惯例把他摔到地上。徐庶简直被当成了蟾蜍！看来他们把这场酒宴当成了运动会。孔明真的能受得了这群家伙吗？被卷入暴动之中，被蹂躏、欺负得体无完肤的徐庶，总算拜倒在刘备面前。

（看来我的直觉是对的，呵呵呵。）刘备的心情大好。（只要有这个直觉在，相信以后总是能渡过难关的。）我只能说，这真是在这不负责任的时代里的慢性直觉啊。

“老师您此番回来一定是有所见教吧？”刘备以一副安详的表情问。“早知道就不回来了。”徐庶虽然如此后悔着，但一看到刘备的脸，又使他怀念起在新野数年来的点点滴滴。

“主公，刚才我心乱如麻，忘了交代一件重要的事。”

“是什么事呢？”

“我走了之后，您希望在身旁安置优秀的人才吗？”

“我是很想呀，但除了徐元直您以外，再也没有这样的人才了呀。”

“难道主公的心中没有浮现出一个人的名字吗？”

“咦？”

“就是‘卧龙’啊。”

“……”

“嗯，我知道主公您是在装糊涂，但我的时间不多了啊。到底如何呢？”

“您是说……诸葛亮这号人物吗？”刘备慢慢地说。

在酒家得知“卧龙”就是孔明之后，他便向街上的人打听孔明的为人如何，但得到的全是极差的评价。不过这当中也夹杂了非常稀奇古怪的评价，因此反倒引起了他一窥孔明庐山真面目的兴趣。不知道这是不是怪人所见略同？以刘备的直觉来看，也只能说他是个无所谓的人。反正不管在什么地方，总会有一两个无可救药的怪人。

“没错。隆中的浪人诸葛孔明就是‘卧龙’。”

“老师您和之前的水镜先生都如此推崇诸葛亮，想必他一定有所长才。但是啊……”看来刘备好像没什么兴趣，于是徐庶斩钉截铁地说：“我希望您能招揽诸葛孔明来取代我。”喂，这事你有经过孔明的同意吗？

“既然你都这么说了，我就考虑考虑吧。那么老师，去许都之前可否再请您费点心，帮我把那个诸葛孔明带过来？”

“这就是了。我之所以特意回来，就是为了向您禀告这件事，我早有预感主公您可能会想与孔明见上一面。”

“喔，那可否请老师您向您的同窗美言几句？”

“我指的不是这个。我要说的是，这个人在使用上有几个地方必须注意，希望您特别留心。”他一本正经地说孔明是个来历不明的危险物品。

“像孔明这样的人，无论什么样的高官贵人来招揽他，他都不会出仕。”话虽如此，但他也有不请自来的时候。

“为什么他不出仕呢？”

“以凡人的眼光来看，他既是个乖僻的人，也是恶魔，要不就是任性至极的人。但实际上，他骨子里可能有着像我这样的人无法理解的深奥部分，但也可能没有。”

“这是什么话嘛！”

“可是孔明的确是个令人敬畏的天才。虽然我不敢保证，也觉得很矛盾，但这的确是事实。总之，如果主公您想见他，最好亲自去拜访他。”

刘备一副“你在开玩笑吗”的表情。

孔明真的有在别人手下当官的意愿吗？这点谁也不知道。目前可以确定的是，“卧龙”计划正处于停摆状态（但计划本身却径自发展中），而且也不知道孔明到底还有没有再执行下去的意愿。自从和黄氏结婚以来，他一味沉浸于幸福之中，一副天下事已事不关己的样子。现在的他只是个以园艺、旅行和爱妻为兴趣的任性家伙。

即使如此，徐庶没有选择默默离去，还回来推荐孔明的理由，其中之一是对刘备的忠义之情，而另一个原因是，他不想让至今好不容易整顿起来的刘备军队及新野的行政毁于一旦。有简雍、孙干、糜竺等人，再加上徐庶所拔擢采用的文官，新野的行政机构应该能勉强维持下去。

而徐庶也教过张飞和赵云，所谓的军事是指士兵们的集体行动，所以将武将个人的勇武转移到团体中是件重要的事（这虽然是理所当然的事，但之前他们完全不知道），只要他们能如此将士兵训练好，并乐在其中，将近万人的刘备士兵的素质应该也能维持在一定的水平。但唯有关羽对于军事方面有一套属于自己的做法，使得徐庶有所惧怕而不敢贸然予以指导。

但是啊，作为首领的刘备刘玄德却像癌细胞那样，是问题的根源。如果以威望人气这一点来看，他的确是个不可多得的首领，但毫无计划性、做事随便也是他的软肋，他可说是个对于组织营运欠缺系统思考的无能之人。他这个足以与汉高祖刘邦匹敌的不接受教训的性格，还真不愧是汉室的直系子孙。

刘备最善于使周遭气氛涣散，所以连曹操都一度怀疑，是否该放弃让刘备当自己的家将。要是徐庶没有在旁操心，刘备军一定会慢慢回到以前的那个黑道侠义集团，如此一来，徐庶数年来的努力就将化为泡影。这就和什么事都没做是一样的，对于一个士人、一个身为臣子的人来说，这是多么令人辛酸啊！要是荆州一旦遭逢兵乱和政变（这时已步步逼近了），刘备军可能会被歼灭，或是又得像以前一样到处流浪了。

就算孔明答应当刘备的军师，但问题是他是否愿意以徐庶的那种做法来担任刘备的参谋？不过徐庶也找不到其他可推荐的人才了。若说完全没有人才也未免言过其实，只是一般平凡的优秀（？）人才大概不可能应付得了那过于倔强、过于有自己独特风格的刘备一行人吧。

虽然这是个赌注，但眼前也只有孔明可以委任了。一心为刘备好的徐庶，以最后一次为刘备效忠的心情，下定决心向刘备推荐了孔明。只不过，徐庶完全不知道孔明的态度如何，只能期待当刘备与孔明见面时能产生某种化学作用了。屡次受到“卧龙”宣传冲击的刘备，的确多多少少动了心。

“如果能得到孔明，就如同得到管仲、乐毅那些古之名臣一样。”

“老师，这话会不会太夸张了？”

“不，甚至这么形容还不够呢。”

“那么请问诸葛亮的才能和老师比起来如何？”

对刘备来说，与其举管仲和乐毅这种过时的古代名臣为例，还不如举一些较为浅显易懂的例子。

“我是绝不可能与他相提并论的。他是百年难得一见，不，是千年难得一见的旷世奇才。他拥有纵横于天地的才能，天下无人能出其右。”

他表示自己和孔明是不同维度的人。徐庶越说越起劲，他滔滔不绝地说：“就因为如此，所以襄阳的居民根本完全无法理解孔明，还把他当成怪物、变态或只爱丑女的人。要他们认识孔明的另外一面根本不可能。”

“若元直我是驽马，孔明就是麒麟；若我是乌鸦，孔明就是凤凰。虽然我和他是天差地别，但我一点也不嫉妒他。不，光是这样想我就已经感到羞愧了。”

“这世上真的有这种人吗？老师您在开玩笑吧？这一点也不好笑啊。”

“不，只要主公您能让孔明入幕，就能施行王道，而且能轻松得到天下。”

徐庶从刚才开始就一直被张飞灌酒，不知不觉发表起了热烈的演讲。但由于他不停赞美孔明，到最后孔明简直成了超越人类的生物。“终结乱世的最终兵器孔明”——孔明变成了这样不寻常的人。就算中国古人再怎么喜欢夸张，但这已经脱离了正常范围。不过，孔明当初的“卧龙”计划的确是想造成这种效果。明明孔明已对这计划置之不理，徐庶却又让它开花结果了。

“在隆中有一个高冈，人称（自称）卧龙冈，孔明就结庐于该处。那里很难接近，而事实上卧龙冈的地形也是合乎兵法的，就算十万敌军也无法攻陷它。还有它的田地年年丰收，所以坚守十年二十年不是问题。再来，孔明的妻子还造了许多自动化机械，并以装甲机动兵的阵容严阵以待。‘啊，神啊，请赐予我和平的机器吧’……这就是‘卧龙’经常祈求的话。”

这、这是真的吗？我也不敢确定。刘备还是显得很冷静。“你这个徐庶，说得也未免太过火了吧。”一直听着徐庶说话的刘备心里这么想。作为军师、行政官本领很高的正常人徐庶，甚至冒着被怀疑成疯子的风险，不停说着孔明的事。（隆中到底是个世外桃源，还是地狱的入口呢？）

这反而引起了刘备的兴趣。（没办法，那就和他见个面吧。）看看这个能让徐庶口沫横飞、让水镜先生神秘地吝于告知的人，到底是个什么样的怪人，其实也是一种乐趣。

“请您一定要去拜访孔明。我想这是我徐庶徐元直向主公所献上的最后一计。”

“我知道了。虽说听起来虚妄不实，但毕竟这也是老师为我打算的事。看来我是非去不可了，但愿孔明是如老师所赞扬的那种人……”

“能让天下统一的王牌”、“搞不好（就真的）如同神一般”。（要是真有那样的人，我还真想得到。不过，总觉得不太想接近那种人。）

姑且不论那“最终兵器孔明”是不是虚构的，现实中孔明的确存在，只不过他的名声并没有如此响亮，而坊间关于他的传闻则是恶言满天飞。

“老师你是为了玄德我才特地回来推荐这位奇才，所以我一定会去见他一面。我向你保证。”刘备下定了决心。但是，会不会请他来当自己的臣子却是另一回事。

徐庶松了一口气。他这才条理清楚地将原本开始就要说的关于诸葛家的事系统整理了一遍。

一般来说，危险物品上面都会标示使用时的注意事项，甚至会让人想索取使用说明书。徐庶啰里啰唆地拼命讲解着使用孔明时该注意的事项，但刘备却对那些话左耳进右耳出。

“只要在闲暇时去见他一面就够了吧。若他是魑魅魍魉那一类的人，就让他成为关羽和张飞的刀下亡魂好了。”

“真啰唆。还不赶快结束吗？”

刘备忍住呵欠，心里这么想。不过他还是始终保持那一副听贤人教诲的正襟危坐姿势。

那天晚上，他们痛饮到天亮。徐庶一边在马上呕吐，一边扬鞭离去。由于大家都喝得醉倒一旁，所以替徐庶送行的就只有刘备、关羽、张飞和赵云而已。真不愧是豪杰。徐庶虽因宿醉而头晕目眩，但他还是认为该写封信给水镜先生。（我得向水镜先生再三嘱咐才行。）然后，他又认为该和孔明见个面，所以便绕道去隆中了。

按照惯例，他在门前等候。然后是带着异于往常的爽朗神情的诸葛均替他带路。

“对了，均弟你不也娶了媳妇吗？”

诸葛均立刻红了脸，一个人径自在那里害羞着。看他满脸通红的样了，应该是过得不错吧。

孔明见了徐庶便说：“看来元直也成了个重要人物呀。”

“此话怎讲？”徐庶问。

“因为对方不惜绑架你的老母亲，要迫使你离开刘玄德。也就是说，你的才能已经得到曹公的认可了呀。”他要说的是，你也会在历史上留名喔。

虽然徐庶反射性地想问他为何知道母亲被绑架这件事，但他知道问了也是白问，于是便放弃了。他向孔明说为了代替自己，已向刘备推荐了他。

如同前述，孔明立刻翻脸说：“你这家伙把我当成祭品了吗！”然后便起身消失在屋子里。徐庶红着脸站在原地，说了句“再会”之后便离开了。

诸葛均送走徐庶回到屋里时，孔明潸然落泪，就连黄氏也一副担心的样子。“兄长，你怎么啦？”诸葛均问。

“元直真是可怜啊，他真是个可怜的人。”孔明回答，“我大概再也无法与他见面了吧。”他哽咽地说。

虽然他平时一副瞧不起徐庶的样子，然而在他心里，徐庶却是他的好友。孔明在黄氏的安慰之下，回到房间里去。所谓：

> 痛恨高贤不再逢，临歧泣别两情浓。
> 片言却似春雷震，能使南阳起卧龙。

就是指这副情景吧。徐庶的才能虽然深获后世的眷顾，并因而有相当高的评价，可是即使他留在刘备的幕下，真的能够与鲁肃、周瑜等难缠的角色分庭抗礼吗？我个人是觉得有点困难。

孔明会为徐庶而哭泣并不单单只是因为别离之情，而是他也预知了徐庶的命运。虽说这只是《演义》里的内容，但我总觉得徐庶在其中还真是饱受欺凌。

过了不久，刘备曾想过“总有一天要把他吊起来拷问”的人出现在新野了。这个人就是水镜先生。

“有个峨冠博带、气宇不凡的老师要求与主公见面。”孙干通知说。

“那一定是水镜先生。”

水镜先生似乎是怕刘备再度来袭，把他的住宅践踏得一塌糊涂，所以抢先一步来拜访。（倒是你先过来了呀，你这个满口谎言的老头。）刘备虽然心里这么想，但还是恭恭敬敬请他上座，并对他行礼。

“好，好。”又是这句口头禅。

“原本想在近日内再拜仙颜，但无奈军务倥偬，所以久疏问候，尚祈见谅。不想今日您特地来访，实在不胜感激，欢迎之至啊。”刘备自从举兵以来，就经常投靠大人物，谄媚强者，不时得虚应故事，因而在遣词用句上总是能谦让恭敬。你说他是个老江湖也好，不仁之人也罢，总之这两个意思也差不多啦。

“不知您今日前来有何指教呢？”

“嗯，我是为了徐元直的事来的。我有事知会他。”

“啊啊，徐元直先生是位相当可惜的人才啊，碍于曹孟德的计策，我已经忍痛和他分开了。”

“既然知道是曹公的计谋那您还……玄德大人啊，将军您做了不该做的事了呀！”

“这话是什么意思？”

“刘将军您等于是杀了元直的老母啊。”

“咦，怎么会？”水镜先生从怀里拿出了信。“这是元直捎来给我的，请看。”刘备读了之后，仰天长叹道：“这是我的过失啊。”

事情是这样的。徐庶见完孔明之后，便快马加鞭朝许都奔驰而去。急急忙忙进入城门后，荀彧及程昱等曹操的幕僚前来迎接，并准备了盛大的宴会欢迎他。对于宴会已感到厌烦的徐庶极力拒绝，并希望能先见曹操一面。由于曹操心情大好，所以答应接见徐庶。

“你就是徐元直先生吗？听说你在新野得到相当的重用啊。像你这样高明的人在刘玄德底下做事实在太可惜了，还希望你能原谅我出此下策啊。”

徐庶向曹操拜谢，并表示想与老母见面。“你的母亲现在衣食无缺，请不用担心。你来到这里之后不仅能好好尽孝道，也可以充分发挥你的才智来帮助我，甚至帮助皇帝。”对于才智之士一开始都非常客气亲切，是曹孟德的一贯做法。

徐庶退下后便往母亲的临时住处而去。那是一间豪华住宅，徐庶的母亲正站在庭院里。

徐庶小跑步迎向前去，感到安心的他以手伏地，一边跪拜一边哭道：“母亲大人，您没事真是太好了。”

这时老母亲吃惊地说：“这不是庶儿吗？你怎么会在这里？”

“我从那封伪造的信中得知母亲大人您被曹孟德绑架，我认为如果我不来，您的性命将会不保，所以就义无反顾地过来了。”

徐庶一回答完，老母亲立刻朝徐庶无辜的脸上踢去。

“你这不肖子！”她一边拼命地用脚踹一边骂说，“你这个不肖子！我可不记得我生养过你这样的垃圾！你这个窝囊废！”

徐庶用手挡着这凌厉的脚踢攻势，大声哀嚎说：“母、母亲大人，请您住手啊。”

“原以为你经过数年的辛苦修为，已经成长为一个像样的男子汉，没想到你竟然比以前还愚昧卑劣，你这个愚蠢至极的糊涂家伙！”

最后她还将徐庶整个人打翻在地上，铁拳开始如雨点般落下。

“好不容易在新野遇到了能托付终身的主子，却舍弃他到这种地方来，你到底在想什么呀？刘玄德大人拥有汉朝皇室血统且以侠义著称，而那臭宦官的杂种曹贼却是个凡事不择手段的无义小人，这点你应该知道啊！既然知道信是伪造的，那你还来干什么？难道你是看不起老娘我吗？被私情所蒙蔽，是非不分，竟随随便便低声下气投奔敌军首领，你是只狗吗？真是恬不知耻！你这个连猪都会笑你的大蠢货、大饭桶。生下你这个弃明投暗、自取恶名的孽障，我真是羞愧得无颜面对先祖啊，今天我就跟你断绝母子关系。你去死吧！已玷污家门名声的你还想苟活下去吗？”

徐庶虽满身是血，但心里却想：“看来母亲大人还是丝毫未变，真是太好了。”于是放心下来。这时，脸色苍白的老母亲倏地站了起来，进入屋中。不久徐庶也站了起来。正当他擦拭着脸上多处的血迹时，却听到从家中传来佣人的叫声。

“啊，老夫人！”

吓了一跳的徐庶急忙冲进屋里一看，老母亲上吊了。他慌忙把老母放下来，但她已经没气了。

“母亲大人啊！”徐庶说着面无血色地昏了过去。

虽说没有道理，但这就是中国理想母亲应有的做法。于是，后人有诗赞颂徐庶这位极其刚烈的母亲：

贤哉徐母，流芳千古。
教子多方，处身自苦。
赞美豫州，毁触魏武。
不畏鼎镬，不惧刀斧。
唯恐后嗣，玷辱先祖。
生得其名，死得其所。

贤哉徐母，流芳千古。

此诗对徐母极为赞颂，且完全无视于她那不孝子徐庶，似乎是在说那样的家伙根本无关紧要。徐庶的母亲虽名留千古而死，但她的儿子徐庶却被视为极为不孝之人。

虽然刘备军的名军师和逼死母亲的坏儿子这两种身份，差距实在太过悬殊，但《演义》的忠实读者们可不需为此感到矛盾。受到如此剧烈打击的徐庶，从那天起性格就变得灰暗。他既不接受曹操的任何赠与，也没有出仕。他抱着失去母亲与真正主人的遗憾，从此黯然度过每一天。真是悲惨啊，徐元直！不知道说书人是不是觉得徐庶实在太可怜了，所以之后还让徐庶以不错的角色登场了好几次。

为了那些替徐庶觉得不舍的人着想，我得在这里补充说明，那就是以上故事是虚构的。真正的徐庶并没有过着如此不幸的人生。不过，他始终没有活跃到足以成为曹操觊觎的对象。说起来还蛮可怜的。不知道对他来说哪一种角色比较幸福。《演义》是通过毁谤许多人的名誉编纂而成的，要是在现在，作者（只要不被回收并焚书的话）恐怕会一辈子都要站在法庭上吧。它的不可原谅之处正在于它的虚构。真令人伤脑筋。

在《三国志》里，徐庶是在曹操进攻荆州的最高潮时离开的。大概是在毫无计划、带着十万无辜民众逃往夏口的那个时候吧。那时因为徐庶的老母被虏获，徐庶才掉头回去，所以并不是曹操和程昱搞的鬼。

“我之所以能与主公共图霸业，全靠此方寸（心脏）之地。失去老母之后，我的方寸已乱，恐怕帮不上您的忙了。”

从“今已失老母”这句话来看，这时徐庶母亲已死的可能性相当高。只是不知道他为何还是投靠了曹操?

徐庶官至魏国的御史中丞（官吏的监察官）。之后孔明还不可思议地认为：“魏国真是人才济济啊！竟然连徐庶这样的人都不被重用。”御史中丞绝不是个卑贱的官位，但在孔明看来那只是个闲职罢了。

“这是我一辈子的过失啊。他是因为做了我这个愚昧主人的臣子，才会有如此悲剧般的遭遇。啊啊，请原谅我吧！”

刘备就这样叹息叹了将近一个小时。在旁的关羽等幕僚也都为徐庶的悲惨命运而哭，也有人再度愤恨起来。

“如同水镜先生所言，这等于是我杀了徐元直的母亲。早知道就算杀了徐庶也要阻止他啊。”

水镜先生也一脸沉痛地说：“好、好。”明明一点都不好。“你也不用如此责备自己。”

“先生啊。”

“这就是所谓的乱世啊。刘将军你往后还会制造出更多不幸的人，这就是你的命运。”水镜先生如此责备着。

“既然如此，我们是否应该把徐元直带回新野来呢?”

“不、不。”水镜先生摇了摇头。

“我想元直离去之时，一定向将军您推荐了替代人选吧?”

“他是给了我一个诸葛孔明的名字。虽然我把它当作一句不值一哂的玩笑话，但这毕竟是元直的临别之言，所以基本上我还是会去见他一面。”

“他还是把这个名字说出来了呀。元直要走就一个人走嘛，何必又扯出一个人来受苦呢?一旦扯出那个人，事情就闹大了呀。”

“照您这么说，那‘卧龙’果然是个不吉利且具有致命危险性的人吗？”

水镜先生一副无可奈何的样子。

“我不知道元直是怎么跟你说明的，但孔明就是我之前跟你说的那个‘卧龙’。我门下有不少才气卓绝的才俊，若是他们都各得其所，就能在郡守、刺史等职务上发挥所长，徐元直就是个很好的例子。然而只有诸葛孔明这个人与其他才俊不同。

其他人在读书时都注意正确理解原书，只有孔明仅掌握大纲（自己随意加以解释）而已，这是普通学生绝对模仿不来的做学问之法啊（这等于是说只读古典名作的超浓缩版就够了）。

该怎么说呢，由于他的志向比宇宙还大，所以看事情的着眼点也与常人大异其趣。虽然我说他是个不正经的人，但这绝不是在说他的坏话啊。正因为如此，他才叫作‘卧龙’！”

“是。”

“当我的门徒们忧于乱世，认真讨论自己的仕途及军事素养时，孔明却在一旁吟唱着《梁父吟》。而当众人询问孔明认为自己如何时，他笑比自己是管仲、乐毅，一瞬间大家都傻眼了。能接受孔明言论的，就只有徐元直和崔州平两人而已。”以现代的日本来说，就等于一个成绩优秀的东京大学学生，向财务省以及外务省说“ＮＯ”，并把自己比喻成圣德太子或楠木正成[①]（比起信长，还是举这个为例较好），所以这家伙会被认为怪胎是必然的。

这时，如磐石般默默聆听的关羽突然开口说话，吓了大家一跳。

“这人的确不正经。管仲、乐毅是春秋战国时名震天下的大人

---

① 楠木正成（1294～1336），日本南北朝时代武将，协助天皇倒幕，战败后与弟互刺自尽。——译者

物，孔明那家伙竟然把自己与那样的大臣相提并论，未免太过僭越、自大了。看来他只是个极为无礼的臭小子罢了。”

关羽把《春秋左氏传》奉为圣经一般，因此他感到有点不悦。

“二哥说得对，他只是个狂妄的小鬼罢了，改天一定要给他一点颜色瞧瞧。”张飞也这么说。

“没错。我也认为自比管仲、乐毅这两人是不恰当的。”水镜先生应付着两位气势如野兽般的猛将这么说。

关羽也重重点了点头，表示理当如此。但接下来水镜先生的言论却让关羽瞠目结舌。“要比的话，应该拿层次更高的另外两个人来比喻才对。”

“那么，先生，这两个人是谁呢？”刘备问。

“使周朝兴盛八百年的姜子牙、建立起汉朝四百年基础的张良张子房。就是这两人。”

“什么！”

众人会同感讶异是理所当然的。连关羽都说不出话来。姜子牙是辅佐文王和武王、并推翻殷商而建立周朝的太公吕尚。而张子房则是辅佐汉高祖刘邦、被誉为“运筹于帷幄之中、决胜于千里之外”的出谋划策的天才。他们两人是连管仲、乐毅都还差一截的传说中的大军师。而在日本似乎没有人可与之比拟。

“怎么可能！水镜先生，你是不是说得太过火啦？”

“不、不，我只是老实说而已。”

“再怎么说，拿姜太公与张子房来比也未免太……”（不可能！）在座的人都这么想。

“好，好。”

不愧是水镜，又在那里耍嘴皮子骗人了！这是个连英雄都为之丧胆的大谎话，你这样收拾得了残局吗？就因为这样，后世的人都认为姜太公吕尚和张良就是孔明精神上的师父。

真是够了。刘备听到这里，虽然怀疑这百分之九十是谎话，但他却突然认真想道：“真想得到这个人……”

他吞了口口水，眼神像是在做梦，还一副口水都要流下来的样子。他的脑中浮现出一条从未见过的青龙，正一边舞动着一边收揽天下的景象。这就像是一个刚坐上小轿车的人，也不称称自己有几两重，就幻想自己坐在法拉利或保时捷等超高性能的汽车上，却连可以驰骋的地方都没有。

将刘备的欲念如同映在水面般看得一清二楚的水镜先生缓缓站起身，走出大门。然后仰望着天空喃喃自语地说出那句名言：“‘卧龙’虽得其主，不得其时，惜哉！”之后还呵呵呵地笑了起来。

这时，刘备才从白日梦中醒来，他问道：“啊，水镜先生呢？”

“他消失了，不知道是什么时候不见的。”

“真是位隐士啊。”孙干感叹道。

刘备咋舌道：“忘了问‘凤雏’是谁了！”

“他一定还在附近，再请他过来一趟吧。”

在寻找水镜先生的同时，刘备命令糜竺：“去调查诸葛亮所有的事，不管什么事都好。快去！”

后世之人会将孔明比作姜太公、张良等名臣，除了因为他是个神机妙算的大军师，其实还有别的理由。那就是隐藏于神仙道统中的秘密。姜太公和张良两人都是仙人（成为仙人）传说的保持者。中国代表的武经有《六韬》和《三略》，两者合称《六韬三略》，也可以简称为《韬略》。韬略和军事战略是同义词。

《六韬》和《三略》的卖点是它们皆为姜太公吕尚的兵法书，而把两本类似的书凑在一起也是一种惯例。以《孙子》为首的中国武经，乃是关系着国家存亡的战略圣典。《六韬》和《三略》以实际合理性为宗旨，是一种政治思想书，但也因此充满了不少人类阴暗面的描写。其中决不会出现像祈求东南风这样旁门左道的计策。不过，像这样现实的书的开山祖师，却也被当成了彻底的怪人。这还真符合中国人的作风，也可说是引人入胜之处吧。姜子牙的仙人说流传于各个时代，更理所当然地存在于《封神演义》这样的小说里。

《六韬》是在战国末期时完成的，姜太公虽是主角，但作者却不明。它在三国时代广为流传，连孔明也熟读到能背诵。刘备在留给嫡长子刘禅的遗书中也吩咐他要熟读《六韬》，也就是说，刘备似乎也爱读这本书。就连吴的孙权也向不喜欢读书的吕蒙推荐说："要读兵书，就要读《孙子》和《六韬》。"而《三略》里也有《演义》所喜爱的神秘传说。

张良于博浪沙刺杀秦始皇失败，躲入下邳这个城市之时，在桥上被一个性情相当古怪的老爷爷缠上了。张良忍受了那个老人的万般刁难之后，终于被认为"孺子可教"，并被要求"五天后的黎明到这里来"。

张良似乎从年轻时就对这种神怪之事特别敏感，而那位老人不知是否也看穿了这点，总之张良就这么傻傻地前往。而这里也是重点，张良因迟到了一秒钟之类的琐碎借口，被无情地赶了回去。而张良也发挥了毅力，一共往返了三次，终于在第三次，张良在黎明前就前往等待，最后终于得到认同，而获得老人给的一本书。这真是应验了"无三不成礼"的定律。

"只要读了这个，你就能成为王者的老师。你大概会在十年后成为一个了不起的人，十三年后我们还会再见面，我就是济北谷城山下那座黄石的化身。"老人留下这段蠢话之后便消失了，而且再也没有出现在张良面前。张良看了看那本书，原来是姜太公的兵法书。假如姜太公真是个不老长寿的仙人，那他隐居在别处写了本新书一点也不足为奇。张良非常高兴。这本书就是《三略》，别名《黄石公三略》。难道黄石老爷爷是出版界的人吗？

比起《孙子》等其他兵书，《三略》的思想受老子的影响很大，“以柔克刚”这句话就是出自这本书。不消说，从那之后的张良相当活跃，而黄石公的奇谈也煞有介事地被记载于《史记》的留侯世家里。因此，张良的伟大功勋全拜《三略》所赐，甚至可以说是得力于姜太公吕尚。

我想张良大概也把自己当作姜太公的弟子，一本正经地散布这个离奇古怪的因缘际会吧。张良也和其他那些自称仙人的人一样，有喜欢宣扬怪力乱神的习惯。至于为什么他会散布这种启人疑窦的传说，我就不在这里讨论了。有的书中记载说，张良除了做军师之外还勤于修行，目标是成为仙人。到底他是因为厌烦了这个俗世呢？还是他真的这么渴望成仙呢？

回过来看看孔明。我们只要调查看看孔明的战绩就行了。

“诸葛亮连年出兵，但战果不彰。我想这是因为他不擅长临机应变的战术吧。”身为孔明的地下拥护者陈寿，以偏袒的语气如此评论孔明的军事手腕。要是换作其他人，恐怕陈寿会斩钉截铁地评论道：“他是个在军事方面根本不值一提的人。”所以说，孔明在军事方面似乎不太可能是受到姜太公及张良的影响；受到其影响的应该是在成为仙人道士这方面。

在《三国志通俗演义》完成之前，可列为参考的许多《说三分》（以前关于三国志的故事都是这么称呼的）当中，与其说他们把孔明当成稀世的军事家，还不如说他们认为孔明是在刘备再三恳求之下才答应出仕的超人。

“不世出的大仙人‘卧龙先生’孔明”——这才是他们替孔明强

力打造的名号。从他活跃的种种事迹来看，他是个危险的超能力者！所以像女子、小人这一类的人都很喜欢他。也就是说，一开始他就完全被扭曲了。

“诸葛亮原本是神仙，从小就以学习为本业，长大之后无书不读，且能参透天地的机微。连鬼神都无法衡量诸葛亮的志向，他呼风唤雨，撒豆成兵，且挥剑成河。”——也有的书是这么记载的。

就某种意义来说，他的能力远远超过姜太公和张良，所以《演义》一定认为不能放过如此奇特的男子。与其说小说《三国志通俗演义》想扭转以往孔明的形象，不如说是拼命地修正，想把孔明调整至预定的形象、将他塑造成一个“神机妙算的大军师”。

换言之，就是试着把孔明恢复成一个人类。

在《三国志》里，孔明自比管仲和乐毅，这两个人至少还是历史上触手可及的人物。但在《演义》里，把孔明比作了姜太公和张良，原因可能就是他们把孔明归为神仙之流，而不是把他当成天才军事家。像纶巾鹤氅以及白羽扇这样远离宫廷、远离战火尘嚣的服装，也是基于这种想法。也就是说，若以更古老的传统《演义》来看，似乎“孔明是伟大的神仙”才是正确的认识。

明明是小说，但很多现代版的《演义》却只把孔明当成人世间的杰出人物，反而使得孔明更显卑微渺小。以这个观点来看，孔明绝不是什么天才军师或名宰相，他是神仙姜太公和张良的直系弟子。而他们两人所创造出的政治及军事上的事迹，严格说起来只不过是随手做做、顶多是像附录般的小事罢了。

因此，就算孔明北伐失败输给魏国，也只不过是地上那些愚蠢人们的无聊吵架行为，对神仙来说根本就是无关痛痒的事。而孔明在五丈原阵亡，也只不过是变成所谓的尸解仙而已。之后只要他高兴，随时都可以降临人间，让姜维听到他心里的声音。神仙超越了包括政治、军事在内的人间社会，他的意义和存在价值是常人无法估计的。

《三国志》里说：“（孔明）志恢宇宙。”像这种夸大的表现也许就暗示着他是带有这种神仙素质的人。也许曹操和司马懿在才能和相关工作上，才真正是可与管仲、乐毅或姜太公、张良相提并论，但他们之所以没有被如此评价，大概是因为他们的志向没有宇宙这么大（志向如果只有天下一般大，就只是凡人而已），所以感觉不到神仙的气息。

因此，虽然这里出现了“所谓的神仙到底是什么”的根本问题（说不定令人出乎意料的，是群吝啬鬼），但详细情形还是等相关报导陆续出现后，我再向各位报告吧。

水镜先生在官衙院子前面徘徊。

“啊啊，先生，原来您还在这里啊。”

“我就知道你们会再来找我。不，是我有件事忘了说。”水镜先生又回到了刘备的跟前。由于水镜实在不想再和他见面了，所以想把所有事情交代清楚。刘备心想都到了这个节骨眼，再隐瞒下去也于事无补，于是他直接问道：“先生，我虽然已经知道‘卧龙’就是诸葛孔明，但‘凤雏’又是谁呢？”

“凤雏就是庞统庞士元，他是庞德公的外甥。以我的眼光来看，他也是个优秀的人才。”他直截了当地说。这是水镜先生受到孔明的拜托而为他敲定的原始人才。“那个庞统是个千年难得一见的人，他的才能超越了管仲、乐毅。如果徐元直是驽马，庞统就是麒麟；如果元直是乌鸦，庞统就是鸾凤……”

徐庶若是蛆虫，庞统就是蝴蝶；徐庶若是丑小鸭，庞统就是美天鹅；徐庶若是只赖皮狗，庞统就是只杜宾狗；徐庶若是学生会的鼓号队，庞统就是柏林爱乐管弦乐团……水镜举了许多例子加以比较，为以防万一，他还特别叮嘱了一句："差别应该就这么大吧。"

"不，我并不是要听您说这种夸张的事。"

糟了，没想到会这样。水镜先生有点后悔。

《演义》里并没有给予"凤雏"庞士元异常的赞叹。这也难怪，因为"凤雏"的真面目一直到现在才开始明朗化，他没有时间像孔明那样，事先精心设计一段自吹自擂的传说。第一，现在正在郡县衙门上班的庞统完全不知道自己已被称为"凤雏"，他是遭人陷害的。其证据就是庞统在非常后面才登场，那已经是赤壁之战的后半段了。也许在这期间，庞统正在接受孔明的"凤雏"教育呢。他一定是要求庞统必须受到比三顾茅庐更为夸张的礼遇，像是让周瑜七顾茅庐也不出仕之类的。总之，他一定是先让"凤雏"的传说广为流传之后，再让本尊慢慢出现。

水镜先生转移了话题："看来刘将军已经下定决心要得到'卧龙'了。"

"是的。让徐元直和水镜先生如此称赞的人，想必是惊人的逸才。如果可以的话，不，我一定要将他纳入麾下。"

"不过将军啊，或许元直也跟你说过了，要将那个人纳为自己的臣子可是相当困难喔。"

"不，我会展现出我的诚意，如果他不来我就一直去拜访，直到他求饶为止。"

水镜先生摇了摇头。"就算如此也很难请得动他，因为孔明现在已经无心于天下了，你越是以宾客之礼招揽他，他恐怕会越执拗而不理你。再怎么说他也是条'龙'嘛，他是不会照别人的想法去做的。将军若想引他上钩，就得用心使用策略才行啊。"

"先生，如果您已经有策略，可否指导指导玄德呢？"

这时水镜先生虽然口里说“好，好”，但他却又感叹道：“真抱歉，这我也没办法呀。”（可恶，你这个老头又来了。是想要钱吗？真会装傻。）

刘备开始焦躁不安。

“虽然如此，我还是给你一个建议。”

“咦？请说。”

“你可以去见鱼梁洲的隐士，也是我的好朋友庞德公。他大概是这个世上唯一请得动孔明的贤者吧。”

话说到这里，水镜先生站了起来，这次是真的要回去了。至此，为之所惑却也为之倾倒的刘皇叔终于决定要夺取“卧龙”了！让我识破你的真面目吧！孔明，你等着吧！不过，孔明真正的心意又是如何呢？请听下回分解。

第十回　庞德公再次出马，与刘备讨论平分宇宙

读到《演义》三顾茅庐的这个段落时，我还是不太清楚孔明会跟随刘备的决定性理由是什么。硬要说的话，应该就是因为感谢刘备的三顾之礼。不过，孔明就像《演义》里讲的一样，他并不是个单纯明快的人，而是个集复杂古怪于一身的人。

《三国志》以之后出现的《出师表》为证据，再次证明了孔明是因为感动于三顾的优厚礼遇而答应出仕。理论上来说就是：由于三顾之礼是个“大恩”，所以孔明一辈子竭尽“忠义”来报答这个三顾之恩。

针对这样的理由，一定有些自认最擅长写人的读者会说：“这根本不是在描写人！”的确，人的感情是不能用道理来说明的。

话虽如此，但不论是《三国志》还是《演义》，其中的变化似乎也太大了些。一开始孔明非常讨厌出仕，一直躲着刘备，但到最后真的是因为三顾之礼，而把之前的态度全盘推翻了吗？虽说是三度拜访，但每次也都间隔了一两个月的时间。

从刘备最初前往拜访，一直到孔明愿意出庐，大约经过了半年。这是一段不算短的时间，相信有很多人跟我一样，都认为在那期间一定发生了许多事吧。有没有什么提示呢？例如欧美人会如何

看待这个段落呢？

假设你像中了圈套（就像嗑了药一般），翻开了《Romance of the Three Kingdoms》这样有着梦幻般书名的书，一头栽进（往好的方面来说）那读之捧腹的翻译，那么细节部分就别太计较了。其实翻译这么困难而且复杂的著作，已经是件很了不起的事了。

在这个与现实同时存在的书中宇宙，Liu Bei（刘备）、Guan Yu（关羽）和 Zhang Fei（张飞）自从 Peach Garden Pledge（桃园结义）以来，就像是基督教徒或年轻暴力集团风格的 Black Stylish 般，互相以“Brother”相称。Zhang Fei 在攻击敌人时，Liu Bei 和 Guan Yu 就会竖起拇指大叫：

“Nice attack！ Brother！”

当他们追着黄巾贼，企图将他们赶尽杀绝时，Captain Liu Bei 就会像围捕非法入境的墨西哥人一样，叫他们别把黄巾贼当人看，然后爽快地命令说：

“Hey，kill those fellows！（杀了那些家伙）Exterminate yellow turbans！（把那些黄巾贼全灭了）”

当中就和西部片一样，充满了诉说男性的友情和背叛的剧情。而对敌兵而言，人权这种东西是不存在的，我似乎都能听到远方传来“Jangle！”的“杀尽之歌”。阵营是用帐篷搭的，而碉堡称为基地。在 Castle Town（城镇）满是灰尘的酒馆里，Guan Yu 和 Zhang Fei 正抽着雪茄玩扑克牌，他们一边大口喝着波旁威士忌，一边毫无理由地互殴，而酒馆的女人在一旁呐喊助阵，也丝毫不会让人觉得不搭调。

话说到这里，我还真想把《演义》改编成《荒野三国志》之类的好莱坞巨片。不过，不论是我还是其他作家，想再写个西部片版的《演义》，大概也只能说太迟了，已经有人写过了。

深秋的某一天，刘备到襄阳探望刘表。刘表真的病重了。蔡瑁像鬼一样瞪着刘备，不过刘备完全视若无睹。今天跟他来的是胡班和糜芳。虽然有点寒酸，但也只能用这两个人。要是带张飞和赵云来，即使他们的武器在入口处被没收，他们还是会二话不说地扑向蔡瑁，将其扑杀、绞杀，把他撕得粉碎。

“刘皇叔啊，我恐怕不行了。”刘表听说刘备来了，勉强坐起身来接见。虽说是病笃，但他似乎还有整装见客的余裕。

“这病只是一时的，请不要说这种泄气话。您可是荆州的支柱啊。”

刘表刘景升，时年六十六岁。他无视于自己身处在有夺取天下机会的乱世，贯彻着中立主义，是个让荆州北部呈现罕见的繁荣景象的贤主（这样说还真体面）。但是，如大家所知，他在《演义》里只是个开心迎接刘备的怕事者。

“不，我已经老了。虽然知道接下来会多灾多难，但我也无能为力了。然而一想到我那不成才的儿子们（刘琦、刘琮），我就无法安心。现在我就拜托刘皇叔你，希望你能多多照顾他们。”刘表就在蔡瑁侧耳倾听的情况下，说出如此不堪的话。难不成他的判断力也跟着下降了吗?

“像刘州牧您这样的人实在不该说这种话。当曹公和袁公在中原龙争虎斗之际，您不愿攻击他们任何一方，这就是您坚若磐石的勇气（讽刺）。扬州的孙策等人几度想侵略我们，但您不费吹灰之力就使他们罢念，这就是您的威武（讽刺）。只有这种不靠战争而得时宜的人，才能使荆州以孤高之态屹立不摇（讽刺）。您的幕僚也都是忠肝义胆的能臣和良吏（讽刺），所以您何必托付于我呢?现在您的第一要务还是好好疗养，等身体康复之后，您一定能再度充满活力。玄德承蒙您的信任而得以落脚荆北，我不懂文事，所以期望能在武事方面来报答您。”

不知道是不是刘备的讽刺产生了效用，刘表哭着紧握住刘备的手。

刘备看着他那痛哭流涕的表情自忖道：“看来他活不久了。”

说正经的，为什么刘备非得帮刘表那两个儿子不可？要博人同情也要有个限度啊。就算刘表对他有恩，也只是让他像只看门狗般驻扎在新野这个小城罢了，要不是刘备军曾在那里屯驻，新野这个小城还不知道会不会在历史上留名呢！而且他把刘备对曹操作战的提案全都驳回，连个知恩图报的机会都不给。假如能好好抓住曹操和袁绍激烈冲突的机会，现在至少能做到宛城的主人才对。

更过分的是，刘备还因为招蔡瑁等人的嫉妒而差点被杀。要是刘表的身体依然健壮，不知道会怎么样？他对曹操的南下政策是否会像风向球一样比以前还摇摆不定？搞不好他会干脆降于曹操，把刘备的首级当成礼物送给他。

如果认为曹操接受了刘表的投降，便会让荆州维持现状安宁下去，那就大错特错了。他大概会先压制扬州孙权的先锋，再进攻益州刘璋，运气好的话，还能攻打到凉州与交州的边境去。

刘备告辞步出房间时，看到了有点难为情的蒯越、伊籍也在他身后。

“曹公那里有什么消息吗？”刘备问。

“目前还没有。我想曹公大概因为北伐劳累还在休息吧。”蒯越与蔡瑁不同，他不是个睁眼说瞎话的人，所以事实应该就是如此。

“不，曹孟德是当代最愚蠢的好战分子，还曾公开声明战斗就是最好的休息。新野附近已看得到曹军的零星动静，虽然只是在侦查的阶段，但请蒯将军千万大意不得。”

蒯越用力点了头。

自从暗杀刘备失败以来，蒯越的心境也慢慢起了变化，他渐渐向刘备这边靠拢。不战而降对武人来说是个耻辱，而且也无法向故乡的乡亲们交代，所以如果要交战，支持战争经历丰富的伟大将军刘备（就算输了也无损其伟大）别无他法。厌恶蔡瑁一党的自私自利可能是原因之一，而刘表明显的衰弱大概也是原因。现在的襄阳，拥戴刘备的人自然地增加，使得蔡瑁更加坐立不安。

到了门前时，伊籍开口了。“今日有何打算？如果方便就到我家住一晚吧。”这话意味着目前的襄阳对刘备的生命并不会造成威胁。

“承蒙机伯先生的照顾。很高兴你邀请我，但今天我刚好要去别的地方。”刘备一这么说，伊籍马上笑着竖起小指说：“是去找这个吗？”

刘备答道：“不、不。我想机伯先生应该也认识他才对，我打算去拜访鱼梁洲的隐士庞德公。”

“你打算去找庞德公吗？”伊籍吃了一惊。

庞德公曾以一些不屑的理由好几次拒绝了刘表的邀请，这事刘备也有耳闻，所以他知道庞德公必定是个无法用寻常手段加以说服的老学究。伊籍大概更清楚吧，所以他并没有要求同行，只说：“以刘皇叔您的才干一定没问题，祝您好运。”

不用多说，庞德公是荆北著名的知识分子，也是台面下的重要人物。他被归在《后汉书》的逸民传里。刘表对他行了二顾之礼，每次都以相同的话逼问说：“夫保全一身，孰若保全天下乎（你认为自己的安全重要，还是天下的安全重要呢）？”

一般人就算说谎也会故作清高地说，“当然是天下重要。”正常人应该都会如此回答。但如此一来，最后就免不了出仕的命运。但庞德公却以有点含糊的比喻说了下面这段话：“鸿鹄巢于高林之上，暮而得所栖；鼋鼍穴于深渊之下，夕而得所宿。夫趣舍行止，亦人之巢穴也。且各得其栖宿而已，天下非所保也。（鸿鹄之所以在高木上筑巢，是为了在太阳下山之后能有个地方回去；而海龟和大龟之所以在深渊下挖巢做穴，也是为了在日落时能有家可归。出世进退就是人们眼中的巢穴，但是对我来说，能有个可以停留、归宿的地方才是第一要务。我没有必要去操心什么天下的安全。）”

不过，能若无其事说出“自己能过着幸福的生活最重要，所以天下事与我无关”这种话，且毫不在乎这话传出去会受到他人的责难，从这一点来看，还真的不得不说他是个大胆的人。真不愧是孔明的师父，竟敢大方承认自己是个利己主义者。因此他才会被当成逸民。

根据《三国志》，庞德公每次都要求孔明行跪拜之礼，还把司马徽当成弟弟看待，而以黄承彦为首的地方名士也都是他的好友。此外，他也是“凤雏”庞统的叔父。很显然他不但存在感强烈，架子也很大，但不知为何，在《演义》里他只有名字亮相而已。果然这是因为没有绰号的关系吧。要是他能有个类似 Old Fire Mirror（老火镜）、Rolling Dragon（滚龙）、Crazy Phoenix（狂凤）之类引人注目的绰号就好了。

不过，根据另一种说法：“把诸葛亮唤作‘卧龙’、把庞统唤作‘凤雏’、把司马徽唤作‘水镜’的人就是庞德公。”此语俨然把他当成了 God Father（教父）。不知道是他忘了替自己取绰号，还是没有人愿意帮他取？要是庞德公知道以后会有本叫作《三国演义》的书，分配给属于自己小弟辈分的司马徽一个相当好的角色，并且给予相当长的台词，他大概会遗憾地说：“我真是太疏忽了！”

读《水浒传》时也会发现，在中国，拥有像是“九纹龙”、“豹子头”、“青面兽”、“黑旋风”这种称号相当重要，没有分配到像样绰号的人，会被认为是毫不重要的小角色。刘备拥有相当多与其说是绰号倒不如说是头衔一样的称号，光是正在使用中的就有七个之多。但是刘备认为“我又不是靠这些头衔、称谓吃饭的”，而且他也遇过那种完全不吃这一套的人，而他现在又要见一个无视于头衔的人。

刘备让胡班和糜芳在岸上等，独自一人前往鱼梁洲。庞德公的主宅虽在岘山，但他偶尔也会玩票性质地隐居在这里。难道他不怕涨潮时被淹死吗？（不过，水镜也好庞德公也好，为什么荆北有这么多乔装隐居的怪老头呢？）

刘备在与其说是草庐不如说是农家的屋前开口问道：“有人吗？”此时一片寂静。在高声叫喊了几次之后，“来啦！”屋里发出铮铮锵锵、啪哒啪哒的声响。不久，一个老年人手握着满是血迹的柴刀缓缓出现。他用手指抚摸着沾在刀刃上的血，并将它拿近嘴边舔了舔，还不怀好意地傻笑着。看样子他刚刚正在家里把狗勒死再予以肢解。

（是山贼吗？）刘备心头一紧，不自觉手握剑柄。真是散发着一股野性的男子气概呢。

“您就是庞德公吗？”刘备客气地问。

对方却突然“啊”地叫了一声，并令人不快地自言自语说：“我快要抓狂了呀……”

“我的血快要沸腾了呀啊啊啊！”手里握着柴刀的他这么说。似乎他要砍的不是狗而是人。

“对不起，我好像找错人了。”刘备打算转身离去。这时，家里出来了一个手巾包头的女人。

她说：“公公啊，又有人来卖东西了吗？”

庞德公一脸凶恶，并投以愤怒的眼光说了句：“什么？”

“真是的！你又在捉弄客人了吧？”她顺口说道。

那女人，也就是孔明的姐姐看了刘备一眼，然后把头上的手巾拿了下来，深深一鞠躬说：“您就是新野的刘将军吧。”垂至肩膀的巨大耳朵、长至膝盖的手，刘备的怪异长相已经广为人知，就算是初次见面的人也能认出来。

“哼！”精神有问题的庞德公似乎原本还想再捉弄一下刘备。事出无奈，他只好嚣张地说：“在下正是岘山的大人物庞德公。我不知道你是谁，你找我这个乡野间的隐士有何贵干？”（这个老头……和我一样充满危险的气息，看来不是普通人物。）

不过，刘备倒也已经习惯了这种事，他立刻下跪，并附和般地把头低了下来恭敬地说道：“初次见面，晚辈是刘备刘玄德。今天会来拜见您，是因为司马水镜先生的指示……”

“等等！”庞德公把手举了起来，问他说，“玄德阁下，你有空吗？喔，不，既然你肯前来向我低头，就表示你一定有空。”于是不等刘备回答他就再问道，“你会下棋吗？”

“会是会，但下得不好。”

“那么你就陪我下吧。”于是他丢了手上的柴刀，快步往屋里去。他看起来一副已经知道事情全部原委的样子。

刘备站起来拍拍膝盖上的泥土，一边不以为然地跟了进去。孔明的姐姐则是始终维持着行礼鞠躬的姿态。

孔明的姐姐经常被叫到鱼梁洲来照顾公公。他的夫婿庞山民也曾拜托她说：“虽然父亲大人一个人住在那种地方是没什么好担心的，但也不能完全丢下他不管。你似乎很得父亲大人的欢心，所以我希望你能尽量听从父亲的话。我知道照顾我这个偏执的父亲是件苦差事，真是委屈你了。”

（得到他欢心的不是我，应该是亮弟吧？）孔明的姐姐一边侍奉着公公一边这么想。这也算是对孔明的另外一种照顾吧。而且对孔明的姐姐来说，庞德公并非如大家所说的那样，是个难以伺候的混账老头。也许这是因为她已习惯了同样是怪人的孔明吧。

孔明的姐姐端上了茶以及用剩饭烘焙而成的年糕。由于偶尔会有知名人士来访，所以就算是刘备这样的名人来做客，她也不觉得特别惊讶。

刘备持黑子，庞德公持白子，不久棋盘上就摆放了十几颗棋子。孔明的姐姐不懂下棋的规则，所以她看不出谁占上风，她只知道一向闷声不吭下棋的公公，此时眼中正闪耀着不同于平日的光芒。孔明的姐姐试着不打扰两人，静静把盘子放在一旁便走开了。

“喔。竟然下在那种地方！”庞德公抬起头看着刘备说：“真不愧是刘玄德，果然不是泛泛之辈。”但刘备却一脸为难（也似乎有点高兴）地说：“我只是个连一般步数都不知道的大外行，难不成我刚刚随意放的子，是一步能迈向胜利的好棋吗？”

“不，你那步棋毫无任何意义，而且还夺走了你微乎其微的胜利机会。”庞德公一边说一边啪的下了一颗子。“既然是步臭棋，您为何称赞我呢？”刘备又随便朝那个看起来像是个“可”字的棋盘上放了颗黑子。

“哼，你又下在这个无关紧要的地方吗！”

“真抱歉，我太久没下了，所以生疏得很。”

“不！一般人是不会下在这里的，因为下在这里绝不可能得到任何地盘。不过玄德大人却选择下在这样一个奇怪的地方，呵呵呵，你真是个该死的混账家伙啊！”说着他又下了颗白子。刘备一刻也不得闲，马上又摆了颗棋子（想都没想）。由于棋艺很烂，所以没法发出啪的好听声响。

“这是干什么！你下在那里是何用意？瞧不起我吗？你是打算

礼让我这个老年人吗？”

“不，真是抱歉。我们还是别下了吧，我和先生您的棋艺相差太多了。”

“这可不行。”

于是棋局继续进行。

“被看穿了吗”、“可恶，竟然来这一手”、“我让你啦”、“我已经输了啦”……庞德公一个人说着这些连我都觉得莫名其妙的话。

随着棋子的增加，刘备越发不了解棋局的走向，也感到困惑。“虽然事情演变至此，但我可不是为了和他下棋才到这里来的。”刘备嘀咕着。因为不懂棋局，所以他只是战战兢兢地把棋子放在空的地方而已。叭!

“面对这种棋局，你还把子往那儿下啊？”庞德公抬起头，深深叹了口气。“我总算清清楚楚见识到了稀世枭雄刘玄德的棋艺呀。”

“真不好意思。”

“这才是争夺天下的人下的棋呀！”咦，看来他还很佩服刘备。刘备虽然感到非常不好意思，但他也不打算否认。

“那个，请问这盘棋到底是谁赢了？”刘备直率地问。

“大丈夫不应该被这种空虚的胜负所惑。”庞德公倾斜棋盘，让棋子撒落下来。一个宇宙就这样被毁灭了。

（既没有胜负，又为何要下这盘棋呢？）正当刘备因不解而愣在那里时，庞德公开始把黑白子分开，他说：“刘公，我们再下一盘吧。”

“请等一下，我今天是有要事才来找先生您的。”

当刘备还想继续说时，庞德公打断说：“你所谓的要事是指‘卧龙’的事吧？”

“咦，您怎么知道？难不成您已从水镜先生那儿得到消息了吗？”

“不，他没告诉我。如果他通知我的话，我大概会暂时去旅行而行踪不明吧。就算有德操的引荐，我也会装作不知，不把它当一回事，因为我可没有欠德操的人情啊。算了，不提这事了。玄德大人，我们就边下棋边谈吧。”

无可奈何，刘备又跟着下了一盘棋。“看来只要是卓越的军师，即使他是评价再差的怪人，你都想网罗到身边。但是一个正直的君主应该考察臣下的人格才是呀。”

“这么说，这个孔明的确是个具有夸大妄想症的人格瑕疵者吗？”（怪不得水镜和徐庶虽一脸正经，却净说些乱七八糟、支离破碎的话，看来果真事有蹊跷。）身经百战的刘备毕竟是个现实主义者（但这样的他却有着复兴汉室的梦想），所以才会来拜访庞德公，他认为庞德公或许可以告诉他事情的真相。

“在这之前，我想问你一件事。玄德大人，您喜欢战争吗？”

“我想没有人喜欢战争吧？要不是时局混乱，我想曹公也不会变成那种战争中毒者吧。”

“真的吗？”

“当然是真的。自从我举兵以来，可是尝了不知多少战争的辛酸，看了不知多少战争的无奈以及不幸啊。”

“玄德阁下您真不老实。”

“此话怎讲？”

庞德公一边放着棋子一边说：“要是一个连战连胜的人说他已受够了战争，我还相信。但是一个屡战屡败的人说这种好听话，就令我不得不怀疑了。说实话，我其实并不喜欢下棋，但不知为何，从小就精于此道。不论是谁我都能赢，导致我越赢越空虚。所以我认为，也许曹公才是天下第一厌战的人。”

“岂有此理……”

“玄德阁下，您从未胜过。但正因为您屡战屡败，所以应该很喜欢战争才对。”

“没这回事。”

“您还是说您讨厌战争吗？”

“是的。”

“那么，孔明对你来说就是个无用的东西了，你不需和他扯上关系。就算得到了他，你也会把他忘在仓库的角落，他迟早会成为木乃伊的。”庞德公一副“话就说到这里”的表情，拿起手边的棋盒，准备收棋子。刘备这时放了颗棋子在棋盘上，似乎在说“等等！”庞德公的眉毛微微动了一下。

“嗯！真是太精彩了。能平心静气地把子下在那种地方的人（该死的混账家伙）已经不多了。就算是不懂下棋规则的幼儿，也绝不会下在那种地方。不，他们是无法下在那儿的。真是令人恐怖的一着棋啊。看来这盘棋我是不能不下了。”

于是他又放下了棋盒。到底刘备把棋子下在什么地方呢？虽然我不懂围棋，但我还真想看看那是个什么地方。

“在攸关生命的重大对弈之时，能够抛开胜负，把棋子下在毫无意义之处的人，据我所知就只有一个。”

“喔？难不成他就是……”

当刘备附和着说时，庞德公突然亮出他的拳头说：“没错，就是诸葛亮！在必要的时候（不，就算不必要的时候也一样），那家伙会若无其事并不厌其烦地将棋子排列在棋盘以外的地板上。”

把棋子放在棋盘之外的地方，到底是表示投降还是只是在玩丢棋子的游戏呢？我认为这样根本就不算在下棋嘛。依庞德公的说法，假如棋盘上代表千变万化的宇宙，孔明就是在看不见宇宙的另一个维度里的棋盘上下棋。这在别人眼中只不过是小孩的游戏、一个怪异行为和愚蠢把戏。

“玄德阁下，我再问你一次，你喜欢战争吗？”

刘备马上改变了说法。“喜欢，我喜欢得不得了。像我弟弟张飞要是没有仗可打就会饥渴得发狂，若是这样，让他成为一个嗜酒的废人说不定还比较好。但我的饥渴还没达到他那种境界就是了。”

“果然如此。不过要是这样，孔明也不过是个多余的无用之物。就像杀鸡，喔不，就像杀雀鸟焉用牛刀啊。”换句话说，就是如同用推土机去推倒小孩子在沙地上筑的城堡、给纸飞机装设喷射引擎一样，既浪费又无理取闹。

“孔明是条绝不能在好战之人身旁做事的魔龙。看来，你还是不应该和他扯上关系。”

“庞先生，这也不是，那也不是，你也太欺负人了吧。我都已经这样坦白跟你说了，你还打算捉弄我吗？”刘备一脸不高兴。（这家伙也和水镜一样，打算支吾其词来哄骗我吗？）

庞德公像是看穿刘备心思般地说：“我可不是在哄骗你喔，玄德阁下，请把话听完。其实刚刚说的事也如同下棋一般，就请你当成是听我这个愤世嫉俗的老年人发牢骚吧。”

刘备很不耐烦，但他还是忍了下来。

“你还不了解自己想要的是什么，那我先来告诉你所谓军师的秘密吧。”庞德公说着下了一子，刘备也跟着随手一放。

“也就是说，玄德阁下啊，你要撇开胜败，超越利害得失。要是没有这种意志，你就不应该将孔明纳为臣子。你是一位有德的将军，不管你内心怎么想，但你的确是以这样的形象一路走了过来。所以你既不能厌恶战争，也不能喜好战争，要取其中庸，不能赢，不能输，不能得，也不能失，不过这却能让你保住性命。这就是所谓的中庸之德。身为一位君主若不能领会这个道理，孔明就只是条发狂的暴龙。以韬略为根本，能根据自己的心情来决定让天下毁灭或繁盛，他就是这样一个军师。”

随着君主的不同，“卧龙”可能毫无用处（也许这样最好），不但不是和平的最终手段，而且还可能成为推动灭亡的杀戮兵器。就如同我们常说的格言：无用之物的力量就如同硬币的正反两面。

“就以这个棋子为例好了。倘若把下棋当成作战，棋子就是兵卒。这兵卒只有黑白之分，其他并无不同。所谓的作战是指身为将军的你，如何让这些兵卒听命于你，并使其正确无误地行动。而兵卒本身是无关胜败的。”

虽然可能不完全贴切，但如果让我来解说，就是围棋和日本将棋在外表上最大的不同，在于两者棋子的能力并不均等。日本将棋从步到飞车角、王将，各有不同的性能、防御力及耐久力。但围棋的棋子能力却是均等的，它们之间并没有什么不同。庞德公想说的应该是这个吧。

虽然军队这种东西会随着其锻炼程度及目的意识的不同而有强弱之分，而不同的民族也有不同的战斗能力。但是以结果来说，他们同样都只是送死的勇敢人类集团而已。随着枪炮火药的发达，肉搏战的时代已经过去，因此个人的杀伤力已相差无几。与生俱来的体力或是锻炼的程度，以围棋来说，只不过是经仔细雕琢的天然棋石和塑料制且毫无光泽的棋子的差别。假如对弈时，其中一人用天然的棋子，而另一人用塑料制的棋子，使用天然棋子的一方不见得一定会得胜。胜败是决定于担任将军的棋手所使用的战略战术。不过，在山野之间积累许多实战经验的刘备可能会说“现实不是这么单纯”吧。

就他的经验来说，所谓的战争就如同双方各持有日本将棋或围棋的棋子，在各种条件（规则）之下将其摆上棋盘并移动之。或许一骑当千的精锐和水平参差不齐的杂兵，在外观上并没什么两样，就如同棋子一样没有个性。然而棋子之间的质量还是有明显的差别，其中有只会吃饭的士兵（刘备军里就有不少这种人）、有被强迫征兵而来的士兵，也有个性积极一心想保家卫国的士兵。随着动机不同，同样的士兵也会因此产生不同的意志力。体力一般、武艺也平平，但战斗意愿却极为强烈，且绝不逃跑并服从主将命令的士兵，让人有一种“这真的是同一批人吗？”的感觉。

当刘备好不容易聚集了“步兵”而准备战斗时，却发现敌方的士兵是“香车”、“桂马”或是“金将”、“银将”，那时的恐怖非同小可。只能选择一步步前进的刘备士兵，以素质和训练度来说都只有被宰杀的份。刘备完全不擅长在处于弱势时反败为胜，所以大概只能选择逃跑或很快投降。要不是有关羽、张飞这些“飞车”、“角”等级的豪杰从旁支持，刘备早就没命了。现在的新野在之前徐庶的改造之下，那些饭桶、不得已的弃农从军者、盗贼出身及无处可去的人，都在精良的训练下成了“步”，更上一层的则成为攻守兼备的“成步”，拥有射箭等技术的“桂马”就个别调教，而被选拔出来的轻骑兵就被当成“香车”使用。士兵都依其特技被分配了适当的角色。

当然，在不久之前，刘备只能带着一群训练不足的士兵到处乱窜。刘备已看过各队阵营并与之交战超过了二十年，照理说应该懂得如何管理。但是由于他的士兵流动过于频繁，而且他从未拥有过维持一定数量军队所应有的粮食和金钱，所以我们也只能为他辩护说，他实在是无可奈何。就在他认为强化军队这事只能听天由命之际，徐庶出现了。而让一个个士兵拥有强烈的目的意识、实力及斗志，就是关羽、张飞、赵云这些部队指挥官的责任了，总体来说，这都得靠大将刘备的魅力。

要是真的想夺取天下，就不能放任关羽、张飞和赵云老是不假思索地单骑冲入敌营之中（虽然这样也许让张飞很痛快，但却会导致整个军队大败），这样的举动就如同小孩吵架一般。刘备是在请徐庶担任军师之后，才第一次拥有现代军队（这当然是指刘备那个时代）。

在这之前的刘备军可说是杂牌军，就像一堆未经琢磨的石头。实际上的士兵是由各种不同要素组合而成的。但战术学者们似乎不这样认为。如果不假定士兵的素质及训练方式都一样，就无法分离出战略的本质，而为了胜利所提出的兵法也就不能成立。理论通常是纸上谈兵，容易陷入抽象的论述，就算世界最顶尖的兵书《孙子》也是如此。

“排列棋子的人就是将军，所谓的下棋就是两个将军分别下令黑白的士兵进行战斗。刚开始会有先攻和后攻的差别，但双方兵力相同，所以其实和对等的战争没什么两样。随着将军的喜好，作战方法可以有包围敌人予以歼灭或正面攻击等不同变化。虽说条件相同，但将军的本事却是分出胜败的关键。战场上有人数、地形及天候等有利或不利的因素存在；相同的，在棋盘上，将军也可以如法炮制地在自己喜好的地方设下大河、山岳或城堡、碉堡，诱使有利或不利的因素发生，并将对手引入其中。棋盘上制作得出任何山川、城郭、陷阱，也能够选择对自己有利的胶着战或短期决战。这就是所谓棋手的能力，或说是将军的本领。”

“我好像有点懂了。”

“一般总是两个亟欲战胜对方的人在对弈。我在学会下棋之后，也有很长一段时间是这样。但是执着于获胜的棋局，看起来就像是场残酷的战争。虽然这样令人厌恶，但我年轻的时候才不管什么残不残酷，总是一心要赢，并以此为乐。对了，你认为所谓的军师是什么？”

“咦？应该是指棋手本身吧，或者是教棋手下棋的老师。”

“不。所谓的军师是在棋手背后冷眼旁观、卑劣地偷偷告诉棋手妙招那个人。当然，他不能让对方察觉，因此必须利用暗号或身体语言来传达讯息，而对方也许也有同样的谋士。那些家伙看起来就像是不怀好意的搅局者，但倘若他们能让己方获胜，就称得上是普通的军师了。虽然他能成为将军的咨询对象，并给予对战局有利的建议，但最终的胜负还是得靠将军本身的力量。”

在这里如果以我的方法来解说，我会想到拳击赛等格斗技的比赛场上那个担任助手的角色，有时也包含师父和训练员在内。他们每天训练选手，教选手作战方法，比赛时跟随在旁给予指示，并在每个回合之间给予支持以让选手恢复体力。但实际上要将对手打倒的人还是选手本身，助手并不能到拳击台上出手相助。

“但是超越一般的军师，也就是高级军师不会提出令主子觉得不快的建议。一般的家伙无法放手让棋手定胜负，他们认为自己的头脑在棋手之上，所以根本无法默默在一旁观看自己的主子在棋盘上布局、巧妙设下陷阱并扩张领土。”庞德公又啪嗒地下了一子。

“军师在献上必胜策略之后，棋手只要乖乖照办就是了。不过在战场上，也就是在棋盘上，有时会因为对方行动的改变而使得最初设下的计谋无效。在战场上任何事都有可能发生。”刘备也下了一子。

“军师最讨厌这种情形。高级军师是不允许任何不测的事情发生的，所以他们会做好充分的准备。例如，就算不知今天来访的客人何时会成为棋盘上的对手，他们还是会在事前搜集好各种情报，包括客人的性格、下棋的手法，还有最近数日的生活习性、老毛病、现在最头痛的事、夫妻感情、早饭吃什么，等等。一旦看到自己的主子处于不利的状态时，他们就会说些看似无关紧要的话，但却语中带刃，借以干扰对方。”

“真是惹人厌啊。”

“你这么说还嫌早了点，接下来还有更过分的。如果用口舌还无法动摇对方，他们便会从旁动手替主子下棋，并若无其事地移动角落的棋子，企图改变局势。真是手法高明的骗子啊！明明他们自己下场比赛就好了，但身为一个军师是绝不会做这种事的，因为他们经常躲在影子后面。军师是一个喜欢躲在暗处的夜行动物，而将军就只能眼睁睁看着自己的战场走向与预期不同的方向。所以就算棋手最后赢了这场棋局，也不知道他们是否会感到高兴。”

有时他们也会在对手的茶中下毒，或是派刺客暗杀。

“高级军师会为胜利赌上性命，如果他们判断自己的主子必输无疑，必要时他们甚至不惜弄翻棋盘让整个战场消失。要是对手因此发怒，他们会经过算计说：‘这事全是我一个人干的，与将军无关，要怪就怪我。’他们就是这样一群极其危险的家伙。若是身为主人的将军不满军师的荒唐作为而愤怒地说：‘你别多管闲事。’高级军师就会搬出‘忠义’两个字来辩解，最后他可能会一本正经地说：‘我是为了救主公的命，若主公因此震怒而要责罚我，真是求之不得。’他们就是这样狂傲的生物啊！”

确实在曹操的阵营里，以程昱、贾诩为首的这些家伙，的确有可能承担主人的罪孽，而且就算曹操制止，他们也会想办法插手。

“从历史上来看，姜子牙和张良算得上是高级军师。虽然他们没有弄翻棋盘，但这只是因为他们运气好，所有的事都照着他们所预测的蓝图进行罢了。”

高级军师似乎能若无其事地跨越所谓的骗术和谋略的界线；他们一开始就没有这条界线，所以他们能计划出远远超过棋盘外的战争。以拳击赛来说，要是助手事先计划的所有策略（释放假情报给敌方、使用美人计、持续打电话到对方的住处骚扰、在对方的食物里下毒、假装绑架对方的家人等，总之就是要使对方产生动摇）都失败，而无可避免地即将败北之时，助手就会打电话给一一九，让消防车朝拳击台喷水，或是引爆事先安装于拳击台下的塑料炸弹后逃之夭夭。

要是做了这种事，可能会被当成运动界或胜负世界里的耻辱而被永久驱逐（但如果这场比赛关系到数亿元金额，这些事当然还是可能发生，只要不被发现就行了）。

虽然自己的主子，也就是选手，搞不好将从此无法再站上拳击台，但与其输掉比赛，高明的军师还是会选择让比赛无效。以现代战争来说，就等于在敌方毫无预警的情形下，在战场的正中央丢下一颗核弹。他就像恶魔般，完全以破坏竞赛为目的。真恐怖啊。高明的军师才不管什么卑不卑鄙，因为他的字典里并没有这个词汇。

刘备咕噜一声吞了口口水。（这话题越来越恐怖了。）他完全被庞德公的话吸引住了。“在下从未想过所谓的军师参谋是这么一回事。”

庞德公摇了摇头。“这样就害怕还嫌早了点。即使是高级军师，他们仍然是群与自己的主公共存亡而不顾他人死活的凶恶家伙。虽说他们已经非常危险了，但还有所谓的特级军师。”

“特级？你是指比姜子牙、张子房还要厉害的军师吗？那该不会是孔明吧？”

“我可没这么说。玄德阁下，你知道所谓的特级军师会怎么做吗？”以下棋来说，那应该是比从旁把棋盘弄翻还要厉害的奇招（犯规）。真令人难以想像。

“这个嘛……该不会是在客人来访时，让他连下棋的兴致都没有吧？对了，只要没有棋盘和棋子就行了。他会把棋盘和棋子藏起来。不，还是把它弄坏比较好。他大概会想尽办法不让棋局开始吧？”

“真不愧是玄德阁下，脑筋动得真快，你假如不当君主大概会是个军师吧。不过你还是太嫩了，就算没有棋盘，只要再买一个，或当场做一个不就行了吗？而且下棋这种东西，只要想下，就算在地面上画线也照样可以下啊。”

“嗯……的确。”

“他会做得更恐怖。你听好了，玄德阁下，特级军师会把应该作为主子的将军全当成棋子看待。当然，黑白双方都一样。实际上他会把两位将军都化成棋子，让他们照自己的想法去做，并加以嘲笑。不管是谈和、拉锯战、同归于尽或是消灭对方，总之，从一开始他就会让将军们照他的喜好去做。就算能用心辅佐将军的高级军师，在特级军师眼里也只不过是一颗相同的棋子。由于他操纵的是两个将军再加上双方的军师，所以整个棋局成了一场作假的比赛，所有策略和妙计都显得没有必要。他没有所谓的忠义之心，所以绝对不是所谓的臣子；他也不会像身为棋子的君主一样，自诩为别人的主子；他既不是敌方也不是己方。而棋盘本身也不像大地般中立，它只是军师的垫脚石。这所有的一切都像是被放在壶中的世界，军师从遥远的地方，可能是宇宙吧？他就从那儿往下看。这就是所谓的特级军师。”

“这样不就跟神没什么两样了吗？”

“不，不一样。神不会做这么愚蠢的事，而且他也不会有这种奇怪的欲望。特级军师终究还是人，只不过是个连鬼畜、邪魔歪道都不如的生物。他认为天下万民是毫无价值的东西，不值一哂。你真的要让这种人待在你身边吗？”

“在下真是越来越害怕了。”

庞德公又催促刘备下棋。刘备几乎都把棋子下在空旷处。

“就是这一步棋！”

“啊？”

“老朽我这样一个俭朴的隐逸之士（说谎），由这一手棋就能看见一个将士的人生。假设你或关羽、张飞率领一万军队上战场；先不论胜负，因为不管胜负，甚至阵亡，玄德阁下和关羽、张飞两位将军都会留名青史吧。但是，被一个明明不擅长作战却怀着投机心理的好战者统领，结果吃了场大败仗，牺牲了一万士兵中的三千名的话又会如何呢？士兵终究是士兵，他们的立场就像棋子一般薄弱，只能毫无抵抗地任人摆布，他们的生命就像虫蚁般不值钱。不知道玄德阁下有没有想过这样的事？

按照史书来看，自古大小战役当中，败北的那一方死后能名留青史的就只有将军而已，而留下耻辱之名的也只有将军。但是将军率领的那些白白惨遭杀害的士兵，却什么也没留下。他们就像这颗棋子一样，任由命令与摆布，就算被杀也毫无怨言。明明一样是人啊。你知道自太史公司马迁以降，为什么史书上没有把死亡士兵的名字一个个记录下来吗？”

“要是一个个记录下来，都可以编成一本书了嘛。这样一来不就成了一本《死记》。”刘备想开开玩笑，但庞德公却不予理会。

“因为他们只是棋子啊。不管他们有几千人，史书就只给他们一个‘兵’的名字，将他们同归于这个名词。事实上这就是史书最大的秘密和罪恶啊。算了，先不提这个。虽说士兵们没有权力，但他们会上场作战其实也是自愿的。要是侵略者践踏自己的家园，侵犯、杀害妇孺，相信无论多懦弱的人也会奋起反抗，而这时他们会希望能有一个优秀、打胜仗的将军带领他们。因此，就如我一开始所说的，像玄德阁下这样的人，应该要成为一个厌战同时也好战的人，这都是为了那些棋子啊。”

“庞先生，我是个愚钝的人，这样深奥的事我不是很懂。”

“其实不难。我之所以和刘玄德阁下您说了这么多无聊的事，不为别的，就是为了下棋二字。我现在下棋已经不为胜负了，我认为让黑子和白子都存活下来才是理想的棋。只是，虽然自己这么想，但对方总是满怀胜利的欲念而来，所以我就必须化解这样的气氛，下工夫将棋局引导至双方平手的局面。这可是很有趣的喔！”

“是吗？”

“老朽着实佩服刚刚玄德阁下所下的棋。我直觉认为，要是一般正常下棋，绝不可能有这种结果。我就像被吸引住一样，配合着玄德阁下对弈。这样就对了，让大家都平分秋色地活着，让黑子和白子都能回故乡去。”

“基本上我是怀抱着想赢的信念而下的，只不过我的棋艺太差，而棋盘上的局势又有些复杂，所以我才放弃的。”

“这就对了，这就是玄德阁下你屡战屡败的原因。本来像你这样的老资历，就算成为一州之主也不足为奇。不过，这十几二十年来，不知有多少英雄、奸雄兴起又衰亡，你还是存活了下来。话虽如此，你却仍像个放浪之徒到处流浪，这就是因为你毫无获胜的企图心啊。而就在即将得到胜利之时，你又像面对棋局时一样感到麻烦而放弃了。不过说不定这样反而好。”

“没这回事。自从我以战士之姿踏上战场以来，就时时怀抱着必胜的决心，我怎么会放弃战斗呢？”

“但老朽我看不出来呀。下棋时也是，虽然你说你是怀抱着想赢的信念而下，但先别提棋艺的好坏，难道你的内心深处不是在做能以和局收场的指挥调度吗？不过，虽然玄德阁下希望如此，但敌方如果满怀想胜利的气势向你挑战，你就只有被敌人乘虚而入的份了，这样是不可能获得胜利的。如果玄德阁下能早点发现这一点，像我一样在敌人攻过来时，使用一些秘密招数让双方打成平手，一定会有所收获。你似乎忽略了自己最希望的战略，就这样过了半辈子。譬如在前几年的战争，你任用徐元直而战胜了曹仁，这就不好，一定会得到报应的。”

的确在那场战争之后，刘备更加被襄阳的奸臣们憎恨，而他和徐庶也被活生生拆散了。

“但是先生啊，照你的说法，像这样如闹剧般的棋局好像我已经了然于胸，这倒是令我非常意外。这一点我怎么都不相信。”

“不，我是不会看错的，我看得比水镜还清楚。正因为玄德阁下是这种人，我才和你说这些。好吧，如果你真的这么想要，我也可以煽动孔明，让他归你所有。要是那家伙当了玄德阁下的军师，玄德阁下就可以不赢也不输了。因为孔明是个就算再强大的敌军来袭，也能清楚想出策略让双方平手的人啊。”

“让双方平手并不能夺得天下吧？”刘备不满地说。庞德公笑了笑。“看来你还是不了解，让双方平手远比获胜困难得多。而且认为平手不如获胜的人，我只能说他的脑袋太硬了。假设我在赌棋赛好了，若是我输了，赌注就得被拿走，但要是我赢了，也会招人怨恨。平手的话会怎么样呢？我不但能好好与对方下盘棋，还能不夺取任何东西也不被拿走任何东西。对方也会一边称赞你‘好小子，你真是个强敌’，一边期待下一场棋局。作战也是如此，你可以享受在喜欢的战场上出战的快感。而且如果以平手为目标，还能满足你内心厌战的真正心意，士兵们也可以活着回去，而对方也会认为你是个好敌手，不会对你产生恨意。最后，天下迟早是你的。”庞德公又抓起一颗棋子，啪嗒放了下去。

他又继续说："你不要觉得可笑。所谓不战而胜，虽然是上策，却是违反人性的空论。要是真有这种事，也只会在圣人的战争里出现吧。但哪里会有什么圣人的军队呢？自古以来，不管是现在还是以后，人类都是一种喜好残酷和争执的生物，这一点直到他们灭亡之前都不会改变。就算和平的时候也一样，就是因为有好事者把倡导和平本身当作引发争端的种子，才会把事情搞得难以收拾。

"像孔子和老子就知道人性是介于文武之间，他们十分清楚人性虚幻得令人恐怖。要是人与人之间能不竞争、不互斗和平收场，那才着实令人觉得奇怪；人是不可能成为真正的圣人贤者的。而怀抱着这些欲念、贪念和凶念的人类所能打出的最高格调的战争，就是在战斗之后平分秋色，这才是最好的结果。而能做到这样的，也只有超越特级军师的超级军师。"

"庞先生，您这番话还是太难懂了。虽然听起来还不错，但在下认为这只是空论罢了。"刘备想说的是："这是不可能的。"

"你认为自己是个武将，会这么想是理所当然的。"

"你是说假设曹孟德能一直与对手平分秋色下去，就能夺得天下啰？"

"是的。这样一来，黄巾贼、董卓、吕布、袁绍他们现在都会成为曹公的帮助，而且不会留下任何恨意和罪孽吧。"

"先生您不了解战争才会想得这么天真（痴心妄想）。我认为英雄都是私欲的化身，由于在下也身陷其中，所以这样的事看了不少。在双方阵营免不了交战的时候，为了实现自己的大志，彼此都只有战胜一途。如果不击败对手，就会一直受到敌人的威胁。治国要是轻率马虎，人民就没有安宁之日。所以我认为您这番话的确是空论。"

"那么我就将空论化作现实给你看，如何？"

“你的意思是说，只要让诸葛孔明当军师，就能实现先生刚刚所说的事吗？”

“没错。话虽如此，但也要看你和孔明的造化。信或不信，等到你们见面之后再说。不过关键还是在于现在内心深处不冀望战胜的玄德阁下。要是你的心境改变，成为一个只想战胜的人，孔明也许就会猛然一变，成为刚才所说的特级军师。观看一个万年才出一人、不世出的特级军师会有什么样的表现，也是一种趣味吧。虽然好像很有趣，但我还是敬谢不敏。”说着他又下了一子。

听过徐庶、水镜先生、庞德公等三人谈论孔明，其中庞德公的论调听起来最有分量，同时也最为古怪。这是一个前所未闻的战争论，其若有似无的具体性也让人觉得可疑。刘备听到这里，开始对庞德公的学识智慧感到好奇。虽说都是些乖僻、难以理解的言论，但他认为搞不好这老头才是个适合做军师参谋的奇才（特级军师？孔明的事搞不好只是个笑话吧？）。他认为庞德公不仅智慧高超，而且态度从容不迫，是个足以领导军队的人才。庞德公看穿了刘备的心思，他对刘备说：“玄德阁下，你还是死了这条心吧。”

“但是庞先生，听了你的话之后，我确信你才是应该活跃于这个乱世的人。先生难道不想和姜太公吕尚一样吗？拥有这样的才智却隐居于此，实在太可惜了。”

“如果你想招揽我，就会重蹈刘景升的覆辙，活活受辱喔。”

“反正玄德我已经丢脸丢到家了，我才不会因此退缩呢。”

“这厚脸皮的功夫也算是玄德阁下的优点之一吧。你要怎么说服我都无所谓，只不过我会不断说一些当初用来打发刘景升的歪理。玄德阁下应该不会像曹公一样，把不听话的人全砍头吧？随时欢迎你来说服我，我会准备好棋盘等你的。玄德阁下的棋艺实在太棒了，就算每天和你下也不会厌倦吧。呵呵呵，我真期待啊。”面对如此低沉威胁的语气，刘备只好干脆地放弃，并说了句："那真是太可惜了。"

这是因为刘备很清楚，就算他满怀诚意地哭诉哀求，或使出绝招每天拜访，即便是三百顾、三万顾，庞德公也丝毫不会为之所动。这就是刘备那过人的直觉。"我真是败给了这个老头！"刘备想。（诚如他之前所说的，不管我如何诚心诚意说服他，最后都会以平手收场吧。）但所谓的平手，也许只是嘴巴上说说而已。"再试试看吧！"刘备虽然这么想，但是看见摆满着复杂的黑子白子、也不知道是处于优势还是劣势的棋盘，他还是觉得麻烦透了。

"别这么失望嘛！玄德阁下原本的目的不就是孔明吗？"

"但是认识了庞先生之后，我认为再没有比先生更厉害的奇才了。"

"没这回事，像我这种水平的家伙到处都是啊。"

"这么说，那个孔明也能与你并驾齐驱啰？"

"若是和我相同程度的人，我才不好意思推荐给你呢！"看来还是只能招揽孔明了。

"水镜先生说，要获得孔明困难至极，但庞德公您就有可能请得动他。"

"不，就连我也无能为力。谁都不晓得那家伙现在在想什么。好几年前，虽然我让黄承彦的女儿嫁给了孔明，但要不是黄氏让孔明认为她并非计谋的一部分，这桩婚事很可能就告吹了。这并非出自我之力。"

"是吗？但在下所听到的，是孔明硬要娶这个黄家嫁不出去的丑女啊，而且他还很高兴呢。"

"反了，是孔明一直不想娶老婆，才会错过了适婚年龄。世上的人都是盲目的呀！事实上是黄氏硬要孔明娶她的，她真是个聪明又体贴的女孩啊，孔明真该流着眼泪好好感谢黄氏才是。”

“喔？看来这件事还真复杂。孔明娶亲一事，也和先生所说的平手理论有所关联和作用吗？”

“喔！真不愧是玄德阁下。尽管不能理解平手理论，却知道这事与其相关啊。”所以才说他有过人的直觉啊。

“要是你能理解，玄德阁下，你就有些许机会能钓到那家伙了。说起来孔明大概也是一时兴起，才搞了个什么可笑的‘卧龙’计划，当时他还把水镜和徐元直牵扯进来，想要借此出仕。那家伙的确有这个企图，他不可能想学我过着静谧隐遁且晴耕雨读的生活。但现在，他的那股企图心大概睡着了吧。听好了，这里是最重要的部分。我不会把孔明交给你，相反的，你要成为一个被押往孔明那儿的可怜犯人，你要像个犯人般被运送到那里去。这可不像黄氏那时那么简单。至于到底孔明能不能接受你，就要看你的才能了。”庞德公的脸上露出小孩恶作剧的表情。

“这个计策的成功几率是一成，也许玄德阁下会遭遇相当过分的对待，即使如此，你也要迎奉孔明吗？”

“我已经骑虎难下了，所以非做不可。”刘备虽然这么说，但其实他早就被庞德公吓破了胆。“整件事听起来都假假的，又麻烦透了，我才没兴趣呢。再说，接下来我也很忙呀！”刘备不耐烦地想。（我还比较想要这个老头呢！）

当然，这些也被庞德公的读心术看穿了。刘备虽然常常留意不让心里的想法表露在表情或态度上——这是他的可悲习性，但在庞德公的法眼之前，他却犹如裸身一般。

（喔，这下成功的几率有两成了！）看着意愿减退的刘备，庞德公这么想。虽然不知道是怎么回事，但似乎是“刘玄德越没有意愿，情况就越有利”的样子。

“关于孔明的事，请庞先生助我一臂之力！”

刘备像在说社交辞令般拱手再拜。之后，刘备又被庞德公要求再下一局，然而刘备的脑中净是些食物、女人及曹操来袭的事。尽管他还是随便下下，但庞德公仍旧称赞不已。

送走刘备之后，孔明的姐姐进来收拾茶杯。庞德公盯着刚结束的棋局赞叹说：“把这盘棋用黏胶固定下来好了。这种毫无意愿、随便至极的下法，真是漂亮极了。这是宇宙的神秘之处啊！刘玄德说不定就是和孔明最相合的人啊！”

孔明的姐姐问：“我还是第一次看到公公您和客人如此长时间对话。看来您很欣赏刘将军吧。”

“你都听见了吗？”

“因为对话中出现了亮弟的名字，所以我才……真的很抱歉。”

“在这间破烂房子里，只要竖起耳朵，不管到哪里都听得见。你也赞成孔明替这人做事吗？”

“要是亮弟希望如此的话，我觉得也不错。”

“是吗？既然被你听到了也没有办法，你就帮我传话给他吧。”

“要说什么呢？”

“呵呵呵，看来终于到了对孔明下最后通牒的时候了。我得让那家伙积欠的年贡通通缴回来。”

孔明姐姐的表情并没有多大改变，仔细一看，她还颇有跃跃欲试的样子。孔明自从和黄氏在一起后，变得比以前正常多了。虽说再也不必为弟弟的事心烦是好事，但她心里可能又有点寂寞。

“要跟他说什么呢？”

“这个嘛，这事是不能用嘴巴说的，一说出来就前功尽弃了。因为这样一来孔明的身体会痒，他会用身体感觉到这是个计策。”难不成孔明对计策过敏？

“我可以问您一件事吗？”

“什么事？”

“公公您为何如此了解亮弟的事，又为何如此赏识亮弟的才能呢？就连从亮弟只会哭哭啼啼的时候就和他一起生活的我，都只觉得他是个有点奇怪的孩子而已啊。”

“说得也是啊。”庞德公“嗯”一声点点头，罕见地想了一会，然后说：“这大概是因为‘爱’吧。”

“什么？”

庞德公倏地站起来，跳到泥地的房间里，拿出大号、中号的菜刀挥舞了起来。

“其实根本没有所谓的平手理论，刚刚对刘玄德所说的，也许全都是我个人的空想。说不定我根本猜不透那家伙的本意。”他咚咚咚地踏着地走了出去。（呵呵呵，孔明啊，可以的话，我希望你别把我的空想化为实际，那样太无趣了。让我看看那种使我惊讶到大小便失禁的意外作为吧。想要前进就先踏过我吧！）

庞德公把菜刀击得铿锵作响，继续着刚刚在后院做的事。他先把杀死的狗放血，再剥皮，去内脏，最后把肉切下来。这些非预先处理好不可，因为肉必须等到五六天之后才会熟成至最好吃的状态。庞德公很久没有如此生龙活虎的表情了。

“孔明，就让你好好欣赏一下大银幕科幻剧吧”——这种心情在他充满干劲地挥舞菜刀的动作中表露无遗。

“帮我准备粗盐。”庞德公如此命令着。

“是。”应答之声几乎同时到达。孔明的姐姐也被庞德公的活力感染，显得兴致勃勃。

第十一回　孔明受二顾之礼，隆中变身歌剧院

建安十二年（公元207年）冬。终于到了刘玄德前往卧龙冈拜访的时候。（真提不起劲啊。）他的心中仿佛乌云密布的寒空。我们还是别管刘备的本意了吧（虽然他是主角）。

Operation Catch The Sleeping Dragon. 从第三十六回到第三十八回，《三国志通俗演义》花了相当长的篇幅在描述“卧龙”出庐的开端。如果把从第三十四回开始的伏笔也算进去，其华丽的出场就长达五回了。像这样星光熠熠的超级巨星一定要以最豪华的排场迎接，例如制造出烟雾、让他在镁光灯及七彩镭射灯光的交相映射中华丽登场，否则他可能会闹别扭喔。

说他是《演义》里最大的 Bull Shit、最任性的演员也不为过。事实上，关于“卧龙”出庐的前因后果，农村的怪人诸葛孔明，为何愿意效力于一个完全看不到光明未来的弱小军阀（流氓集团）的头头刘玄德？这其中的缘由我实在很想知道，不过我也很想偷偷地绕过《三国志》写出一番完全不同的东西。然而一旦将它写出来，那部小说中所发生的事将成为事实。到最后就会有读者说：“应该是那样才对”，“不是应该这样吗”，“那个研究者是这样说的”，“那个作家并没有提到这一点”，“等一下，这样实在是太扯了”，

“这是不可能的”，“你是从哪里得到这乱七八糟的结论”，等等。

这样一来，虽然能享受自由想像的乐趣，但读者会认为这是我的解释（捏造出来的），而且连我自己都觉得被固定住了，简而言之，就是失去自由了。

不过，有时作家会被一股冲动驱使，让它从混沌中化为有形，出现在书中的章节里，而形成了小说的雏形。此外，明明就是小说，最近却总是有不少读者把它当真（不知为何，历史小说的这种倾向特别强。但我这部小说大概不用担心吧）。我认为，借此把过去确实存在的人物任意加诸自己的想像，是很失礼的事（不过正写着这种小说的人说这种话，的确一点说服力都没有）。

也许你会说，都到了这个地步你怎么还说这种话？但如果你问孔明，他大概会这么回答吧——“所谓表里、虚实、奇正。我不喜欢被人摸清自己的真面目，后世的诗人笔墨之徒越是乱写，我的真面目越能隐藏在云彩以及梦幻之中。我不在乎我被描写为神机妙算的军师、男同性恋者、变态、忠心耿耿的臣子或是仙人，要写随你去写。也许你会在十年后又因为某些机缘而重写三顾茅庐的事，即使你把它写得与之前的完全相反，也没有人会责怪你，至少我就不会，反而我还欢迎之至呢。”所谓“真人不露相”嘛。

对于人类及历史来说，真正做了重要事情的人，他们的名字是不会被遗留下来的。反过来说，那些在历史上留名的人都是些不中用的家伙，实际上他们根本没做什么大事。

也许这些例子不是很恰当，例如第一个发现以腌渍的方式长期保存蔬菜和肉类的人，以及把铁钉加工成螺旋状做成螺丝的人，很多发明及技术创始人的名字都鲜少为人所知。而很多重要且现在已成为常识的技法或发明物，虽然在史书上记载是古埃及人或某民族所创造的，但在这其中，发现并将其技术化的个人，他们的名字却很少被记录下来。这些东西绝大多数被当成神发明的。这个例子也许同样不恰当。史书上虽然屡屡出现男性的名字，却很少出现对其有帮助的女性名字。

从以前，女性就被视为重要且不可或缺的人物，她们不只是“生孩子的工具”，这一点相信大家都知道，然而她们却几乎被全盘漠视了。英雄与英雌的价值应该相同才是。无论是伟人传或恶人传，在历史上留名的人都不是真实的人。这完全不同于阴谋史观或黑幕史观的层次。那些能改变历史的人类因子，虽然确实存在于政治家或武将精彩表现的背后（也许是故意的），但他们却是无名的。

也许热心的研究者会在探究其他事物时，在完全偶然的机会下察觉他们的一丝气息，而当研究者恍然大悟，想重新审视他们时，他们就完全消失，只留下似乎有人曾在这里的感觉。

虽然研究者会像回想今天早上刚做的梦一样，稍微陷入沉思，但很快就会忘却了。这就是所谓“在无名之中有着无限价值”的思想。特别是那些遵循黄老或神仙之术的人，由于在历史上留名的民族英雄都不可能是真英雄，所以仙人亦然。

中国的仙人通常居住在深山里，他们远离人群（像“杜子春”①那样希望成为他们的弟子却被赶回去的例子不胜枚举），来历不明，这也是他们隐姓埋名并用夸张的道号、假名（还遵循一定的形式）示人的理由之一。

中国的世界有时就像无底的沼泽一般深，大概也是因为这样吧。也许孔明那煞费苦心的一生、被后世传颂至今的伟大情操，当中的秘密搞不好就在其中呢。虽说孔明也是不得已，但他的名声和

① 杜子春（约前 30～约前 58），《唐人传奇》中人物，数度遇仙。——译者

事迹未免也留下太多了。

也许他想，只要躲在永无出头之日的刘备背后，自己就不会登上那亮丽的舞台吧。但是刘备却几乎如猝死般过世了，也许这是“卧龙”的失算。不过自此以后，他就知道该如何面对后世了。也就是说，他打算蒙骗后人。制造出五彩缤纷的浓雾藏身其中，这对龙来说是件容易的事。让一些无稽之谈频频交错混杂，然后任由自己的形象慢慢被破坏即可。只要放任不管，像我这种不负责任的家伙，就会把他从真实的自己里抽离出来。

在中国史上从来没有一个人像孔明一样，尽管正史已经把他的身份来历写得很清楚（虽然有点枯燥无味），但还是有许多关于他的不同说法，而且被许多奇怪的传说包围。到底是因为民众真的这么希望，还是别有原因呢？

三国时代以来，中国有好几个在军事上的才能及实际功绩足以与孔明相匹敌、甚至在孔明之上的人。这当中神机妙算的忠臣多如牛毛（很多现在不能写的事情，在下一个王朝就能毫不避讳地下笔，这就成了有着五千年悠久历史的科幻长篇浪漫小说。编纂者们啊，赶快找人把它写出来吧）。若说他们的名声有稍微不及孔明的地方，原因就是孔明持续背负着几乎是异样的韬光养晦癖好，以及历史强加于他的虚伪名声。当然，普通的军人、官僚是完全不需这么做的。在那个时代、那种状况下，大家都为了生存和过活而拼尽全力，似乎没有那些无聊的多余想法。

但只有孔明与众不同。不管在哪个瞬间、哪种状况之下，他都没有显露出慌张的神情。虽然看起来很拼命，但藏在他思绪深处、袖口里或是身后的那只手，一定正做着其他古怪的事。同时还不忘在他那白皙的脸上溢满的爽朗微笑……

我感觉到他就是如此一派悠闲。给“卧龙”官位这事并不在孔明的意料之中，不过，即使是短暂的官位，他应该也会感动不已吧！只是，就一般而言是很困难的。昔日姜太公吕尚在渭水之滨垂钓之时，听说他不但没在鱼钩上挂饵，就连鱼钩都没绑上去。虽然大家似乎都认为他是个可怜的失智老人，但其实不然。因为他的饵没挂在鱼钩上，才能钓到陆上的东西；要是钓到鱼反而不好，所以他才不装鱼饵和鱼钩。也因此，他钓到了周文王。当文王和吕尚攀谈的时候，他大概也不知道吕尚这垂钓绝对钓不到鱼吧。

这个故事所暗喻的既不是怪癖或咒语，也不是教人如何引来大人物的小机智，而是一个法则。至于是什么法则，我在这里就不多说了。只是大家必须有一个观念，那就是一开始不要要小聪明，不要以引诱你的意中人为目的，而是必须先强烈意识到钓鱼才是自己的目的。

如果拿姜太公和文王来作比喻，一般来说，姜太公就是指孔明，而刘备就是扮演文王的角色。但这次与一般的情况不同，与其说不知道哪一边是垂钓的一方，倒不如说双方都没有放下钓线。

话说刘备特地选了个吉日，和关羽、张飞两个弟弟一起前往隆中卧龙冈。有此一说，刘备这时还带了三千部队前往——简直是准备战争的调度了。就算要歼灭山贼也不需要这么多士兵吧？而在某一个平行宇宙世界的《演义》里，他们说不定还必须与疯狂魔术师孔明、把守卧龙冈的自动装甲机动兵大战一场呢。凡事还是小心为上。

昨晚被禁酒的张飞一副不满的表情，一直嘀咕着：“酒啊，我的酒啊。”如果他的双手还不停颤抖，病症就相当严重了，不过他还不到这种地步。要让张飞重返社会，似乎只有让他连日上战场厮杀这个治疗法了，因为他除了喝酒以外，最喜欢的就是杀人了。张飞啊，请你再忍耐一下吧。

关羽跨上他那比一般马匹还大上一号的赤兔马，长髯悠然地随风飘动。当刘备对他说“我们到隆中去拜访诸葛亮”时，他只回答：“知道了。”其他都没有多问。

而刘备却时而挖鼻屎，时而打呵欠，完全没有要去前往探访贵人的样子。这时，传来一阵此起彼落且五音不全的合唱之声。

苍天如圆盖，陆地如棋局。
世人黑白分，往来争荣辱。
荣者自安安，辱者自碌碌。
南阳有隐居，高眠卧不足。

（什么嘛！这段不吉利且充满颓废感、藐视世间的旋律。）刘备想起了先前和庞德公下的棋，不觉咋了咋舌，于是停下马向唱歌的农夫询问：“请问这首（听了让人意志消沉的）歌是谁作的啊？”

“嗯，这是‘卧龙’先生所作。”

（果真如此。）刘备心想。

当农夫们对每日的农事感到倦怠时，孔明突然出现，即兴作了这首歌。虽然起初大家都嫌麻烦而不愿意唱，但迫于孔明的淫威（他们怕孔明会向他们施咒报复），只好不断重复吟唱直到记住为止。不过这首歌却令他们唱了还想再唱，不知不觉就像被洗脑般朗朗上口了。

“现在这首歌已经成为耕田时不可或缺的主题曲了。”——还不到这种地步啦。

“我正要拜访这位‘卧龙’先生，请问他住在哪里啊？”

农夫一副不敢说他坏话的样子说：“过了那个斜坡之后往南

去，便是从好几年前开始就被称作卧龙冈的地方，再进去一点的树林里有座古怪的茅屋，那里就是‘卧龙’先生的家。”

刘备道谢之后，顺口问说：“你们该不会是受到那‘卧龙’先生的威胁或是被他欺压吧？”

“不。完、完全没有那回事。”农夫拼命否定。

“偶尔他会给我们一些奇特的锄头或铁锹，那些工具出乎意料地好用，所以我们都很感谢他（偶尔啦）。”

孔明和黄氏常发明新农具或把旧农具加以改良，然后实验性地让农夫们试用。有时这些农具既便利又能提高工作效率，有的农具则根本不能用，充其量只是徒具新意的创意摆件而已。难道他们夫妻俩把取得专利当成兴趣吗？另外，他们也对农作物的品种改良相当有兴趣。

刘备一行人继续前进。回想起那些欲言又止的农夫们可疑的态度，张飞的眼睛为之一亮。

“我知道了，看来那里有恶霸等着我们去击退，对吧，大哥？”那眼神就像嗜血的狂虎。“要不然你不会平白无故让我禁酒一天啊！”

在那三人年轻的时候，只要一听说哪里有恶霸（多半是有钱人），他们就会热血沸腾地打着正义的名号替天行道（端看你怎么解释，其实他们的行为看起来与强盗没有两样）。他们大概当自己是次郎吉或是五右卫门[①]，为了侠义不得不这么做吧。

刘备一边挖着耳屎一边说：“飞弟啊，不能草率行事喔。虽然这不是事先决定好的，但到时视情况行动也未尝不可啊。”

---

① 次郎吉（1795～1832）与五右卫门（？～1594）均是日本历史上的大盗。——译者

会乱来的人可不只有张飞而已，刘备也曾因为对督邮（一个贪官污吏）动了私刑而逃亡。这一点《三国志》里也清清楚楚地记载着。

“真不愧是大哥，不论何时都不会对人民的困难置之不理。我终于知道为什么只让我们三个人来了，没带赵云那家伙来是对的。嘿嘿嘿，我会让那些家伙欲哭无泪的！”张飞的心情立刻好转了。

不久后，他们就到了卧龙冈。树林的对面有一栋与附近农家截然不同的房子。

后人作了一首诗加以称赞。题名为《龙的住处》。

襄阳城西二十里，一带高冈枕流水；
高冈屈曲压云根，流水潺湲飞石髓（仙人所服用的药石）。
势若困龙石上蟠，形如单凤松阴里。
柴门半掩闭茅庐，中有高人（孔明）卧不起。
修竹交加列翠屏，四时篱落野花馨。

（到处都以自然的树木花草将屋子隐蔽、伪装起来，似乎是为了睡好觉。）

床头堆积皆黄卷，座上往来无白丁。
叩户苍猿时献果，守门老鹤夜听经。
囊裹名琴藏古锦，壁间宝剑挂七星。
庐中先生独幽雅，闲来亲自勤耕稼。
专待春雷惊（龙的）梦回，一声长啸安天下。

孔明家周围的自然景观似乎都是人造的。这家的主人不知道是不是有发作性睡眠症，所以常睡懒觉。而他喜好读书，也以附近的动物为伴（或者把那些动物当成奴仆使用）。虽然家里有贵重的琴和剑，但很少使用。他优雅地从事着农业活动，但一旦雷声一响起，他就会认真起来，只需长啸一声就能安定天下。这是一个充满神仙趣味与修养，爱好农业与大自然，并混杂着与自己地位不符的贵族趣味之家。这个有猴子进贡并有鹤群围绕着、像是个妖怪屋般的山中草庐，一般人都会觉得很诡异而不敢靠近吧。不过，正因为如此他才叫“卧龙”啊！孔明如果住在普通房子里，未免也太无趣了，因此后人才绞尽脑汁对他的居住环境加以设计、描写了一番。希望他能高兴地接受而不会抱怨才好。

刘备等人走近了门前。如同斗牛般的张飞相当危险，所以由关羽将他抓着，只有刘备一个人下了的卢马朝门口前进。他敲了敲柴门。

在这里，《演义》七大不可思议（其实没有这种东西啦）之一的神秘童子登场了。不知道是不是只有我一个人觉得他是个谜？总之，一个傲慢的小鬼从房里出来了。孔明家里住着孔明夫妻和诸葛均夫妻四个人。由于杂事都是由诸葛均负责，所以他们应该没有请女仆、男仆之类的人才对。明明不该存在的人却出现，正侵蚀着现实，实在太恐怖了……嗯，好像太夸张了。

这个不知天高地厚的少年用近乎对待同辈的口吻问刘备说：“你是谁啊？”

《演义》里的少年们一看到刘备就能认出他来，并且流露出憧憬的神情，但现在却完全感觉不出这样的气氛。不知这是否伤了刘备的自尊心，于是他像是要用气势盖过神秘童子一般，强硬地说：

“在下是汉左将军、宜城亭侯、豫州牧、新野城领主、中山靖王后裔、现今皇上的皇叔刘备刘玄德。为了和‘卧龙’先生见面，特地在百忙之中前来拜访。”孩子气的刘备一副“怎么样，厉害吧？”的表情，流利地一一说出以往因为嫌丢脸而不敢说出的一长串头衔。

但是神秘童子却嘟起了嘴，冷淡地回答说："这么长的名字我记不起来。"（这话还真是不容我置喙啊）这个少年绝非泛泛之辈。(这个臭小鬼！让我来教教你什么叫作礼仪吧！)

一时之间，刘备虽然想露出盛气凌人的态度，但那魔鬼般的直觉却让他改变了主意。(不，等等，这也许是个圈套，搞不好诸葛亮正躲在一旁窥视。）于是他轻蔑地说："啊哈哈哈，抱歉抱歉，这对小孩子来说的确是困难了点。那你只要说有个名叫刘备的潇洒美男子来访就可以了。"

"不好意思，先生今天一早就出去了。"少年又凌驾在刘备之上，像是在瞧不起他一样地说。

"他去哪里了呢？"

"他不是个决定去处之后才出门的人，所以我不知道他去了哪里。"

刘备怒火又上升了，不过他还是维持着大人的尊严。

"那他什么时候回来呢？"

"不好意思，这我也不知道。因为先生通常行踪不定，也许四五天，也可能要晃个十五六天才回来。"少年双手一摊。

连小孩也拿这个毫无计划的人没辙。难道这就是孔明的真面目吗？这样的人真的能胜任军师参谋一职吗？(这个小鬼难道想找碴吗？还是想要糖吃？）不只是老人，连小孩都当成对手认真看待，刘玄德就是这么一个热血的人（好人？）。

神秘童子用可疑的眼神直盯着刘备看。刘备回到关羽、张飞身边，说了句："他好像出去了。"

"哼，算这家伙运气好。既然不在那就没办法了。大哥，我们赶快回去吧。"张飞果然还是想回家喝酒。

"再等等吧。"刘备说。

“我们还是先回去，确定他在家时再来吧。因为是我们自己没有事先约好，不请自来的呀。”

关羽说得对。这时刘备拉着关羽的袖子，小声说：“不，虽然这只是我的直觉，不过从那个傲慢小鬼的样子看来，他应该是在故意刁难我们。也就是说，诸葛亮说不定只是假装不在家。如果真是这样，那他现在应该正躲在一旁窥看我们。好，就让他看看我的忍耐力和热忱吧。”

如果这真是孔明搞的鬼，那么刘备在想这件事的时候，可以说已经中了他的圈套。

“大哥果然深谋远虑，但只不过是见个面而已，何必搞得这么麻烦！”

“根据庞德公的说法，孔明做这些事可是比每天的三餐还要重要呢。听好了，二弟还有三弟，这次的对手可是个性格古怪、极其棘手的家伙哟，你们要好好记住了。”

张飞呸一声吐了口口水说：“可是，大哥啊，为什么你非得理会这个古怪的人不可呢？”

“我也不是非理他不可，只是至少要见他一面，否则就算失约了。况且，该怎么说呢，我也蛮在意这个所谓命中注定的情义，再说，这是你喜欢的徐庶大力推荐的人，我已经答应徐庶要跟他见面了呀，所以就见他一面吧。”

“嗯，像大哥这样的人，的确不应该不遵守诺言。没办法，我只好奉陪到底了。不过既然要守在这里，一开始就应该跟我说嘛，这样我就可以带酒来了呀。”

就这样，三个人重新整理了衣装，驻足等待着。神秘童子不时在门前盯着看，一副想撒盐驱邪的样子。

到了乌鸦啼叫准备归巢之时，忍耐力强的关羽也不禁说：“大哥，我们还是回去吧。还是先派探子详细调查之后我们再来袭击吧。”

张飞不知何时已躺在旁边打起鼾来了。刘备也站得两腿膝盖直发抖，他连小便都没去，现在一副快按捺不住的表情。

“也只好如此了。”他当下爽快地决定。根据中国拳法里常出现的入门故事，如果被赶出去一次就放弃，是不够格加入其门下的，一定要有不论刮风下雨都在门前坐上十几天的气魄，才算是基本礼仪。以刘备的形象看来，他应该也会如此吧。然而这时他却完全不打算这么做，可以说完全没有干劲。他向神秘童子拜托道：“要是‘卧龙’先生回来，你一定要跟他说刘玄德曾经来访，并在这么寒冷的天气里，充满无比的热诚一直等着他喔。”

“好哇，那再见啰。”神秘童子说完立刻消失在门里。这神秘童子到底是谁呢？说他是孔明的贴身精灵似乎还蛮有趣的，我非常赞成这种说法。孔明到底是真的出门了，还是躲在家中监视呢？还有，黄氏和诸葛均到哪去了呢？不，在这之前，我不禁怀疑这里真的是孔明家吗？刘备一行人在某个地方迷了路，而被狐狸蛊惑也不无可能。

刘备一行人返回原来的路。仔细一看，被夕阳照射的山峦、流水及茂盛的林木都充满着幽玄之趣，也非常美丽。（好久没有像今天一样，悠闲地在郊外散步了，其实这样也挺不错的。）这时就像要打扰刘备的感慨般，前方出现了一个人。那人气宇轩昂，头戴逍遥巾（隐士的头巾），身上穿着漆黑的布袍，还拄着藜杖，一副令人神往之姿。

“喔？”刘备停住了马。

“那个（装模作样的）人一定就是诸葛亮。”他立刻下马，上前拱手一拜，殷勤地问说：“您就是‘卧龙’先生吗？”

“将军是哪位呢？”那人回问。不过，有点令人不解的是，那个人为什么知道刘备是个将军呢？

“啊，真是失礼了，在下叫作刘备玄德。”

那人“呵”一声地笑着说：“我不是孔明。我是孔明的朋友，博陵的崔州平。”

“原来如此，你就是崔州平先生啊？真是久仰大名。能见到您真是在下的光荣。”只要对方看起来还可以，刘备就会立刻把自己的姿态放得很低，这是他的习惯，或许也可以说是一种反射动作。看到《演义》里，他不断表现出这种谄媚的态度，说不定让人觉得这是刘备全身上下的优点之一呢。

刘备之前打听司马徽的门徒时，就已经知道崔州平这个人了。这人虽是个游手好闲之徒，但作学问还挺有一套的，而徐庶也曾提到他的名字。崔州平也见过刘备好几次。我不知道为什么崔州平会出现在这里（而且还穿了一身不搭调的隐士服）？但是既然出现了也没办法。

“既然难得相见，可否请先生赐教？”刘备卑躬屈膝地谦逊地说道。

“为什么他要对一个来路不明的毛头小子如此谄媚呢？真搞不懂他在想什么。这真是大哥的坏习惯。”关羽和张飞一边这么想，一边无可奈何地下马。

刘备和崔州平坐在路旁的石头上聊了起来。“请问将军为何欲与孔明相见呢？”崔州平以不同于以往的郑重语气，说了这句像是谁要他说的台词。刘备也像往常一般，冠冕堂皇地说了那重复讲过好几次的理由：

“当今天下大乱，盗贼到处横行。虽然我尽自己的微薄之力到处奔走，以期安定天下，但迄今依然徒劳无功。郁郁不得志的我，于是每天过着苦闷的日子。在听说了孔明的事情之后，我恳切地希望孔明能教导我安邦定国之策。”

崔州平听了哈哈大笑。“将军的志向真可谓仁心啊。不过自古以来，治乱总是相互循环。高祖（刘邦）举义兵灭秦后，开始进入治世，但此治世遭王莽篡夺之后，便进入了乱世；而光武帝完成中兴之业后，从此又进入了治世。两百年后的近代，天下又干戈四起，所以现在正处于由治变乱之时，想要安定天下根本是不可能的事。”

根据其后出现的循环史观，治乱兴亡遵循着宇宙的法则不断重复乃是自然现象，是人力不能改变的命运，只要人世继续存在就会不断重复，这是个无情的宏观观点。

人类史上确实有这样一面；关于战争，与其说人类几千年来毫无进步，倒不如说即使是万物的灵长，也无法违背自然的法则。三国时代顶多只能算是连接后汉灭亡及晋朝成立的一个过渡期。以这个观点来看，三国时代就是个混乱期、黑暗期及收拾期，在这段期间很难成立像样的国家。

例如，除了《史记》以外（因《史记》并非正史，而是《太史公书》），其余正史的名称都是《某某书》、《某某史》，但《三国志》却是《志》。《三国志》是部例外很多的正史，其“本纪”只有曹魏，也没有记录诸侯的“世家”，诸侯几乎都归入了“列传”。如同先前所说，由于期间甚短，所以《三国志》对晋朝政府来说，只不过是“关于王朝前期分裂状况的简易备忘录”而已。

崔州平继续说：“而你却希望孔明像太古的女娲一样修补天地的破洞，以期让天地恢复原来的面貌。我想那是不可能的，最终也只是徒劳无功吧。”

“您说的确实有道理。但即使如此，身上流有汉室血液的我也非拯救汉室不可。就算天命如此，我也要完成我的使命。”

刘备是认真的。虽然我常常怀疑他是否真的这么想，不过在刘备那个时代，也许的确还存在着复兴汉室的愿望，即使只有仅存的一丁点可能性。要不然就是刘备在谒见献帝时，曾和献帝有一番亲密的交谈，让他觉得至少献帝应该不是个亡国的愚主。事实上，汉朝的血统也是在灭了篡夺王朝的王莽之后，才重新夺回天下的。若非如此，刘备就和只会说漂亮话的骗子，或一种信仰者没什么两样了。

“孔明是无法忤逆宇宙的法则的。”虽然崔州平这么说，但刘备实在不愿苟同。所谓的复兴汉室不知道是一种理想还是一种妄想，为了它，就算舍弃性命也要贯彻初衷。其绝不放弃、贯彻始终的精神，就连宇宙或神明也无法阻拦。

他看起来不是痴人说梦、惺惺作态或逃避现实，而是真的这么想。崔州平不知不觉中也被刘备的满腔热血虏获了。（啊啊，我的主公啊，就算到地狱我也会一直跟随着您！）这应该就是刘备迷惑、引诱了众多人，特别是虏获年轻男人心（但经常会幻灭）的魅力所在吧。

“刘备刘玄德在此。”看来他的确与曹操水火不容。拥有同时代中各种昙花一现的英雄们所没有的宝贵心情，刘备好几次战败并徘徊在死亡线上，虽然沦落为丐帮，但不知为何却没有灭亡，该不会就是因为他们真的拥有这个可怜的信念吧？要是没有这个志向，也许就没有蜀国的建立，而历史很可能只会把刘备评为一个大猩猩，而没有其他像样的记录。就连一向促狭的理论家崔州平，在这位“令男人心向往之的男人中的男人”刘玄德的壮志面前，也感到痛心，而无法对刘备的理想（对时代的认知错误）加以嘲笑。

“不论患病或健康，请在我俩死别之前，让我叫您一声主公吧。在天愿作比翼鸟，在地愿为连理枝。”他差点就趴在地上说出这样无法挽回的话。但是他想起了自己在这里的目的，在千钧一发之际打消了这个念头。（啊啊，我终于了解元直的心情了。但不知道孔明如何。他这个人能毫不在乎地糟蹋此人纯真的心啊。要是你真的这么做，我绝不原谅你，孔明！）

能让像刘备这样知名的人特地前往招聘，崔州平还真有些羡慕。但如果照这样继续和刘备说下去，等一下恐怕难分难解了。

“真是失礼了。像我这样的乡间野人实在不足以和人谈论天下大事，是因为您刚才问起，我才姑且回答之，请原谅我的妄言。”

“不，我才是呢，就这么突然热聊起来，真是抱歉。谢谢你精辟的言论。”

崔州平这下难以脱身了。刘备问道：“我适才去拜访孔明，却听说他出门了。请问你知道孔明的去处吗？”

“是这样的吗？我也是来拜访孔明的。既然他出门了，我也不清楚他会去哪儿（不知道到哪里鬼混聊天去了）。”崔州平装傻说。

“没办法了，孔明的事只好作罢。对了，先生，您的见识如此不俗，可以的话，请来帮助我们好吗？”刘备又开始挖角了。要是对方看起来还不错，他就会在第二次开口时表示招揽的意愿，这也是刘备的习惯。同样是招揽人才，他就是和曹操不同。举个例来说，要是刘备在街上看到一个可爱姑娘，他会反射性地问她说：“小姐，要不要一起喝杯茶？”他认为这是一种当然的礼貌。他就是这样一个爱搭讪的人（如果换成曹操，事情就非常曲折了，由于说来话长，还是有机会再写吧）。而之所以后来他会无礼地不理会庞统，也许是因为庞统长得不好看吧。不过，要是他看上的姑娘不在，我想他大概会立刻向那位姑娘的朋友下手。

“游手好闲的生活还是比较适合我，我无心于功名久矣，容我们改日再相见吧。”崔州平说了这段话（我觉得这段台词带着一点愤怒）后，就毫不留恋地离开了。

“我喜欢单身，所以现在还不想交男朋友。See you again! ”

这与气冲冲地说“恕不奉陪”是一样的意思（我是这么认为啦）。他真不体贴刘备那细腻的心。

刘备回头看看关羽和张飞，（看起来像在）尴尬地笑说“啧，我被甩了，兄弟们”。

“真是的！没见到孔明那家伙，反而听那个迂腐的儒者胡言乱语了这么久。”张飞厌烦地说。你在吃醋吗，张飞张翼德？

“别那么生气嘛。那也是隐者之言啊，总有几番道理的。”刘备安抚道。迂腐的儒者，也就是“腐儒”这个词，不需解说就知道是个负面的用语，不知是从哪个时代开始用的？在孔子那个时代大概还没有吧。要是先秦时代的热血正义先锋（爱说理的）孟子被骂成“你这个迂腐的儒者”，大概就像在骂“你这个无耻的女人”或“你这个秃驴”一样令人痛快。与“政治家＝贪钱的恶人”这个公式一样，“儒者＝只会说歪理的没用家伙”。

这道理在《史记》完成之时，确实就已被广为运用了。虽然当时很多儒者看起来都一副派不上用场的无能样，但万万没想到他们会被后世人引用为骂人的话。不过，《演义》里登场的人物几乎都是儒者（儒教价值观的信奉者），而侠义之士也在儒者的范围之内。所以广义来说，关羽和张飞也包括在内，因此事实上儒家的观念是非常根深蒂固的。总之，似乎所有爱耍小聪明、爱说歪理的人都算是迂腐的儒者（难道我也是吗？），所以在现代的日本，这种人根本多到数不清。

第一次拜访“卧龙”未果的刘备，听从关羽的话打探了孔明的消息之后，决定再次出击。

数日后，密探来报：“已确定有个疑似孔明的怪异男子在家。”

“很好。关羽、张飞，我们立刻飞奔到现场去吧。赌上刘备军的威信，这次一定要弄清那家伙的真面目！”

话虽如此，刘备依然没什么干劲。（下着雪，天气又冷，麻烦死了。真不想去啊！）他像是想逃学的儿童，感到非常厌烦。

“只不过是一个普通百姓而已嘛，何必需要大哥亲自出马，找个人把他叫来就行了。如果有必要的话，就让我去把他抓来吧。”张飞随口说出了句还算合理的话。

“再说，上次大哥特地去拜访时留下了口信，但对方到现在连一封道歉信也没寄来，这算什么嘛。他只不过是一个乡下老百姓，竟然对一个恳切拜访的人如此无礼，真是可恶。”说得越来越有道理了。“那家伙一定是太过内疚，自觉没脸见人所以才躲着我们。”差点没把“卧龙冈上的逃龙”这句话说出来的关羽，也持相同意见。

“嗯，看来的确如此。”刘备虽然这么想，不过难得张飞会说出如此合乎情理的话，倒让他觉得有点不可思议。

“飞弟啊，你不知道孟子曾说‘欲见贤而不以其道，犹欲其人而闭之门也’吗？孔明是当代的大贤人（虽然非常值得怀疑），我们可不能用粗暴的方法把他拘来呀。”刘备如此引用孟子的话来责备张飞（这是为了彰显身为大哥的他很有修养吗？）。

由于张飞的一番正论使得刘备受到刺激，因而带着嘲讽意味引用出他刚好记得的一篇腐儒言论，但结果却使得他不得不出发去拜访孔明。于是刘备再次带着关、张二弟朝隆中出发。

那时正值隆冬，天上堆满厚厚的雪云。当天是个寒风凛冽的恶劣天气，北风毫不留情吹在他们身上，山峦则化成一片雪白的银色世界。

“还是回去吧。”胡须被鼻水冻结的刘备正想这么说时，张飞一副不满的样子先吼了起来：“当傻子也要有个限度啊。为什么我们非得在这个连仗都没法打的大雪天里，千里迢迢去和一个没用的家伙见面呢？与其这样，还不如回新野去喝壶热酒！”不过，因为真心话被人抢先说了出来，反而别扭地不赞同是人之常情。

刘备像先前一样紧绷着脸，瞪着张飞说：“正因为在这酷寒得虐人的恶劣天候里，我们还冒着大雪前去拜访，诸葛先生才能感受到我热烈的诚意啊。飞弟啊，要是你畏惧寒冷，就一个人回去，到暖炉前面缩着身子取暖吧！”他如此豪气干云地斥责。

这时张飞立刻回说：“没这回事！为了大哥我连死都不怕，怎么会害怕这点程度的寒冷呢？大哥啊，我只是怕大哥你为了这点无聊事白费力气，所以才替你觉得委屈啊！我才不会一个人回去。就算不幸遇难，我们也要在一起（赵云就不是这样了）！”

“说得好啊。飞弟！那就跟我来吧！”他像个男子汉般下了决定。要不是现在正在马背上，他们大概会互相拥抱在一起吧。关羽也“嗯”一声点点头。一行人又开始往前骑，刺骨的寒风不停迎面吹来。

（呜啊，好冷啊，搞不好真的会冻死。要是刚刚不闹别扭，听张飞的话就好了。事到如今，又不能说要回去。）怨叹着自己个性不率直的刘备，总是在命运的重要分歧点上坚持自己的原则，结果扯了自己的后腿。即使事后后悔而想改回原先的想法，却怎么样也改不回来了。（该死的孔明，竟敢害我冷成这副德性。）他又在对一个素未谋面的人乱发脾气了。

进入隆中之后，果然在今天这种酷寒天气中，没看见任何农夫的身影。正当马脚陷在雪中寸步难行的时候，他们看到路旁孤零零立着一间酒家，而且似乎在大雪中仍然照常营业，里面还传来阵阵高声谈笑的声音。（咦？上次走到这里的时候并没有看到这家店啊？）

关羽和张飞似乎也想起来了，两人都一脸狐疑。但是这酒家对于冷得打颤的登山者来说，就像是个避难所，其窗户透出来的灯光看起来宛如天国的火光。刘备一行人像飞蛾扑火般朝酒家奔去。在鬼故事里，这通常是狐狸、狸猫、妖怪或仙人让疲累的旅人看到的幻觉，或只是场梦。这可真让人费疑猜。但是一直苦于口渴、终于发现绿洲的旅人，根本没有多余的力气去怀疑。

刘备他们连马都不系，滴着鼻涕冲入了酒家。《演义》的读者们难道不觉得这一段有些奇怪吗？说来惭愧，一开始我也没注意到。总之真是令人不可思议啊。

进去之后，刘备听见了耳熟的男高音。

> 壮士功名尚未成，呜呼久不遇阳春！
> 君不见东海老叟（指姜太公吕尚）辞荆榛，
> 后车遂与文王亲。
> 八百诸侯不期会，白鱼入舟涉孟津；
> 牧野一战血流杵，鹰扬伟烈冠武臣。
> 又不见高阳酒徒（指郦食其）起草中，
> 长揖芒砀隆准公（指刘邦）。
> 高谈王霸惊人耳，辍洗延坐钦英风；
> 东下齐城七十二，天下无人能继踪。
> 二人功绩尚如此，至今谁肯论英雄。

前半段是在歌颂姜太公吕尚出身于东海的乡下，而出仕于文王，打倒了殷商。后半段是说汉朝的郦食其，虽然被视为嗜酒如命的腐儒，但其实是个拥有异才的人。他官途顺遂，很快就仕于刘邦，并鼓动其三寸不烂之舌让齐国归顺（可是在成功之后没多久，就因妨碍韩信而被杀，所以这实在不能算是个好例子）。然后，这首歌一边称赞这两人的功绩，一边也叹息至今都没有引以为继的英雄。这首歌意图十分明显，就是要引导现在的刘备朝这个方向前进。

刘备正要上前向那唱歌的男人搭话之时，又有另一个人敲着桌子强行唱了起来。看来他是那种霸着麦克风不放的人。这次是低沉的男低音。和刚才的男高音一样，听得出来是经过了相当的练习，因此唱得比专职歌手还动听。究竟为什么在这个大雪之日，他们要在这个极度不自然的酒家里展现歌喉呢？

吾皇（刘邦）提剑清寰海，创业垂基四百载。
桓灵季业火德衰，奸臣贼子调鼎鼐。
青蛇飞下御座傍，又见妖虹降玉堂。
群盗四方如蚁聚，奸雄百辈皆鹰扬。
吾侪长啸空拍手，闷来村店饮村酒。
独善其身尽日安，何须千古名不朽。

连我都不好意思说明了，这首歌也是期望孔明有所作为的歌。

“高祖刘邦的丰功伟业早已衰微，一群该死的混账家伙把这个世界搞得乱七八糟。由于我们自己没有才能，所以只能独自烦闷地面对这个浊世。不过，那个人，那个独自关在家里不晓得偷偷摸摸在做什么的人，虽然他认真磨炼自己，并过着充实的日子，但这种独善其身的态度真令人火大，我真想揍他一顿使他觉醒呢。孔明啊，喂！你听到了吗？”这首歌就充满了这样做作的义愤填膺。

不过，值得注意的是，在前面那首歌里，孔明不只被比喻成姜太公，还被比作在进行舌灿莲花的谋略活动之后，却惨遭杀害的郦食其。郦食其是个以儒者自居的纵横家，他比张良或陈平还差上一截，更遑论与姜太公并驾齐驱。所以我认为这是在拐弯抹角地批判孔明他那平时被视而不见的阴暗面。那两个男人合唱最后一段歌词，并相互击掌大笑。不过，总觉得他们的样子实在难登大雅之堂。

“唱得很不错吧？”他们以这样的眼神看着刘备。靠在桌上喝酒唱歌的这两个年轻人，身上穿着道士服，仿佛脂肪和俗气都一起被舍弃掉般，有着飘然之姿。不知道是不是有人规定《演义》里的非主流知识分子或行径古怪者都要穿上道士服？

“你们这些人，最好回去磨一磨个性吧！”——即使给他们这样的忠告好像也没有意义。

道士装扮的两个怪人，再加上那首歌。就算不是刘备也会察觉到其中有古怪之处。是不是有什么圈套在等着自己？或是他们在试探自己什么呢？（真搞不懂。上次也是一样，这些家伙到底要我做什么呢？）

接着他又想：“这会不会是诸葛亮安排的呢？就算是，为什么他要三番两次捉弄无辜的我呢？要是这时候徐元直在就好了……

不，元直大概也是跟这些家伙一伙的吧。可恶，如果他早跟我说孔明不想见我，我才不会来第二次呢。有没有搞错啊，真正不想和他见面的人可是我啊。话说回来，那庞德公可疑是可疑，但他的确说过要得到孔明会相当辛苦。”这样的想法一闪而过。

“两位唱的歌真是充满了忧国忧民的情怀啊。在下不才，名叫刘备刘玄德，请问你们其中一位就是‘卧龙’先生吗？”

他用已成了习性的谦恭态度礼貌地问着。其中一个长须的男人咕噜咕噜地喝完酒后说：“喔喔，原来是新野的刘将军啊。让你听到像是酒后抱怨的蠢歌，真是不好意思。您找‘卧龙’有何贵干呢？”

“我拜访孔明先生是为了向他请教经世济民的逆转时势之策。”

“真可惜，我们两人并非孔明，只是他的朋友。我是颍川的石广元，这位是汝南的孟公威，我们都只是书生而已。”

他们两人都是襄阳知名的才俊，也是司马徽的门生，刘备稍稍知道他们的来历。凭直觉知道这两人不是孔明，不过不知道是不是自暴自弃，刘备竟然当下立刻开始说服他们两人。

“喔喔，能和在荆北享有高名的两位见面，真是备感荣幸，这就是所谓的缘分吧。我们正好要前往卧龙冈，这里也备好了马，不如请两位一起同行，我也可以拜听你们的高见啊。”

此时石广元和孟公威带着几分醉意回答道：“不不不，我们只是游荡在山野间游玩度日的人，从未想过那些治国平天下的事，真是有辱将军下问了。”

（等一下，那刚刚唱的歌又是怎么回事？你们这些混账东西，竟敢瞧不起人！我的忍耐可是有限度的耶。）

刘备面红耳赤地直盯着他们看。相信石广元和孟公威也感觉到了刘备那绝非玩笑的杀气，他们打了个冷颤，一下子从酒醉中恢复清醒。

“希望您能顺利见到孔明。就这样，我们先走了。”两人说完便逃也似的离开了。

刘备奋力拍着桌子说：“这两个大骗子，早知道就把他们的舌头拔下来。对了，干脆好好疼疼他们，让他们自动说出详细内情好了。飞弟，该你出马了，把他们两个都抓回来，要是他们敢抵抗就杀了他们。”但是此时的张飞正在酒家的厨房里，从战战兢兢的老板那里抢夺酒菜。

“咦，你在叫我吗，大哥？”他已经近乎酩酊大醉了。

“云长！”他改叫关羽。关羽正襟危坐在火炉前慢慢啜着酒，跟张飞比起来只是小巫见大巫。

“我有些怕冷，正在取暖。”关羽重视梳理他的长髯几乎到了多此一举的地步，而寒冷是他的大敌。感到哀戚、丢脸的刘备流下了眼泪。

“不如我也来喝一杯吧。”就算没喝醉，刘备的脑中也是一片混乱。难道他所能依恃的就只有那魔鬼般的直觉而已吗？（可恶！既然如此，孔明，你就洗好脖子等我吧。）刘备像为自己打气般，喝干了一升酒。雪依旧下个不停……

对刘备的考验（虐待）依旧会继续。他们走出了大概在数日之后就会被拆除而消失无踪的酒家。他们举步维艰地朝着铺满雪的坡道前进，最后终于来到孔明家。敲了门之后，神秘童子出现了。

“我是刘备。先生在家吗？”

“在啊，现在正在客厅念书。”

虽然童子这么说，但很快我们就知道这是个天大的谎言。

“因为你只问先生在不在家而已啊，你又不是问卧龙先生在不在。”要是你质问童子，他大概会如此诡辩吧。来到中门之后，映入眼帘的是一副对联：淡泊以明志，宁静以致远。

意思大概是：“毫无气势，只是淡淡道出自己的志向。虽然如此，他在这宁静的环境之中还是关心着世间的事”。（这是真的吗？）

就在刘备看得出神之际，他又听到了歌声。比起刚刚那两个人稍微逊色了些，有时还会突然走音、高亢起来。从门旁边一看，草堂里有个年轻人正挨着炉火，抱着膝盖唱歌。

凤翱翔于千仞兮，非梧不栖；
士伏处于一方兮，非主不依。
乐躬耕于陇亩兮，吾爱吾庐；
聊寄傲于琴书兮，以待天时。

“远离世俗实非所愿，对天下之事仍兴致勃勃，但无奈找不到好的君主。我在一般百姓的农事当中获得乐趣，并深爱着隐居在这个家里的生活。不过有时我还是会感到痛心，只好读书弹琴来排解。有没有高明的人要来找我呀？我愿意做你的臣子喔。”

从歌词来看，虽然是装出一副闲适隐逸的样子，但还是赤裸裸地透露出想要功成名就的野心。虽说这是首已慢慢逼出“卧龙”出庐的核心之歌，但我们依然不能贸然断定，因为完全没有证据说这首歌是孔明作的。

（就是这个家伙吗？）刘备慢慢向那青年靠近。难道打算揍他吗？不过心口不一的刘备倒是死都坚持着那客气的语气。真是双重人格。

“很早以前我对先生的敬仰就有如滔滔江水延绵不绝（这是骗人的吧），但可惜一直没有机会，所以迟至今日才得以与您见面。前一阵子，在徐庶元直的强力推荐下，在下到贵地拜访，可惜当时您不在，我只能惆怅而返。但是，今天在下于这样风雪交加的天气里，冒着生命危险来访，总算有了补偿。能和先生您见到面，玄德我真是幸运之至。呜，我真是感动得（被气得）眼泪都要掉出来了。”

青年被刘备的这股气势吓得慌了手脚，受到惊吓的他连声惨叫着想要逃走，且脸色发白。

“请、请、请等一下。你就是刘将军吧？你、你想跟我兄长见面对吧？”

“你说什么？”刘备叫道。

“呜哇！”

“原来你不是‘卧龙’先生啊，不过刚刚那首充满壮志豪情的歌是你唱的吧？”

“哇啊啊，对不起、对不起。我是‘卧龙’的弟弟，名叫诸葛均。请原谅我吧，我并不是因为喜欢才唱那首歌的，请不要打我！”诸葛均害怕得一副快要尿失禁的样子，拼命地点头道歉。

“这家伙搞什么嘛！”刘备一边这么想一边温柔地说：“不，我并没有生气。你兄长应该在家吧？可否请你帮我通报一声呢？”

但此时诸葛均却仿佛要把头撞破似的拼命磕头，并以一种几乎要哭出来的声音说：“对不起、对不起，我兄长现在不在家。”他的表情好像在说“对不起，我不该唱那么了不起的歌”，“对不起，我不应该活在这世上”。

“请把头抬起来吧。请问孔明现在在何处呢？”

“对不起，请原谅我吧。这、这，兄长他接受崔州平的邀约，出门游玩去了。”在这么恶劣的天气里出去游玩？

“你不用这样跟我道歉啦。你说他出去游玩了是吗？那他去哪儿了呢？”

“有时他会驾小舟于江湖之中，或到山中拜访僧侣（我想在那个时代里，僧侣应该罕见）或道士，有时他也会躲在洞穴中弹琴或下棋。总之他就是一边做着种种稀奇古怪的事一边游玩就是了。兄长的行踪总是飘忽不定，就连我也不甚清楚。我是真的不知道啊！”诸葛均像是被刑警盘问的证人般，拼命内疚地招供。

“嗯。”（难道是密探的情报有错吗？不，他一定藏在这屋内的某处。）不管他再怎么妄为，也不可能在这大雪纷飞的日子里，从这密室脱逃出去游玩吧？

“我们好不容易来到这里，请让我的弟弟们在这稍事休息吧。顺便也让我看看孔明先生的房间好了……咦？对面就是厨房吗？”

诸葛均一脸拼死的表情紧抓住刘备说：“呜哇啊，请不要这样！我会被兄长骂的。”他额头流着血、脸上挂着泪，拼了命地阻止刘备。厨房里有黄氏发明的自动料理机和木人的帽子，而其他房间里则到处都是些奇怪的东西，诸葛均不想让任何人看见诸葛家的秘密和耻辱（他是这么想的）。然而孔明才不认为这有什么好奇怪或耻辱的，他还巴不得拿出来炫耀呢。

（这个叫作诸葛均的家伙看来怕孔明怕得要死，难不成孔明是个虐待弟弟的惯犯？）刘备无可奈何，只好从怀里掏出手帕递给诸葛均说：

“均先生，请擦擦脸吧，你的头看起来好像被龙抓过一样。”

诸葛均一边用颤抖的手擦着流个不停的血，一边恳求说：“拜托您，请不要到这个房间以外的地方去。”

“我知道了，请原谅我在‘卧龙’先生不在时如此无礼。”

于是诸葛均离开了刘备，倒茶去了。

孔明的家已远远超过“古怪”这个形容词，也就是说，它是栋奇怪到毋庸置疑的异常宅邸。而它的主人孔明则是完全如传闻所言，甚至是比传闻还离谱的怪人或妖怪。（根据调查，孔明与妻子以及弟弟夫妇住在一起。这家伙是他弟弟，那除了孔明以外，应该至少还有两个女人才对啊。）不过，要是刘备打算搜查这个家，诸葛均肯定会当场自杀。

虽然多年来，刘备阅人无数，但他还没看过如此懦弱的人。再说他明明没有太过粗暴或强硬的动作，诸葛均却陷入这般恐慌。刘备一想到自己的存在可能缩短诸葛均的寿命，并逼得他陷入发疯的深渊，心里就一阵不快。

关羽和张飞也进入中门，似乎从头到尾都看到了这场骚动。他们目瞪口呆地看着这异样的情景，一时发不出声音。连身经百战的杀人狂，都对诸葛均的态度感到不可思议。《三国志通俗演义》中，卧龙出庐的这个段落接二连三出现不可解的谜团，其高度直逼推理小说。

这部分的确疑云重重，如果名侦探刘备（暴力刑警张飞也可以）不解开这些谜团，几乎要让人睡不着觉了。比方“卧龙冈的秘密”或“卧龙杀人事件”，其内容的长度足以编成一本厚厚的书。而其中最大的谜团，就是那些如同孔明共犯的诡异人物们，屡次与想要见孔明的刘备接触、唱神奇的歌给他听，但就是不让他见着犯人孔明的面（其实他不是犯人啦）。刘备呀，你要是主角，就赶紧把这个谜团解开吧！

过了良久，诸葛均才把茶端了过来。

“我真是无德啊，竟然两次都见不到贤人。”刘备叹息道。

“哼，这有什么关系嘛。大哥，既然那混账先生不在，我们就赶快回去吧。”张飞说得很大声。其实张飞心里也对孔明的宅邸感觉有点毛毛的，这让他非常坐立不安。

“看来我们完全被那个确定孔明在家的密探骗了，回去非好好修理他一顿不可。”关羽说。

“嗯。等等，我们可不能就这样默默回去。”

虽然这只是可能，孔明的确可能藏身在家中的某处，窥看、嘲笑着刘备他们。然而就连刘备赖以维生的魔鬼直觉，此时竟也一团混乱，没有一点提示，所以刘备很难判断孔明到底在不在。要是直觉明确告诉他“孔明在家”，那他即使没有搜索令，肯定也会举家搜查。但他就是没这个自信。

刘备试着温柔地问看起来稍微冷静下来的诸葛均："在下听说令兄卧龙先生精通《六韬三略》，而且每天研究数量庞大的兵法书。然而听说我的宿敌曹孟德也精通《孙子》一书，不晓得先生的功力是否远在曹公之上？"

于是乎诸葛均又颤抖了起来，一副快哭出来的表情说："我、我不知道，这种事我真的不知道，请相信我吧。"

"那你刚刚唱的歌，是不是'卧龙'先生向均先生你抒发将来的抱负呢？"

"没、没这回事，真的。我兄长老是说宇宙什么的，可是我一点也听不懂。虽然歌里唱说我不时享受着四季的变换和每日的生活，可是我、可是我一点也不快乐呀。"

（不行，什么也问不出来。）就连刘备也对诸葛均无计可施。

于是张飞又说了："好了好了，像这样的家伙再怎么问也问不出个所以然来。大哥，外面的雪似乎下得更大了，再不快点回去就不妙了。"

要是平常，只要太阳一下山张飞就会要求住下来，而且只要有酒喝就会哈哈大笑。看来他是相当讨厌这栋房子。刘备又发现了张飞的一个弱点。

"飞弟，别这么匆忙嘛。"刘备斥责道。

诸葛均似乎怀着希望他们早点回去的心情似的说："由于不知道兄长何时回来，所以我就不便久留三位了。"

但是当刘备把脸转向他时，他又说："呜哇啊！改、改天一定换我们亲自登门拜访。真是对不起！请你原谅我吧！"（你把我当成和孔明一样的怪物吗？看来你伤得不轻啊。）

刘备为诸葛均感到一丝悲哀。看来，这个叫诸葛均的人，过着远超过刘备想像的黑暗悲惨生活啊。之后，虽然这位诸葛均也会成为刘备的属下，但他的个性大概也不会有太大改变吧。即使他是孔明亲爱的弟弟，也不会被委以重任。因此，如同理所当然一般，诸葛均不仅没有蜚声于战场上，作为文官的他，也几乎没有获得任何评价。

“哎呀，哪有请先生亲自前来的道理呢（我也不想你来）？改天有机会我再前来拜访就是了。对了，能否借纸笔一用？我想留个字条以抒发己志。”于是诸葛均准备了文房四宝，刘备鼓起劲哈了一声，用哈出来的热气呵开冻笔，然后一口气将它写完。

“虽然不知何时先生才能看到这手笺，但请务必要交到他手上。”

等墨干了之后，刘备恭敬地将它卷起来交给诸葛均。刘备学会稍微运用修辞的技巧来写文章，是最近这几年的事。

刘备年少时虽曾师从卢植，但当时的他是个不良少年，所以并没有学到什么学问。之后，他当过保镖、偷马贼，也从事过帮派活动，但最终他还是聚集了义勇兵（手下党羽几乎都是一些地痞流氓）往来于战场上，从事着有正当理由的抗争行动。他一直借此燃烧自己青春的精力，所以始终难以稳定下来。我推测刘备的写作技巧是在他这一生中最悠闲的时候，也就是在那个给刘表当看门狗、有着髀肉之叹的时期所习得的。

下定决心之后，他不但开始研习历史，也养成了读书的习惯。他把昔日古人的事迹和文章的固定格式记下来，虽然有些死板，但只要将其排列组合套用进去，任谁都写得出来。这并不需要创意，所以不必在稿纸前沉吟良久，就能洋洋洒洒写出充满热忱（巧言令色）的文章。其实他想说的是：“我好不容易来到这里找你，你却不知道在搞什么花样，害我白费工夫，真是无礼之至，没让你尝尝我的铁拳真叫人遗憾。”

但他却写成：“备久慕高名，两次晋谒，不遇空回，惆怅何似。”

孔明读了之后，应该能马上了解其中充满了讽刺及怨怼之意。接下来的文章由于已经是固定的形式，所以刘备很快就写好这些他已经说腻、也已经写惯的话。

“复兴汉室是我的终生职志，但现在的我遭逢困境，诸事不顺遂。希望你能体谅我这个既没才能又缺乏经纶之策的人的悲痛。孔明先生，我希望你能发挥你的慈悲和忠义之心，施展你那如同姜太公吕尚般的大才与张良般的伟大战略。若能如此，则是天下社稷之幸。”

即使扣掉因为修辞而夸大的部分，将孔明比作姜太公和张良，也依旧让人难以信服（也许刘备在听了司马徽和庞德公的意见之后，对孔明有将近0.1%的期待。但任谁都知道，要孔明提出如同姜太公和张良的超级战略，是极其无理的要求），所以这部分大概也掺杂了相当的讽刺意味在其中吧。

“喂，听说你是个能与姜太公、张良并驾齐驱的天才，这评价还真不错嘛。有本事的话就证明给我看啊！你要是做不到，我可不会轻易放过你，你应该知道我的意思吧……”

我的眼前浮现出孔明读了信笺之后，感到字里行间透露出的如上所述的真正意涵，吓得差点失禁，慌慌张张开始准备连夜逃跑的画面。刘备不会用“我要杀了你”或是“卖了你的肾脏”之类会触犯法律的言词，他可是个不简单的智能型罪犯。

接着，他以以下的句子作结：“改天，我斋戒沐浴之后一定再来拜见尊颜，以抒发我的真情，请原谅我的无礼吧。”（下次敢再玩这种捉弄人的把戏就给我试试看。你也洗洗你人生最后一次澡，擦干脖子等着我吧！）他如此恐吓着。

根据《演义》的文法，这封信看起来虽像满足孔明自尊心的希望会面的书信，但孔明应该能了解其真意是“最后通牒”。

如果不能解读出这层意涵，那我认为孔明就只是个光会自我安慰，连自我意识过剩、具有夸大妄想症的骗子都不如的人。这样一个对天下之事无关痛痒的人，最后只能成为别人的刀下亡魂。

“是，我一定会交给他。我以性命作担保，我一定会交给他。”

诸葛均恭敬地把书信接过来后，低着头说了好几次。刘备和关、张二弟向诸葛均告辞之后，站了起来。由于诸葛均一直送他们到门口，刘备便趁机不断强调并重复“自己的诚意”。他再三嘱咐诸葛均要向孔明如此转达。

就在刘备翻身上马时，神秘童子叫道：“老先生来了哟。”

定睛一看，一个男人穿着狐皮大衣，用手压住用来挡风的头巾，带着装有酒的葫芦，骑驴踏雪而来。那个人好像在到处通知村子里有庆典一般，用他那惯用的大嗓门开始唱歌。

（怎么又来了！）刘备显得很无奈。（一天当中到底要我听几次那些可疑家伙的歌啊。）

那个人就是黄承彦。这话说得我自己都烦了，为什么黄承彦要在这种恶劣的天气穿成那样、骑着驴子来卧龙冈呢？与其说这是个谜，倒不如说我希望他别再闹了。

我想就连黄氏看到了一定也会说：“父亲大人，别做这种不符年龄的事好吗？”

我不知道作者为什么要把讨厌孔明的黄承彦扯出来，也许制作人（就是原作者）已经和他们签好了契约，准备来个襄阳群星大会演吧。“咦？黄承彦你不是蔡瑁派的人马吗？”即使这么问，他也会回说：“住口。难道你们就不能让我出场亮亮相吗？”难不成黄承彦也和他签约了吗？但就算如此，也犯不着让所有人都唱歌啊。现在的刘备还不知道对方是黄承彦。

一夜北风寒，万里彤云厚。
长空雪乱飘，改尽江山旧。
仰面观太虚，疑是玉龙斗；
纷纷鳞甲飞，顷刻遍宇宙。
骑驴过小桥，独叹梅花瘦。

虽然无关紧要，但我还是稍微解说一下好了。在这厚云积雪当中，龙的足迹仍然随处可见，那是顷刻之间就遍布宇宙的超自然实体。别说这些了，我骑着驴马快步过桥，啊啊，却看见梅花因寒雪而消瘦。这首歌充满了宇宙意味，绝对是孔明所喜好的。

“他大概就是‘卧龙’先生吧。”刘备听了歌之后，既不耐烦又疲惫地说。他准备前去向那个人打招呼，但由于天气冷，所以下马时还勾到脚，差点跌倒。刘备也真是个执着的人，都到了这个地步还打算奉陪到底。他弯下腰说：“先生，我刘备等您很久了。（不知道你是不是和崔州平到哪个花街柳巷去玩了？）在如此寒冷的天气中，看到您如此健康，真是令人敬佩啊。”真不愧是个老江湖。

就在黄承彦下了驴子准备向刘备回礼时，后面的诸葛均战战兢兢地说：“这位并不是兄长。他是兄长的岳父，沔南的黄承彦先生。”他一副同情刘备的样子。

刘备点点头，一副“啊，是吗”的表情，连眉毛也不动一下。

“刚刚您所吟唱的歌实在是气势磅礴，我还在想真不愧是‘卧龙’呢。真是太精彩了。”

“不不。那是我女婿的拿手绝活《梁父吟》里的其中一首。适才看到树篱间的梅花，所以随口哼了几句，不想却被客人听见。虽说这歌充满了宇宙之意，但老朽我还是不胜惭愧啊。”然后，他就像水户黄门[1]般大笑起来。黄承彦看来兴致不错。

刘备问："在下想问的就是关于您女婿的事。请问黄大人有遇见他吗？"

"什么？难道他不在家吗？我也是来找孔明的呀。"来找孔明是无所谓，但为什么偏偏挑上今天呢？刘备啊，关于这一点你还是问清楚比较好喔。不过刘备似乎已经没有那个力气了。

虽然黄承彦兴致勃勃想要长篇大论一番，但刘备只是恭敬地告辞后，便跨上的卢马而去。在大雪纷飞中眺望着刘备三兄弟无精打采的背影，黄承彦向诸葛均抱怨说："什么嘛！好不容易与传闻中的英雄刘公以及关羽、张飞两位豪杰相见，怎么我才一来他们就走了，真没意思。"

觉得自己遭到轻视的黄承彦一脸不满。不知道是不是因为如此，黄承彦才得以在不久后担任解说八门遁甲阵这个吃香角色。听说了岳父任性行为的孔明，大概会认为这算友情客串演出吧。

这里有首诗用来纪念（？）刘备的二度拜访落空。

一天风雪访贤良，不遇空回意感伤。
冻合溪桥山石滑，寒侵鞍马路途长。
当头片片梨花落，扑面纷纷柳絮狂。
回首停鞭遥望处，烂银堆满卧龙冈。

一顾二顾之礼在刘备的眼中看来就是如此，但就我们来看又是如何呢？真希望它是部合情合理的推理小说啊。

---

① 日本江户时代水户藩第二代藩主，德川家康之孙。在民间传说中，他曾微服私访于日本各地。——译者

第十二回　刘备无奈中第三次顾茅庐（附孔明年末行踪大揭秘）

刘备在孔明故意（？）外出的情况下度过了这一年。原本他想要在这一年内解决这件事情，却在不知不觉中含混了过去。第三次拜访卧龙冈却无功而返的可能性还是相当高，若真是如此，那实在是太蠢了。（我再也不要去了，反正我也没有特别想见他。吃两次闭门羹已经够了，而且我也写了封诚意十足的书信，接下来就让他自己过来吧，我可是很忙的。再说，想到处去游玩的可是我啊！）

就在这种赌气的气氛下，他们度过了岁末年初。确实刘备是不能再悠闲下去了，曹操军的行动才不分什么岁末年初。“这个该死的工作狂！”刘备不禁想如此唾骂。

曹操在宛南一带建立了大规模的军营，先遣部队的活动也渐渐频繁起来。新野的刘备原本应该让大军朝宛城做先发制人的攻击，但由于关键人物刘表完全靠不住，所以他只能让少数的军队从事骚扰和侦查的工作。

从军营的规模来看，很显然的，曹操打算集结前所未有的大军。（二十万，不，他可是曹操呀，他一定会带更多兵马来。）听了报告后，刘备如此判断。解决了幽州战线的曹操，大概会带着身经百战的骁将们，动员全部兵力来攻击荆州吧。率领大军南下不只为了刘表，和孙权的对抗也算在内，意即这次的征战是从中原一举横扫华南的大好机会，因此预估有相当的兵力前来才是合理的。率领着光看就能吓得敌人屁滚尿流的大军前去，也许能收到不需战斗就挫动对方军心的效果。这对刘表的幕僚们应该特别有效吧。曹军持续转战各地之后，必定疲惫不堪，正因为如此，他们才想要一鼓作气倾巢而出。

刘备十分清楚曹操打的算盘。他感到背脊一阵发寒。（要是真的来了那样的大军，我们肯定一下子就一败涂地……）讲到策略，其实应该一开始就舍弃像狗屋般的新野，以樊城、襄阳作据点来巩固防卫线。只要这里撑得住，就可以向江东的孙权争取结盟，请求派遣援军前来。虽然即使如此还是难以和天下最强且智囊众多的曹操军相抗衡，但除此之外也没有其他办法了。

刘备虽然不只一次派遣使者向刘表强烈提出这些建议，但由于孙家和刘表一向不睦，所以一时之间大概很难有什么响应。而且要是逼得太紧，还可能造成反效果，卧病在床的刘表可能光听到风声就吓得意气消沉。不管怎么说，还是得做最坏的打算，这可能是一场惊人的血腥战争。不过，刘备的既定基本方针就是绝对不逃，不管怎么样的大军前来，他都坚持不走。

而且，就算最终还是得逃，也要轰轰烈烈地大战一场，绝不怯懦地不战而逃。这次他搞不好会因这一战粉身碎骨，首级也落入曹操手中。但就算如此，他也要不辱刘玄德之名与之对抗。与其说这是刘备的意气之争，还不如说这是他赖以维生的信念。未得天下寸土的刘备，在民众心中却拥有难得的领地。若是他现在逃了，即使保住一条命，也失去了民心，只能走向灭亡。不过，在曹操率领着超乎想像的庞大军队迅速攻来的情况下，也许连“刘玄德至少也已经与之一战了”这样的声音都会被磨灭。这真令人难过啊。

“上天真是不公平！”刘备向身旁的糜竺等干部们发牢骚。

“为什么这么说呢？”

“曹公每次打完仗，土地和士兵就会增加。我打仗的次数又不比曹公少，为什么会差这么多？”

“那是因为主公你，那个，主公你……”糜竺说到一半就接不下去了。

“哼，别说了，糜竺。虽说要匡正乱世，但明明我不是这块料，却自以为是地去凑热闹，连上天都在嘲笑我这个乡巴佬吧。可是我刘备不会就这样白死的。我不会就这样白死，为了正义，我连生命都愿意抛开啊……”

一脸正气且说得自我陶醉的刘备，泪珠也滚了下来。糜竺等人赶忙跪下哭道：“我的主公啊！请别忘了还有我啊！”在大伙哭个痛快之后，糜竺想起来似的说：“主公，我们不是还有‘卧龙’吗？只要能得到这个叫作孔明的人，也许就能扭转劣势。”诸葛孔明，一个连司马徽和徐庶都发疯似的捧得高高的神秘男人。

“够了，气氛正好的时候别提这个名字。”刘备像是不满气氛被破坏似的说。

“随时可能会攻来的曹军可不是梦幻泡影，像‘卧龙’，那种连存不存在都不甚清楚的骗小孩的家伙，根本起不了什么作用。”面临迎面而来的现实，刘备会这么想也是理所当然。他对孔明的指望根本如同一粒细沙般渺小。

大部分与《演义》相关的年表都记载孔明是在建安十二年（公元207年）加入刘备军。但是这时已经过年了，所以我想应该是建安十三年（公元208年）比较正确，不知实际上到底如何？建安十三年在《演义》中可以说是具有数一数二决定性意义的一年。孔明的加入、袭击孙权、刘表死亡、曹操继任丞相、曹军南下、刘备军士近半折损、派遣孔明赴吴、赤壁之战、曹操面临千钧一发的危机，还有司马懿登场……

这一年真像是个内容丰富过头的福袋，也可说是让读者体验到搭云霄飞车般的惊险和速度，既刺激又丰硕的一年。唯一能断言的是，虽然这绝对是偶然，但自从孔明出现在舞台上，光是在这一年，天下的情势就产生了巨变。一直不幸的刘备，第一次（除了霸占徐州这事以外）取得了自己的领土，这简直像变魔术一样。不过这肯定不是因为孔明出场的关系（因为光靠戏法是不可能改变历史的），只是单纯的巧合罢了。

刘备把一切春节的礼俗都从简处理（话虽如此，他还是设了大宴。宴会上，又有六人因张飞而死伤。因为报应，之后张飞将死于非命），毕竟考虑到现实的状况，实在很难高兴得起来，酒和菜肴都因此显得难以下咽。刘备不自觉大口大口喝起酒来，因为酒醒之后，恐怖和不安又会接踵而至。不管之前如何受曹操压迫，他都没有感到太大压力。因为屡次惨败的他，总是抱着“反正船到桥头自然直”这种毫无根据的乐天想法。事实上，到最后他也总是能渡过难关。不过，这是因为曹操的宿敌袁绍一族的关系。如今他们已完全被消灭，对曹操来说，已经没有任何像样的敌对势力了（以刘备的规模还称不上势力二字）。

“这下不妙了，这次真的糟了。”连刘备那魔鬼直觉也如此断定。“有没有（好骗且能被我利用的）人来帮帮我呀！”他这个人就是这样，老是靠别人，完全不反省自己之前的所作所为。也难怪孙权和周瑜会厌恶地说他是“天下第一会借花献佛的人”。

不消说，现在的靠山刘表绝对靠不住。会因曹操南征而直接遭殃的大概就是扬州了。孙权的身份就像是江东最大的暴力集团“吴联盟”的会长（他们的名称也正好是吴[①]）。

周瑜就等于活力十足的年轻鹰派首领，鲁肃是宠臣中的大掌柜，而张昭这位老人就是稳健派的前朝遗老顾问（这样比喻恰当吗？），他费尽苦心地管理旗下由当地的地痞流氓（土豪）所组成的乌合之众。吴联盟主要的收入是来自江南的保护费及东南亚沿岸一带的走私贸易。孙权借由曹操的斡旋，从中央的本家（献帝）那里得到了讨虏将军的称号（简单来说，就是得到可任意杀人、劫财的许可），所以不知是否该反曹操的他，可不能随便做出不仁不义的事。

“我们应该先讨伐先主（孙坚）的敌人黄祖才对！不能再等了。”现在的他只能靠这个数年前的口号应付过去。虽然如此一来，便能整合利害冲突不一的土豪们，但以后能否将大家的意见统一就很难说了。

在官渡决战后的数年里，也就是曹操在扫荡袁绍的残存势力时，照理说各地方的势力应该采取一些行动，但刘表、孙权还有西边的马腾、韩遂等人几乎都只是作壁上观，而巴蜀的刘璋和汉中的张鲁就像是盖了盖子一样，不轻易出击。这些家伙都是群不谙世事的大笨蛋。

（可恶！要是我有一州一地作为基础就好了！）现在的刘备更加叹息了。我看当时因为闹别扭而没有谋杀刘表夺取荆州，才是最不谙世事的笨蛋之举吧？我觉得比较奇怪的是，这刘备跟过五个老板（或说是伙伴），结果当他们情况不妙时，刘备便急急忙忙溜到下一个庇护者身边去。如此毫无节操的刘备就算谋夺了荆州，相信那些熟知刘备的人也只会给他一个“这刘备又来了”的评价吧。即使

---

① 日文“吴”的发音 kure 是“给我”之意。——译者

《演义》是个充满血腥、复仇、友情和背叛的世界，但如此没有节操的人，历史上还真不多见，所以我完全无法了解这样的人物为什么会被称为正义、仁德之人（不，我想刘备也有他的苦衷吧，像是“这是我的直觉怂恿我的”之类的）。

“难道刘备就可以这样为所欲为吗？”就算大家这样不愿理会刘备也不足为奇。假如没有孔明，他下一个要逃往的地方大概是扬州（孙权）、凉州（马腾）和益州（刘璋），而且最后一定又会以正义（视情况而定的正义）为由，背叛他们逃离该处。刘备这个超级背叛者，曾被《演义》里最厉害的背叛者、拥有高档背叛能力的吕布（他向曹操求饶时，就是刘备建议曹操杀他；把吕布送上死亡之途的就是刘备）大骂：“你这个大耳混账！原来最不讲信用的人就是你！”现在的他更可说是匹毫无信义的豺狼，这点曹操都看得一清二楚，所以他完全不相信刘备，也对刘备毫无期待（所以曹操和刘备之间才会演变成水火不容的敌人关系）。刘备之后明明就若无其事地卑劣地从刘璋那里骗取益州（也不顾他们同是刘姓宗亲的情谊），但不知为何，他就是不对刘表出手，一边作“髀肉之叹”，一边虚度光阴，任由岁月流逝。因此这数年间着实是个谜。

虽然这是我胡乱推测的，但刘备该不会是被刘表抓住了什么重要的把柄吧？虽然他也可能是在等刘表将荆州让给他，就像徐州的陶谦一样（这想法真天真）。但当时要不是曹操的地狱之师在徐州展开不分男女老幼的大屠杀，陶谦才不会平白无故将徐州送给刘备呢，况且要是没有袁术和吕布，刘备当时肯定已经被曹操宰了。如果现在曹操再度化身为恶魔般的掠食者侵入荆州，他也只有吓得屁滚尿流的份吧。

“为何主公不尽早夺下荆州呢？”被水镜先生称为毫无创意的公务员孙干等人，要是敢装糊涂如此进言，一定会惹刘备生气，并被指责怎能说出这种话来。倒是张飞大概已经准备好随时出击，就等着格杀刘表的指令，即使是一个人也要将襄阳化为一片血海。总之，就算现在刘表答应让出荆州也为时已晚，现在荆州眼看就要重蹈徐州的覆辙，事态已变得相当紧急了。

“呜喔喔！”刘备醉倒在床上翻来覆去，并将烦恼的事依照一定的节奏在口中碎碎念，看起来就像是在唱 HiP-Hop。不过大家都装作没看见。

“果然还是要靠‘卧龙’吗？”他不觉想起这个不愿浮现在脑中的名字。姑且不论他是不是天下奇才，但只靠一个人加入阵营就能挽回现在的劣势，即使再积极的人也不会这么想吧。就连刘备也没有如此非现实的愚蠢想法（虽然他老是做些蠢事）。但是正所谓一旦穷困就会开始贫乏，一旦贫乏就会开始迟钝，一旦迟钝就会开始妄想。

“呜喔喔！”刘备又翻了翻身。刘玄德啊，在接受献帝谋杀曹操的请托时，怎不见你如此苦恼啊？（就算他真是“卧龙”，但那家伙也不愿意见我呀。不仅如此，他还耍得我团团转。我才不想向他低头呢！）

除了听说他是个不正常的人之外，刘备至今还不知道他的真面目为何。但人类的心是很软弱的。“再一次就好，只要再一次就好，还是再去一次吧。况且要拜访三次才算合乎常理，要是这次再不行就算了，反正这也不是人干的活。”他还是这么想了。

根据庞德公的说法，刘备就像被押解到孔明那儿的犯人一样。（可恶，真不想做这种事！）他的心情就像被当成活祭品般恶劣。不过自太古以来，向龙神祈愿时本来就要用活人作为祭祀，要是不这么做，龙就不会听从你的愿望。真可恨啊，“卧龙”！该去还是不该去？这是一个问题。

刘备就在矛盾的心情当中度过了数日。虽然刘备本人没注意到，但从外人来看，他已经渐渐像个真正的犯人了。刘备终于受不了，于是命令道：“找卜易者来。”占卜看看，如果是好的卦象就前去拜访。在难以决定到底要走哪一条路时，就用硬币来决定，哪一边丢出正面就走哪一条路。这是个把自己的命运委任他物的行为，也可以说是人类的弱点。

在这个时代里，卜易者大多是儒者（落魄的），只不过这些卜者中从大学者到乞丐都有。所谓的“易”是一种根本哲学，并不是算命，因此它被当成儒学的终极学问，而一般的占卜只是因应低层次的需要而已。虽然如此，偶尔也会出现命中率超高的怪物卜易者，比如被中了左慈的妖术的曹操招来的管辂（孔明也被当成此号人物），这倒是强调了“易”在算命上的有效性。在无计可施时就用占卜吧！连二十世纪的大智者荣格都认真地这么说，所以我们也不能笼统地瞧不起古人。

刘备在新野附近找到一个脏兮兮的中年易者。他恭敬地低着头，聆听着蓍（卜卦用的竹签）沙沙作响的声音。同时，这厢也传来关羽和张飞慌慌张张的脚步声。

“大哥！”他们应该不会说“这真是太不科学了”这种话。只是，比亲兄弟还亲的这两人，多少知道刘备从去年底开始就一直为何事伤神。

“这次就让我来吧。”关羽制止张飞，毫不犹豫地独自上前说话了。

这位将来会被尊为“神”，还被封与帝号，从小孩到老人都虔心信奉的人气武者关羽，他身高九尺（约二〇七厘米），丹凤眼，卧蚕眉，面如重枣（这是张什么样的脸？），有着两尺长的美髯，且声如洪钟。假如这样一个如大型妖怪般的人靠近你，就算你没有做任何坏事，大概也会反射性地说出“都是我不好！请你饶了我吧！”这种话，还会像丧家之犬一样，肚子朝上仰躺在地吧。

“偷偷告诉你，其实最恐怖的人不是张翼德，而是关云长啊。我可是什么都看到了喔……”这段相关人士所说的窃窃私语已是公刀的事实。

关羽是个犹如不死之身的杀戮机器，要是看到有人违反了“春秋之义”，他就会不顾一切将其砍成肉酱，这个性实在叫人难以应付啊（但唯独刘备的不仁不义他却视而不见）。

假如《春秋左氏传》里也写着：“自以为正义的人才是最残暴的人”这句箴言就好了——像虫豸般死在青龙偃月刀下的人们应该会如此叹息吧。要是关羽没有如此的将才，历史大概会把他写成一个为达目的不顾他人、专事杀戮的魔鬼终结者吧（关羽和张飞的不同之处在于，张飞就算没有目的也会胡乱杀人）。

“看来你无论如何都要去拜访诸葛亮了。竟然连那种算命的都找来，你一定是打算挑个吉日沐浴斋戒吧。都已经被愚弄成这样了你还不罢休吗？虽然这很像大哥的作风，但是岂有一再被耍之理。”刘备被涨红脸的关羽如此指责。

“不是啦，我只是在决定要不要去而已啦。”刘备心里虽然这么想，却难以说出口。

“是又怎么样？”刘备的坏习惯又来了，仿佛对着天上的恶神破罐子破摔（他这人老是这样）。

“我关云长可是诚心诚意在劝阻大哥啊。”由于关羽如破锣般的声音大得连外头都听得见，眼看着自己的角色被人取代，张飞一脸不高兴，并吐了口口水说：“就交给你了。”

“大哥已两度怀着虔敬之心亲自前往‘卧龙’的住处（秘密基地）拜访（搜查），但那家伙却毫无反应，至今对你视若无睹。看不起大哥也要有个限度啊。在下认为，这诸葛亮想必是个徒具虚名、不学无术的小混混，他怕大哥看穿真面目，所以始终躲着不敢与你见面。别再被这样的小人迷惑了吧！”由于关羽也曾一起受害，所以他更是愤恨难平。

“对，你说的完全正确。那个该死的小鬼……”刘备虽然这么想，但说出来的话却完全相反。

“云长，你不是一向喜好《春秋》吗？昔日，齐桓公无视于家臣的劝阻，五度拜访东郭的野人（我不是很清楚，但这人似乎是个相当卑微的人物），最后终于和他见到了面，更何况我要见的人是千年难得一见的超级军师啊。跟齐桓公比起来，我可是小巫见大巫，所以就算拜访他五十次也不为过啊！”

刘备如此自我吹嘘着。真的是这样吗，刘备？面对刘备一如往常的歪理炮火，关羽竟“嗯嗯”地完全被压制住了。只要搬出《春秋》里的道理，关羽就完全没辙。但不知《春秋》为何物的张飞此时却目光如炬。

“我也赞成二哥的说法，这次绝对是大哥你错了。齐什么桓公，那样老早的人我可不认识。不管大哥你怎么说，反正他就只是个（相当古怪的）平凡百姓罢了，他才不可能是什么大贤人呢。大哥你不需要亲自出马，只要给我一副麻绳，让我把他绑起来拖到这里就行了。嘿嘿嘿嘿，搞不好在途中他就已经变成一具尸体了。不过我可管不了这么多！”张飞狂吠着。

“好样的，飞弟，就这么办吧。不过不要用麻绳，要用上面有刺的锁链才行。要是途中再出现那些唱歌干扰的家伙，就把他们的脑袋全都砍了。”

刘备的内心是赞成的，但他却压低声音严肃地说：“翼德，身为我的弟弟怎可做出如此无赖般的事呢？”

他的乖僻与孔明半斤八两，虽然屡次因为一些奇怪的决定而尝到苦果，但他就是学不乖。接着他又开始编造一些迂腐儒者般的理由斥责道："你大概不知道周文王拜访姜子牙的故事吧？当时姜太公在渭水钓鱼，文王来到他背后，即使姜太公一直没有搭理他，他还是侍到太阳下山为止。就连那个伟大的文王，在面对贤者时都是如此恭敬。也正因为这样，姜太公动了心，于是做了他的臣子，奠定了周朝八百年的根基。人家是如此恭敬，哪像你如此无礼。"

《演义》每每在扯到招揽人才的问题时，就会拿周文王和他儿子周公旦的故事为例。曹操也曾将自己比喻作周文王，并在诗中自比为将口中的食物吐出来再吃回去的周公旦（这样不觉得恶心吗？好像牛一样），他们两人就是孔子以降的标准楷模。

刘备恶狠狠地瞪着关羽和张飞说："好吧，那你们都留在这里好了，我自己一个人去。"这么说可是会后悔莫及的喔。

关羽愁眉苦脸地说："我也一起去吧。"

张飞也心不甘情不愿地说："哥哥们都去了，我怎么可以不去呢（只要赵云别来就好了）。"

"既然你们要去，就不能有无礼的举动，知道吗？"

"知道了，大哥。"

正是所谓：高贤未服英雄志，屈节偏生杰士疑。于是自讨苦吃的刘备又硬着头皮前往卧龙冈拜访了。

说到隆中成了剧场的去年岁末，这"卧龙"到底在做什么？他还真的是在游玩。有一天，一个神秘童子来到了孔明家。其实说穿了，他也不是什么神秘童子，只是庞德公的一个孙子。

"是爷爷派我来的。爷爷叫我跟孔明先生说：到我家来玩吧。当然也要把黄氏一起带来。今天之内就要到。"童子恭恭敬敬地模仿着庞德公的语调说。

孔明皱着眉头说:“真奇怪,为什么突然邀我前去呢? 该不会是庞老师发生了什么事吧?”

“不,爷爷和平时没什么两样。”童子说。

“那就好。不过,我正为宇宙的事忙得不可开交啊(骗人),我可没空跟那个痴呆老人鬼混。请你帮我拒绝他吧,庞老师应该能理解我是个多么忙碌的人。”孔明摇着白羽扇冷淡地说。

童子像是早就料到他会这么回答似的,低声说道:“我知道了。但是……哎呀,真不知道该不该说……我要说的事与爷爷无关。偷偷告诉你,其实少奶奶她……”童子如此嗫嚅着。孔明的姐姐在庞家当然是被称为少奶奶或是诸葛夫人,她似乎吩咐了童子什么事。

“‘——救救我吧,我快不行了,快找亮弟来救我啊……’少奶奶这么说。”童子装出孔明姐姐的声音,一脸悲痛地说。他难道是演员吗?

“什么! 姐姐她发生了什么事?”

“我是不清楚发生了什么事,但少奶奶最近都住在爷爷的隐居之处。她一边挽着我的袖子一边说:‘——你爷爷他,竟然做出这样过分的事,我真的受不了了(噙着眼泪),我、我,再也不想做他的儿媳了……’”

孔明一听到这话,立刻站了起来。

“既然姐姐有难,那我就非去不可了。该死的庞老师,你终于坠入邪门歪道,开始露出你的兽性了吗?”孔明恶狠狠扬起眉毛,摆了个好姿势。“我绝不原谅你!”此时他像是指挥作战般,伸出那握着白羽扇的手。

“黄氏,黄氏啊!”他叫道。不久黄氏便出现了。

“你去准备准备,我们到鱼梁洲去。”

"咦，这是为什么呢？要作年终的拜访还早了些吧？"

"不是那样的，是我的姐姐她……"孔明这时跪着握住黄氏的手，泪水在眼眶中打转，"黄氏啊。"

黄氏这时已心领神会，她有些欣喜地说：

"亲爱的，什么都别说了。你需要多少机械步兵呢？"装满武器（锄头、铁锹和其他农用器具）的装甲车（在马车上装上即使下雨也不怕被泥水溅湿的集装箱）、武装木人（偶尔会让诸葛均和其年幼的妻子习氏藏身其中，手里握有镰刀或斧头的木头人）随时都在待命（这样诸葛均夫妇不是太可怜了吗？）。这些都是黄氏设计的。

"不，我不需要这些机器兵（因为秋天的收割还未结束），只需你我两人就够了。"

"是。那我马上去准备。"于是黄氏便进屋里去了。她大概是要化点淡妆吧。原本目中无人的童子，看到了孔明夫妇演出的这出短剧后，也不禁瞠目结舌。

孔明吩咐他说："喂，小童。很抱歉，我必须拿你当人质，在我回来之前，我是不会让你离开这儿的。要怪就怪你那个该死的老祖父吧。我不会让均弟亏待你的，原谅我吧。"

"我知道了，我会照着诸葛先生的意思做。"童子顺从地回答。反正庞德公也命令他以替孔明看家为由留在孔明家，所以这一点也不妨碍原先的安排。不久之后，黄氏出来了。她把平日穿的素雅居家服换成了漂亮的外出服，重新绑好的头发上也插了根银制发簪，手上还提了个裹着礼物（附近采的栗子和山菜）的包袱。她怀里大概也藏着自己发明的暗器吧。她真是个无从挑剔的贤妻啊。

"亲爱的，我们走吧。"

"好。"

"我不知道自己何时才会回来，所以……"

孔明把诸葛均叫了过来，巨细靡遗地吩咐他一些该注意的紧急事项(像是制作到一半的猪火腿必须每天用炭火烤三小时让它熟成、要好好储藏以备冬天之用的干草、由于鸡群有可能染上流感，所以要记得把它们全杀光等)。之后，他才提起精神，走出已经好久没离开过的卧龙冈，身旁还依偎着他的爱妻黄氏。他们看起来就像因有要事必须出门而形影不离的夫妻。

“请慢走。”诸葛均和习氏以及身为人质(？)的童子在门口替他们送行。孔明夫妻俩的高大背影消失后，童子转过身来面向诸葛均。

“诸葛均先生。”(孔明大人平常都是这样的吗？)他强忍着提出这个问题的欲望说，“其实我今天来这里不为别的，是为了告诉你，我爷爷有事要拜托诸葛均先生。”

“咦？”

“我爷爷说：‘有件事无论如何都要拜托你。’”

“什么？”诸葛均显得惊慌失措。于是童子开始说明他此行真正的任务。

“什么？你说刘将军可能会来这里吗？啊，竟然在兄长不在时发生这种事，我会被骂死的。”

这时童子模仿着庞德公的声音，以一副令人厌恶的表情，对被吓得腿软的诸葛均说：“爷爷说：‘均儿啊，别担心。只要照我说的做，孔明不但不会骂你，还会感谢你帮了他呢。我保证他会哭着向你道谢的(这可能性微乎其微)。那就拜托你啰，呵呵呵呵。’”诸葛均不可能忤逆长期照顾他姐姐的亲家公，所以与其说拜托，倒不如说是强迫。

“可是、可是……”

总觉得是在为虎作伥的诸葛均抱着头苦思。这时胆子远比诸葛均大的习氏鼓励丈夫说:“夫君,你就试试看嘛。你不觉得这很有趣吗?偶尔给兄长来个惊喜也无伤大雅啊。”

诸葛均以一副不可置信的表情,听完妻子那大胆过头(当然这只是诸葛均自己的感觉)的发言。

“若事后兄长生气的话,就推说这全是庞先生的计谋好了。就这么办吧!让我看看你身为男子汉的一面吧!”习氏如此怂恿着诸葛均。

习氏嫁到这里来已经三年了。刚开始因为孔明是丈夫的哥哥,所以她还忍耐着,但孔明令她受不了的作为实在太多了,而自己的丈夫被孔明欺凌得连头都抬不起来的可怜景象,她也全看在眼里。她似乎很想对孔明借机发泄积愤。正当诸葛均“呜呜呜呜呜”地犹豫之际,她无视自己的丈夫,兴致勃勃对童子说:“我知道了,就让我们来帮助你吧。那我们一开始要做些什么呢?”

这童子好歹也是被庞德公选中的人,他是孙子当中最优秀、也是庞德公亲自训练的可靠少年(难缠的小鬼)。

进入屋里之后,他就和习氏开始拟定策略。

“要是对兄长用计,可是会发生意想不到的后果的啊,你们还是赶快停手吧。”诸葛均恐慌得坐立不安。

“均先生,你太吵了,我们正在密谈中耶。”

“你不知道兄长有多恐怖(异于常人)啦!”

“这个给你。”童子理都不理,把手上的信交给了他。

“请均先生把这首诗背下来,可以的话,请练习把它唱得响亮些。”上面写着“凤翱翔于千仞兮,非梧不栖……”

“咦?要我吟唱这首歌吗?”

“这点小事你应该会吧。”

“要在谁的面前唱这首歌呢?”

“那得视情况而定。”

诸葛均一边抱着头，一边开始用充满血丝的眼睛看着那首诗。他是个只要专心于眼前的简单作业就能静下心来的人。即使诸葛均认为后果不堪设想，但此时他放下了自己的想法，依照谋略行事。

这时，孔明又在做什么呢？他正在庞德公的隐居小屋里饮酒高歌。下酒菜就是前一阵子庞德公腌得恰到好处的盐渍清蒸狗肉、刚从河里钓来的鱼，以及黄氏带来的山菜。

我想一定有很多人认为吃狗肉很残忍，但这绝不是不爱护动物，因为对中国、朝鲜及蒙古人来说，这是极为平常的事。狗肉可以当药材，也是公认的药膳食材。我所喜爱的松狮犬（别误会，我指的不是味道）就曾被改良成制皮材料和食材，是能与松阪牛、三田牛、萨摩黑猪肉及名古屋的交趾鸡相提并论的上等食用肉（可是我在网络上还真的找不到卖狗肉的耶）。我以为，认为狗是“自古以来人类的好朋友”，而想要将它与其他家畜有所区别，才是一种差别待遇。

“因为闹饥荒，不得已才吃”，用这种借口的人才是对不起自己的爱犬。正因为是人类最好的朋友，所以才出现在餐桌上，而有时人类也会为狗所食。你认为吃自然界无可替代的盟友大熊猫是件可怕的事吗？但法国人可是把可爱的小鸟或小动物（像是出生才几个月的羊宝宝、年轻的处女母牛、还在母体内的牛宝宝等）都当成美味的料理，所以先别跟我说什么残酷之类的话。只不过，法国料理还算是小儿科，在中国还有更多各式各样令人毛骨悚然的极品料理。虽然令人佩服，但这种传统还真令人吃不消，不过至少中国人对待身为食材的禽兽是自由平等的。

围在炉火旁的有庞德公、孔明、黄氏和孔明的姐姐四人。他们喝着麦茶色的甘甜热酒，吃着狗肉及鱼肉，笑声不绝，一团和气。

“孔明啊，你结婚之后变圆了许多呀。”庞德公说。

“不不不，还远不及庞老师您呢。”双方毫无敌对之意。

“还没有小孩吗？该是让阿承看看外孙的时候了吧。”他不断向黄氏重复着以现今的眼光来看像是性骚扰的发言。这样的发言会被当成阻碍女性进军社会的罪愆喔。

“这几天你们就在这里好好过吧，偶尔也该让诸葛均他们夫妻俩独处一下啊。”

“我正有此意。”孔明他们恬不知耻地连换洗衣物都带来了。

看到孔明这般正常（比起以前来）的模样，孔明的姐姐含着眼泪直说：“太好了，真是太好了。”接着她握住黄氏的手，感激地说：“多亏了黄氏你，亮弟总算成为一个不会被人耻笑的人了。”孔明的嘴角微微上扬，爽朗地唱起他拿手的《梁父吟》。

步出齐门城，遥望荡阴里。
里中有三坟，累累正相似。
问是谁家冢，田疆古冶子。
力能排南山，文能绝地理。
一朝被谗言，二桃杀三士。
谁能为此谋？相国齐晏子。

黄氏不自觉拍起手来。但孔明的姐姐却认为：“我真希望他连这首歌也别唱了。”因为说到孔明就会令人想到《梁父吟》，这个不好的联想已深深地烙印在人们的脑子里了。

“我听你的《梁父吟》已经听腻了，你没有其他新的曲子吗？”庞德公问。

“改天再说吧。”

“以前我就在想，这《梁父吟》到底是在称赞齐国的晏婴呢？还是在贬低他呢？真是让人搞不清楚。你既然喜欢这首歌，对此你有什么想法？听说你曾向同窗说自己想成为管仲、乐毅，但为什么不是晏婴呢？晏婴可是不输管仲的名宰相啊。”

“晏子用两颗桃子杀了三名勇士，这故事是后人编造出来的。而会采用晏子的名字，也只是为了音韵上的方便。所谓的民谣是人民偶然有感而发的作品，所以请不要把它和刻意夹杂着志向的诗赋混为一谈。想要替民俗歌谣编造出一番道理，真是学者的坏习惯啊。不过，庞老师你是在装糊涂吧，其实你应该明白这首歌的真正意涵。”一到这种时候，庞德公和孔明之间好像就会出现剑拔弩张的气氛。

“原来如此。这么说你是谁都不想当啰？”

“不，我想说的只是，在拜谒坟墓时能有怀古之情是件很可贵的事。我可不像庞老师一样会使用阴险的谋略呀。”

庞德公露出了微笑。

“这就是你的不对了呀。因为用普通的方法又叫不动你，我只好下了点工夫啰。今天的事也是一样。我的孙子真是了得，竟能引出像你这样棘手的人，我真想好好夸他呢。相信你也看到了吧？还满意我孙子的演技吗？”

“令孙还真爱恶作剧啊。姐姐，我看你最好小心一点。”

“……？”

“哼。那次叫你去阿承那里也是一样，要是我直接叫你去，你一定不会去吧。多亏了我的计谋，你才能如此幸运高攀到这样的才女，说起来你真应该泪流满面地感谢我。”

“哎呀，叔叔你真讨厌。”黄氏害羞了起来。

“哈哈哈，关于我妻子的事与老师您的计谋毫不相关。我只是率直地顺从我的本意去做而已。”孔明轻松地说道。

在喝茶闲聊了一段时间之后，庞德公对孔明说：“对了，孔明，好久没一起下棋了，要不要来一盘啊？前几天我也下了盘好棋，真是愉快呀。”

“喔？能和老师下棋下得愉快的人可不是泛泛之辈啊。那人是谁呢？”

“他不是本地人。虽然和你不同类型，但他或许是能与宇宙匹敌的人。”围棋本身就是个幽玄的游戏，它的别名也很多，例如方圆、乌鹭、手谈等，而它与仙人相关的故事也特别多。

像是有一个樵夫曾在深山里，发现了一对神秘老人在下棋，于是他躲在一旁观看，过程相当精彩，所以他一边佩服一边津津有味地看着（也就是说，连樵夫都能享受观赏高水平棋战的乐趣），但不久之后，他发现手上的斧头握柄已然腐烂，斧刃也因而掉落下来。这是因为在下这一盘棋的期间，实际上已过了好几十年，就像浦岛太郎[①]的故事一样。而围棋的别名之所以又叫烂柯，就是源于这个故事。

虽然并不是只要下围棋就能成为仙人，但由于在对弈时的确会沉浸在这样的气氛里，所以下围棋也被称为忘忧和座隐。象棋（听说关羽比较喜欢下象棋）就没有如此多的别名了。而且围棋的胜负被认为是上天的审判，因此棋盘的中心又被称为天元。而所谓“神的一手”的技巧则被称为玲珑。也就是说，如果你抱着让人阳穴的血管青筋暴露这样的态度，那打从一开始就不适合下围棋。你必须以从容不迫的优雅态度来与对方竞争。

---

① 日本民间传说中的故事，主人公因入龙宫生活，返回家乡时发现陆地上时间飞逝，父母均亡故。——译者

听到这里，连我都想学习围棋那神秘奥妙之处了。

“我们还是别下了吧。”孔明说。

“哼，是因为你的棋艺变差了吗？孔明？”

孔明爽朗地笑说：“不不不，若是和现在的老师下棋，我一定能在瞬间就赢得棋局。因为有邪念的人是下不好棋的。”

“呜呜！”庞德公用一只眼睛瞪着孔明。家人、师徒一家团圆的和乐景象也是庞德公一手策划的，这事孔明已了然于心啰。真是讽刺啊。

梅花的花蕾依旧含苞待放。孔明和黄氏在这里逗留了数日。有一天，孔明在散步时对黄氏说：“黄氏啊，你知道我们在这里的这段期间，隆中发生了什么事吗？”

“庞叔叔可能会去恶作剧吧。”

“什么样的恶作剧呢？”

“这我倒不知道。”黄氏一脸疑惑。

“呵呵呵。”孔明用白羽扇遮住嘴角，淡淡地笑着说，“那我就给你看看线索吧。”

孔明找到庞德公并对他说：“我们离开隆中也有一段时间了，难得来此，我打算去看看水镜先生，同时也想在岁末之时拜访一下我的岳父黄大人。”

“嗯嗯。先别提水镜，这黄氏倒是应该回娘家去让父母看看她健康的样子。”庞德公的表情没有太大变化。

“那就这么办吧。”孔明为黄氏借了辆马车后准备出门。

“亮弟，你可别又做出什么奇怪的举动，或是说些莫名其妙的话给人家添麻烦哟。”孔明的姐姐说。

“姐姐你就别担心了，我孔明又不是什么都不懂的小孩。”

“就因为你不是小孩我才担心啊。算了，黄氏和你一起我倒是可以安心些。”

“一点都不信任我……”

孔明一副要哭出来的样子。这已是家常便饭的事了。在黄氏的安慰下，他们离开了鱼梁洲。首先，他们去拜访位于襄阳郊外的司马德操先生。孔明未经主人同意，也不等传话的童子带路便径自进入。水镜先生正在草庵里拥着火盆（之类的东西）看书。

“老师，诸葛亮拜见。”

“啊，是孔明啊。”水镜先生吓了一跳。为了掩饰，他敷衍地说：“好，好。”

“好久不见了。看到你这么有精神真是太好了。”

“久未来拜访您实在很抱歉，今天我特地偕同妻子来看望您。”

“喔，是这样啊。”

这时，孔明身后那个文文静静、有如女子排球选手般人高马大的黄氏出来向他请安。

“太好了，太好了。对了，外头很冷吧，快进来坐吧。”外面看起来是个快要下雪的阴天。

孔明看着水镜先生手上的书问说：“您在读什么书呢？”

“这个吗？这是虞仲翔的易注（《易经》的注解）。我好久没看书，看得废寝忘食了呀。”

“喔，是虞翻的书吗？看来好像很有趣。”

虞翻是当代著名的学者，也是东吴的臣子。他特别擅长于易学，不过也正因为他擅长于此，以致个性有点乖僻。他和孙权处得不好，屡次被贬官，最后还被贬到了越南。孔明在赤壁大战前夕曾前往东吴，与坚决主张反战、强调坚守不出、不可派兵的慎重派东吴群臣展开激烈的辩论，在座的就有虞翻这个人。

后汉到晋朝，出现了好几个除了诗赋的领域，还横跨儒学、经学及各种古典文学领域，并给予后世重要影响的人物。诸如马融、荀爽、郑玄、卢植、虞翻、何晏、王弼等，但《演义》里并未详述他们在学问上的功绩（因为这是一个与现实相反的轻视文人、尊重武人的世界。以张飞的思考模式来看，这些人都只是迂儒而已）。

虽然他们个个都是很有趣的人物，但关于他们的事我还是另外写吧。然而，和他们相较之下没有什么实际功绩的司马徽，似乎才是位伟大的学者——全都是因为孔明，才让我们有这种错觉。假如没有孔明，司马徽也许只是个擅长于人物鉴定（与看相的没什么两样）的私塾老师。

有趣的是，在这个战乱频仍的时代里，著名学者的论文和流行的诗赋却意外地能快速散布到各地。这全拜中国人的求知欲望所赐。即使素未谋面，也不知道其人之性格，但只要那人写了本名著，就能成为全天下知识分子的偶像（在憧憬之余，实际见了面才发觉与预期完全不同，这种事比比皆是）。并不是只有名将、豪杰、名军师才能当人们的偶像。

如此一来，知识分子之间就有共同的话题，可以展开愉快的议论。当然，司马徽和孔明也会尽可能将最新的作品弄到手，并好好研读一番。孔明向水镜询问虞翻的易注里有没有什么新见解（在此之前，易学的代表学者是京房、孟喜和郑玄），司马徽带着些许的兴奋回答：虞翻版《易注》的特征在于偏执地反郑玄主义以及奇异的穿凿解释。他蒙蔽了知识分子，却也制造出不少趣味。

“原来如此，这让我又长了一层见识。不过，那也只是把宇宙划分为上下和左右，并未论及纵横和时间，看来虞翻的注解有待完善啊。”不愧是孔明，只听了两三个要点就能指出虞翻版《易注》的不足之处（以没有宇宙观为其说辞）。水镜先生以惊讶的表情感叹道：“能从细微处看穿其中本质的人，果然只有你啊。”

孔明确实是精通易理。孔明那如魔术般的战术八阵图或奇门遁甲都是以“易”作为理论基础，而孔明的另外一面——法家，也舍弃不了“易”的理论。此外，“易”也算是仙人的圣经。

“前几天在讲堂上，我引出了《易注》的话题，但学生们却连个相关的疑问都没提出。”

“有崔州平、石广元和孟公威他们在，应该不会发生这种事情吧？”孔明问。

“他们有事，所以都不在。”

“喔？在这种时候会有什么事呢？该不会是庞老师的事吧？”

水镜先生又一副惊讶的表情。

“不，我也不知道他们是不是真的有事，总之他们没来就是了。”他一边如此敷衍着，一边把头转向别处。孔明也没有再追问下去，他把话题又绕回《易注》上去，好让水镜先生安心。

“那么老师，在下就此告辞了。我们还得到沔南的黄家去呢。”

“好，好。”

“我想老师借由夜观星象应该也已经知道了。明年这附近似乎会发生一阵骚动，请多加小心。”

“咦？是这样吗？这个嘛，好，好。”

孔明和黄氏恭敬地行了个礼后，步出草庵。

曹操占领荆北之后，水镜先生也被视为有才干的人才而受到注目，但他却无意进仕。而庞德公则早一步扬言要去采仙药，像个惯犯一样登上鹿门山后行踪不明，所以曹操连招揽他的机会都没有。

“德操大人似乎有事在瞒着我们。”黄氏在路上说。

“接下来还有得瞧呢。不晓得岳父大人会怎么样啊。”孔明微笑地说。

由于配合着马车徐徐地走，所以到达黄承彦家时周围已是一片漆黑，雪花也渐渐飘了下来。看守宅邸的还是那群恶劣的混混，但这个鹤氅纶巾、手持白羽扇的古怪男人才在夜里一现身，他们就吓得四散奔逃了。

“真是糟糕啊。我得叮咛岳父明年改雇一批素质优良的守卫才行。”孔明（为自己的不受欢迎）皱着眉说。

黄承彦之妻，也就是黄氏的母亲（因为她是襄阳权臣排名第二的蔡瑁之姐，所以理应称她为蔡氏或蔡夫人）正奇怪着门外为何如此骚动，从佣人的口中才知是女儿和女婿来访，于是出门迎接。

“哎呀，原来是你们啊。”

“母亲大人。”

“岳母大人，好久不见了。”

“要来也该事先通知一声啊。”她似乎有点慌张。

“真是抱歉。不过内子也只是信步想回娘家看看而已，所以就没提前知会了。”孔明轻松地说。

“今晚我想和（对自己尚存着没来由偏见的）岳父大人好好喝上几杯，谈谈宇宙之事（那可真是给人添麻烦）。对了，岳父大人呢？得先和他打声招呼才行啊。”

黄氏的母亲为难地说：“他嘛，这个……”

“难道父亲大人发生了什么事吗？”黄氏问。

于是蔡夫人回答说黄承彦出门去了。黄承彦是地方上的名士，所以常接受上流阶级的招待。“他这一两天不会回来。”

到底是去了多远的地方呢？

“真难得啊。比起被人邀请，岳父大人应该更喜欢邀请客人来，然后予以豪爽的招待才是啊。”

“就、就是说啊……”黄氏的母亲如此暧昧地说道，并不时偷看孔明。黄承彦不在的事情大概也在孔明的预料之中吧。

“岳父大人再怎么说也是个大忙人，所以大概有事在身吧。真可惜。那么今天我们就和岳母大人一起畅谈宇宙吧。”

女儿夫妻俩是为了让自己看看他们健康的模样才来的，所以黄氏的母亲自然没有不高兴的道理。

“听孔明贤婿你这么说，我是很高兴啦。”

“叫我孔明贤婿太见外了，还是叫我孔明或是亮儿吧。”

“嗯，这个，可是我不是很懂什么宇宙的事情耶。”

“请别担心。其实任何话题都与宇宙相关，所谓宇宙就是这么回事。”孔明一边摇着白羽扇，一边进入家中。

最近，我知道后也吓了一跳，听说在中国的秘境深处里，竟有黄氏的塑像存在！我原本以为这是绝不可能的事。如果这是事实，那可是个独家爆炸新闻啊。真不愧是中国，果然博大精深。可以的话，我还真想立刻到中国去拍下那史上首屈一指的丑女像。我知道在五丈原的北端有一座寺庙叫作“五丈原诸葛亮庙”，只能说，它更像是以孔明为主角的主题乐园。虽然祭祀武侯孔明的庙宇为数众多，但祭祀其妻黄氏的庙宇世上（宇宙里）却只有这里！

在这里，精通天文地理、兵法机械技术的孔明贤内助黄氏，左右有童子相随，像女菩萨般被安置在那儿。虽然不知道参拜之后会不会灵验，但我真希望有人能提供其神像的照片，好让我拿来做这本书的封面。它绝对有这个价值。因此为了全国的黄氏崇拜者，我们应该立刻派遣摄影小组去取材。

在这里，容我再说另一种传说。传说中黄承彦当时为了替嫁不出去的女儿找女婿，最后终于找到了孔明这里。

“（黄承彦说）‘闻君择妇；身有丑女，黄头黑色，而才堪相配。’孔明许，即载送之（黄氏）……”书上虽然这么写，但在孔明答应之前想必还有一番曲折。知道黄承彦要替他那恶评如潮的丑女儿找女婿的孔明，刚开始也是困惑不已，打算立刻拒绝。但就在这时，不知道是不是由于庞德公的唆使，孔明到了黄承彦家。

结果正当他要踏入大门时，一头猛犬向他扑袭而来，孔明当场吓得呆若木鸡，但此时又出现了一头猛虎。这下完了，当孔明想逃走时，那只老虎却把狗制伏了。孔明靠近仔细一看，原来狗和老虎都是假的，它们都是装有机关的机器人（难不成里面有人吗？）。连端茶到黄承彦和孔明身边的下女都不是真人，她们全是精巧的人型机器人。这简直就是与外星人交易来的奇迹似的高科技产物。

孔明对于这个远超越时代的宇宙规模科技相当感动。他惊讶地说：“先生，您真是厉害。”

黄承彦笑说：“不不，孔明先生，这些全都是我那个丑女儿做的。”

“能做出如此精良物品的人怎么可能是个丑女呢？”孔明一惊，说出这种才能应该与容貌成正比的意见。

“正因为她是个丑女，所以至今都嫁不出去啊。”

于是孔明直接跪下叩首说道：“请把您的女儿嫁给我吧。”

当婚礼结束后，孔明掀起新娘脸上的头巾。不知是觉得不可思议还是正如他所预料的，这位姑娘看起来竟然美若天仙。黄氏从小就展露出她的奇才，她通晓诸子百家的学问，是位极为聪颖的女性。她之所以故意宣扬自己是丑女，是为了找一个不重脸蛋及性格，只重视才能的男人作为丈夫。这还真是“用人唯才”啊（我想她的房间里大概没有那些可爱的玩偶，而是充斥着 AIBO 或 ASIMO 这些机器狗之类的高科技产品吧）！

于是，少女的心愿实现了，她得到了孔明。之后孔明也沉溺于黄氏的机械工学，最后还入门当了她的弟子。馒头（以人的头为形状）的发明者虽然被认为是孔明，但由于他是弟子，所以原本是由黄氏做出来食用的可能性也相当高。原本被批评为丑八怪的小姐，其实是个绝世的美女。为了虏获一个不为美丑及财产所惑的诚实男人，不惜易容或化妆，故意让自己变丑——这就是另一个版本的传说。

“怎么能让伟人诸葛孔明的妻子黄氏是个丑女人呢？”虽然是多管闲事，但后世的人还是如此这般擅自替黄氏平反，以挽回她的名誉。不过，这个传说还是强调孔明重视黄氏制作机器人的能力更甚于她的美貌（这不禁让人怀疑，孔明是否认为机器人的魅力高于他那才貌兼备的妻子），这点古怪之处倒是很像孔明！关于这一点，民众们倒是掌握到了要领。

在京剧（大概相当于日本的歌舞伎吧）里好像也有“诸葛亮招亲”的戏码。当然，里面的黄氏是如花似玉的才女。因此，我推测那五丈原黄氏庙里的神像也绝对不丑。想想还真是扫兴啊。

话说回来，那天夜里也积了不少雪。

“看来是回不去了。”孔明说。于是他们决定住在黄承彦家。过了一天又一天，黄承彦还是没有回来。这下连蔡夫人和黄氏都开始担心起来。孔明一早步出门外，看见路面上的雪已不会妨碍车子通行，于是他说：“岳父大人大概过了中午就会回来吧。等见到岳父大人打声招呼之后，我们再慢慢回去吧。”

黄氏毫不怀疑自己丈夫的话，一副安心的样子，但蔡夫人却还是担心不已。

“为什么是中午过后呢？”黄氏问。

孔明说黄承彦一定是被雪所困，所以就算想要回来也回不来，不过，性急的他一定会在今天一早就出发。

“黄氏啊，要是今天早上从某个地方出发，从距离来推算，应该那个时候就会到家了。”

“从某个地方吗？”

“嗯。只要途中没有被雪所阻的话。虽然可能会有所误差，但我想应该不会差许多。”

不久，果然如同孔明所言，正午刚过，黄承彦的马车便回到了家。蔡夫人既惊讶又佩服地说：“孔明就算去当算命先生大概也会生意兴隆吧。”

以前孔明在襄阳城里以算命打工时，灵验是灵验，但是评价却不好。看来蔡夫人并不知道这件事。孔明算命虽然灵验，但讲到关键时却总是故意装蒜，有时他还会有一些挑衅客人的言行。如果客人即使如此仍有求于他，他就会依照惯例，把装有神秘建议书信的锦囊交给对方，然后说：“只有在十分危急的时候才能拆开来看。”至于这神秘的锦囊到底救了多少人或是根本没效，就看使用者了。因为展开锦囊里的信一看，里面又是像谜语般的不明指示。

“开什么玩笑啊！”如此破口大骂而将书信撕碎的人占绝大多数。明明直接把解决方案简单明了地写出来就好了，谁都不知道他为何要故意如此拐弯抹角。之后，关羽、张飞和赵云也都曾因为这个神秘锦囊而得救（并烦恼）过。

不晓得是不是因为一朝被蛇咬，总之，客人们不再上门了。虽说他是个不会做生意的人，但孔明的目的也只是观察襄阳的民众和磨炼自己的占卜技能，所以他一点也不在乎。

“哎呀，都是因为下雪的关系，害我在那个鸟不生蛋的地方浪费了好些天。”与平日不同，打扮得仙风道骨的黄承彦一边说一边进入起居室。这时蔡夫人以眼神示意：“喂，你看！”朝那方向一看，咦，那不正是孔明和黄氏吗？在那瞬间他吓了一大跳。

“贤、贤婿啊，你怎么会在这里呢？”看来黄承彦的孔明恐惧症尚未完全痊愈。

“我是跟妻子一起来作岁末拜访的。”

“可是，我没听说你们要来啊。”他慌张地说。

“我们大概等了你三天了吧。这身素雅的打扮还真适合您啊。不知道岳父大人您到哪里去了？”

“这、这个嘛，我、我到一个旧识的家里去了。”黄承彦转着手上装有酒的葫芦。

“总之，看到您健壮如昔我就放心了。”孔明也没有追问。他深深鞠了个躬，“很抱歉只跟您打声招呼就要走，虽然很想跟岳父大人您好好谈谈（宇宙的事），但我们该回隆中去了，因为还得准备过年。我们诸葛家有家传的庆祝仪式，诸葛均要学会这些还早得很呢。”所谓诸葛家家传的新年庆祝仪式，该不会是指安息日之类的怪异仪式吧？

“别这么急嘛，再多待一天也无妨啊。”

“要是父亲大人再早点回来就好了。”黄氏说。

“嗯，不过我已经跟岳母大人谈了不少关于宇宙的事，所以这次就到此为止吧。”

黄承彦靠近蔡夫人小声说道：“老伴啊，你没有说出不该说的事吧？”

黄氏的母亲小声答道：“当然。我只是一直听着他说什么宇宙的事而已。”

下人们把黄氏的马车牵到大门前，他们检查了车轮并把一些土产和礼物搬到车上。

孔明若无其事地说：“感谢您送我们这么多礼物。对了，岳父大人，前往隆中的道路不晓得通不通畅？”

“嗯，还算通畅啦。”黄承彦不小心说漏了嘴。但他只是红着眼看着黄氏，浑然不知自己已经招认了。

孔明和黄氏在门前再一次行告别之礼。孔明让黄氏坐上了马车，自己也牵起马辔。蔡夫人向眼眶依旧湿润的黄承彦说：“等有空再去探望他们不就好了吗？”

“不，虽然我那女婿不管发生什么事都与我无关，但要是他遇上什么危险，我们的女儿也无法幸免啊，虽说也许她在其中扮演了助纣为虐的角色……”（这该死的德公。）他如此叹了一声，但一切已经太迟了。

“我想没事的啦。我和孔明一起面对面生活了三天，我认为他是个好女婿啊。我想不管发生什么事，他是绝不会让黄氏受委屈的。真不愧是宇宙中的‘卧龙’！是不是这样说的啊？”

看来蔡夫人已经完全被孔明洗脑了。孔明牵着黄氏马车的马慢慢走着。

“得把这辆马车还给庞老师才行（虽然很不愿意这么做），所以我们得再去一趟鱼梁洲。”

“好的。”

孔明不是不会骑马，但大部分时间他都是徒步前进。他似乎讨厌马。难不成他制作流马以代替活生生的马也是因为如此吗？之后身为军师的孔明在亲赴战场时，常喜欢乘坐附有椅子的轿子，或是叫士兵推着在椅子上装有四个车轮的小车（通称军师车），不管再崎岖危险的道路他都坚持要坐这种车。看来他是相当喜好这种让士兵们感到麻烦不已的交通工具。其实这里也蕴含着一些仙人的秘密，但我还是下次再说好了。

“黄氏啊，你对庞老师的毒计有点头绪了吗？”

“嗯。水镜先生似乎和我父亲联手在谋划些什么。他们谋划的舞台就在我们隆中的家里。”

“正是如此。所以庞老师才把我叫出来。”

黄氏似乎已了解了庞德公那恶作剧的整个构图，但她问说：“可是谁才是他们此举的目标呢？这一点我还是不明白。”

“这确实是困难之处啊。我虽然已放弃了‘卧龙’计划，但周遭的人似乎不允许，而且这计划看起来进行得比我以前策划的还要顺利。我对这个平凡世间所施的计策，虽然是降低了两三个等级在执行，但他倒是都学了起来啊。”

这也许只是孔明自己的想法而已——超凡谋士孔明的策略等级似乎过高，庞德公为了使凡人能轻松理解，所以降低等级来执行。孔明想说的是这个吧。

“这么说，相公您现在是骑虎难下吗？”

孔明呵呵呵地笑而不语。

“那么你已经拟好反击的策略啰？”

孔明答道：“我没有必要拟定反击的策略。至今我所做过的任何事当中，‘反’字并不存在，它们全都是‘正’的。听好了，其实我已经看穿了庞老师的伎俩，但我还是默许并故意不回家以协助他。也就是说，庞老师只是赤裸裸地在我的手掌上跳舞而已。”

即使是聪明的黄氏也只听懂了一半。

“但是，我要是中了他们的计，就会掉入最初和水镜先生一起合作的‘卧龙’计划泥淖当中，这就像是被自己施展的计策所骗一样。不过……我想与其说这是个计策，倒不如说是宿命吧。话虽如此，这终究是我自己的计策，所以我要干脆地终结它。”

“这么说，你打算让个两三步，落入他们的圈套吗？”

“呵呵呵。你说我会怎么做呢？无论如何，和庞老师见面之后，事情就会明朗化。而且我也得听听那家伙的意见。”孔明虽然一副不在乎的样子，但黄氏十分清楚他乐在其中。

“要是让两三步，胜负就定了。就拿庞老师的围棋理论来说，他相信平分秋色才是下棋的最高境界，这是身为隐士的见解，一般人是不会这么说的。然而，在意图平分秋色的瞬间，不分胜负其实就表示认输了。所谓的平分秋色只不过是这个世界的基础。在宇宙中，胜负衍生自平分秋色，而以平分秋色为根本这句话，就像是易的太极是以太极为根本一样，只是把原本理所当然的事视为理所当然罢了。

“要是在非常时期，把原本理所当然的事一切视为理所当然，就不得不输了。这如同茫然望着太极生阴阳，且分出四象八卦一样，他一点也不懂为何宇宙间会存在阴和阳。我当时可不是和他坐在相同的棋盘前面喔。正因如此，所以我已经赢了，或者应该说，这只是选择阴或阳的任一边，或同时选择两者罢了。所以接下来要跟庞老师见面还真难为情啊。”

孔明如此说道（大家不必相信他这套歪理啦）。庞德公所说的平分秋色指的是阴阳的均衡，其道理似乎是来自中庸（用凝胶固定住有价值的盘面亦是如此），但孔明却认为那只是个基础，和没有放置棋子的棋盘一样，所以上面仍有选择阴阳的机会。

也就是说，他似乎能遨游于多重的围棋世界中（他是这样说的吧？）。他一副“害庞德公您辛苦做出如此痴傻的举动，真不好意思”的口气，表情却十分愉快。

“要是跟庞叔叔这样说，会不会太伤他的心了呀？”

“不，我想不会。不让这样的事伤害到他也是平分秋色的一种。”

两个人在傍晚时抵达了鱼梁洲。庞德公从没离开过这里一步，他乐于整理他那狭小的田地或钓钓鱼。把崔州平他们集合起来分配角色、练习唱歌等这些恶作剧的把戏，不知道他是何时进行的。真是个令人难以捉摸的老头。庞德公拿着钓竿进入泥巴地的房间时，孔明他们正和孔明的姐姐在谈话。

“我是来还马车的。”

“你也太慢了吧。”

“那是因为下雪的关系。”

“今天连一条鱼都没钓着。”

“岳母大人给了我们许多土特产，其中一定有很多好吃的东西吧。”

“真是太好了，那我就不客气啰。”他们马上开始吃晚饭。

“对了，阿承还好吧？”

“岳父大人有事外出，一直到今天早上才回来。”

庞德公撕咬着鱼干，扬了扬一边的眉毛。

“不过我倒是和岳母大人知无不言地谈了许多（宇宙的事），真是太好了。”

“哼，这个死阿承运气还真差，难得能见到女儿一面，就算拨开积雪也得赶回来呀。”根据庞德公的计划，他是要黄承彦好好和孔明谈谈。

吃完饭后，品尝着茶点（水果干）的庞德公突如其来说道：

“孔明，怎么样啊？你想不想助那个人一臂之力啊？”

“你说的那个人是？”

“哼，当然是刘玄德啊。”

“原来是新野的刘将军啊。我连他的面都还没见过，哪谈得上什么帮助呢？更何况他也没来拜托我呀。”

“别在我面前装蒜。你要是不引他上钩，就一辈子别想出人头地了。这一点你应该知道吧？”

“说出人头地也太夸张了，我已经在宇宙里出人头地了呀。”

“你的宇宙中有包含天下万民吗？”

“天下万民吗？这不是身为隐士的庞老师您该说的话吧。”

如果孔明专事消除妖魔鬼怪、惩治恶人，有时他与华佗比赛替人治病，和左慈那样的仙人进行妖术大战，与管辂等人进行占卜大赛（光是这样就足以名留青史了），或是像日本的安倍晴明[1]一样，过以占卜维生的日子也不错，或许这样对庶民百姓们反而好。

“别跟我说什么宇宙不宇宙的，只要一扯到天下万民，你的立场就模糊了起来吗？呵呵呵，狭隘，真是狭隘啊，你的宇宙还真是太狭隘了呀！”他如此挑衅着。

“你说什么！我的宇宙可是连北冥之鲲所化成的鹏鸟都无法比拟的广大啊！它又有如恒河沙一般……”姑且不论什么刘备和天下万民，说到宇宙的事他可不能保持沉默。于是孔明开始引用庄子的话，开始为他的宇宙论展开滔滔雄辩。在这里容我省略。

听到这里，孔明的姐姐说：“亮弟啊，公公是为了你着想才这么说的呀。你怎么又开始意气用事，说些莫名其妙的宇宙论。”

“算了啦，那家伙又不是今天才开始当宇宙痴的。”庞德公撂下这句狠话，然后咧嘴一笑，“但孔明你听好了！你何不把那能道出宇宙无穷无尽神妙的嘴朝向天下呢？为师的实在感到丢脸啊。刘玄德也是一个宇宙啊！对宇宙有差别待遇的你，心地真是狭隘。”

又是一顿莫名其妙的指责。孔明这时吐了一口气，用白羽扇遮住嘴。孔明就连吃饭的时候他都不肯放下白羽扇。

“庞老师，我可以想像您先前是如何捉弄了刘将军。但您事先

---

① 安倍晴明（921～1005），日本古代著名占卜师。——译者

没问过我的意见就去欺负一个年纪一把的怪人，难道您觉得这样很有趣吗？”

“呵呵呵，刘玄德真是一个不轻言放弃的人啊。我越刁难他越觉得有趣，再说我也是为了你在磨炼他。我让你看了一出这么有趣的歌剧，照理说，你应该向我道谢才对，你如此埋怨我真是不合逻辑啊。”

“鬼话连篇……”

“孔明，接受那个人吧。我想现在刘玄德大概已经身心俱疲了。”

“既然他已遭受如此的磨难，应该不会再到我家去了吧。”

“不。假如他是这么容易认输的男人，我就不会如此多管闲事了。你还不了解一个企图称霸天下的人的难缠和顽强。呵，你说我欺负他吗？正因为如此，他才会为了报仇而再度来访，那是为了打倒你而来的呀。要是他不来就舍弃他吧。不过那也表示你的魅力不够。”

孔明听了之后莞尔一笑。“您的多管闲事请到此为止吧，您的意思我已经很明白了。我也有过借由‘卧龙’的恶名远播来当诱饵的不堪过往，我会负起这个责任的。”

“真是了不起的决心啊。”

“只不过，如果我的妻子黄氏不同意我就作罢。”

“黄氏是个懂得男人的价值、能分辨是非的女人，她的眼光比你还正确呢。再怎么说，她也是愿意跟你这种人牵手走一生的人啊。好，就由你的妻子来决定吧。”

被扯进这个话题的黄氏微笑说：“我愿意跟随我心爱的孔明夫君。”

“那就好。哇哈哈哈哈哈。”庞德公哈哈大笑。

第十三回　孔明以宇宙为念，借滂沱泪水虏获刘皇叔之心

刘备带着关羽和张飞，第三次骑马前往卧龙冈。这一行人脸上都没有笑容，散发出一种令人不舒服、比平常高出十五倍难以靠近的氛围。特别是刘备，他深陷的眼窝边都是黑眼圈，表情似乎还暗藏着杀气。

“大哥，今天应该见得到诸葛亮吧？”关羽问。

但刘备却回答：“见不到。”

“如果硬要认为能见到面而前去拜访，一旦没见到就会一肚子火，让自己很不快。所以他今天一定也不在家，他一定不在！就这么决定了。”

“可是大哥啊，既然如此，我们为什么要去呢？”

“这种事我哪知道啊？”刘备一副很想如此大叫的表情。

“我说见不到就是见不到。不过万一他在的话，就表示我判断错误了。这时我们就吐他口水，然后马上打道回府。”真是不讲理的言行啊。这跟耍乖僻、耍脾气有什么两样。

“大哥……”（哈哈，孔明你要是在家，我就立刻杀了你。）看着刘备那像是被鬼怪附身、被逼入绝境般摇摇欲坠的身影，关羽不禁皱起眉头。

“嘿嘿嘿，就是这股气势啊，大哥。”张飞的眼睛闪闪发亮。“我很清楚，其实那家伙是在藐视我们。嘿嘿嘿，那家伙如果还能活在这世上才稀奇呢。”张飞把他的丈八蛇矛在头上挥舞了一圈。他完全没注意刘备的异样。今天早上兄弟争执的结果，最后迁就了刘备的意思前来。（大哥还是头一次如此为一个人着迷。）

但是随着隆中越来越近，关羽也察觉到刘备的样子越来越奇怪。（大哥的样子实在很怪异。我们该不会来错了吧？）关羽如此想着。但他又不能多管闲事地要刘备中途改变主意回去。

原本关羽就是个不多话的人，而且既然都已经来到这里了，再次追问刘备也有些奇怪，所以他干脆不问了。不知是否是被刘备的精神状态感染，关羽心中也开始涌起一股不祥的预感。即使在厮杀惨烈的战场上，也从未感觉过这样的奇妙恐怖感。（诸葛亮难道会施妖术吗？他竟然能如此迷惑我们兄弟。如果是这样，倒不如一刀砍了他，替世人除害。）关羽颤抖着身躯，紧紧握住青龙偃月刀的刀柄。

今天并没有出现挡住去路的古怪歌手。然而这也使得刘备焦躁不安。（要是那些家伙是孔明的手下……可恶，总之要是谁敢挡路就把他们全杀了。）至今靠着魔鬼般直觉度日而得以幸运保住性命的刘备先生，他的直觉现在完全行不通。直觉被阻塞的他，就像被关入笼子里的野兽，神经失常了。

张飞处于一种随时随地能展开突击的状态，关羽也以武者之姿准备好了迎接突发的战斗，再加上一个眼中闪耀着病态光芒的刘备。

说实话，天下最危险的三人帮正一步步接近卧龙冈，卧龙冈正面临着前所未有的危机。看到仿如被卧龙冈引导而来的刘备，人们一定会误以为他是被押赴各各他丘[①]的罪人耶稣基督。

① 耶稣被钉死之地。——译者

“从这里开始下马吧。”就在离卧龙冈还有半里的路上，刘备不知为何命令两人徒步而行，这举止真像是手里拿着利刃准备袭击民家的盗贼。这种紧张的气氛只有在身经百战的掠夺者身上才看得到。关羽和张飞心领神会地分处道路两旁，宛如瞄准猎物的猛兽般，瑟缩地低着身子逆风而行，开始爬上坡道。

这三人帮拥有轻松毁灭一两个小城镇的破坏力，而实际上他们也真的干过这种事。因此，一派轻松地从坡道上下来的诸葛均，看起来就像在黑暗里偶遇野兽的小动物。“呜哇啊。”他发出不成字句的声音，吓得腿都软了。

“唉咿。”诸葛均又发出了悲鸣。要是在游击战当中，他大概会马上被人捂住嘴巴，然后用刀割断喉咙吧。想起自己并不是为了摧毁卧龙冈而来的刘备，被诸葛均悲惨的叫声吓了一跳，回过神来。就在张飞高举着蛇矛冲过来的千钧一发之际，他慌慌张张以身体当盾牌护住了诸葛均。

“飞弟，你在干什么？别做这样危险的举动。”他对张飞严加斥责。刘备在脸色发青且颤抖不已的诸葛均面前，双手伏地行礼（这已经是反射动作了），极其礼貌地向他问好。

“我是之前与您见过面的刘备刘玄德。”他抬起头来，一副“喂，你还记得我吗？”的样子。

“呜哇。”但似乎现在说什么诸葛均都听不进去。刘备、张飞和关羽只能等他已发作的恐慌症平复下来。

“乖，乖，我们不是什么坏人。不要怕喔，乖。”刘备像是在安慰夜啼的小孩般抚摸着他的背。看来偶尔用来哄哄阿斗（之后的刘禅）的伎俩现在派上用场了。“你们的长相实在太吓人了，走开一点。”刘备说。

关羽和张飞一脸不悦地站到一边去了。不久诸葛均总算从惊吓之中回过神来。于是刘备再次问他：“令兄‘卧龙’先生在家吗？”

“是、是的。他昨晚已经回来了。我想今天你们应该见得到面。”说完这话的诸葛均，好不容易从地上爬起来，虽然两腿发抖，几乎快要从坡道上摔下来，但还是飞快逃走了。刘备一脸复杂的表情，带点悲伤地说：“是吗？今天总算要和他见面了吗？”

“哼，那家伙搞什么嘛。明明可以直接带我们到他家的，却一溜烟地跑走了。”这个该死的恐慌白痴。张飞咋舌说道。

“每个人都有要忙的事嘛，就别勉强他了。”他十分清楚诸葛均是因为害怕看来像凶神恶煞的自家三兄弟才逃走的，但他就是不想承认。看着诸葛均逃走的背影，刘备像是想起了什么一样说：“他今天在家啊……既然如此，我们回去好了。啊哈哈哈。”我想这只是个无聊的玩笑吧。

“别开玩笑了。今天一定要把事情弄个水落石出，我可不想再来一次了。”关羽说。

“就是说嘛。我的蛇矛好久没尝到人血味道了。”张飞用舌头舔着那弯弯曲曲的刀刃说。

对了，来谈谈张飞那一丈八尺的蛇矛吧。张飞那把蛇矛，简单来说就是在握柄装上像蛇般弯曲的矛头的变形枪。从使用上的方便性来说，这个珍奇兵器的弯曲刀刃几乎不具任何意义。这是张飞向铁匠特别定做的。要是问起原因，他肯定（恐怕）会率直地回答说：“要是被这家伙刺伤，伤口可是不会愈合的，被刺到的人会难受得在地上打滚，痛苦不堪。原本我还想装个锯子在上头呢，只是在战场上实在没有时间慢慢锯啊。”这只是为了迎合他的残忍、虐待欲而已。

“不，今天日子不好，我们还是回去吧。”知道‘卧龙’在家后，有点闹别扭的刘备这么说。他又开始耍起了乖僻。

“大哥，事到如今，你在说什么呀？”

“我、我肚子痛。”刘备道。

“那借孔明他家休息一下不就好了。”

“我、我听到阿斗的哭声了。我在新野的儿子一定发生什么事了。”

“那是幻听吧。”冷酷的关羽拉着刘备一路前进。明明马上就要见到因被诅咒而对其心生向往的孔明，刘备心中却有一种说不出来的恐惧。不知道那是一种做了人类不该做之事的罪恶感，还是不想看到镜中自我真面目的忌讳感，抑或是在押解途中知道自己是一只被当成牲礼的小牛的悲戚。

“大哥，都已经到了这里，你还在畏缩什么呢？”即使是这么说的关羽，也感到了一种不祥的预感正逐渐扩大。如果可以不去，他也不想去。不过，身为天下第一大丈夫的关羽，此时却扮演了从后鞭策刘备的角色。

“难道你是怕了诸葛亮吗？”

“胡、胡说。我这样的人为什么要怕那个闲居山野的乳臭未干的臭小子。”

“那就光明正大地前进啊。”

“但是云长啊，那个以前……古时候……”刘备想引用个典故，说些让关羽感叹不已的场面话好掉头回去，但偏偏今天他就是想不出个好的话引子。

“我们前来只是要确认一下他是个什么样的人，这绝不是什么难事。”

“话是这么说啦。”

“如果是个正经人便罢，但他要是个不可原谅的邪魔歪道，我就立刻砍了他。大哥你不用担心，你身边还有我云长和翼德在。”

“二哥说得对。如果是这样，我们就调兵过来，在那边和这边的山头各埋伏个五百人，让士兵不停向这里射箭。嘿嘿嘿，看我把他们一个个全杀光，开出一条血路，让这个坡道血流成河。看我的吧，他们休想碰大哥一根手指头。赵云你没能来真可惜啊！”张飞热血沸腾得有点不同以往。

“嗯。”

总之这两个结拜兄弟坚持前进（他们两人的字典里也从来没有‘后退’二字）。倒是刘备头一次被迫做一个没有魔鬼般直觉力挺的决定，这让他心情恶劣，而且极端地想逃离这里。

不过，仔细回顾以往会发现，其实他依照自己魔鬼般直觉所下的许多莫名其妙的判断，最后都导致败北及兵力耗损，所以这次是个绝佳的机会也说不定。（算了，把那个烂直觉舍弃掉吧。如果在这种场合还得像个娘儿们依赖直觉，那我刘玄德也只不过是个普通人，没有资格当英雄。）

刘备忧郁的眼睛突然睁大了。他看着这世上唯二的结拜兄弟关羽和张飞。此时已不需要任何言语。要我当活祭品或是什么都随便你啦！此时的他豁然开朗。他气势十足地说：“好！就让我刘备好好见识一下你这个‘卧龙’。走吧，云长还有飞弟！我们出发。”

“是！”（关羽）

“呜喔喔喔喔喔。”（张飞）

“可恶，这下非跟孔明拼个你死我活不可。”（刘备）

“我就是你爷爷张飞！”

“关羽拜见！”

他们自顾自地进入了战争状态。恼羞成怒的三人将扬旗再战！就是要这样才像刘备的威武之师啊。在门前，他们突如其来的呐喊声响彻云霄，探头出来看的神秘童子（庞德公的孙子）面对这三个猛冲而来的凶猛武士，也被吓得脸色惨白。他几乎就要叫道：“有敌人来袭！”

“外头在吵什么呀？”一副农妇打扮的黄氏急忙赶过来看。

“那位是刘将军。”

“哎呀。”（命运果然扬着尘土来了。）黄氏想。

“夫人，要出动机械步兵吗？”

“用不着那种东西。你还是恭敬地去应门吧。”

“我也得打扮打扮才行。”黄氏说着便进入了家中。

神秘童子抱着阵亡的决心来到门前，向迎面而来的三人深深行了个礼。

“小鬼！告诉卧龙先生，说方今天下的英雄刘备来找他。”刘备一边喘着气一边脑充血地大叫。

接下来，孔明开始了那极其无礼的行为。而且相当不可思议的是，这竟没遭到后世之人任何指责。没有人受如此无礼的对待，还会想把这个人招揽为臣下。

“敬重贤人过头的刘备真是心胸宽广呀。”

这事虽被传为美谈，但无礼的孔明却丝毫不受责难，就因为他是孔明！是吗？神秘童子面对今天的刘备，怎么看都觉得他有些吓人。以前的傲慢态度此时荡然无存。

“先生在家，现在正在草堂里午睡……我去通报他一声。”

“那我先进去吧。”刘备一副“你还想阻挠我吗？滚开！”的样子撞开童子，鲁莽地进入了门内。关羽和张飞站在门的左右，牢牢守住出入口。

“出来！孔明！我刘备刘玄德来了！”环顾充满堆肥臭味的庭院，看见一间独立的草堂，床上躺着一个人。（就是这家伙吗？）刘备激动地朝草堂的方向走去，他将地面踩得咚咚作响想以此吵醒那个人。

虽然他故意踩着重重的脚步声来到草堂阶下，但那男人却像是释迦的涅槃图一样，正香甜地午睡着。这里有两种说法，一是孔明的确正沉沉睡去做着好梦，二是知道刘备来访的他警觉地醒来后，故意装睡以试探刘备的忍耐力。若是前者，那他可真睡得毫无罪恶感，一个忙碌的农夫大白天不去干活却在这里睡懒觉，真不像话；若是后者，就更恶劣了。

刘备站在阶下瞪着床上那个人。（这家伙其实醒着吧。）他不时咳嗽一下或用脚跟跺地。孔明翻了个身，原以为他要起来，但他又香甜地睡了回去。（真的睡着了吗？）其实只要直接跑上草堂去，抓住他的后颈，朝他的脸左右开弓赏几个巴掌就好了，但是刘备却做不到。说的也是啦，基本上他是为了请孔明当自己的部下，才极尽礼仪之能事来到这里，如果真的揍他，事情就全完了。来这里只为了吐几口口水可不行，不强行让那睡懒觉的家伙睁开眼睛，再对他拳打脚踢一番，总觉得没有太大意义。

可是对孔明来说，就是要睡觉才叫“卧龙”！起来就等于违背了这个称号。他还强迫农民们唱“卧龙的睡眠之歌”。所以若是他醒着，不就太不对头了。刘备跺着地、吐着痰，还故意咳嗽、放屁，他发出各种声音向那睡着的男人宣示自己的存在。

“哼，算了，我放弃让这家伙当我的小弟。干脆刺他一刀后回去吧。”“不，我等了好久才得以跟这引人争议的“卧龙”见面，跟他说一两句话后再揍他也不迟。”他就这么来回反复思考着。（迟早我会狠狠揍他一顿。）

话虽如此，但“卧龙”仍在睡梦中。孔明这时已连续睡了将近三个小时，真是厉害（或说真是古怪）。再睡下去天色就要暗了，到时你晚上可会睡不着喔。一直等在那儿（在阶梯底下发出下流声响）的刘备也真是的，难不成意气用事和耍乖僻是你的专长吗?

在《演义》里，刘备是以拱手的姿态一直站在那里不动。虽说这是个极其尊敬贤者的举动，但是站着不动直盯着一个睡相差的年轻男人三小时，反而让人觉得他是个有点令人不舒服的无礼家伙。

“刘备 VS 孔明”的初次对决，呈现出互相比较令人不快的无礼景象。刘备虽然气势十足地冲了进去，但在那之后，并没有听到任何惨叫或乞怜求饶声。张飞觉得很可疑，于是偷瞄了庭院一眼。他看到刘备在草堂外一直站着不动，还有一个男人在熟睡中。张飞的眼睛一亮。

“该死的家伙……竟敢瞧不起我们。”张飞从怀里拿出打火石。

关羽问：“翼德，你要干嘛？”

“这还用说，当然是放火烧他们家啊。这么想睡，我就烧得你‘卧龙’永远起不来。”

“等等。”

“二哥你别阻止我，他不但装睡，还让大哥像稻草人一样站着，再怎么不知死活也该有个限度啊。那家伙一定是希望我杀了他，我只是让他如愿而已呀。”

“住手。大哥好像在思考什么。”

“那当然，他是在伤脑筋要用什么方法折磨死他吧。”

张飞和关羽纠缠着进入了门内，七嘴八舌说个不停。孔明的庭院里顿时充满了杀戮的气息。看起来极其害怕的神秘童子心想，孔明被杀就算了，可不要连自己都遭到虐杀呀，于是慌慌张张地打算叫醒孔明。

“好了，别叫醒他。”这时刘备阻止了童子，并直瞪着张飞和关羽。

“你看吧，大哥站在那儿是有目的的。”

“哼。大哥想自己了结那家伙吗？既然那家伙是大哥的猎物，我也只好让给他了。”

两人垂头丧气地回到门口。但是从别人的角度来看，刘备就像奉献给龙神庙的活牲礼一样，一个人闷闷不乐地站在那里。正当刘备疲劳到极限时，床上的人睁开眼，“嗯”一声伸了个懒腰。他支起手臂，慢慢地起身。不知道他是不是以为站在庭院里的是只大猩猩？接着他突然唱起歌来：

大梦谁先觉，平生我自知。

草堂春睡足，窗外日迟迟。

虽然不太懂他的意思，但午睡完后唱首歌似乎是孔明的习惯。绝不是因为刘备在外面才故意唱给他听的。明明只要向外头看看就好，但他却叫了童子，像是指桑骂槐地问道：“梦突然醒了。是否有俗客来访？”

于是童子指指庭院，像是道歉般地说：“刘皇叔正站在那儿等你。”

看到这番应答的刘备已忍耐到了极限。正当他忍无可忍，想要冲上阶梯揍人的瞬间，孔明倒先一巴掌打飞了童子。

“哎呀！”童子惨叫一声，飞出去撞上了墙壁。

孔明厉声斥责道：“什么！你说刘皇叔？为什么不早一点通知我呢？”

童子还在“呜呜呜”地呻吟着。突如其来的暴力画面使得刘备在阶梯下动也不动。

“这身睡衣实在不堪与客人会面，容我换身衣服。”

孔明完全不看刘备，一个人大声自言自语着，然后下了床快步消失在屋里。而被留下来的童子倒在地上，一边抽搐颤抖着，一边说：“呜呜呜，好痛喔。请原谅我吧，皇叔大人，还有孔明先生……”

其实他用手遮住的脸却在偷笑，还伸了伸舌头。“卧龙”即使对年幼的童子也毫不妥协地予以残酷的制裁！从中看得出日后他所制定的蜀科（蜀汉的法律）之严厉性，而不久的将来，哭斩马谡也有迹可循！他似乎是在向刘备说：“这样一来，你总可以原谅我午睡不起的无礼了吧。”虽然这只是童子的拿手演技而已。

不久，孔明以头戴纶巾、身披鹤氅之姿出现了，当然，手上还拿着白羽扇。这身打扮使他看起来就像一个身材高大，隐然有飘然之姿的神仙。刘备面对着这个初次谒见的男人，到刚才为止的过去所有印象，不觉间都变成了无所谓的遥远回忆（也只能这么想）。

“刘皇叔，请进来吧。”他带刘备到客厅去。然后孔明郑重地对刘备说：“有时是山东琅邪的青色流星，有时是隆中的北斗七星，而有时也是唱《梁父吟》的无上龙王！但事实上（只是一介农夫）我姓诸葛，名亮，字孔明，世人都称我为‘卧龙’。初次见面，您好。”他突如其来地仿佛要吓倒对方一般，把刚刚装睡时想到的名号都报了出来。

“呜哇啊，真是好来头啊。”刘备想。“在下乃汉左将军、豫州牧……”像这样的报名号方式实在太俗气了，而且他也腻了。心想决不能认输的他，咚一声跪在地上说：“我正是带着剑百战百逃、涿郡的严冬将军、放浪界的闪耀之星、决战天下的游侠，且为新野流浪汉的刘备刘玄德。”

听起来真逊。虽然他心里这么想，但自称的名号平常没想，是不可能马上冒出来的。这是刘备与孔明两个人人生轨迹初次交会的伟大瞬间。依照孔明的说法，这是宇宙中唯一奇迹似的爱情小说。

自我介绍完毕，这对主客隔着桌子面对面而坐。神秘童子若无其事地端了茶来。要是我一定会让机器人端茶来，把刘备吓个半死，不过《演义》并不会这样恶作剧。真不可思议。

“在下是汉室的末裔，也是即使死在涿郡也无人来收尸的低贱鄙人。久闻先生高名，如雷贯耳。之前虽两次来访，但不幸都没见着您的面，我曾在书信上留下贱名，不知先生您看过了没？”

这话真肉麻，看来刘备只有说话的方式回到了平常。孔明微微一笑，回答说：“我只是个南阳野人，懒散成性的我屡次承蒙将军枉驾亲临，实在不胜惭愧。”

刘备留下的书信他当然读了，只是篇场面话一堆的无聊文章罢了。(看来应该再多写一点真心话啊。）其实应该毫不留情地将自己的胁迫之意传达给孔明才对。这封书信以情书来说是不合格的。

“你用那样肤浅的文章想告诉我什么呀？”孔明倒不至于这么说（怕伤害刘备的自尊心）。你要写个像我（孔明）之后预定要写的《出师表》一样感人肺腑的东西来看看嘛。

“我已经拜读过您的书信了，信中看得出将军忧国忧民的真情。但是我只不过是个未满三十的才疏学浅之辈，无学无才的我实在不知要如何治理天下万民。”他摇了摇头说。

“在下听过司马德操和徐元直（过分）的推荐话语，我不认为那些都是谎言。‘卧龙’先生，请不要舍弃卑贱的我，请教我治理天下的道理好吗？这都是为了天下万民啊！”

眼看他的泪水又夺眶而出了，这就是刘备的杀手锏——含泪哭诉。并不是刘备要刻意如此，而是这已成了几乎自动开始的本能动作。有句话说：“不要相信女人的眼泪”，这句话也适用于刘备，虽然不能轻易相信他，但众人还是被他骗了。

明明刚刚还想把他揍死，但一开始谈话，又回心转意想要说服他，这就是刘备。就算对方是自己的杀父仇人，恐怕刘备也会这么做吧。不知道该说什么，真拿他没辙。

“看看我真挚的眼泪吧！看了这眼泪你还忍心说这种话吗？”他总是这么感情用事，想用眼泪来封杀反对他的言论。然而，一厢情愿地想用哀求来达到目的的刘备，一边让自己廉价的眼泪掉在桌上，一边偷瞄孔明时……（喔喔，怎、怎么回事啊？）他发现将近自己两倍以上的泪水竟如瀑布般，从孔明的龙眼中流泻而下！

“水镜先生和徐庶都是不该被隐没的高明之士，而我只不过是一介（应该被隐没的）农夫而已。为何非得跟我谈论天下之事呢（要是跟宇宙有关的话题就可以）？”

孔明泪如雨下。我只能说：真不愧是“卧龙”！龙果然拥有操纵水的能力。

“他们两位大概是搞错了，才会说出我的名字。将军何必舍弃美玉而捡拾路上的石头呢？不行，不行，真的不行，我这个人真的不足以担当大任。”他哭得更厉害了。刘备不由自主地安慰起他来。

“先生，没这回事。我不会看错先生的才能！我不是个连玉和石头都分辨不出的傻子啊（这一点他倒是没什么自信）。”

“但要我为天下万民，我实在是……”孔明紧紧握住拳头，拼命忍住呜咽之声，虽然如此，他的肩膀还是不自主地抽动着。不知该说他是可爱呢还是烦人，不过，他那止不住的青春之泪，还真像滔滔的长江之水流个不停。刘备就像是提出分手后，让对方在众目睽睽的咖啡店里号啕大哭的男子一般抽抽噎噎的，一副“抱歉，都是我不好，你别哭了好不好？我拜托你别哭了”的表情。和在酒席上一样，先喝醉到哭出来的人就是赢家。可恨吧？你竟然把孔明逗哭了。

不知不觉中，两人的立场变得怪怪的。一个处心积虑想用眼泪来讨好对方的刘备，再加上另一个哭得比他更凄惨的孔明，这下真的没完没了了。向孔明请教救济天下的秘策这事已烟消云散，这种事在眼泪面前毫无意义，也无关紧要。绅士刘备递出手帕，给人一种“宝贝，来，用这个擦擦眼泪吧”的感觉。

他说：“身为一个大丈夫，既然拥有治理天下的奇才，就不该隐遁山林空等老死。拯救天下万民的事以后再说，请先生先救救愚昧的在下吧！”孔明接过手帕拭泪，但即使如此，似乎还是无法止住他的泪水。

“请将军先说说您的志向。”孔明一副“先说说看你自己的感觉”般问道。刘备点了点头，他促膝探过身去，并请旁人回避。既然已请人回避，那接下来两人的谈话应该没有人知道（才对）。陈寿的《三国志》和罗贯中的《三国志通俗演义》在这个部分都写着：“屏人（请旁人回避）”。

既然如此，他们又是如何得知谈话的内容呢？退一步来说好了，因为《三国志通俗演义》是部小说，所以就算这部分是捏造的也无伤大雅，但罗贯中可是大大参考了陈寿（还有裴松之）的资料。然而就算你问陈寿说：“既然都请旁人回避了，为什么你知道得这么详细？”

他可能会回答：“别这么深究嘛，这样犯规喔。”

从前后的状况来看，不知该不该这么说，我觉得《三国志》总是把事情的前因后果交代得难以理解，这一点它在历代史书中算是数一数二的。也许在编纂《诸葛亮全集》时有把这件事写进去，但这本书已散佚，所以找不到证据。就算里面有写，也不能证明孔明是在那个时候告诉刘备的。

不管怎么想，这些都是间接听说或推测的结果，不能算是正确的记载。除非陈寿抱着笔记本出现在孔明和刘备密谈的现场，否则不管如何辩解，都难以让人信服。

这件事是以司马迁的《史记》为首的中国史书中最大的欺瞒与弱点。这不只是陈寿的错，因为连司马迁本身都像个说书人屡屡说谎。听说《史记》有大半部分都是小说，而关羽喜欢的《春秋左氏传》也是如此。

也就是说，特别是两人单独的对话部分，有可能是史家创作、捏造的。当然，中国的史学家们也注意到了这个问题，但他们却佯装不知地说："好了好了，再追究下去也没有意义嘛。"

就连撰写《资治通鉴》的那位中国史上首屈一指的大历史学家——司马光也认同这样的发言。这是一种传统。

在外国，他们似乎不会捏造这类密谈内容。例如圣女贞德第一次会见查理七世的时候，查理七世最初只认为她是个神灵附体的疯狂乡下姑娘，而不相信她所说的话。但在支开旁人密谈了一会儿之后，查理七世一副豁然开朗的样子，并给予贞德绝大的信任，派遣不少部下送她出奥尔良城。至于密谈的内容，由于是密谈，所以照理说当然是不明。而贞德在被当成妖女接受审判时，也依旧保持缄默，所以史家们便仅止于推测，并没有一定的说法。

还有像是法国大革命前后恐怖分子的数桩密谋，以及约瑟夫·富歇[①]与拿破仑之间的密谈，我们也几乎毫无所知。要是在中国，历史书上可能会异常详细地记载着密谈的内容。卧龙冈的会面也是一样。刘备前去会见年轻且毫无经验、却被评为天下奇才的孔明。他在清场并与之对谈后非常高兴，于是对孔明心悦诚服，之后便予以重用。

---

① Joseph Fouchè（1759～1820），曾任法国警务大臣，是一名政治投机者。——译者

至于具体上他们到底说了些什么，由于刘备也没有对关羽和张飞详述，所以他们两人对孔明相当反感。关于这密谈的内容，反倒是与刘备既素未谋面、也不是他朋友的读者们，知道得比他那两位结拜弟弟关羽和张飞来得详细呢。正所谓事实就在虚实奇正的夹缝当中啊。

我若是再说下去，恐怕会得出一个结论，那就是历史小说本身都是一个大骗局。所以还是就此打住吧。

根据有点虚假的官方说法，孔明十分正确地分析现状，犹如预言般地发表了被称为“隆中对”或“草庐对”的大战略之后，被刘备惊为天人。这就是所谓的三分天下之计。

孔明拼命说着刘表和刘璋的坏话，并（干劲十足地）拿出事先准备好的“天府”西蜀五十四郡地图，卖力展开虚实交错的演说。南宋大儒朱子曾过度偏袒地赞扬道：“历代以数言定天下计者，首推诸葛亮的隆中对。”这个战略的最终目的是让刘备统一天下，三国鼎立只是它的导入阶段、是个过程，应该尽早形成两大国对决的形式。

然而实际上曹操、孙权和刘备虽然形式上形成了三国，但各自还是互扯后腿、相互挑拨，于整肃内政（内政混乱）的状况下胶着着，最后三个国家的下场都是瓦解。虽说是三国鼎立，但在整体国力上，魏∶蜀∶吴是七∶二∶一的态势。吴的鼎足像铁丝，而蜀的鼎足则像火柴棒，并不均衡。但孔明的可怕之处就在于他能让人产生“蜀国虽小却也是天下之一、其实不比其他国家差”这样的错觉。

鲁肃也曾向孙权提过类似三分天下之计的构想，而对抗华北曹操势力的观点也有其他人提过，因此这个构想似乎不是孔明独创的。

不过，不同于曹操和孙权，势力相当弱小，甚至连领土都没有的刘备军（还有被称枭雄而毫无信用的不负责男人刘备）能成为三国的一个鼎足这件事，任谁都没料想到（要是刘表、刘璋或马腾、张鲁还有点可能）。

这明明是近乎不可能的事，但只能说孔明是实现了他的中国梦。能把实质上只有两百余人的刘备军，在七年不到的时间里，建成一个虽脆弱但仍称得上一方之霸的国家，这点倒像变魔术一般。孔明虽屡屡被评为不擅作战且没有带兵的才能，但也许这些其实都是他故意装出来的；说不定这全是“卧龙”的幻术。曹操和其幕僚们大概也惊讶得哑口无言吧。

孔明的奇计远超过曹操的想像，连动作、头脑皆非常敏锐的曹操，都错失了阻挠蜀汉成立的良机（那些计策在常人看来，犹如一下就被拆穿的诈骗电话。再说，住在大都市的人可能认为“蜀”只是个边境小国吧）。

总之，孔明说的话根本就像天方夜谭，听到这话的刘备本人也说了好几次“这样不行”、“于心不忍”，并潸然落泪。简言之，这是一个以耕作为生的隆中农家青年所做的巨大规模妄想。再怎么说，他的志向可是如宇宙一般大呢，编织巨大的幻想（或是说大话）是他的拿手绝活。

话说回来，天下明明就只有一个，却硬要利己地将它一分为三这一点就已经是超脱常轨了（就中华帝国的常识来说）。这虽是接近欺诈的手段，但如果从宇宙规模来看，就算有无数个大小不一的中华天下，也变得无所谓了。

正因为孔明总是由宇宙的观点来思考，所以才想得出这么多奇计（骗术）吧。中年劳碌人刘备到底听得多认真？这也是《演义》里的一个谜。孔明说：“现在还来得及，事不宜迟，就先血祭了那活不久的刘表，把荆州夺过来吧。”

“从宇宙的角度来看，这只是微不足道的小事，构不成什么不仁不义。”尽管孔明再补上这一句，但刘备却完全听不进去，一瞬间就把好不容易得到的天才军师那宝石般的最初献策一脚踢碎了。

可能是他对孔明的妄言有所警觉了吧。但即使是旁人也不禁要问：“既然如此，你为何还三顾茅庐啊？”

刘备四十八岁，孔明二十八岁，年龄的差距都可以当一对父子了。“哼，这个见识浅薄的小鬼，世上的事可没那么简单。”就算刘备这么想也不为过，甚至是理所当然的。

但是这样一来，那个礼贤下士、采纳善言的刘备主义又怎么办呢？不过话说回来，不听从自己好不容易才将之纳为臣下的“卧龙”之计，只能说完全是刘备天生乖僻的性格及魔鬼般的直觉所致（虽然这魔鬼判断又让他惨败、濒临死亡，但这就是刘玄德）。

“若想让刘备听从自己的计策，一定要使用乖僻过他的恶劣方法才行”——从之后孔明的举动就可以看出他是这么想的。总之，这两人的关系并不像一般人所说那样，一个是深得主公信赖的名臣、一个是君主的楷模，他们之间经常飘着奇怪的紧张气氛，离那种单纯的主从关系相去甚远。而其中最明显的例子就是刘备那怪异到极点的遗言：“如果犬子（刘禅）是个难以辅佐的驽钝者，那你（孔明）不妨取而代之为王。”

对于刘备的这段遗言，后世的史学家们议论百出：“这招太高了”，“实在太可疑了”，“这是为了绑住诸葛亮的机智表现”，“堕落啊！你真是太堕落了！”等等。只有在“这不是一般君王会对臣下说的话”这个观点上他们是一致的。关于刘备 VS 孔明难以言喻的关系，不久就会逐渐明朗化。

后世之人知道他们两人密谈的内容后，作了一首纪念的诗。

豫州当日叹孤穷，何幸南阳有卧龙！
欲识他年分鼎处，先生笑指画图中。

意思是说：未出茅庐便已知天下三分，这成就真是万古莫及。那么，就当作我们不知道他们在这数小时里密谈了些什么吧。总之刘备非常高兴，而另一方面，孔明不知为何还在哭泣。

“在下是个无名、贫穷、美丽而仁德浅薄之人，希望先生能不弃卑贱的我，出山指导我吧。”刘备像是在炫耀一般，不断重复着自己有多卑贱。他真的是这么想的吗？

“在下是中山靖王的末裔。”血统优良是他唯一值得夸耀的地方（怪虚伪的），而他也到处以此自豪。

光从这点就可以知道刘备在言词上如何随便，他是个依对象改变态度的巧言令色的家伙。每天过着毫无计划的危险日子，让他变成边走边瞧的男人。孔明当然知道这些。和这样危险的人扯上关系可是会身败名裂的。

“我长久以来乐于享受耕锄之趣，懒散且习惯瞌睡，所以恐难从命。”

真正认真工作的农耕青年是不会怠惰的，更不可能用地图事先演练三分天下之计。不过这个道理与此场景无关。

“呜呜……”刘备又哇一声地涌出泪来了。“先生若不出马，天下苍生该怎么办呢（更糟的是我该怎么办呢）？”

他突然强迫似的把天下苍生（天下人民）的担子往别人身上扛。再说，要是天下人知道自己在不知情的情况下，被随意托付给了孔明，肯定会被气死吧。刘备就这么泪眼婆娑地哭着，哭得衣襟和上衣都湿透了。根据《演义》的官方说法，孔明就是因为刘备这个模样而感受到其至诚，感念于三顾下问的他，便这样落入了刘备的手中。

（如果是庞老师，一定会若无其事地说“那种事与我无关”吧。但我就不同。）不知道孔明是不是觉得该收尾了，他用衣袖擦擦泪水说：“既蒙将军不弃，愿效犬马之劳。”在这里要注意的是，孔明知道刘备素有背弃他人的不诚实性格（关羽、张飞除外），所以他是为以防万一才这样说的。反过来说就是：“要是你有一点不理我的举动，我就马上走人。”

身为一个仁德之人，竟然信用全无至如此不堪啊。

“喔喔，真是谢谢您。”（我哭赢了！）“这下天下有救了。”刘备停止抽泣，沉静地以一种帅气的表情这么说。到头来刘备的魅力还是在这个帅气的表情。长年的积云融化了，刘备以一脸雨过天晴的爽朗表情走出房门，并把关羽和张飞叫了过来。

“大哥。”

“你没事吧？”

“怎么会有事呢？呵呵呵。”他心情大好，与来时判若两人。但关羽和张飞注意到了他那哭肿的双眼。

“大哥，你们谈的是高兴的事，还是悲伤的事呢？”

“嗯。一言难尽啊。云长，这说来怪丢脸的，还是别问了吧。”他红着脸说。他们到底说了些什么呢？说他高兴得像听到治好他淋病的方法，应该也不为过吧。

此时，纶巾鹤氅的孔明出现在他背后，也是带着哭肿的红眼睛。孔明甚至连衣襟都湿透了。

“什么？大哥，你们该不会抱在一起哭吧？”

“啊哈哈哈，你就别说了。没办法呀，一想到天下万民的悲惨，我和先生就自然而然地掉下泪来了呀。”

“想必两位是关将军与张将军吧。”

孔明深深向他们行了个礼。

“我是诸葛孔明。刚刚我已继你们俩之后与你们大哥结拜为兄弟了，以后请多多指教。”他的意思是说：“我绝不是刘备的臣子，我与你们同辈。”

“继我们俩之后与大哥结拜为兄弟？”关羽一副非常怀疑的表情。

“这事以后再说吧。礼物呢？把准备送给先生的礼物献上来吧。”刘备说。礼物装载于停在坡下的马上。不过孔明却说：“我不能接受。”

“不，这不是招揽先生的礼物，只是聊表寸心而已，请您一定要收下。”刘备说。

也就是说，这并非以公家名义送你的东西，而是我个人的一点心意，就像一种贿赂，所以请安心收下的意思。既然如此，就更不应该才收下才对。但理应是清廉洁白的孔明却说“那我就不客气了”并收下了，这真让我百思不解。也只好将它解释成：第一次见面就发展到能与之共享财产的令人厌腻的亲密关系。

“哎呀，太阳都下山了，不如今天就在我家住一晚如何？我想让你们尝一尝我妻子亲手做的美味料理。”我想主菜大概又是乌冬面吧。对于孔明所提的建议，把这栋屋子当成了鬼屋般害怕的张飞立刻面有难色。

“喔喔，那真是不胜感激啊。”刘备连商量都没商量就这么决定了。关羽也一脸不高兴。但刘备理都不理他们，只顾与孔明相视而笑。就是因为这样，难怪之后关羽和张飞才会想找孔明的麻烦。

然而一旦喝了酒之后，张飞就恢复原形了。“喔喔，你就是‘卧龙’的老婆吗？我一看就知道你（的长相）是个龙女。”张飞口沫横飞地向黄氏搭话。

“让我和你引以为傲的自动机械兵决个胜负吧。”他絮絮叨叨地说着醉话。由于诸葛均出门了，所以装甲步兵无法出击。面对看似浑身散发着血腥味的张飞，黄氏一点也不畏惧。一直身处于黄家深闺的她，大概没看过这样的人吧，所以她对这位极其直率且头脑简单的豪杰相当感兴趣。

“我听说你们三位曾缔结世间罕有的深刻盟誓，可否请你们说说这段故事呢？”

“喔喔，大嫂说想看耶。哥哥们，我们就露一手好久没演的那个吧。”

“就这么办，为了庆祝先生的加入，就让他们见识一下我们（可疑的）的结盟传说吧。”刘备站起来说。又要演那个了吗？关羽一脸不情愿。于是传奇人物们开始表演起他们桃园三结义的戏码。虽说是演戏，但刘备可相当认真，他投入异常的热情逼真地演出，还落下数行眼泪。

三人互相用力地挽着手臂，举起酒杯齐声说：

“我们三个结拜兄弟虽然不能同年同月同日生，但愿同年同月同日死（这可与赵云你不一样了吧）！”

此时不知道关羽是不是想起了从前而感伤了起来，他那像是烟熏枣子般的眼睛里充满了泪水，胡须也颤抖着。黄氏拍手喝彩，孔明也叫着“太棒了，太棒了”，重重挥着白羽扇。

“呜喔喔，我又燃起满腔热情了。当年的我们真是青春年少啊。”

张飞出了大门，来回挥舞着蛇矛以抒发心中的激动。这出短剧是刘备他们与曹操连手打倒吕布之后，寄居在许都时完成的。

当时，他们正过着老是寄人篱下的丢脸生活。有一天，曹操想见见枭雄刘备以及他那两个豪杰弟弟（珍禽异兽），于是设晚宴招待这几个大头，请他们谈谈自己的境遇。对武将来说，被人平白请吃同情饭是相当耻辱的事，于是他们决定像艺人般，将自己的遭遇改编成剧本，然后夸张地表演出来。结果他们大受欢迎，在各个宴会上都被要求表演，最后还在献帝面前演出了这场戏……最初这只是个才艺表演般的演出，但在不知不觉中，却被误认为事实而跟了他们一辈子。往后，这表演就成了刘备三兄弟拿手的宴会压轴戏，不随便演出。

在一阵痛饮而烂醉如泥之后，刘备他们被扔到一间客房里去了。虽说是客房，但也只是个土墙外露、像用来养家畜般的小房间。

“他们自从结拜以来就常常三人睡一个房间，所以这样应该可以了吧。”这三个臭男人不论在行军时或平时，生活起居总是同在一个房间。与其说他们感情好，倒不如说他们是邋遢成性。就算后来关羽、张飞有了女人，组织了家庭之后也是如此，三人依旧没有改掉一起睡的习惯。

他们的妻妾们在感到古怪之余，也只能目瞪口呆吧。孔明和黄氏回到炉火旁，两人又喝了起来。明明关羽和张飞都喝得烂醉如泥，孔明夫妇却完全没事。这是因为他们修习仙术所致，还是因为他们的酒量好呢？

“接下来就有劳你多多辛苦了。”孔明爽朗地说。

“不，没这回事。只要能跟孔明您在一起，我反而觉得快乐呢。”黄氏说。

“呵，不愧是我的妻子，真会说讨人喜欢的话。”

“你刚刚跟刘将军说了些什么呢？”

“只是宇宙的话题罢了。”孔明立刻回答。孔明应该也没有其他的话题可说吧。黄氏依偎在孔明身上。

“为什么选择刘将军呢？”

她是在问孔明决定跟随刘备的关键是什么。

孔明稍微想了想，然后回答说：“就当作是因为他哭个不停吧。要是不为那个奇怪的人收拾残局，他岂不是太可怜了吗？”

事实是孔明也被庞德公整惨了。孔明设好的笼子，原本是作为想要引雀鸟上钩的陷阱，却在忘得一干二净之时，抓到了只猴子。真是无奈啊。

“嗯。他们都是些可爱的人呢。”

女子的伟大之处在于她们能把一些极端的怪人、黑道分子、暴力狂都用“可爱”一语带过。孔明亲吻了黄氏。

“我们该睡了吧。”

“是……”

孔明一直到晚年（四十六岁）才生了儿子，不过似乎并不是因为身体虚弱的关系。由于他已决定要收哥哥诸葛瑾的孩子（诸葛乔）为养子，所以他一定是为了避免往后家庭起纷争而有所节制吧。我认为他们夫妻俩一定曾亲密地研究仙道、房中术之类的秘法。

孤穷玄德走天下，独居新野愁民危。
南阳卧龙有大志，腹内雄兵分正奇。

孔明终于出庐了，而我这说书人的牢骚也该告一段落了。

一旦“卧龙”下山，必然会引起右大风，左大浪，上天雷，下地震，让天下骚动且遍及宇宙的大麻烦。关于那些灾害祸福，就等有机会再说吧。那么，话就说到这里。